小学館文庫

ロング・プレイス、ロング・タイム

ジリアン・マカリスター
梅津かおり 訳

小学館

ロング・プレイス、ロング・タイム

＊主な登場人物＊

ジェン・ブラザーフッド………… 弁護士。
ケリー…………………………… ジェンの夫、内装業者。
トッド…………………………… ジェンとケリーの息子。
ケネス・イーグルス…………… ジェンの父。
コナー…………………………… トッドの同級生。
ポーリーン……………………… コナーの母親。
クリオ…………………………… トッドの彼女。
エズラ・マイクルズ…………… クリオのおじ。
ジョゼフ・ジョーンズ………… エズラの共同経営者。
ラケシュ・カプール…………… 弁護士。
ジーナ・デイヴィス…………… 依頼人。
アンディ・ヴェティース……… 物理学教授。
ニコラ・ウィリアムズ………… 刺殺された女性。
ライアン・ハイルズ…………… 巡査。
リオ……………………………… 犯罪捜査課の刑事。
アンジェラ……………………… 潜入捜査官。

フェリシティとルーシーへ——

多元的宇宙においても、ふたりがエージェントでありますように。

0日　午前0時直後

ジェンは今夜、時計の針を一時間巻き戻せることにほっとしていた。手に入った一時間、その余分な時間を、息子の帰りなど待っていないふりをして過ごすのだろう。

今はもう午前零時を過ぎていて、正確な日付は十月三十日だ。ハロウィーンまであと少し。ジェンは自分に言い聞かせた。トッドは十八歳で、九月生まれの赤ん坊はすっかりおとなになったのだと。息子はもう望むことはなんだってできるのだ。

その夜の大半は、不器用な手つきでカボチャをくり抜いて過ごした。ジェンは出来上がったカボチャを私道の見えるピクチャーウィンドウの窓台に置き、キャンドルを灯した。ジャック・オー・ランタンを作ったのは、いつものように義務感に駆られただけ。だけど、そのわりにうまくできた。独特な造作ながら、とても美しく輝いている。

階段の上から足音がした。ケリーがこんな時間まで起きているのはめずらしい。夫は朝型で、ジェンは夜型だった。彼は階上の寝室から出てきた。ほの暗い空間の中で、ぼさぼさの髪が濃い藍色に染まっていた。一糸纏わぬ姿で、口の両端には愉快そうな小さな笑みを貼りつけている。

ケリーが階段を下りて来ると、手首に刻まれたタトゥーがライトに照らし出された。ジェンを愛していると気づいた〝その時〟を刻んだというタトゥー。〝二〇〇三年　春〟。彼女は夫の体を見る。この一年間で、四十三歳の彼の胸毛は、数本だけ白くなっていた。「大変だった？」ケリーはそう言って、カボチャを示した。

「みんなやってるのよ」とジェンは弱々しい声で言った。「ご近所さんはみんな」

「そんなの気にするなって」と彼は言った。夫はいつもこんな調子だ。

「トッドがまだ戻ってないの」

「あの子にとってはまだ宵の口なのさ」〝イヴニング〟の音節にウェールズ訛りがかすかにあったけれど、注意しないと気づかないくらいのごく軽い訛りだった。「午前一時じゃなかったっけ？　門限は」

こうしたやりとりは日常茶飯事だった。自分は何事も気にしすぎる性格で、ケリーはたぶん無頓着すぎるのだろう。ジェンがそんなことを考えていると、そのタイミングで夫は後ろを向き、いつもの完璧な尻を露わにした。二十年間、妻が愛してやまなかった完全無欠な尻。ジェンは窓の外にトッドの姿を探してからまたケリーを見た。

「ご近所さんにお尻が丸見えよ」

「カボチャがもうひとつあるんだって思うだけさ」彼のウィットに富んだ言葉はナイフのよ

うに鋭く軽やかだ。軽口を交わすこと。それはふたりにとって、ごくあたりまえの日常だった。「そろそろベッドに来ないか？ メリロックスの仕事が終わったなんて信じられないよ」と彼は伸びをして言った。この一週間、夫はメリロックス通りにある、とある家の床をヴィクトリアン調のタイルに張り替える仕事をしていた。個人で請け負っている仕事のため、ほとんど誰とも顔を合わせることなく、延々とポッドキャストを聴きながら作業できる。それが彼の性に合っているのだという。複雑で捉えどころのない人。どこか満たされない人。それこそがケリーという人間だ。

「もう少ししたらね。あの子がちゃんと帰って来るのを見届けたいの」

「すぐに帰って来るさ。ケバブをもってね。ポテトのおこぼれにでもあずかるつもり？」

「そんなわけないでしょ」

ジェンが笑って言うと、ケリーはウィンクして寝室に戻った。

彼女はあてもなく家の中を行ったり来たりしながら、今抱えている仕事のことを考えた。離婚協議中の夫婦が、陶器製の食器セットをめぐって争っていたが、もちろんそれは裏切りについての争いにほかならなかった。すでに三百件以上の案件を抱えているジェンは、その仕事を引き受けるべきではなかったのだろう。けれども、初回の弁護士面談でミセス・ヴィシェアはジェンを見てこう言った。「もしもあの食器セットを手放すことになったら、わたしは愛するものをひとつ残らず手放すことになるの」それで引き受けざるを得なくなった。

気にかけずにいられたらどれほど楽だろう。離婚する他人のことや、ご近所さんのことや、いまいましいカボチャのことを。だけど、ジェンはどうしても気にかけてしまうのだった。

彼女は紅茶を淹れて窓のところへ行き、息子の帰りを待った。どんなに遅くなっても起きているつもりだった。子育てにおけるふたつの段階――子供が生まれてからと、その子供がおとなになる直前の何年間か――はそれぞれべつの理由から睡眠不足になるものだ。

ふたりがこの家を買ったのは、三階建ての二階にこのピクチャーウィンドウがあるからだった。「ここから王様になった気分で外を眺めるのよ」ジェンがそう言うと、ケリーは声をあげて笑った。

しばらくして、十月の霧の向こうにようやくトッドの姿が見えた。ちょうどそのとき、サマータイムが終わり、携帯電話の表示が01：59から01：00に切り替わった。ジェンは忍び笑いをする。いかにもトッドらしい。時間が巻き戻ってくれたおかげで、うまく遅刻を免れたのだから。あの子は帰宅が遅れた理由よりも、門限という言葉のもつ言語上の意味のほうが重要だと言うにちがいない。

トッドは家の前の通りをゆっくり歩いていた。足を動かすたびにジーンズを穿いた膝が突き出て見える。やせっぽちの体は少しも体重が増えていないようだ。外はモノクロ写真そのものだった。色のない霧、黒い木々と道、半透明の白い空気。

この通り――マージーサイド州の街クロスビーの外れにある――には街灯がなかった。ケリーは家の外に『ナルニア国物語』に出てくるような趣のある外灯を設置して、ジェンを驚かせた。錬鉄製の高価なものだが、ケリーにどうしてそんな金銭的な余裕があるのかさっぱりわからなかった。外灯は動きを感知すると自動的に明かりがつくようになっていた。

だけど……待って。トッドは何かを見ているようだ。突然立ち止まり、目を細くしている。視線の先を追うと、ジェンにもそれが見えた。道の反対側から急ぎ足でやって来る人影。男のようだが、体つきや動きからすると息子よりもかなり年上だろう。ジェンはそういったことによく気づく。よく気づくからこそ優秀な弁護士になったのだ。

ジェンはひんやりした窓ガラスに熱い手のひらをあてた。

何かがおかしい。何かが起きようとしている。ジェンはそう確信していた。その何かに名前をつけることはできないが、本能的に危険を感じ取っていた。花火や踏切や絶壁の近くにいるときと同じような感覚。カメラのシャッターを押すように、頭の中を次から次へと様々な考えが浮かんでは消えていく。

彼女は窓台にマグカップを置き、ケリーを呼んだ。階段を一段飛ばしで駆け下りると、素足に縞（しま）模様のカーペットのざらついた感触があった。靴をひっかけ、玄関のドアノブに手を置いた瞬間、はっとして立ち止まる。

なに――この感覚はいったいなんなの？　ジェンにはそれが説明できなかった。

デジャヴ？　今までに経験したことのない感覚。瞬（まばた）きをすると、それは消えていた。煙のように実体のないもの。今のはなんだったの？　真鍮のドアノブに置いた手？　外を照らしている黄色い外灯の光？　ちがう、でも思い出せない。今はもう消えてしまった。

「どうした？」後ろからガウンの紐を腰に巻きつけながらケリーがやって来た。

「トッドよ——あの子——あの子、外にいるの……誰かと」

ふたりは急いで外に出た。とたんに秋の冷気が肌を刺す。ジェンはトッドと見知らぬ男のほうへと走った。彼女が状況を把握するよりはやく、ケリーが叫ぶ。「やめろ！」

トッドは走り始めた。そして何秒も経たないうちに、男の着ているフードのついたコートの前を掴んだ。男に向き合った息子がその手をぐいと引くと、ふたりの体が重なった。男がポケットに手を伸ばした——

パニックになった夫が、道の左右に目をやりながら走っていく。「トッド、だめだ！」

と、そのとき、ジェンの目がナイフを捉えた。

アドレナリンのせいで視界はくっきりしていた。彼女はその瞬間を見ていた。素速く淀みない動きでナイフが突き刺さる瞬間を。それからすべてがスローモーションのようになった。トッドが腕を後ろに引くと、ナイフは服に引っかかってからするりと抜けた。刃と一緒に白い羽毛が二枚飛び出して、凍える空気の中を雪片のようにあてどなく漂い始めた。

男の体からほとばしる大量の血液。ジェンが男を抱きかかえるようにして上着の前を開くと、熱い血液が、手のひらや、指の間や、手首にまとわりついてくる。膝が痛い。そう思ってから、彼女ははじめて自分が砂利の上にひざまずいていることに気づいた。

男のシャツのボタンを外したとたん、さらに血が溢れ出てきた。コインの投入口のような傷口が三つ、吹き出る血の中に見え隠れしている——まるで真っ赤な池の底を覗き込もうとしているかのようだ。ジェンは体の芯から冷え切っていた。

「だめよ」ジェンは湿った声で叫んだ。

「ジェン」ケリーがかすれた声を出した。

彼女は血まみれになった男を私道に寝かせ、身を乗り出してじっくり眺めた。自分がまちがっていることを願っていたが、すぐにわかった。男がもはやここにはいないことを。外灯の黄色い光に照らされたその目はどこかふつうではなかった。

音ひとつない夜だった。おそらく数分は経ったのだろう。ジェンはショックに目を瞬かせ、顔を上げた。

トッドはケリーに抱きしめられていた。父親の肩越しにジェンを見下ろしているが、その顔にはなんの表情も浮かんでいない。手からナイフが滑り落ちると、金属の刃が凍った舗道に当たり、教会の鐘の音のように響き渡った。彼は血だらけの手で顔を拭った。

ジェンは血のついた息子の顔をじっと見つめた。後悔しているのかもしれないし、していないのかもしれない。なんとも言えなかった。ジェンはほとんどの人の表情を読み取ることができる。が、息子の表情だけは読み取ることができなかった。

0日　1時直後

誰かが緊急通報(999)したようだ。突然、明るい青色の回転灯が通りを照らした。「いったい……」ジェンはトッドに向かって言った。その〝いったい……〟はすべてを含んでいた。誰なの、なぜなの、なんてことを？

ケリーは息子を放した。ショックに青ざめてはいるが何も言わない。それはいかにも夫らしい反応だった。

トッドはジェンのこともケリーのことも見ていなかった。「ママ」息子はようやくか細い声を出した。子供はいつだってまず母親を求めるものなのでは？　ジェンはトッドに手を伸ばそうとしたが、その場から動けなかった。男の傷口を押さえていなければ、みんなにとって最悪の事態になるかもしれない。「ママ」トッドはふたたび母親を呼んだ。その声はひび割れていて、まるで乾いた土が真っ二つに割れたようだった。彼は唇を噛(か)んで、通りの先を見た。

「トッド」男の血が浴槽の水のようにジェンの手の上で波打っていた。

「しかたなかったんだ」ようやくトッドは母親のほうを見て言った。

ジェンは口を半開きにして、ケリーはがっくり頭を垂れて放心状態だった。夫のガウンの袖はトッドの手についた血で赤く染まっていた。「なあ、トッド」夫が口を開いたが、その声はあまりに小さく、本当に言葉を発したのかよくわからなかった。

「しかたなかったんだ」トッドはもう一度きっぱりそう言うと、凍えるような空気に蒸気の雲を吐き出した。「こうするしかなかったんだ」思い込みの強い十代の子らしい言い方だった。パトカーの青い光がビートを刻むようにして近づいてくる。ケリーはトッドをじっと見つめていた。彼の唇——血の気が失せて白くなっている——が何かつぶやいたが、たぶんそれは音のない罵りだったのだろう。

ジェンはトッドを、我が子を、この凶暴な犯罪者を見つめた。コンピューターと統計学、それにクリスマス用のパジャマ——今でも毎年きちんと畳んでベッドの端に置いている——が好きな息子を。

ケリーは両手で頭を抱え、息子を見つめたまま意味もなく私道を行ったり来たりしていた。男には一瞥もくれなかった。

ジェンは両手の下で脈打つ傷口をなんとか塞ごうとしていた。救急隊員が到着するまで被害者から離れるわけにはいかなかった。

トッドはまだ震えていた。寒さに震えているのか、ショックに震えているのか、ジェンにはわからなかった。「この人は誰なの？」と彼女は息子に尋ねた。訊きたいことは山ほどあったが、トッドは肩をすくめただけで何も言わなかった。ジェンは無理にでも答えを聞き出したかった。でも、それはできなかった。

「おまえは逮捕される」ケリーが低い声で言った。警官のひとりがこちらに向かって走って来ていた。「いいか──何も言うな。わかったな？　おれたちが──」

「この人は誰なの？」ジェンはまたそう訊いた。その声はあまりに大きく、夜更けの叫びのようだった。彼女は走って来る警官に心の中で懇願していた。どうか待ってほしい。少しだけわたしたちに時間をちょうだいと。

トッドは母親を見た。「ぼくは……」けれども、今回ばかりは長たらしい説明も、理性的な態度ももちあわせていないようだ。あとに続くはずの言葉が湿った空気の中に消えていくと、このことは家族の手には負えない何か大きなものへと変わってしまった。

警官がそばまでやって来た。黒の防刃チョッキと、白いシャツを着た背の高い男で、左手に無線機をもっていた。「エコー・フロム・タンゴ245──ただ今、現場にいます。救急車が向かっています」トッドは警官のほうを二度振り返ってから母親に視線を戻した。そのときがきた。ようやく息子から説明を聞ける。手錠と権力で完全に捕らわれの身になってしまうまえに。

ジェンの顔は凍りついていたが、両手は男の血で熱を帯びていた。彼女はただ待っていた。

動くのを怖れて、息子から目を逸らすのを怖れて。そして最初にその均衡を破ったのはトッドだった。彼は唇を噛みしめ、足元に視線を落としたが、ただそれだけだった。べつの警官がやって来て、ジェンを見知らぬ男から引き離した。スニーカーにパジャマ姿の彼女はべとついた手で私道に佇み、息子を、それからケリーを見た。夫はなにやら法律上のことで警官と議論を交わしている。ここはわたしが引き受けなければ、とジェンは思った。なにしろ自分は弁護士なのだ。しかし、言葉は出てこない。すっかり困惑して、まるで北極にでも置き去りにされたかのように途方に暮れていた。

「名前は？」最初に来た警官がトッドに訊いた。ほかの警官たちも、蟻が巣から出てくるようにぞろぞろと車から降りてきている。

ジェンとケリーは慌てて前に進み出たが、トッドが手を横に出してふたりを止めた。

「トッド・ブラザーフッドです」と彼は気だるげに答えた。

「何があったか説明できるか？」と警官が尋ねた。

「ちょっと待って」ジェンはすぐに気を取り直して言った。「こんな道端で取り調べするなんてだめよ」

「三人で署に行かせてくれ」ケリーが切羽詰まった口調で言った。「それから――」

「あの、ぼく、この人をナイフで刺しました」トッドは父親の言葉を遮り、地面に横たわっている男を指さした。それから両手をポケットに突っ込み、警官に近づいた。「だから、ぼくを逮捕してください」

「トッド、何も言っちゃだめ」とジェンが言った。涙が喉を塞いでいた。こんなことありえない。彼女には強い酒が必要だった。時間を遡るために。酔って嘔吐するために。寒さと混乱のせいで体中が震えていた。

「トッド・ブラザーフッド、きみには何も言わない権利がある」と警官は言った。「が、質問に答えないと不利になる場合があることを……」トッドはよくある映画のいちシーンのように両手首を差し出した。カチッという音がして手錠がかけられると、彼は寒そうに肩をすぼめた。その顔は無表情というより、諦めているようだった。

「やめるんだ！」ケリーが声を荒らげた。「こんなのは――」

「待って」パニックになったジェンが警官に言った。「わたしたちも行っていいのでしょう？この子はまだ十代で……」

「もう十八だよ」とトッドが言った。

「その車に乗るんだ」警官はジェンの言葉を無視してパトカーを指さすと、無線機を手にした。「エコー・フロム・タンゴ245――独房を用意してください」

「じゃあ、後ろからついていくわ」彼女は慌ててそう言ってから、刑法に関しては素人にもかかわらず「わたしは弁護士よ」とつけ加えた。母親としての本能が窓台に置かれたカボチャのように明るくはっきりと燃えさかっていた。息子がなぜこんなことをしたのか、その理由を突き止め、罪を免れさせ、救いの手を差し伸べてやらねばならない。それこそが親の役目だ。

「わたしたちも行くわ。警察署で会いましょう」

警官はようやくジェンを見た。彼はモデルのようなシャープな顔立ちをしていた。こんな若い子に指示されるなんて、とジェンは思った。だけど、最近の警官がみな彼のように若くてハンサムというわけではないだろう。「クロスビー警察署です」警官はそれだけ言うと、ほかにひと言もつけ加えることなく息子のいるパトカーに乗った。被害者の男のところにはべつの警官がいた。その男のことを考えるのは耐えられそうになかった。ジェンはちらりと目をやったが、大量の血液や、警官の表情からすると……死んでいるのはまちがいない。

ジェンはケリーのほうを見た。ふだん感情を表に出さない夫がこのとき見せた表情はけっして忘れられないものだった。彼女の目が夫の濃紺の目を捉えると、一瞬、世界が止まったようになった。静寂の中でジェンは思った。ケリーの表情は、まさに悲しみに打ちひしがれた人のそれだと。

クロスビー警察署の前には市民にアピールする白い看板──〈マージーサイド警察──クロスビー〉──が掲げられていた。六〇年代に建てられた低層の建物は、まわりを低いレンガの塀で囲まれていた。その塀の下に、十月の落ち葉が波に打ちつけられたように重なり合っている。

ジェンは敷地の外の、黄色い二本線の引かれた道路脇に車を停めてエンジンを切った。息子は人を刺したのだ。駐車違反の切符を切られることなどたいした問題ではない。ケリーは車が完全に止まるまえにはもうドアを開けて外に出ていた。歩きながら妻の手を取ろうと自分の手を後ろに伸ばしてきたので、ジェンはその手を摑んだ。海でいかだに乗るときのように。

二重のガラス扉を押して中に入ったふたりは、古い灰色のリノリウムの床のロビーを足早に横切った。建物の中は古めかしい匂いがした。学校や病院や介護施設のような、ケリーが忌み嫌う制服とまずい食事を伴う施設の匂い。「おれはぜったいに激しい出世競争には加わらないよ」ふたりの関係が始まったばかりのころ、彼はそう言っていた。

「おれが話をつける」ケリーがぶっきらぼうに言った。体を震わせているが、それは恐怖からではなく、むしろ怒りから震えているようだった。

「大丈夫よ――わたしのほうで弁護士を立てて、初めの――」

「署長はいるか？」ケリーは受付にいる、小指にシグネットリングをはめた禿げ頭の警官に嚙みつくように言った。彼の態度はふだんとまるでちがっていた。両足を大きく広げ、肩をいからせている。ジェンでさえ、これほど取り乱した夫を見たことはほとんどなかった。

警官はうんざりした口調でふたりに待つように言った。

「五分だけだ」ケリーはそう言って、壁の時計を指さしてからロビーの椅子にどさりと腰を下ろした。

ジェンも隣に座り、結婚指輪をはめた夫の指に自分の指をからませた。指輪は寒さのせいでゆるくなっていた。ケリーはいらいらしながら何度も足を組み替えていたが、ジェンは無言のままじっとしていた。警官がひとり受付にやって来て、電話口で静かにしゃべり始めた。「二日まえの夜と同じ事件だ――セクション十八、傷害罪。先の被害者はニコラ・ウィリアムズで、犯人は逃走中」ぼそぼそとした低い声に、ジェンは耳を澄ました。

〝セクション十八、傷害罪〟は刃物による傷害事件のことだ。トッドのことを話していたにちがいない。そして二日まえにも似たような事件があったらしい。

息子を逮捕した、長身でシャープな顔立ちのあの警官がようやく姿を現した。

ジェンは机の後ろの時計を見た。三時三十分？　それとも、四時三十分？　ここではまだサマータイムのままなのか彼女にはわからなかった。頭が混乱していた。

「息子さんですが、今夜はここから出られません――すぐに取り調べを始めるので」

「どこに――奥にいるのか？」とケリーが言った。「中に入れてくれ」

「息子さんに会うことはできません。あなたがたは目撃者になるので」

ジェンの中で苛立ちが募った。この手のこと――まさにこのこと――が、人々を司法制度から遠ざける理由なのだ。

「そういうことか」ケリーは両手を上げると、警官に挑むように言った。

「なんです？」

「おれたちは敵同士だってことだろ？」

「ケリー！」ジェンが慌てて声をあげた。

「誰も、誰の敵でもありませんよ。朝になったら息子さんと話せますから」警官は落ち着き払って言った。

「署長はどこにいる？」

「朝になったら息子さんと話せます」

ケリーはそれ以上何も言わなかったが、それは含みのある危険な沈黙だった。夫は我慢強い人間だが、その分キレたときは手がつけられなくなる。だからジェンはこの警官を羨む気持ちにはなれなかった。

「誰か呼ぶわ。知り合いに誰かしらいるから」ジェンは携帯電話を取り出すと、震える指で連絡先の画面をスクロールした。刑事弁護士なら何人も知っている。弁護士としての第一のルールは、自分の専門以外にはけっして手を出さないこと。第二のルールは、家族の弁護をしないことだ。

「息子さんは必要ないと言っています」と警官は言った。

「あの子には事務弁護士(ソリシター)が必要よ——あなたにそんなこと……」

ジェンがそう言うと、警官は彼女のほうに手のひらを向けた。隣にいるケリーから激しい怒りがひしひしと伝わってきた。

「誰かに電話してみる。そうすればあの子も――」

「いいから、おれをあそこに入れてくれ」ケリーは建物の奥に続く白いドアを指さした。

「それは許可されていません」

「クソったれが」ケリーが警官に向かって怒鳴った。ジェンはびっくりして夫を見た。

だが、警官は石のように押し黙ってケリーを見ているだけで、相手にする気はないようだ。

「じゃあ――これからどうしたらいいの？」とジェンは言った。ケリーが警官に〝クソったれ〟だなんて。公序を乱すような発言は今の状況を悪くするだけなのに。

「さっきも言ったように、息子さんはここでひと晩過ごすことになります。朝になったら戻って来てください」警官は何事もなかったかのようにジェンにそう告げてから、ケリーをちらりと見た。「それと、事務弁護士(ソリシター)を強要することはできませんよ。我々も勧めてはみましたが」

「だけど、あの子はまだ子供よ」法律上はちがうのだとわかってはいるものの、ジェンは思わずそう口にしていた。「ほんの子供なの」彼女は自分に言い聞かせるように繰り返した。

クリスマス用のパジャマのことや、つい最近、食中毒になったトッドがジェンに夜通し看病を求めたことを思い出していた。ふたりはバスルームのある寝室でひと晩を過ごした。他愛のないおしゃべりをする間も彼女は湿らせた布で息子の口を拭いてやった。

「こいつらはそんなこと考えちゃくれないさ」とケリーが吐き捨てるように言った。

「朝になったら出直してきます——事務弁護士（ソリシター）を連れて」ジェンはその場を収めようとそう言った。

「お好きなように。これから自宅のほうに捜査班（チーム）を派遣します」警官の言葉に、ジェンは黙ってうなずいた。科学捜査班。彼らの家は家宅捜索されるのだ。隅から隅まで。

ジェンとケリーは警察署を出た。彼女は額をこすりながら道端に停めた車へと向かった。運転席に乗り込み、ヒーターのスイッチを入れる。

「本当にこのまま家に帰るの？」と彼女は言った。「家宅捜索の間、ただ座って待っているしかないの？」

ケリーの肩に緊張が走った。ジェンを見つめる夫は、黒髪が乱れ、詩人のような悲しい目をしていた。

「どうしたらいいかなんておれにもわからないよ」

ジェンは秋の夜露に濡（ぬ）れた植え込みをじっと見つめてから、ギアをバックに入れ、車を出した。ほかにどうすればいいかわからなかった。

家の私道に車を停めると、窓台に飾ったカボチャがふたりを出迎えてくれた。キャンドルの火を消し忘れていたようだ。捜査官たちはすでに到着していて、十月の風にたなびく立ち入り禁止のテープのそばに立っている。白いジャンプスーツを着た彼らはまるで幽霊のようだった。血だまりの縁が乾き始めていた。

ジェンとケリーは玄関を入り、一階のソファに座った。捜査官たちが四つん這いになって犯行現場をくまなく調べはじめた。ふたりはひと言もしゃべらず、ただ黙って手を握り合っていた。ケリーはコートを着たままだった。

ようやく科学捜査班の調べが終わり、警察がトッドの私物を押収して引きあげていくと、ジェンはソファに横になって天井を見上げた。そのとたん、目から涙が溢れ出てきた。とめどなく流れる涙は、熱くじっとりとしていた。未来への涙。昨日への、そして予想もしていなかったことへの涙だった。

マイナス1日　8時

ジェンは目を覚ました。

どうやら自分でベッドまで行き、眠ってしまったようだ。どちらも記憶にないが、ソファの上ではなく寝室にいた。ブラインドの隙間から外の陽ざしが漏れている。

体を回転させて横を向いた。どうか嘘だと言って。

ジェンは瞬きをして空っぽのベッドを見つめた。ひとりだ。ケリーはすでに起きて電話をかけているのかもしれない。そうだといいのだけれど。

床には服の抜け殻が転がっていた。まるで体だけが蒸発してしまったみたいだ。彼女はそれをまたいで、ジーンズと地味なタートルネックのセーターを身につけた。そのセーターを着ると太って見えたが、それでも気に入っていた。

二階に下りて、誰もいないトッドの部屋の前に立った。

息子は留置場でひと晩を過ごした。これからどれだけ多くの困難が待ち受けていることだろう。ジェンには想像もできなかった。

大丈夫。なんとかなるはずだ。ジェンは優れた救済者であり、人生のすべてを、他人を救うことに費やしてきた。今こそ我が子を救わなければ。

きっと解き明かすことができる。

息子はなぜあんなことをしたのか？

なぜナイフなど持っていたのか？　被害者の男、息子が殺したあの年配の男は誰なのか？

突然、ジェンはここ何週間かのトッドの様子に僅かながらもヒントがあったことに気づいた。怒りっぽくなっていたこと、急激に痩せていたこと、何かを隠している様子だったこと。ジェンはそれを思春期特有のものだと片づけてしまっていた。ちょうど二日まえ、庭にいたトッドは携帯電話で誰かと話をしていた。あとで誰だったのかと尋ねると、彼はほっといてくれと言って携帯をソファに投げつけた。ふたりは跳ね返って床に落ちた携帯を見つめた。すると息子は冗談だよとごまかしたが、あの小さな苛立ちは冗談などではなかったのだ。

ジェンは息子の部屋のドアを穴が開くほど見つめた。どうしてあの子を殺人者になど育ててしまったのだろう。十代の子のキレやすさ。ナイフによる犯罪。不良グループ。過激左派。そのどれなのだろうか？　どう対処すればいいのだろうか？

階下からケリーの声はしていなかった。彼女は一階に下りるまえに、ピクチャーウィンドウの外をちらりと見た。表はまだ霧がかかっていた。ほんの何時間かまえにこの窓のところに立っていたが、そのときすべてが変わってしまった。

ジェンは私道に染みひとつないことに気づいて驚いた――どうやら雨と霧が血痕を洗い流したようだ。警察による調べも一段落ついたらしい。立ち入り禁止のテープもなかった。

顔を上げて私道の先の通りを見た。道の両端には、乾いた秋の葉で彩られた木々が立ち並んでいる。ジェンは自分が見ているものにどこか違和感を覚えていた。でも、それがなんなのかわからなかった。きっと昨夜の記憶のせいだ。外の景色をほんの少しだけ歪めて、どことなく不吉なものにしているのだろう。

急いで階段を下りて、木の床の廊下を通りキッチンに入った。キッチンには事件が起きるまえの昨夜の匂いが残っていた。食べ物の匂い。キャンドルの匂い。正常な匂い。

キッチンの真上から男の低い声がした。ケリーだ。ジェンは困惑して天井を見上げた。たぶんトッドの部屋で何か探っているのだろう。そうしたくなる気持ちはよくわかる。警察が見落とした何かを見つけたいという衝動に駆られるのも無理はない。上まで辿(たど)り着いたときには息を切らせていた。「ケリー?」彼女は階段を駆け上りながら夫を呼んだ。「はやく決めなくちゃ――どの事務弁護士(ソリシター)に依頼するか――」

「ジェンは急げ!」突然、声がした。トッドの部屋からだったが、それはまぎれもなく息子の声だった。ジェンは後ろに飛び退(の)いて階段の手前でよろめいた。

聞きちがいではなかった。〝サイエンス・ガイ〟とプリントされた黒のTシャツとスウェットパンツを身につけたトッドが部屋から出てきた。寝起きなのだろう。眠そうな目をして、青白い顔だけが暗闇に浮かんでいる。「今のは新しくない?」息子はえくぼを見せて笑いながら言った。「ぶっちゃけ、ダジャレのウェブサイトまで見たんだ」

ジェンはただ呆然(ぼうぜん)として見つめた。息子を、殺人者を。その手に血の跡はなく、その顔に殺人者の表情は浮かんでいない。だけど……

「どういうこと?」と彼女は言った。「どうしてここにいるの?」

「うん?」彼はいつもと何ひとつ変わらない様子だった。ジェンはすっかり頭が混乱すると同時に、興味を惹(ひ)かれた。いつもと同じ青い目。いつもと同じぼさぼさの黒髪。いつもと同じ背の高さに痩せた体。だけど、息子は誰にとっても許しがたい罪を犯した。たぶん、彼女以外の誰にとっても。

トッドはどうやって家に戻って来たのだろう？

「なに？」と彼は言った。

「どうやって帰って来たの？」

トッドの眉がぴくついた。「どうしたの？　釈放されたの？」

「パパが迎えに行ったの？　へんだよ」

「釈放？」彼は片方の眉を吊り上げたが、その仕草は最近になって身につけたものだった。ここ数ヶ月で息子は激変していた。すっかり痩せて、顔だけがむくんでいた。働きすぎの人や、水分を摂らないでファストフードばかり食べている人にありがちな青白い顔をしていた。ジェンの知る限り、トッドにそんなことをしている様子は見られなかったが、本当のところはわからない。そこにきてこの仕草だが、それは新しい恋人のクリオと出会った直後から見られるようになったものだ。

「これからコナーと会うんだ」

コナー。同じ学年の男子で、この夏、息子と親しくなったばかりの友達。ジェンはコナーの母親のポーリーンと何年もまえから友達づき合いをしている。ポーリーンはジェンの好きなタイプの人間だった。人生に疲れ、汚い言葉を吐き散らす、母親らしくない女性。ジェンに暗にしくじってもいいのだと許可を与えてくれる女性。ジェンは常にこうしたタイプの人間に惹かれた。だから友人はみな気取らない性格で、やりたいようにやり、言いたいことを口にする。つい最近、ポーリーンはコナーの弟テオについてこう言った。「わたしね、あの子のことがかわいくてしかたがないの。だけど、まだ七歳だから、クソウザいことばかりするのよ」ふたりは校門の前で大笑いした。

ジェンはトッドに近づいて顔を覗き込んだ。悪魔の印はどこにもない。目の奥に変わったところもなければ、背後の部屋に凶器らしきものもない。それどころか部屋の中は何ひとつ変わっていなかった。

「どうやって家に帰って来たの？　何があったの？」

「どこから帰って来たって？」

「警察署よ」ジェンははっきりそう言ってから、息子と距離をおいている自分に気づいた。ふだんよりも一歩だけ後ろにさがっている。たとえ最愛の息子であっても何をしでかすかわかったものではない。

「え、なに——警察署？」驚いたようにトッドが言った。「なんのこと？」彼は赤ん坊のころからそうしていたように、顔をゆがませ、鼻に皺を寄せた。顔にはニキビ全盛期に残った小さなニキビ痕がふたつあるが、それ以外はあどけなく、桃のような産毛の生えた若者らしい顔をしている。

「あなたの逮捕のことよ、トッド！」

「ぼくの逮捕?」

ジェンは息子の嘘ならたいてい見破ることができる。けれどもこの瞬間、彼がけっして嘘などついていないことがわかった。トッドは澄んだ目でぼんやりと母親を見ていた。顔には戸惑いの表情が刻まれている。「なんなの?」彼女はささやき声になって言った。何かが背筋を這い上がってくる。それはおぼろげながらも怖ろしい事実だった。「わたし見たのよ……あなたがしたことを」と、そのとき、あることに気づいた。妙だと思ったのは窓の外の景色ではなく、窓そのものだったことに。カボチャが消えていたのだ。跡形もなく。

ジェンの歯がカタカタと音をたて始めた。そんなこと、ありえない。

彼女はカボチャの消えた窓から目を逸らした。

「見たのよ」と彼女は繰り返した。

「見たって、何を?」トッドの目はケリーのそれによく似ている。ジェンはこれまで少なくとも千回はそう思ったことがあった。ふたりの目はそっくりだと。

彼女はじっと息子の目を見たけれど、彼はめずらしく視線を逸らさなかった。「昨夜、あなたが家に帰って来てから起きたことよ」

「昨日の夜は出かけてないけど?」息子からは、冗談も気取った態度もすべて消えていた。

「どういうこと? わたし、あなたの帰りを待っていたのよ。あなたは門限に遅れたけど、時計が巻き戻って……」

トッドは母親の目を見つめ、一拍おいてから言った。「時計を巻き戻すのは明日だよ。今日は金曜日でしょ？」

マイナス1日　8時20分

ジェンの胸にあるエレベーターが降下していくようだった。彼女は顔にかかった髪の毛を払い、トッドに小さく人差し指を立てると、奥のバスルームへ向かった。息子に背を向けたとたん、まるで我が子が怖ろしい捕食者であるかのように恐怖に身震いした。

トイレで吐いた。こんなふうに嘔吐するのは久しぶりだった。ほとんど吐くものはなく、どろりとした黄色い胃酸だけが水底に沈んでいった。あれはトッドを妊娠したときのことだ。医者に吐きすぎて胆液しか出てこないと訴えたら、彼はきちんと教えておくべきだと思ったようで、こう言った。「胆液は明るい緑色で、深刻な問題のあるサインです。あなたが言っているのは胃酸のことですよ」

便器の底に線で描いたような胃酸を見つめた。胆液ではないものの、深刻な問題があるにちがいない。

トッドには彼女の言っていることがわかっていなかった。それははっきりしていた。事実を否定することさえしなかった。だけど、なぜ？　どうして？

それにカボチャ。あのカボチャが消えていた。夫はどこにいるのだろう？　まともに考えることができない。体の底から湧き上がる恐怖、その行き場のない大きなストレスに、また吐き気がした。

格子柄の冷たいタイルの上に座り込み、ポケットから携帯電話を取り出してカレンダーを表示した。

十月二十八日、金曜日。時計はたしかに明日巻き戻ることになっている。月曜日はハロウィーンだ。ジェンは日付を食い入るように見つめた。どうしてこんなことが？

きっと頭がおかしくなってしまったのだ。彼女は立ち上がり、意味もなく歩き回った。体中を蟻が這い回っているような気分だった。ここから抜け出さなくては。だけど、ここはどこなの？　昨日から抜け出すということ？

ケリーと最後にやりとりしたメッセージを開いて、通話ボタンを押した。

夫はすぐに電話に出た。「ねえ、聞いて」とジェンは切羽詰まって言った。

「おやおや」気だるそうな声。夫はいつものようにおもしろがっているようだ。電話の向こうでドアの閉まる音がした。

「どこにいるの？」おかしなことを訊いているのは百も承知だが、ほかに何を言えばいいかわからなかった。

一瞬の間があってから、ケリーの声がした。「地球だよ。だけど、どうやらきみはべつのところにいるみたいだね」

「真面目に話して」

「仕事だよ！　当然だろ！　きみこそどこにいる？」

「昨日の夜、トッドは逮捕されたの？」

「なんだって？」電話の向こうで、床に何か重い物を置くような音が響いた。「えーと——なんで逮捕されたって？」

「とにかく答えて。あの子は逮捕されたの？」

「されてないさ。だろ？」ケリーは明らかに困惑している。ジェンは信じられなかった。胸のまわりにどっと汗が吹き出て、彼女は腕を掻きむしり始めた。

「だけど、わたしたち——わたしたち、警察署にいたじゃない。あなたは警官に怒鳴り散らして、時計がちょうど巻き戻って、わたし……カボチャをくり抜いたのよ」

「おい——大丈夫か？　とにかくおれはメリロックスの仕事を終わらせないといけないんだ」

ジェンは息を飲んだ。夫は昨日、その仕事を終わらせたと言っていたのでは？　そう、たしかにそう言った。彼は三階にいて、タトゥーと笑みだけを纏(まと)っていた。そのときのことを覚えている。思い出すことができる。

彼女は世界を遮断するように片手で目を塞いだ。

「何がどうなっているのかわからないの」彼女はそう言って泣き始めた。涙が言葉に絡みつくようだった。「わたしたち、何をしたの？　昨日の夜はどうしていたの？」頭を後ろの壁にもたせかけた。「わたし、カボチャをくり抜いたの？」

「いったい何を言って――」

「わたし、頭がどうかしちゃったんだと思う」ジェンはささやき声でそう言ってから、ジーンズの裾を巻き上げた。膝頭(ひざがしら)に傷はないし、少しの土もついていない。それに爪の間に血痕も残っていない。コマ撮りした動画のように、彼女の腕に一気に鳥肌が立った。

「わたし、カボチャをくり抜いたの？」彼女はそう繰り返したが、心の奥底ではあることに気づき始めていた。もし、そうでないのなら……自分は正気を失ったかもしれないが、息子は殺人者ではないということだ。ジェンはほっとして、少しだけ肩の力を抜いた。

「いいや、きみは――きみはそんなことにかまけている時間はないって……」彼は小さな笑い声をたてた。

「そうだったわね」と彼女はか細い声で言った。結局、あのカボチャがどうなったかを思い出していた。

ジェンは鏡の前に立った。鏡の向こうの自分と目が合った。そこに映っているのはパニックになった女性のポートレートだ。黒い髪、青白い顔、やつれた目。

「ねえ、そろそろ切るから。きっと夢だったのよ」そう言ってみたものの、夢であるはずはなかった。

「わかった」ケリーはゆっくりと返事をした。それから何か言いたそうにしていたが、思い直したようだ。「今日は早めに帰るよ」とだけつけ加えた。ジェンはほっとした。夫が仕事帰りに友人とパブへ寄ったりスポーツに興じたりするタイプではなく、マイホーム主義であることがありがたかった。愛するわたしのケリー。

彼女はバスルームを出て、キッチンへ行った。テラスのドアの向こうの庭は霧に包まれ、木々のてっぺんは完全に消し去られていた。このキッチンは二年まえにケリーがリフォームしていた。それは酔っ払ったジェンがぽろりと漏らした言葉がきっかけだった。「わたしの理想はね、身の回りのことがきちんとできる女性になることなの。ほら、仕事では依頼人を満足させてあげられて、家庭では子供を幸せにしてあげられて、〈ベルファスト〉のシンクがある家に住んでいるような女性」

ある夜、夫は彼女にシンクをプレゼントした。「これで身の回りのことがきちんとできるんじゃないかな、ジェン。ここに夢のシンクがあるんだから」

記憶は薄らいでいった。ジェンはストレスを抱えた研修生にいつもこうアドバイスする。

深呼吸を十回してコーヒーを淹れなさいと。自分もそうすることが習慣になっていた。二十年間もプレッシャーの多い仕事をしていると、なんらかの対処法が身につくものだ。

彼女は大理石のアイランド・キッチンに近づいたが、次第に歩みが遅くなった。キッチンの端に、中身のくり抜かれていないカボチャが置かれているではないか。

死んだようにその場に固まった。自分が幽霊にでもなったかのような気分になり、また吐き気がしていた。「ああ」と思わず独り言を漏らした。それはちっぽけな言葉ではあっても、理解したことを示す重要な一音節だ。彼女はカボチャに近づき、まるで不発弾でもあるかのようにそっと手で回転させた。指先に感じるそれは、硬くて傷ひとつなかった。ああ、やっぱり、昨夜のことは起きていない。息子は殺人など犯していない。ジェンはほっとしてそう思った。

トッドの部屋に耳を澄ました。引き出しを開けたり閉めたりする音。歩き回る足音。ファスナーの音。

「もう現実に戻って来た？」彼は階段を下りて廊下までやって来るとそう言った。いたずらっぽい口調に、ジェンは飛び上がった。目の前にいる息子は、数週間まえより痩せたようだ。

「まあね」彼女は反射的にそう答えてから、二度ほど唾を飲み込んだ。病に冒されたときのように背中がぞくぞくしていた。アドレナリンのせいで興奮して熱っぽくなっているのかもしれない。

「じゃあ、よかった……」

「ひどい夢を見たみたい」

「最悪じゃん」トッドはただそう言った。母親のパニックがいとも簡単に説明できることかのような軽い言い方だった。

「そうなの。でもね、ほら、その夢の中で——あなたは人を殺したのよ」

「ふうん」トッドはそう言ったが、彼の表情の奥底に潜む何かが、ほんの少しだけうごめいた。一匹の魚が、さざ波を立てながら誰にも見られることなく大海を泳いでいるように。

「誰を？」それは最初にする質問としては妙だった。彼女は真実を隠そうとする依頼人に慣れているが、トッドの中にそういった人たちと同じものを感じ取っていた。

彼が額にかかった黒髪をかき上げると、Tシャツの下からウエストが覗いた。まだトッドが幼く体がふにゃふにゃしていたころ、ジェンはよく息子のウエストを両手で支えてやっては真っ直ぐに立たせたり、ジャンプさせたり、歩かせたりしていた。そのころは、母親の仕事など退屈で報われないものだと、やることの種類が変わるだけで同じことの繰り返しだと思っていた。でも、そうではなかった。今の彼女にはわかる。そんなことを言うのは、呼吸をするのが退屈だと言っているようなものだ。

「おとなの男の人。四十歳くらいかな」

「こんな弱っちい体なのに？」トッドはそう言って、大仰に細い腕を上げてみせた。

ジェンは、ある日の夜更けにケリーが息子のことでこう言っていたことを思い出した。「どうやったらあんな自信過剰のオタクに育つんだ?」ふたりは忍び笑いをした。ジェンが夫を愛するいちばんの理由はその辛口なウィットにある。だからトッドにもそれが受け継がれていることがうれしかった。

「たとえそんな体でもね」彼女はそう言ったが、心の中ではべつの言葉をつぶやいていた。腕力は必要ないのよ。武器を持っていたのだから。

トッドは素足をスニーカーに突っ込んだ。それを見て、ジェンは金曜日の朝にまったく同じ光景を見ていたことを思い出した。十月なのに寒くないのだろうか、学校で足首が冷えてしまわないのかしら、そう思って心配になったことを覚えている。と同時に――恥ずかしくも――周囲の人たちに、ひどい母親だと非難の目を向けられるのではないかと不安になったことも覚えていた。アンチ靴下派? とにかくそんなふうに思われてしまったらどうしようかと。それこそがストレスの原因だというのに。

突然、ジェンの肩に戦慄が走った。トッドが玄関のドアノブを摑むのを見て、あのデジャヴが蘇(よみがえ)ってきたのだ。大丈夫よ、と彼女は自分に言い聞かせた。心配いらないから。忘れるのよ。あのことが起きた証拠など、どこにもないじゃない。

証拠がない限りはきっと大丈夫。

「放課後は真っ直ぐクリオのところに行くから。晩ご飯は食べてくるかも」とトッドは素っ気なく言った。許可を求めるのではなく、宣言するような言い方。最近はいつもこうだ。

そしてそのとき、地中から泉が湧き出るかのごとく、ごく自然にジェンの唇から一度目の今日とまったく同じセリフが出てきた。「またバケツに入った牡蠣(かき)？」トッドがクリオの家ではじめて食事をしたとき、バケツに入った牡蠣が出された。その日、彼はジェンに写真を一枚送ってきた。指先にのせた殻の開いた牡蠣の写真には短い説明文がついていた。〝ぼくにもっと心を開いたほうがいいって言ったよね〟

彼女はトッドの返事を待った。フォアグラのような質素なものが出されるのだというジョークが返ってくるのを。

彼がにっこり笑うと、張り詰めた空気が緩んだ。「もっと質素なものが出るんじゃないかな。ほら、フォアグラとか」

もうだめだ。自分の手には負えない。こんなの、どうかしている。彼女の心臓は自らの動きを止めようとしているかのようだった。

トッドはリュックサックを手に取った。鈍い音をさせてストラップを肩にかける仕草の何かが、彼女の神経をさらに尖(とが)らせた。リュックサックは重そうだった。

その瞬間、ジェンはあることを思いついた。もし、あのリュックサックの中に凶器が入っていたら？ もし、これから事件が起きるのだとしたら？ もし、あれが夢ではなく、予知のようなものだったら？

ジェンは冷や汗をかいていた。「あなたのパソコンから何か聞こえない？」天井に目を向けて言った。「音がしているみたい」

十代の子に機器のチェックをさせることほどたやすいことはない。部屋のパソコンを調べるために足をもつれさせながら階段を上っていく息子を見て、ジェンは一瞬だけ悲しい後ろめたさを感じた。それはいつもの余計な同情心――学園ドラマに巻き込まれた息子が、友達から仲間はずれにされたときに感じる、ときに過剰な同情心――だったが、彼が人を殺すところを見てしまった今となっては、そんなふうに感じることさえもまちがっているような気がした。

それにジェンの感じているものがなんであれ、自分を止めることはできなかった。

気を紛らわせるには行動するにかぎる。彼女はリュックサックの前ポケットとサイドポケットを探った。階上(うえ)にいるトッドは、気が急(せ)いているときのいつもの癖で鼻歌を口ずさんでいる。「ったく、頼むよ」と毒づく息子の声がした。

化学の教科書が二冊、ペンが三本。それらのものを廊下の床に置いて、さらに中を探る。

「通知はきていないよ」トッドは階上(うえ)でそう叫んだが、その声はまた苛立っていた。ここ最近、息子のそばにいると、ジェンは自分が厄介者のように思えてしまう。

「ごめんなさい。きっと気のせいだったのね」彼女はそう言いながら思った。一分だけちょうだい。あと一分だけでいいから。

リュックサックの底は、サンドイッチのパンくずだらけだった。

だけど……これはなに？　奥にあるこれは？　革製のポーチのようなもの。リュックサックの背面に隠されていたそれは、大腿骨（だいたいこつ）のように冷たく硬かった。取り出すまでもなく、彼女にはそれがなんなのかがわかった。

細長い革製の鞘（さや）。ジェンは息を吐くと、ボタンを外してハンドルの部分を引っ張った。

それは……ナイフ。あの夜のナイフだった。

マイナス1日　8時30分

ジェンはその場に突っ立ったまま、ナイフを、手の中にある裏切りを見つめた。何かを見つけたとして、そのあとどうするかなどまったく考えていなかった。

彼女はこの忌まわしいナイフの長くて黒いハンドルを掴んだ。

ふたたびパニックが押し寄せていた。不安という潮の流れは、いったん沖に向かっても必ず戻って来るものだ。彼女は階段下の戸棚を開いた。靴やスポーツ用品や缶詰など、キッチンに収まりきらない物が押し込まれていたが、それらを掻き分けてナイフを奥に突っ込む。

階上（うえ）からトッドの足音がした。ジェンは背板にナイフを立てかけて扉を閉めると、床に置いた物をリュックサックの中に戻した。

トッド――不機嫌そうな笑みは、若いころのケリーにそっくりだ――はリュックサックを担いだ。軽くなったことに気づいた様子はない。玄関のドアを開ける彼をジェンはじっと見つめた。武器を所持していると思っている息子を、ナイフで他人の体を三箇所も突き刺した息子をまじまじと見た。彼は振り返って怪しむような視線を送ってきた。ジェンは一瞬、自分の行為が気づかれたのかと思いひやりとした。

息子が行ってしまうと、ジェンは階段を上ってピクチャーウィンドウから私道を見下ろした。彼は車で走り去る直前にバックミラーに目をやり、一瞬だけ母親と目を合わせた。蝶（ちょう）が知らぬ間に花に止まり、一度だけ羽を震わせて飛び去っていくように。

「トッドのリュックサックにナイフがあったの」夫が帰宅するやいなやジェンはそう言った。それ以上のことは説明しなかった。ジェンはこの日一日をパニックと平常心との間を行ったり来たりしながら過ごした。なんでもなかったのよ。ただの夢だったのよ。とんでもないことよ。まさに悪夢よ。彼女は怒っていた。どうしようもないくらいに。

予想どおり、ケリーの顔からたちまち表情が消えた。

夫はまるで考古学的発見でもしたかのようにナイフを両手で持ち上げた。瞳孔が大きく見開かれていた。「あいつはなんて言ってるんだ？　見つけたとき、なんて？」と彼は冷ややかに言った。

「あの子は知らないの」

ケリーはうなずき、無言のまま細長い鋭利な刃を見つめた。ジェンは昨夜、彼が激高したときのことを思い出した。それに比べると、今はむしろ自分の中に引きこもっているようだ。

「新品のナイフだ」彼はジェンをちらりと見てから独り言のようにつぶやいた。「ふざけるな。殺されたいのか」

「そうね」

「まだ使ってないな」

それを聞いて、ジェンはおもしろくもないのに笑ってしまった。「そうね」

「どうした？」

「べつに、ただ――昨夜、トッドがそのナイフで人を刺すところを見たのよ」

「いったい何を……？」そう言った彼の言葉は陽気な上がり調子の質問ではなく、ただ信じがたい思いを述べただけのものだった。

「昨日の夜、トッドの帰りを待っていたら、あの子――道端で誰かをナイフで刺したの。あなたもそこにいたのよ」

「だけど……」ケリーは手で顎をこすった。「おれはいなかった。きみもいなかった。夢だったんだろ？」彼は短い笑みを浮かべて言った。「狂気の町へ行っちまったのか？」それはふたりの間だけで通じる〝ノイローゼになること〟を意味する言い方だった。

ジェンは夫に背を向けた。窓の外ではご近所さんが犬を連れて散歩をしていた。昨日の記憶が蘇り、その人の携帯電話が今にも鳴り出そうとしていることを思い出した。が、そのことをケリーに告げるまえに、すでに着信音が鳴り始めていた。夫に真実だと証明するには未来に起きることを当ててみせればいいのだろう。だけど、何も思い出せない。覚えているのは、どこかべつのところに存在する恐るべき宇宙の片隅で、自分が目を覚ましたときのことだけだ。

「わたし、起きていたのよ」彼女はそう言ってご近所さんから目を逸らすと、昨日の事件が起きていないという状況証拠をひとつひとつ数え上げた。カボチャがくり抜かれていなかったこと。息子が部屋にいたこと。私道に血痕も立ち入り禁止のテープもなかったこと。でもそこで、ジェンはナイフのことを考えた。このナイフだけがたしかな証拠だった。

「なあ、おれは昨晩、何も見ていないよ。あいつが帰ってきたらナイフのことを訊いてみよう」とケリーは言った。「ナイフの所持は刑法上の罪に問われるからな。だから……その話だけしてみよう」

ジェンは黙ったまま、ただうなずいた。ほかに何を言えるというの？

「そこをどけって」ケリーの足に飼い猫のヘンリー八世がまとわりついていた。その名前をつけたのは、拾ったときからでっぷり肥えていたからだ。キッチンのソファで休んでいたジェンは顔をしかめた。ケリーは金曜日の夜にまったく同じセリフを口にした。一度目の金曜日の夜に。それから、根負けしてヘンリー八世に餌をやりながらこう言ったはずだ。「わかったよ、おまえはそういうやつなんだな」

彼女は立ち上がると、ケリーの前を通って部屋の中をうろつき始めた。こんなの我慢できない。すでに過ごした一日が繰り返されるのをただ座って見ているだけだなんて。

「どこへ行くつもりだ？ ストレスが溜まってそうだな。おれの前を通ったとき、風が吹いたぞ」とケリーは愉快そうに言った。それから鳴き声をあげる猫を見てキャットフードの袋を開けた。「わかったよ、おまえはそういうやつなんだな」ジェンの胸がひりひりと熱くなった。パニックのあまり首から頰にかけて赤くなっていくのがわかる。

「すべて起きたことなのよ。ぜんぶまえに一度起きたことなの。どうなってるの？」彼女はソファに座り、意味もなく着ている服を引っ張った。自分の体から自由になろうとするかのように。何かありえないことを表現しようとするかのように。今のジェンは誰がどう見てもふつうではない。

「ナイフのことを言っているのか？」

「ちがうの。ナイフは今日見つけたばかりだもの」彼女はそう言ったが、いくら説明したところで自分以外の人には意味不明なことくらいわかっていた。「ほかのぜんぶのことよ。一度起きたことを追体験しているの。今日を二回生きているってこと」

ケリーは溜息をつくと、ヘンリー八世の餌やりを終えて冷凍庫のドアに手を伸ばした。

「いくらきみでも、ぶっ飛びすぎじゃないか？」ジェンは顔を上げてソファから夫を見上げた。

一度目の今夜、ふたりは休暇のことで口論になった。旅行に行きたいと言い張るジェンに、ケリーがいつものように飛行機に乗るのを拒んだからだった。〝かつて乗った飛行機が乱気流で五千フィートほど一気に降下したことがあったんだ〟つき合い始めのころ、彼はそう教えてくれた。それから一度も飛行機には乗っていないという。「あなたはちっとも心配性なんかじゃないでしょ」ジェンが言うと、「いや、今は心配性なんだよ」彼はそう言って、冷凍庫からマグナムのアイスクリームを取り出したのだった。

「あなたが今夜マグナムを食べるってこと、わたし知っているのよ」すかさず言ってみたものの、ケリーの手はすでに冷凍庫の中にあった。

「すごいな。どうしてわかった？」彼はからかうように言ってから、今度は猫に話しかけた。

「ジェンは超能力者なんだよ」

ケリーはキッチンを出ていこうとした。シャワーを浴びに行くのだということをジェンは知っていた。

彼はジェンの前を通り過ぎるとき、背中をそっと指でなぞった。その感触に彼女は身震いした。ふたりはおたがいの目を見つめた。「きみは大丈夫さ」と彼は言った。過去の自分がこれほど心配性でなければよかったのに。そう思ってから、彼女はこれまで幾度となくそうしてきたように、立ち去る夫の手を握ろうとした。彼の手はジェンにとって錨のようなものだった。ひとりぼっちで海にいる女性の拠り所だった。それなのに彼は行ってしまった。夫は何も言わなかった。だからナイフのことや妻のことを心配しているかはわからない。内面をけっしてさらけ出さない。それがケリーという人間だ。

彼女はテレビドラマ『グレイズ・アナトミー』をつけると、ソファに身を沈めてリラックスしようとした。

ジェンとケリーはおよそ二十年まえに出会った。ケリーはジェンの父親の法律事務所にやって来て、内装の仕事はないかと尋ねた。ジーパンを腰に下げて穿き、何もかもわかったような笑みを浮かべていた。父はそれを断ったが、ジェンはひょんなことから彼とランチをすることになった。それは偶然としか言いようがなかった。昼の十二時にふたりが外に出ると、道の反対側にある雨に濡れたパブで、ペアでひとり分のドリンクが無料になるサービスランチを提供していたのだ。食事とデザートとコーヒーが終わるまで、ジェンは早く戻らなければと言い続けたが、話題は尽きなかった。ケリーは次から次へと気の利いた質問をした。とにかく聞き上手だった。

あの日のデートのことをジェンはつぶさに覚えている。三月下旬のひどく肌寒い雨降りの日だった。ジェンがケリーと一緒にパブの片隅の小さなテーブルに座っていると、分厚い雲の隙間からほんの一、二分間だけ太陽が顔を覗かせ、ふたりを照らした。数分後にはまた雨が降り出したものの、その瞬間は、まるでふいにやって来た春のようだった。

ふたりはパブから事務所までの道のりを一本の傘を分け合って歩いた。ジェンはケリーに自分の傘を持っていくように強く勧めた。翌週の月曜日、ケリーはそれを返しに来たが、今度はジェンの机の上に鍵の束を忘れていった。

あのデートがジェンの時間の感覚を定義するようになった。三月が来るたびに思い出す。ラッパスイセンの香りや、ときどき射し込む太陽の光や、新鮮な緑の草木を。開け放した窓は、まるで幸せな人魚のようにベッドで脚を絡ませているふたりの姿を思い出させた。春になるたびに、彼女はあのころに舞い戻った。彼といた雨降りの三月に。

ジェンはいつものように『グレイズ・アナトミー』を観ながら安らいでいた。〈シアトル・グレース・ホスピタル〉の外科病棟にいることで、ブラジャーを外すことで、心の安寧を取り戻していた。自分のせいかもしれない、とぼんやりテレビを観ながら思った。母親になること、それはジェンにとって衝撃であり試練の連続だった。自由に使える時間がほとんどない生活。仕事も子育ても何ひとつまともにやり遂げることができず、ただひたすらこなしていくだけの日々。それが十年続いた。最近になってようやく自分らしさを取り戻した気になっていたが、どこかで取り返しのつかない失敗をしていたのかもしれない。するとそれは胸の夢だったのよ。ただそれだけのこと。彼女は自分にそう言い聞かせた。するとそれは胸の中で確信へと変わっていった。あれは夢にちがいないのだという確信へ。

『グレイズ・アナトミー』を消すと、自動的にニュースに切り替わった。ジェンはこの場面も覚えていた。フェイスブックのプライバシー設定が見直されることになったというニュースに続き、抗てんかん薬が実験用マウスでテストされるというニュースが流れた。タイムトラベルの証拠にはならないが、それでもニュースは流れていた。

「新薬の非臨床試験が……」

ジェンはテレビを切ると、キッチンから廊下に出た。思ったとおり、上からシャワーの音がしている。未来に起きることを当てれば、きっと誰かに信じてもらえるはずだ。

一階の戸棚からナイフを取り出し、それをじっくり調べてみた。ケリーの言っていたように使った形跡はなかった。

彼女は階段のいちばん下に座り、膝にナイフをのせてトッドの帰りを待った。ふたたび寝ないで待つことにした。だけど今回は説明を、そして真実を求めて待っていた。

「これを見つけたんだけど」ジェンはトッドにナイフを差し出した。同じことの繰り返しに逆らいたいという小さな反発心のようなものが、一度目のときとはちがう新たな会話を始められることに満足していた。

トッドは眉をしかめ、唇を舐め、足を踏みかえた。それは彼の心理状態の表れだった。何も言わないことがすべてを物語っていた。「友達のだよ」息子はようやくそれだけ言った。

「よくある見え透いた嘘ね」とジェンは言った。「弁護士がその手の嘘を何度聞いてきたかわかる？」彼女はまた胃酸を飲み込んだ。息子の不可解な態度が証明している。あれが起きることを。あれは明日の晩、本当に起きるのだ。

「何をそんなに慌ててんの？」トッドは気だるそうに肩をすくめた。最近はいつもこんなふうだ。ジェンは床を見つめて吐き気をこらえた。秘密だらけの少年。今夜の息子は肩をすくめる仕草さえどこか不気味だった。

「おれが話すよ」階段の上からケリーの声がした。

彼女はこうした十代の子供にありがちな問題を避けて通れると思っていた。トッドは手のかからない育てやすい子供だった。今年の夏に一度だけひと波乱あったが、それはジェンマという女の子がトッドのことを〝キモすぎる〟と言ってふったときのことだった。学校から帰ってきた傷心の彼は、二十四時間、誰とも口をきかなかった。ジェンとケリーはそんな息子をそっと見守ることしかできなかった。そして翌日の夜、ケリーが家を留守にしている間に、ようやくトッドは事の次第をジェンにだけ打ち明けてくれた。両親の寝室のベッドに足を組んで座った彼は、ジェンマの言ったことが当たっているかと訊いてきた。「そんなこと、ぜったいにない」ジェンはそう答えたものの、後ろめたい気持ちでこう思った。息子にうまく伝える方法はないものだろうかと。〝まあ、もしかしたらね〟とか〝キモすぎるってことはないけど、オタクよね〟そんなふうに言えばよかったのだろうか？　彼はジェンマに送ったメッセージをいくつか見せてくれたが、それは〝やりすぎ〟という言葉がぴったりのものだった。長たらしい文章、科学ネタのミーム、自作の詩、返信もないのに送りつけるメッセージの数々。ジェンマは明らかに引いてしまったようだ。〝ありがと〟〝明日話すから〟〝今日はちょっと〟そんなジェンマの素っ気ない返信にジェンは顔をしかめた。

しかし、今ここで問題になっているのは——ナイフ、殺人、逮捕なのだ。

ケリーは頭を反らせて、黙ったまま値踏みするように息子を見た。ジェンは夫が怒りを爆発させて、やや事を大袈裟（おおげさ）にしてくれることを期待した。が、どうやらそのつもりはないようだ。すると突然、トッドのほうが怒ったような表情できゅっと唇を引き結んだ。

「で、おまえの銀行口座の明細書を調べたらどうなる？　そこにはなんの証拠もないと？」とケリーが言った。

トッドは開き直ったようなしらけた顔で階段の上を見たが、数秒後には父親から目を逸らせた。それからコートとスニーカーを脱ぎ、裸足（はだし）で床を踏んだ。「そのとおりだけど？」彼はジェンに背を向けて言うと、脱いだコートをコート掛けにかけた。それはふだんの息子ならぜったいにやらないことだった。

「パパもママもわかっているよ。ほら――持っていることで安心するんだろ……守られているって」とケリーは言った。「なあ――おれにちょっとつき合え。散歩しよう」

「そうなの？　わたしたち、ちゃんとわかっているの？」ジェンは驚いてケリーを見上げた。

トッドは母親から顔を背けると、階段を駆け上って父親を押しのけた。

「ぼくが何かするとでも思ったの？　ママたちを殺すとでも？」息子の声は小さく、ジェンは一瞬聞きまちがえたのかと思った。彼女は大きく体を震わせた。

「どこで手に入れたのか、なぜそんなものが必要なのか、それを言わない限り、しばらくは外出禁止よ。学校へ行くことも許しません」

「わかったよ！」とトッドは叫んだ。

彼が部屋のドアを乱暴に閉めると、家全体が振動した。ジェンはぴしゃりと平手打ちされたような気分だった。

ケリーは手で髪をかき上げた。「クソったれが」彼はそう言って、そばにあったキャビネットに拳を叩きつけた。その拍子にキャビネットの上にあった紙が一枚ひらりと床に落ちた。彼は額を掻きながら床から紙切れを拾った。それは大きな仕事の依頼書だったが、ケリーはその仕事を断っていた。個人事業主としての依頼ではなく、従業員として自社に雇いたいと書いてあったからだ。彼は雇われ仕事はしないと決めていた。

「あの子、どうしちゃったの？」と彼女は言った。

「知るもんか。放っておけ」ケリーは言下にそう答えたが、ジェンに怒っているわけではなかった。彼の怒りは限界に達すると、突然なんの前触れもなく爆発する。かつて彼はバーでジェンの尻を触った男に激高して、表に出ろとすごんだことがあった。ジェンはそんな夫の豹変ぶりに驚いたものだ。

ジェンはうなずいた。喉が詰まって声が出ない。怖れていたことが現実になろうとしている。そのことにパニックになっていた。

「話し合ってみるよ。明日になったら」

ジェンは夫の言葉にほっとしてうなずいた。彼女はナイフを持って階段を上がり、寝室のベッドの下にそれを隠した。

トッドとはそのあと一度だけ顔を合わせた。寝室へ向かおうと階段を上りかけたところに、喉の渇いたトッドが二階から下りて来たのだ。ふだんなら洗濯やほかの家事に追われているジェンだったが、この日はちがっていた。いつもの雑務に忙殺されることなく、キッチンを横切る息子をただ見つめていた。

トッドは蛇口をひねってグラスに水を入れると一気にそれを飲み干し、また水を注いだ。それからグラスを片手に携帯電話を取り出すと、画面をスクロールしながらかすかな笑みを浮かべて何かを見ていたが、やがてそれをポケットにしまった。

彼女は自分のことで忙しくしているふりをしていた。トッドはグラスを手にしたまま部屋に戻りかけたが、階段の手前でふと振り返って玄関のドアの鍵をチェックした。さらに階段を一段上がったところで、また振り返ってドアの鍵をチェックした。単に鍵が掛かっていることを確認しただけなのかもしれない。だが、何かを怖れているような息子の姿に、ジェンの背筋がゾクリとした。

彼女は眠りに落ちながら、ぼんやりと考えた。トッドは外出禁止になってこの家にいる。ナイフも取り上げた。だからもう安心だ。きっとこのことは終わりになる。〝このこと〟というのがなんなのかはわからないけど、目を覚ましたら、たぶん明日になっているだろう。次の日に。今日ではない未来に。

マイナス2日 8時30分

ジェンは目を覚ました。胸にびっしょり汗をかいている。携帯電話はナイトテーブルに置いてあるが、すぐに日付をたしかめる気にはなれなかった。このまま希望をもっていたいという屈折した思いに駆られていた。

彼女はケリーのガウンを着た。シャワーを浴びたのだろう、ところどころまだ湿っている。

階下(した)に下りて朝日に照らされたつやのある床を歩くと、蜂蜜のような光が彼女の爪先から足全体を温めていった。

どうかまた金曜日ではありませんように。それだけは勘弁して。

キッチンを覗き、ケリーを探した。が、誰もいなかった。しかもきれいに片づいている。カウンターの上には何もない。カボチャがない。キッチンに入ってうろうろしてみるもののどこにもない。ジェンは目を瞬いた。もしかしたら、日曜日なのかもしれない。過去の繰り返しは終わったのかも。

ガウンのポケットから携帯電話を取り出し、息を止めて画面をチェックした。

十月二十七日。昨日よりさらに一日遡っている。

まるで誰かがヒーターをつけたかのように、額の血管が熱くなり、激しい脈を打ち始めた。きっと精神を病んでしまったのだ──そうにちがいない。カボチャがないのはまだ買っていないからだ。

木曜日の午前八時三十分。トッドは学校へ向かっている途中で、ケリーはメリロックスで仕事をしている。そしてジェンは──仕事に行かなければならない。彼女は窓の外の庭を眺めた。朝日を浴びた芝生が金色に光っている。コーヒーを淹れてがぶ飲みしてみたが、さらに神経が刺激されただけだった。

もし彼女の考えが正しければ、明日は水曜日になるはずだ。その次は火曜日。そしてそのまた次は？　永遠に遡っていくのだろうか？　また吐き気がして、今度はキッチンのシンクに嘔吐した。甘いコーヒーと、パニックと、理解不能な何かが吐き出された。セラミックの天板にしばらく頭を預けたあと、彼女はある決心をした。自分のことをよく知っている誰かに打ち明けてみよう。その誰かとは旧知の仲である同僚のラケシュだった。

ジェンの職場はリヴァプールの中心街にあり、表通りにはしばしば強いビル風が吹いた。まるで卑猥なダンサーみたいに、十月の空気が突風となって彼女のコートをめくり上げ、太腿にまとわりついた。これから天気が崩れ始め、大粒の雨が空気を氷のように冷やすだろう。

ジェンはもっと街に近いところに住みたかったが、ケリーはクロスビーが限界だと言ってきかなかった。彼は街の騒音をひどく嫌っていたし、雑踏も苦手だった。〝それにジェン以外のリヴァプール出身の人も苦手なんだ〟そう言われたことがあるが、きっと冗談だったのだろう。ケリーはジェンと出会ったころに故郷を去っていた。両親は他界しているし、学生時代の友人はみなろくでなしばかりだと言って、地元に戻ることはほとんどなかった。故郷との唯一のつながりは、年に一度、聖霊降臨祭（キリスト教の祭日。イースターから数えて七回目の日曜日）の週に旧友たちとキャンプに出かけることくらいだった。自然の中で暮らしたいのだと言う彼を、ジェンはクロスビーまで連れ出した。〝だけど郊外は人で溢れかえっているだろ〟彼はいつもこんな調子で、皮肉を込めた辛辣なユーモアを口にした。

彼女は温かいガラスのドアを押して日光に照らされたロビーに入ると、廊下を進んでラケシュのところへ向かった。ラケシュ・カプール——彼女のもっとも信頼する同志であり、長年の友人でもある——は弁護士になるまえは医師をしていた。笑えるくらい優秀な、超のつく論理主義者。もしかしたらトッドは彼のようなおとなになるかもしれないとジェンは思ったが、その思いは彼女を悲しくさせるだけだった。

ラケシュは給湯室にいて、紅茶に砂糖を入れてかき混ぜていた。給湯室は濃い紫色の壁に囲まれた狭くて殺風景なスペースで、壁にはありきたりな夕日の写真が一枚飾られていた。ここに事務所を構えるとき、壁にこの赤紫色を選んだのはジェンの父親だった。今から三年まえ、父が死ぬ十八ヶ月まえのことだ。壁のペンキの色は〝酸っぱい葡萄（サワー・グレイプス）（負け惜しみの意）〟という名前だった。「法律事務所のロビーにぴったりの名前ね」ジェンがそう言うと、ふだんはむっつりした父が、突然、はじけたような笑い声をあげた。

ラケシュは挨拶がわりに黒い眉毛を片方だけ吊り上げ、紅茶の入ったマグカップを掲げた。彼もジェン同様、朝型の人間ではなかった。「ちょっといい?」と彼女は言った。声が恐怖に震えていた。信じてくれるわけがない。正気を疑われて隔離されるのがオチだ。だけど、ほかにどうすればいい?

「もちろん」ジェンはラケシュを連れて廊下を進み、自分のオフィスに招き入れた。彼女は散らかった机のへりに浅く腰をかけた。ラケシュは戸口のところに立っていたが、ためらう彼女を見てドアを閉めた。元医師だけあって患者への接し方をきちんと心得ている。親切だが倦怠感を漂わせたラケシュは、ニットのベストにサイズの合わないスーツを好んで着ていた。医療現場を離れたのはプレッシャーに弱いからだというが、彼によると法曹界はさらにひどいところらしい。とはいえ、二つ目の仕事までやめるわけにはいかないようだ。ふたりはジェンが彼を採用したその日から友人になった。〝プロとしての最大の弱点は、オフィスで出されるドーナッツだろうな〟面接の際に、彼はそう言った。

東向きのオフィスは朝の太陽に照らされていた。一方の壁際には、背表紙が日に焼けたピンクや青や緑のファイルが乱雑に並んでいる——明らかに過去の文書を保管したものであり、依頼人と会うことに比べたらちっとも面白味のないものだ。

「医学的な助言をもらえない？」彼女は小さく笑いながらそう訊くと、深く息を吸った。

「無資格なのに？」彼はいつもどおり早口に、さらりと言った。

「あなたが医師の資格を放棄したことは誰にも言わないから」

ラケシュはジャケットを脱ぐと、部屋の隅にある深緑色の肘掛け椅子の背にかけた。自分のオフィスにいるかのような振る舞いだが、同時に自然な振る舞いでもあった。ジェンとラケシュは十年間ほぼ毎日のように平日のランチを共にしていた。ふたりは〈ミスター・ポテト・ヘッド〉と呼ばれるキッチンカーでベイクドポテトを買うのが日課だった。ラケシュは店のポイントカードにポテトの形をしたスタンプを一年中集めていて、クリスマスになると、ポイントを利用して大量のベイクドポテトを無料（ただ）で手に入れた。カレンダーにはいつも大きく〝クリスマス・スパディング（スパッドはじゃがいものことで、クリスマス・プディングにかけたもの）〟と書いてあった。

「タイムループする人って、どんな病気が考えられる？　ほら、たとえば、『恋はデジャ・ブ』のビル・マーレイはなんの病気だったと思う？」彼女はそう言いながら、その映画を観てからずいぶん時間が経っていることに気づいた。「つまり、精神疾患のことなんだけど」

ラケシュは最初、無言のままじっと彼女を見つめていた。ジェンは恥ずかしさと怖れとで顔が赤くなるのを感じた。「私だったら……ストレスと言うかな」ようやく彼はそう言って、両手の指先をそっと合わせた。「それか、脳腫瘍、あとは側頭葉てんかん、逆行性健忘、外傷性脳損傷……」

「ろくなものじゃないわね」

ラケシュはまた黙った。相手が話し出すのを待っている、いかにも医者らしい態度だ。

ジェンは躊躇（ちゅうちょ）した。もし毎日を過去に遡って生きるのなら、病気のことなどどうだっていいのでは？「これは現実のことなんだけど」彼女はラケシュから目を逸らせて慎重に話し始めた。「わたし、十月二十九日に目を覚ましてから、起きるたびに二十八日、二十七日って過去に遡っているの」

「どうやら新しい日記帳が必要のようだね」彼は冗談めかして言った。

「だけど、二十九日の夜にあることが起きてしまった。トッドが、あの子が犯罪を起こすの。

明後日に」

「未来に行って来たってこと？」

ジェンの恐怖は、軽いパニックほどに鎮まっていた。彼女は疲れ切っていた。「わたし、頭がおかしくなっちゃったの？」

「いいや」ラケシュは落ち着いた声で言った。「もし頭がおかしくなったのなら、そんなこと訊かないよ」

「じゃあ、訊いてよかったってことね」ジェンは溜息をついた。

「何があったか正確に教えてくれ」ラケシュは部屋を横切り、机のそばの窓際に立った。窓からは目抜き通りが見渡せた。ジェンはこの古めかしい窓に一目惚れし、ここを自分のオフィスに決めたときに窓を開けられるようにしてもらった。夏になると、そこから熱風が吹き込み、ストリートミュージシャンたちの演奏が聞こえてきた。冬になると、隙間風が彼女を震えさせた。無菌の十八度に設定されたオフィスよりも、このほうが気候を肌で感じられる。それが心地よかった。

ラケシュは腕を組んだ。結婚指輪に日光が反射していた。精査するような目でジェンの顔をじっと見つめていたが、その眼差しに彼女は突然、気後れした。まるで何か怖ろしいこと、致命的なことが明るみになろうとしているかのようだった。「最初から話してくれ」

「最初っていうのは次の土曜日のことなの」

ラケシュは一瞬、間をおいてから「わかった」と言い、両手を広げた。〝じゃあ、そういうことにしておこう〟とでもいうように。太陽が傾き、彼の顔に影ができた。

ジェンが話し終わると、ラケシュは突っ立ったまま一分以上沈黙していた。彼女は細部に至るまで包み隠さず打ち明けた。奇妙なこと——カボチャのことや、裸の夫のこと——まで説明した。不安のあまり恥も外聞も捨てていたが、どう思われるかなど気にしている場合ではなかった。

「つまり、きみは今日という日をまえにも生きていて、今もまた生きているってこと？　ほとんど同じように」彼は鋭い口調で、ジェンの状況を論理的に——その逆かもしれないが——捉えて言った。

「ええ」

「それで、我々は今日何をした？　一度目の二十七日に体験したことで何か思い出せることは？」

ジェンは椅子に深く腰を下ろした。なるほど、いい質問だ。彼女は数秒間、彼の目を真っ直ぐ見た。それを思い出すにはリラックスする必要がある。束の間、目を閉じて肺から空気を吐き出した。もう少しで何かを思い出せそうだ。彼女の脳の後ろから前へと記憶の欠片が漂って来ている。「へんな靴下を履いていない？」と彼女は言った。「たしか……ベイクドポテトを買いに行ったときに、わたしたち、あなたの靴下のことで大笑いしたはず。ピンク色の靴下よ」

ラケシュは目をぱちくりさせてから、ズボンの脚の部分を引き上げた。「たしかに履いてるよ」彼は声をあげて笑うと、〝アッシャー（結婚式における花婿側の先導役のこと）〟とプリントされたサクランボ色の靴下を見せた。そうだった。彼は先週末に結婚式に出席して、その靴下をプレゼントされたのだった。

「たしかな証拠とは言えないわね」と彼女は言った。

「たぶんストレスだよ」ラケシュは早口で言った。「きみはまともだ。ちゃんと日付の感覚もある。ほかに考えられるとしたら――そうだな、極度の不安症かもしれない。もともときみにはその傾向があるだろう？　それか、気分が落ち込んで毎日が同じように感じられるのかも。達成感が得られないんだ……だから精神疾患ではないよ」

「ありがとう。だといいのだけれど」

「つまりね――これだけは言っておくけど」ラケシュの声にはユーモアが滲んでいた。「私にもさっぱりわけがわからないってことだ」

「わたしもよ」ジェンは肩の力を抜いた。たとえ答えは出なくとも、誰かに打ち明けられたことで気分が楽になっていた。

「たぶん頭が混乱しているだけさ」と彼は言った。「小さなことだけど私にもよくあるよ。このまえなんて、ここまで車を運転して来たことを覚えていなくてね。どの道を通ったかどうしても思い出せないんだ。でもそれは病気とかじゃない、そうだろう？　それが人生ってものさ。しっかり睡眠をとって、野菜を食べたほうがいい」

「そうね」ジェンは彼から顔を逸らし、窓ガラスを上にスライドさせた。それはちがう。それは物忘れのことで、このことには当てはまらない。

それにストレスでもない。ぜったいにありえない。

ジェンはリヴァプールの街を見下ろした。自分は今ここにいる。この瞬間を生きている。彼女は暖炉の煙の匂いと、手の甲を温める陽ざしを感じていた。

「私の友人にタイムトラベルの研究で博士号をとった人物がいるんだ」とラケシュは言った。

「そうなの？」

「ああ。タイムループは可能かどうかという論文で、校閲を頼まれたことがあってね。専門はたしか――なんだったかな？」ラケシュは腕を組んで壁にもたれた。スーツの肩がずり上がり、ふくらんでいった。「理論物理学と応用数学だ。私と同じリヴァプール大学出身だよ。そのあとも研究を続けていて……なんの研究だったかな。今はリヴァプール・ジョン・ムーア大学にいるはずだ」

「名前は？」

「アンディ・ヴェティース」ラケシュはズボンのポケットに手を入れ、すでに開封されたタバコの箱を取り出した。「それはともかく、これを預かってくれないかな？　悪い習慣に逆戻りしそうなんだ」

「それでも医者なの？」ジェンは冗談めかして言うと、タバコの箱に手を伸ばし、部屋を去ろうとするラケシュに微笑(ほほえ)んだ。が、頭の中は疑問だらけだった。どうやってここに、木曜日に遡ったのだろう。信頼する友人に打ち明けたことで、彼女は落ち着きを取り戻し、客観的に今の状況を考えられるようになっていた。

どうやって過去に戻ったの？　自分はいったい何をしたの？　眠りにつくと同時に起きた現象ってこと？

何より、この状況から抜け出すためにはどうすればいいの？

ジェンはぼろぼろになったタバコの箱を見下ろした。きっと何かを変えなければならないのだ。この現象を止めるために。トッドを救うために。そして、ここから抜け出すために。

「もし覚えていたら、次に会うときはべつの靴下を履くことにするよ」ラケシュは謎めいた笑みを浮かべると、ドアノブに手をかけた。

彼が部屋を出ると、ジェンは一瞬考えてから廊下に向かって声を張り上げた。何かを――それがなんであれ――良い方向に変えたくて叫んでいた。「タバコはやめなさい！　体に悪いわよ！」

「わかってるさ」ラケシュは彼女に背を向けたままそう言った。

ジェンはパソコンを立ち上げ、タイムループについて調べ始めた。そうするのは当然だった。腕のいい弁護士というのは調査を怠ったりはしない。

ジェイムズ・ウォードとオリヴァー・ジョンソンというふたりの科学者が、『因果のループ――自らが引き起こした事象を観察するために過去の世界へ』という論文を発表していた。ジェンはそれをメモした。

彼らによると、タイムループするには〝時間的閉曲線〟を創り出す必要があるそうで、なにやら難しい物理学の公式が載っていた。幸いにしてその下に内容をかみ砕いた解説文があったが、それによると、タイムループを可能にするには、人間の体にとてつもない力を加える必要があるという。ウォードとジョンソンによると、それは重力よりも大きい力らしい。

ジェンが画面をスクロールすると、その力は〝タイムループする人間の体重の一千倍はなければならない〟とあった。

彼女は両手に顔を埋めた。何を言っているのかさっぱりわからなかった。自分の体重の一千倍というのは……かなりの数字になる。彼女は苦笑いした。数字のことなど考えてもしかたがない。

ジェンは元の画面に戻り、すがる思いでべつの記事をクリックした。〝タイムループから抜け出すための簡単な五つのヒント〟――ネットにはありとあらゆる情報が載っているが、これが探していたものだろうか？　五つの方法とは次のようなものだった。理由を突き止める、友人に打ち明けて一緒に体験してもらう（もちろんそうしたいところだ）、詳細を記録する、いくつかのことを試してみる、そして……死なないようにする。最後のヒントにジェンは不安を覚えた。自分が死ぬ可能性のことなどまったく頭になかったが、そのことを考えると、何か不気味なものがいつの間にかオフィスに忍び寄って来ているように感じられた。〝死なないようにする〟もしこのことが死という結末へ向かっているのだとしたら？　最初の夜よりもさらに深い闇へと突き進んでいるのだとしたら？　神と取り引きした結果、母親が犠牲になることを求められているのだとしたら？

彼女は画面のスイッチを切った。ケリーに信じてもらう方法がどこかにあるはずだ。人生の同志であり、夫であり、友人であり、愚かで飾らない自分でいられる唯一の相手。その彼に真実であることを証明すれば、きっと助けてくれるはずだ。

研修生のナタリアがファイルを載せたカートを押して、ジェンのオフィスの前を通りかかった。この場面を覚えている。ナタリアは閉まりかけたエレベーターのドアにうっかりカートをぶつけることになるだろう。ジェンは目を閉じて、これで二度目となる金属音を聞いた。

この状況からなんとか抜け出さなくては。

十分後、彼女は事務所の裏手でラケシュのタバコを四本吸った。健康など、クソくらえだ。

自分の中のどことは言い難い奥底で、これは義務なのだと理解していた。殺人を止めること。なぜあんな事件が起きたかを明らかにして、それを防ぐこと。それが自分に課された任務なのだ。まるで世界が彼女に賛同するかのように、五本目のタバコを吸い終わるころ、雨が降り始めた。空気を氷のように冷やす大粒の雨が。

ジェンはキッチンの青いソファに身を沈めた。仕事を早めに切り上げて家に帰って来たところだった。ナイフを取り上げたことで殺人事件を未然に防ぎ、それによってタイムループも終わると思っていたのにそうはならなかった。

どこかべつの現実では事件が起きているのだろうか？　時間を遡らず、未来へと進んでいるもうひとりの自分が存在しているのだろうか？

トッドは出かけていた。〝友達と一緒〟前回同様、そう言っていた。携帯電話のメッセージが短くなるにつれて、母と息子の距離はどんどん遠くなっていくようだった。

ジェンはパソコンでアンディ・ヴェティースを検索した。彼はリヴァプール・ジョン・ムーア大学の物理学科で教授をしていた。見つけるのは簡単だった。彼はリンクトインにも、大学のホームページにも載っていたし、ツイッター（現エックス）にも@AndysWorldでアカウントをもっていた。プロフィールにはEメールのアドレスもある。つまり彼にメールを送ることができるということだ。

玄関からドアの開く音がして、彼女は背筋を伸ばした。

「すぐに出かけるから」トッドはキッチンに入ってくるなりそう言った。冷たい空気と十代の子の素速い身のこなしに、メールボックスの前で躊躇していたジェンは顔を上げた。

「そうなの」と彼女は言ったけれど、それは以前とは異なる対応だった。それまでは、なぜいつも家にいないのかとトッドを問い詰めていた。

驚いたことに、母親が態度を和らげたことで息子に変化が見られた。

「コナーと一緒だったんだけど、これからクリオのところへ行ってくる」トッドは彼女の目を見てそう説明すると、そわそわと足を動かしながら、携帯電話のポータブル充電器をいじり始めた。その姿は活力に溢れ、人生がまさに始まろうとしている若者らしい楽観主義に満ちている。殺人者の素振りなどどこにも見られないのに、とジェンは思った。

ポーリーンの息子、コナーは何か問題があるようで、どことなく尖った感じのする子だった。彼はタバコを吸い、暴言を吐く——どちらもときどきジェンもするが——こともあって、母親としての無慈悲なレンズを通して見ると眉をしかめざるを得なかった。

彼女は両肘をついてトッドを見た。前回の今日は職場にいて帰宅した彼に会うことはなかった。

ジェンはここ数週間ほどある案件にかかりっきりで、ふだんよりも家にいる時間が短かった。財産分与に関する訴訟を抱えているときはいつもそうだった。困窮と悲痛を訴える依頼人に、もともとお人好(ひとよ)しのジェンは心の境界線を引くことができず、絶えず鳴り響く電話に応対し、事務所で仮眠を取ることになった。

ジーナ・デイヴィスは、十月中ジェンを忙しくさせていた依頼人だったが、それは通常の理由からではなかった。彼女がはじめてジェンの事務所を訪ねて来たのは夏のことで、その前の週に家を出ていった夫と離婚するためだった。

「あの人が二度と子供たちに会えないようにしてほしいの」とジーナは言った。彼女は髪の毛をきれいに巻いて、染みひとつないスカートスーツを着ていた。

「なぜです？　心配なことでも？」とジェンは訊いた。

「いいえ。彼は理想的な父親よ」

「だったら……？」

「罰を与えたいの」

ジーナは三十七歳で、傷つき、怒っていた。ジェンはたちまち彼女に親近感を覚えた。感情を隠そうとしない女性に、タブーについて語る女性に心を動かされていた。「わたしはただあの人を傷つけたいだけなの」と彼女は言った。

「それだとあなたに弁護士費用を請求することはできないわ」とジェンは言った。そんな理由で依頼人から利益を得るのはまちがっている。それに、すぐにジーナは我に返って思いとどまるだろう。

「じゃあ、無料(ただ)でお願い」しかしジーナは引き下がろうとしなかった。だからジェンはその要求を受け入れた。亡き父親から受け継いだ事務所がお金に困っていないからではなく、最終的にはジーナが諦めて仮判決も共同養育も受け入れ、次へ進むとわかっていたからだ。でも、まだそうはなっていなかった。ジェンがジーナに、夏の間はこの件から距離をおいてじっくり考えるようにと助言し、秋になってからは何度も思いとどまるようにと説得しているうちに時が経ってしまったのだ。ふたりはよくおしゃべりした。我が子のことについて、日々のニュースについて、ときにはテレビのリアリティ番組『ラブ・アイランド』のことまで話題にのぼった。「ぞっとするけど見ずにはいられないのよね」ジーナがそう言うと、ジェンは笑い声をあげてうなずいた。

ジェンはトッドを見て、ふと思った。この子はジーナのように恋をしているのだろうか？クリオという少女はトッドにとってどういう存在なのだろう？　かけがえのない相手？　息子が二日後にすることを考えると、初恋の狂気を見過ごすわけにはいかなかった。

ジェンはまだクリオに会ったことがなかった。夏にジェンマにふられてからというもの、トッドは自分の恋愛について隠すようになった。きっと破局したことが恥ずかしかったのだろう。彼女に返信のないメッセージの数々を見せたあの夜のことを恥じているにちがいない。

出かけようとしていたトッドは、一度だけ玄関のドアに目をやった。ふと気になってそうしたようには見えなかった。そこにはべつの何かがあった。まるで誰かがやって来るのを警戒して、ナーバスになっているようだった。息子をここまで注意深く観察していなければ、きっと気づかなかっただろう。それはほんの一瞬のことで、すぐに元の表情に戻っていた。

「それはなんなの？」トッドは振り返って、パソコンの画面を示した。

「ああ、おもしろそうなことが書いてあったから読んでみたの。タイムループのこと、知ってるでしょ？」

「その手のことは大好物だよ」トッドは前髪をもち上げてジェルで固めたクイッフみたいな髪型にし、ビリヤードバーのスタッフのようなレトロなシャツを着ていた。最近、彼はビリヤードに凝っていた。球をポケットに入れる数学が好きなのだという。ジェンは罪なくらいハンサムな息子を見つめた。

「あなたならどうする？　もしタイムループにはまったら」と彼女は息子に訊いた。

「ああ、たいていはほとんどがごく小さなことなんだ」とトッドはさらりと言った。

「どういうこと？」

「ほら、バタフライ効果ってあるでしょ？　ある小さな事柄が未来を変えるんだ」トッドはそう言うと、足元にいる猫を撫(な)でた。その姿が一瞬、子供のころに戻ったように見えた。息子はタイムループの存在をあたりまえのように信じている。この子になら話せるかもしれない。意見を聞けるかもしれない。

しかし、今はまだ話すわけにいかなかった。もしこれが本当に、現実に起きていることならば、殺人を食い止めるのはジェンの役目だ。彼女は事件が起きる原因となった出来事を突き止めなければならない。そしていつかそれをやり遂げたら、目を覚ましても、もう昨日には戻っていないのだろう。

だから息子には言わなかった。

トッドは玄関を出た。ジェンは誰かが待ち伏せしていたり、あとを尾けたりしていないことを確認した。そして彼女自身が息子のあとを尾け始めた。

マイナス2日　19時

ジェンはトッドの車の二台後ろを走っていた。息子が不注意なドライバーであることに皮肉にもほっとしていた。これまでのところ、彼はバックミラーを確認することも、ジェンに気づくこともなかった。

トッドはエッシュ・ロード・ノースと呼ばれる通りで速度を落とした。不動産業者なら〝緑豊かな〟とアピールする場所だろうが、建売住宅の敷地に植物はほとんど見当たらない。玄関前の階段にキャンドルを灯したカボチャを飾っている家もあった。それはこれから起きることを知らせる不気味な警鐘のようだった。

トッドは車を慎重に停めた。ジェンは気づかれないように二、三軒先の街灯のない路地に車を停め、トレンチコートの前を合わせて外に出た。夜の空気には初秋の薄気味悪さが漂っていた。じっとり濡れた蜘蛛(くも)の巣。心の準備ができるまえに何かが終わろうとしている感覚。

トッドは白いスニーカーで落ち葉を蹴り上げるようにして迷うことなく道を歩いていた。ジェンは妙な感じがしていた。自分が弁護士として働いていた間に、仕事にかまけて家庭のことをないがしろにしていた間に、べつの場所ではこんなことが起きていたなんて。

彼女がエッシュ・ロード・ノースと路地との交差点に立っていると、トッドはふいに一軒の家の中に吸い込まれた。それは道路から引っ込んだところに建てられた大きな家で、広いポーチと屋根裏部屋があった。こうした家を見ると、ジェンは今でも萎縮してしまう。彼女が育ったのは寝室がふたつだけのテラスハウスだったからだ。そこでは夜になると壊れそうな窓から隙間風が吹いて彼女の髪を揺らした。妻に先立たれた父は隙間風のことになど気づいていなかったし、どのみち法律扶助の仕事ばかり引き受けていた父には窓を修理するほどの稼ぎもなかった。

ジェンは薄すぎるコートを着て雨の道に佇(たたず)んでいた。肩をすぼめ、濃いオレンジ色のジャケットを纏(まと)った木々を見ながら、トッドのことを、父親のことを、今日や明日や明後日のことを考えていた。

まずはトッドのいる三二番地を調べてみよう。ジェンは家の前を行ったり来たりしながら携帯電話を取り出し、かじかんだ指でどうにか住所を入力した。検索結果によると、そこは〈カット&ソーイング株式会社〉という名で登記されていて、エズラ・マイクルズとジョゼフ・ジョーンズというふたりの男がオーナーになっていた。最近設立された会社のようで、決算報告書は提示されていなかった。

トッドが家の中に入ってしばらくすると、玄関から誰か出てきた。

ジェンは庭を通って門を出ようとするその人物と鉢合わせした。

と突然、彼女は死んだ男と向き合っていた。いや、正確にはそうではない。それは二日後に死ぬ予定の男、被害者だった。

マイナス2日　19時20分

ジェンには、あの男がどこにいようとすぐにわかった。たとえ今はその目に光が宿り、頬に赤みがさしていたとしても彼だとわかった。あと二日だけの命を与えられた、この生きている男は、たぶんかつては魅力的だったのだろう。四十代半ばか、もう少し上の年齢のようだ。黒い顎鬚（あごひげ）を伸ばし、妖精のような尖った耳をしている。

「こんばんは」ジェンは咄嗟（とっさ）に声をかけた。

「やあ」と男は警戒するように答えた。彼の体は完全に静止しているのに、黒い目だけが動いて彼女の顔に視線を這わせている。ジェンは考えた。できる限りの情報を手に入れる必要があるが、こういった場合、相手に真実を伝えることが最善の策なのではないだろうか？その相手が依頼人や、仕事上で対立する人だけでなく、たとえ息子の敵だとしても。

「トッドの母です」とジェンはさりげなく言った。「ジェンよ」

「ああ、ジェンか。ジェン・ブラザーフッド」と彼は言った。どうやら彼女のことを知っていたようだ。「おれはジョゼフだ」しゃがれたその声には、まるで政治家のような高圧的な響きがあった。

ジョゼフ・ジョーンズ。この男がここに登記されている会社のオーナーにちがいない。

「いい子だよ、トッドは。エズラの姪っ子とつき合っているんだろ？」

「エズラ……」

「おれの友人で、ビジネスパートナーだ」

ジェンは息を飲んで、その情報を消化しようとした。「あの、わたし、心配になって。息子のこと、トッドのことが。だから、ごめんなさい——ちょっと立ち寄ってみただけなの」

「心配だって？」彼は首を傾げた。

彼女はしどろもどろになった。

「ええ——ほら、わかるでしょ。悪い連中と——」

「トッドは大丈夫だ。何も心配ないさ」彼はそう言ってから、この手のことに慣れているかのように即刻退去を命じた。〝どっちの道を行くつもりだい？〟という身振り。まちがいなく、〝好むと好まざるとにかかわらず、どちらかを選んでさっさと行け〟という意味だった。

ジェンが反応しないでいると、彼はそばをかすめるようにして去って行った。霧の中にひとり取り残された彼女は自問していた。いったい何が起きているのだろう？　自分がいなくても未来は続いていくのだろうか？　どこかにもうひとりの自分がいて、眠っているか、ショックのあまり動けなくなっているのだろうか？　ここではないべつの世界では、おそらくトッドは再勾留され、逮捕され、起訴され、有罪判決が出されているにちがいない。ひとりぼっちのまま。

彼女は呼び鈴を鳴らしてみることにした。明日はやって来ないというやりきれなさが彼女を運命論者にしていた。それにトッドが留置場にいることを思うと何かせずにはいられなかった。

「あの子の無事をたしかめに来ただけなの」ジェンはドアを開けた見知らぬ男にそう言った。

彼がエズラだろう。ジョゼフよりやや年下に見える。曲がった鼻をした、がっちりした体格の男だった。

「ママ？」家の奥からトッドの声がした。彼は青ざめた疲れた顔をして薄暗い廊下に姿を現した。

ここはかつて瀟洒な家だったのかもしれないが、今は〝古めかしくも上品〟という言葉の〝古めかしい〟のほうだけがぴったりくる。四角い模様のヴィクトリアン調の床は擦り切れ、その上にまるで古新聞を並べたみたいに切り貼りされたカーペットが敷かれていた。「なんで……？」廊下を通って母親のところへやって来た息子は、引きつった笑みを浮かべ、戸惑っている。

廊下の突き当たりの部屋から、美しい少女が腰でドアを開けながら出てきた。彼女がクリオにちがいない。親しげにトッドに近づく様子から、ふたりが恋人同士であることは一目瞭然だった。鉤鼻をした、垢抜けた短い前髪の女性は、膝に裂け目のある色褪せたダメージジーンズを穿き、日焼けしていた。靴下は履いていない。ショルダーカットのピンクのTシャツを着ていたが、露出したその肩さえも桃のようで魅力的だ。背が高く、トッドとほぼ同じくらいだろうか。ジェンは自分が百歳のまぬけな老人になった気分だった。

「なんなの？　何しに来たんだよ？」彼は苛立ちの滲んだ声で言った。母親をやり込めるような口調。息子がそんな言い方をすることに、どうして今まで気づかなかったのだろう？

「べつになんでもないの」ジェンは頼りない声を出した。「ただ――その……あなたからメッセージが届いたのよ。送らなかった？　自分の現在地を」そう嘘をつくと、トッドの後ろに目をやり、ふたたび室内を観察した。クリオとトッドの日に焼けた肌や、白い歯を覗かせた笑顔は、漆喰が剝き出しになった壁や、取っ手の緩んだ薄汚れたドアとは場違いのように見えた。ジェンは顔をしかめた。

トッドはポケットから携帯電話を取り出した。「送ってないけど？」

「ああ、ごめん。あなたが呼んでいるのかと思ったものだから」

トッドは携帯を振りながら目を細くしてジェンを見た。「なんも送ってないし。電話すればいいだろ」息子の腕を振る仕草に、ジェンは彼が一分の狂いもなく人を突き刺したときのことを思い出した。それは鮮やかで、力強く、作為的な動きだった。彼女は身震いした。

「きみがジェンか」とエズラが言った。ジェンは瞬きした。ジョゼフが彼女の名前を口にしたときと同じ響き。トッドはきっと彼らに母親のことを話しているにちがいない。

「そうよ。ごめんなさい——こんなこと、滅多にしないんだけど……」

ジェンはトッドに追い返されるまえに、できるだけ情報を集めようとあたりを見回した。証拠となるものはないだろうか？ 自分が何を探しているのかわからなかったが、きっと見つけたときにそれが判明するのだろう。

エズラはクローゼットを背にして立っていた。

「ママ？」トッドは微笑んではいたが、その目はさっさと帰ってくれと命じていた。

家の中はまるで家らしい匂いがしなかった。そうとしか言いようがなかった。料理の匂いがするわけでもなければ、洗濯をしている様子もない。家庭らしさが何ひとつなかった。

「ごめんなさい——もう行くけど、そのまえにトイレを借りてもいい？」とジェンは言った。

この家に秘密が隠されているかもしれないのだ。それを見つけるにはとにかく家の中に入って探りをいれるしかない。

「勘弁してよ」トッドは体全体でいかにも若者らしく呆(あき)れた気持ちを表現した。

ジェンは両手を上げた。「わかってる、わかってる。ごめんなさい、すぐに帰るから」そう言ってから、エズラににっこり微笑んだ。「トイレはどこかしら?」

「家まで五分の距離だろ」

「中年になるとしかたないのよ、トッド」

トッドは呆れかえっていたが、エズラは無言で廊下の奥のドアを示した。よし、これで中に入ることができる。ジェンはトッドとクリオを押しのけるようにして廊下を進み、いちばん奥にあるキッチン兼ファミリールームに入った。そこは四角い部屋で、右手にドアがもうひとつあった。同じく漆喰が剝き出しになった壁には写真一枚飾られていないが、奥の壁にだけ太陽と月が刺繡(ししゅう)された大きな布がかかっていた。ジェンは布をめくって後ろを確認してみた。何を探しているのだろう? 秘密のクローゼットとか? だが、もちろん何も見つからなかった。

ジェンはトイレのドアを開けて水道の蛇口をひねり、キッチンの中をゆっくり歩き回った。室内はがらんとしてほとんど物がなかった。床のすり減ったタイル。キッチンカウンターの上のパンくず。このかび臭さは、まさに古くて使われていない住居の匂いだ。フルーツボウルの中にフルーツはなく、冷蔵庫の扉にメモも貼られていない。もしエズラが本当にここに住んでいるのだとしても、家にはほとんどいないようだ。

左手の壁には大きなテレビが取りつけられていて、その下にゲーム機のエックスボックスがあった。ジェンはゲーム機の上にiフォンを見つけた。画面の明るいそれは、幸いなことにロックがかかっていなかった。ジェンは携帯電話を手に取り、スクロールしてメッセージを盗み見た。そこにはトッドがクリオに送ったメッセージがあった。

トッド　共有結合みたいにきみに惹かれてる。

クリオ　ウケる。あなたってホント、オタクちゃん。

トッド　ぼくはきみのオタクちゃん。だろ？

クリオ　あなたは永遠にわたしのもの。ｘｘ

ジェンはメッセージをじっと見つめた。さらに画面をスクロールする。後ろめたくはあるが、自分を止めることはできなかった。

クリオ　朝の最新情報。コーヒーを一杯とクロワッサンを二個。あと、あなたのこと、千回は考えた。

トッド　たったの千回？

クリオ　今は千一回。

トッド　ぼくはクロワッサンを千個と、二つか三つ考えただけ。

クリオ　正直、それって完璧。

トッド　真面目な話していい？

クリオ　今までは真面目じゃなかったの？　クロワッサンを二千個食べたとか？

トッド　きみのためならマジでなんでもする。x

クリオ　わたしも。　x

〝なんでも〟ジェンはその言葉に眉をひそめた。〝なんでも〟はあらゆることを示唆している。そこには犯罪も殺人も含まれるだろう。

ふたりのやりとりをもっと読みたかったが、足音がしたので手を止め、ゲーム機の上にiフォンを戻した。クリオの息子への好意は本物のようだ。ひょっとしたら愛しているのかもしれない。溜息をついて部屋をざっと見回した。ほかにめぼしいものはなさそうだ。

彼女は便器の水を流し、水道の蛇口を閉めて、トイレから出た。

ジェンは車の中でアンディ・ヴェティースのプロフィールを開いた。助けが必要だった。ばつの悪い思いをした息子に追い返された彼女は、ふと思い立ってアンディにメールを送った。

アンディへ

あなたはわたしをご存じないと思いますが、わたしはラケシュ・カプールの同僚です。あなたの研究テーマに関することでわたしは今、あることを体験しているのですが、それについてぜひともお話しできればとご連絡しました。これ以上のことは常軌を逸していると思われてしまうので口にできませんが、どうかお返事をいただければと……

ジェンより

「仕事は順調？」家に帰ってきたジェンにケリーが言った。夫は長椅子をリメイクしようとヤスリをかけているところだった。彼はこうしたひとりの作業に没頭するのが好きだった。ジェンは長椅子がどんな仕上がりになるかを知っていた。二日後にはスプレーでセージグリーンに塗られているだろう。

「散々よ」とジェンは半分正直に答えた。もう一度、彼に話してみよう。

ケリーはジェンのところへやって来て、ごくあたりまえのようにコートを脱がしてくれた。それは彼女がけっして慣れることのない夫の気遣いだった。ふたりの結婚生活に彼がもたらすちょっとした気配りや思いやり。それがジェンにはうれしかった。ケリーは彼女にキスをした。ミントガムの香りがした。淀みない動きでふたりの腰と腰とが触れ合い、脚が絡み合うと、ジェンの呼吸が次第にゆったりとしたものへと変わっていった。夫にはどんなときも妻を落ち着かせる効果がある。

「きみの依頼人はどうかしてるな」彼はジェンに頬を寄せたまま真顔でそう言った。

「トッドのことが心配なの。様子がへんなのよ」彼女の言葉にケリーは体を引いた。

「なんでそう思う？」ヒーターが作動して、ボイラーに弱い炎が灯った。

「あの子、悪い連中とつき合っているんじゃない？」

「あのトッドが？　悪い連中って？　ボードゲームの〈ウォーハンマー〉愛好家たちとか？」

ジェンは思わず吹き出した。他人にもこんなケリーの一面を知ってもらえたらいいのに。

「この手のことを心配するには人生は長すぎるよ」と彼は言った。それは何十年にも及ぶ、ふたりだけの間で交わされるフレーズだった。ジェンはケリーがそのフレーズを先に使い始めたと思っていたし、ケリーはジェンが先だと思っていた。

「クリオのことだけど、どんな子なのかよくわからないの」

「まだクリオとつき合ってるのか？」

「どういうこと？」

「トッドから別れたって聞いたような。それはともかく、渡したいものがあるんだ」

「わたしにお金をかけないで」とジェンは静かに言った。ケリーはいつも手元にある現金で買い物をするが、しばしば彼女にプレゼントを買ってくることがあった。

「そうしたいんだ」彼はそう言ってからつけ加えた。「カボチャだよ」

その言葉に、ジェンの注意は完全に逸らされた。「カボチャ？」

「ああ、だって——カボチャがほしいって言ってただろ」

「明日、買うつもりだったのよ」ジェンはささやき声になった。

「ほら——ここにある」

ジェンは夫の後ろからキッチンを覗き込んだ。たしかにそこにカボチャはあったが、あのカボチャではなかった。それは巨大な灰色のカボチャだった。たちまち彼女の肌が恐怖に粟立った。もし過去を変えすぎてしまっていたら？　殺人事件とは関係のないことまで変えてしまったら？　映画の中では往々にしてあるではないか。主人公が過去を大きく変えてしまうことが。どうしてもあらがえずに、欲をかいたり、宝くじを買ったり、ヒトラーを殺したりしてしまうことが。

「わたしがカボチャを買うことになっていたのに」

「おい、どうかしたのか？」

「ケリー、昨日ね、わたしあなたに話したのよ。わたしがここ何日か過去を遡って生きているんだってことを」

日が昇るかのように、夫の顔に驚きが広がった。

「いったいどうした？」

ジェンはラケシュのときと同じように、夫に一度打ち明けたときと同じように、彼に説明した。最初の夜のことを、リュックサックの中のナイフのことを、すべてのことを。

「そのナイフは今どこにある？」

「わからない——たぶんリュックサックの中だと思う」とジェンはじれったそうに言った。

これ以上、同じ会話を繰り返したくなかった。

「なあ、あまりにも荒唐無稽だよ」と彼は言った。ジェンは夫の反応に少しも驚かなかった。

「いったい何を——病院に行ったほうが？」

「もしかしたらね」と彼女は小声で言った。「わからない。だけど、本当のことなの。わたしの言っていることは真実なの」

ケリーはただ彼女からカボチャへ、カボチャから彼女へと視線を移しただけだった。それから廊下に出てトッドの学校用のリュックサックを見つけると、芝居じみた仕草で中の物を床に広げた。が、ナイフはなかった。

「忘れてちょうだい」

ジェンは溜息をついた。トッドはまだナイフを買っていないのだろう。

彼女はその場を立ち去った。たとえ相手がケリーでも無意味なことだった。階段を上りながら、ジェンは自分の負けを嚙みしめていた。逆の立場だったら、自分も彼を信じないだろう。信じてくれる人などいるはずがない。

「おれはべつに——」階段の下で、ケリーはそう言いかけて口をつぐんだ。ジェンはその中途半端な言葉に失望した。彼はときどき楽な道を選ぶが、これはまさにそのいい例だった。

ジェンは憤りながらシャワーを浴びた。それならしかたがない。もし眠ることで昨日へと逆戻りしているのなら、単に眠らなければいいだけだ。次はその作戦でいこう。

ケリーはいつものようにたちまち眠りについたが、ジェンは起きていた。時計が十一時をまわり、十一時三十分をまわったところで、トッドが帰ってきた。彼女は真夜中に携帯電話の画面をじっと見つめていた。表示が00:00から00:01になり、突然日付が二十七日から二十八日に切り替わった。

階下に下りて、テレビで繰り返し流れるBBCニュースを見た。やがて地域のニュースになり、昨夜の十一時に近所の交差点で起きた自動車事故のことが報道された。車は横転したものの、ドライバーは車中から逃げ出して無傷だったという。時計が一時、二時、三時を回った。

目がしょぼしょぼしてきた。アドレナリンとケリーに対する苛立ちは徐々に鎮まっていった。リビングルームを右往左往し、コーヒーを二杯淹れたあと、少しだけソファに座ることにした。ニュースはまだ流れていた。事故のこと、天気のこと、朝刊のこと。ジェンは目を閉じた。ほんの一瞬だけ、ほんの一秒だけ、そして……

ライアン

二十三歳のライアン・ハイルズは、世界を変えようとしていた。

この日は巡査として初出勤する日だった。出願や面接の過程をなんとか乗り越えたあとは、わびしいマンチェスターにある訓練施設で十二週間の訓練に明け暮れた。彼はほかの警官たちと共に、ワックスのかかったヘリンボーンの床に並んで、透明なビニール袋に入れられた制服を受け取った。白のワイシャツ、黒のベスト、職員番号〝2648〟のついた肩章。

そしてついにライアンは今、警察署のロビーにいる。降り続く雨で髪の毛は濡れているものの、それ以外は準備万端だ。彼は昨夜バスルームで、待ち焦がれていた制服を試着し、便器の上に立って全身を鏡に映した。そこには警官の彼がいた。便器に立っているのはたしかだが、それでも警官にはちがいなかった。

だが、制服以上にライアンが常に求めてやまなかったもの、それは能力だった。厳密に言うと、〝ちがいを生み出す〟能力だ。そして彼は今——まさにこの瞬間——指導巡査に会うために警察署にいるのだった。

「あなたの担当はルーク・ブラッドフォード巡査よ」受付にいる女性警官が退屈そうな口調で言った。ライアンは人の年齢を当てるのが得意ではなかったが、おそらく彼よりずっと年上で五十代半ばくらいだろうか。青みがかった灰色の髪をしていた。

警官はボルトで繋(つな)がれた淡い青色の椅子を示した。ライアンは、犯罪者か目撃者のどちらかと思われる男の隣に腰を下ろした。髪をポニーテールにしたまだ若い男で、自分の手をじっと見つめている。

外では建物を打ちつけるようにして土砂降りの雨が降っていた。窓台を流れる雨音が彼のところまで響いていた。この豪雨はニュースにもなっていた。十月の記録的な大雨のせいで電車は止まり、公園や住宅の庭は落ち葉と雨水とで大きな被害を受けたという。

ルーク・ブラッドフォード巡査は二十分後にやって来た。ライアンは三回ほど深呼吸をしてから彼に近づいた。さあ、いよいよだ。ここから始まるのだ。

ブラッドフォードはすぐにライアンの手を握った。たぶん彼より五歳くらい年上だろう――まだ巡査ということは若手にちがいない。にもかかわらず、顔色が悪く、目の下はたるみ、コーヒーの匂いがした。こめかみや耳の上の黒髪には白いものが交じっている。アスリートのような体型――自分で言うのもなんだが――をしているライアンは、ズボンの上から贅肉(ぜいにく)がはみ出ているブラッドフォードを見て息を飲んだ。

「やあ、ようこそ。まったく、まだ雨が降っているのか?」ブラッドフォードは駐車場をちらりと見て言った。「まずはパレード、それから緊急通報の対応だ」彼はライアンを建物の奥へと連れて行った。これからそこを仕事場と呼ぶことになるのだろう。

パレード。ブラッドフォードは昔ながらの言葉を使った。だがそれでも、最初の指示であることには変わらない。ライアンは興奮のあまり胃が痛くなりそうだった。

「お湯を沸かしてくれ」とブラッドフォードが言った。

「ああ、わかりました」ライアンは熱意が伝わっていることを願いながら返事をした。

「新入りはお茶当番からだ」彼はブリーフィングルームのほうを示した。「全員の好みを把握するように」そう指示すると、ライアンの肩を叩いて去って行った。

「じゃあ、やるとするか」

こんなのはどうってことない、とライアンは心の中で思った。十五人分の紅茶。紅茶くらい淹れられる。だが、それは実のところ複雑極まりない作業だった。それぞれちがう好みの濃さがあり、甘さがあり、ミルクの有無があった。人工甘味料なのかふつうの砂糖なのか――ひと仕事だった。最後のマグカップを運んだときには、ライアンの手は震え、指の関節はひりひりしていた。ブリーフィングルームに辿り着くと同時にパレードが始まったが、そのときになってはじめて彼は自分の分の紅茶を作っていなかったことに気づいた。

巡査部長のジョアン・ザモは顔一杯に笑みを貼りつけたような四十代後半の女性だった。彼女は現在進行中の業務内容を読み上げていたが、ライアンにはなんのことだかさっぱりわからなかった。彼はここで唯一の新人巡査だった。同期たちはみな北部に配属されていた。彼は部屋をぐるりと見回し、十五人の警官たちと、十五杯の紅茶に目をやった。誰か同年代の仲間を見つけられるといいのだが。

ライアンは十八歳で学校を出たのち、数年ほど友人たちと一緒にオフィスで働いていた。彼は文房具を発注するという素晴らしい仕事を任された。誰からも生産的なことを求められないにもかかわらず給料を支払ってくれる職場だった。しばらくは割のいい仕事だと思っていたが、そのうち定規やA4サイズの罫紙(けいし)を注文することに物足りなさを感じるようになった。そして、六ヶ月まえのある月曜日の朝、目を覚ました彼はこう思った。これでいいのか？

それで警官になろうと志願したのだった。

ザモ巡査部長は電話対応の仕事について読み上げていた。「それで、ここに新たに配属された新人は誰？　あなたね」彼女の茶色い目がライアンに留まった。「指導係はブラッドフォード？」

「そうです」ライアンが答えるより先に、ブラッドフォード本人が答えた。

「了解――あなたはエコーね」彼女はライアンを真っ直ぐ見て言った。「それと、マイク」

「マイク？」とライアンは言った。「ちがいます。ライアンです。ライアン・ハイルズ」

ブラッドフォードが目をぱちくりさせ、一瞬その場が凍りついたようになった。それから部屋中がどっと笑いの渦に包まれた。

「エコー・マイクね」まるでそれがジョークのオチででもあるかのように、ブラッドフォードは戸口で腹を抱えて大笑いした。「マンチェスターの警察学校では無線用アルファベットについて習わなかったのか？　それとも最近は教えていないとか？」

「ああ、はい、そうでした」ライアンの頬が熱くなった。「ちゃんと習いました。ただ——すみません。てっきり……マイクというのにちょっと混乱してしまって」

「なるほど」巡査部長はおもしろがる様子もなくそう言ったが、笑い声はいつまでも収まらない。ようやく静かになりかけたところで、今度は犯罪捜査課のほうから笑い声が起きた。

最悪だ。

「エコー・マイク245だ。おれが最初の応答をやるから、二回目はおまえがやってみろ」

ブラッドフォードはそう言うと、ライアンを促してそそくさとブリーフィングルームを出た。

ライアンには彼の言っていることがわからなかったが、聞き返す勇気はなかった。

ふたりは掃除機の匂いのする、緑色の絨毯（じゅうたん）の敷かれた廊下を歩いた。ロッカーまで来ると、ブラッドフォードはライアンに無線機を渡した。「それはおまえのだ。呼び出しはこんな感じだ。エコー・マイク、車両番号。応答は肩にある職員番号——おまえのは2648だったな——それを伝える。わかったか？」

「わかりました」とライアンは答えた。新人はみな、最初の二年間は緊急通報（999）の対応をすることになっていた。どんな事件があるかはわからない。窃盗かもしれないし、殺人かもしれない。

「よし、それじゃあ、行くとするか」ブラッドフォードは身振りを交えてそう言ったが、その仕草からはふたつのことが読み取れた。それは〝こっちへ行くぞ〟というのと、〝まったく、おまえがクソ馬鹿野郎でないといいのだが〟のふたつだった。ライアンは受付の前を通って、雨の中に足を踏み入れた。

「これがザモの言っていたEM245だ」ブラッドフォードはパトカーを示した。縞模様の入った車体。回転灯。ライアンはパトカーから目が離せなかった。

「ああ、はい」ライアンは助手席のドアを開けて中に入った。車内はタバコの匂いがしみついていた。

「エコー・マイク245、245」無線機が鳴った。

「エコー・フロム・マイク245、どうぞ」ブラッドフォードが単調な声で返答した。彼はエンジンをかけずにシフトレバーを手ではじいていたが、やがて回転灯をチェックするためにダッシュボードの巨大なボタンを押してそれを青色に点灯させた。ライアンは足を組んで無線を聞いていた。

「高齢の男性が酔っ払って、通行人を攻撃しようとしているとの通報がありました」

ライアンは腕時計を確認した。午前八時五分だった。

「エコー・フロム・マイク245、了解。現場に向かいます」ブラッドフォードはようやく車のエンジンをかけてギアを入れた。「たぶん、オールド・サンディだろうな」と彼は言った。

ライアンはひやりとした。ここでもまた警察用語が隠されているのではないかと思ったからだ。だから何も言わなかった。

「ホームレスの男だが、気のいいやつだよ」ブラッドフォードはバックミラーをチェックしてから車を出した。「たぶん警告を与えることになるだろうな。健康状態があまりにひどいようなら救急車を呼ぶが。ウォッカの飲みすぎだよ。何杯も永遠に飲み続けるんだ。驚くほど酒に強い男でね」

信号待ちをしている間、ライアンは行き交う車を見ていた。一般市民として車を運転するのとはまったくちがう経験だった。誰もが模範的なドライバーに見える。まるで映画『トゥルーマン・ショー』に出てくる人物さながら、みんな演技をしているようだ。ハンドルを十時十分に握り、真っ直ぐ前を向いている。

「びっくりするくらい、みんなお行儀がいいんだな」ライアンはそう言ったが、ブラッドフォードは黙っていた。ライアンはオールド・サンディとウォッカのことを考えた。それに、もちろん、兄のことも。「どんな人生を送ってきたのでしょうか？　オールド・サンディは」

「さあね」

「訊いてみたらどうでしょう」

「ふん」ブラッドフォードは前を向いたまま言った。「そうだな――もしみんなにそうしていたら、今ごろおれたちはヒーローになっていたかもな。だろ？」

「たしかに」とライアンは小声で言った。外の景色は降り続く雨のせいで輪郭がぼやけていた。車道にブレーキランプの光と白い空が反射していた。

「この仕事においてまず言えることは、緊急通報のほとんどが退屈極まりないか、あるいは、どうしようもないアホどもに関わるものだってことだ。たいていはその両方だが」ブラッドフォードはきっぱりと言った。「アホどもを救うことなどできないさ」

「なるほど、そいつは素晴らしい」とライアンは皮肉を込めて言った。

「次に言えるのは、新人はいつも情にほだされやすいってことだ」

車が海辺に到着した。ブラッドフォードは駐車スペースにきちんと車を停めた。ライアンは彼の言ったことに答えようとはしなかった。

「じゃあ、行こうか、マイク」ブラッドフォードはそう言って車から降りた。ライアンはふたたび赤面した。そのあだ名はきっと定着してしまうのだろう。そういうものだ。彼は男ばかりのスタッグパーティーに参加したときのことを思い出した。その中のひとりが週末の間ずっと〝一階のマスかき野郎〟と呼ばれていたが、単にホテルの彼の部屋だけが一階にあるというそれだけの理由からついたあだ名だった。結局、彼の本名を知らないままパーティーは終わってしまった。

オールド・サンディはさほど年寄り(オールド)ではなかった。アルコール依存症にありがちな痣(あざ)のできたピンク色の顔をしていたが、体つきはしなやかだった。ふたりは彼に近づいた。波しぶきをあげる黙示録さながらの海を背に、彼は神に不満をぶちまけていた。オフシーズンの浜辺には不気味な空気が漂っていた。

「やあ、オールド・サンディ」とブラッドフォードが声をかけた。サンディは彼を見るとわめくのをやめ、額にかかったごわついた髪をかき上げた。

「あんたか」サンディの声には親しみが込められていた。「あんたを待っていたんだ」

あとでわかったことだが、彼の名前はサンディではなく、ダニエルだった。海辺で寝泊まりしている彼を警察はサンディと呼んでいた。

ライアンは次の通報場所へ向かいながら、雨降りの空を見上げ、溜息をついた。

そのあと六件の通報があった。DVが一件——妻による十四回目の通報だが未(いま)だ告発できずにいるらしい。それがもっとも深刻で——不適切な言い方だが——もっとも興味をそそられるものだった。残りの通報は……推して知るべしだろう。葬儀場の郵便受けの投函口(とうかん)に排尿した男の件。犬の糞(ふん)のことでふたりの飼い主が揉(も)めた件。ATMに入れた十ポンド紙幣が戻ってこなくなった件。まったくもって凡庸という言葉がぴったりの仕事ばかりだった。

ライアンは午後六時にブラッドフォードと警察署に戻って来たが、一睡もしていないときのように疲れ果てていた。

「じゃあな、マイク、明日の朝また会おう」ブラッドフォードは含み笑いしながらそう言って、署の中に消えた。だが、ライアンはまだ退勤するわけにはいかなかった。帰宅するまえに各通報についての記録をつけなければならない。それでも狭い会議室の静けさを待ち望んでもいた。自分と向き合い、頭の中を整理する必要がある。少なくとも自分に紅茶の一杯くらいは淹れられるだろう。彼の脳みそはスノードームを振ったような状態だった。思ってもみなかったのだ……こんな仕事だとは。

ライアンはロビーに入り、受付の前を通った。朝とはちがう警官がいたが、同じように退屈そうな顔をしていた。壁にそってパニック・ストリップ（細長い棒状のアラーム）の取りつけられた、静かな廊下を歩きながら、ひと目でいいから容疑者を取り調べている様子とか独房とかべつのものを見てみたいと思った。緊急通報（999）以外のものに触れてみたかった。一日に六件。週四日勤務で休みは三日。一年間で四十八週。それを二年間。ぜんぶで何件になるかなど考える気にもならなかったが、とてつもない数になることだけはわかった。もしかしたら、今日は特別に運が悪かっただけなのかもしれない。もしかしたらブラッドフォードはこの仕事に飽きているだけなのかもしれない。もしかしたら明日は張り合いのある仕事にありつけるかもしれない。もしかしたら、もしかしたら。

誰もいない会議室のドアを押した。ドアは防音のために二重になっていた。ライアンは村役場にあるような安っぽい金属製のテーブルまで椅子を引っ張っていくと、ベストのポケットからノートを取り出し、机の角にある赤いプラスチック製のペン立てからペンを抜いて、ノートの上に日付を走り書きした。こうした記録はその日のうちにつけることになっていたが、ブラッドフォードに言わせると、そんなのは訓練学校のお仕着せでしかないそうだ。彼はサンディのことを書き始めたが、やがて手を止めた。ほかのことを考えたかった。どうやったら世界を変えられるのかを考えたかった。

思い返してみると、彼の兄は十代の終わりごろから〝手に負えない〟人間になっていた。それは母親がよく使っていた言葉だった。最初は車の窃盗から始まり、やがてはドラッグを売りさばくようになった。タバコからギア（ヘロインのこと）までエスカレートするのにゼロから時速六十キロまで車を加速させるほどの時間しかかからなかった。それを知ったらブラッドフォードはなんと言うだろうか？　きっと兄も警察の時間を無駄にしていると思うにちがいない。そうなることが予想できる家庭環境だった。手本となる男性もいなければ、将来への明るい見通しもなかった。母親はそれなりにがんばってはいたが、仕事をふたつ掛けもちして、家にいないことが多かった。兄は――妙なことではあるが――そんな我が家の家計を支えようとしていた。実際、しばらくの間、彼は家にお金を入れてくれたが、その出所は不明だった。

ライアンはペンを逆さまにして考えた。もしかしたら、自分も兄のように誰かの役に立てるかもしれない。オールド・サンディはふたりを歓迎していた——少なくともブラッドフォードのことはよく知っているようだった。だから彼の役に立っているのかもしれない。しかしそれは、ライアンの思い描いていたものとはちがっていた。

どうでもいい、とライアンは思った。記録は明日つけよう。今はそんな気分ではない。

彼が会議室のドアを開けると、恰幅（かっぷく）のいい男が廊下を通りかかった。スーツを着ているが、たぶん、犯罪捜査課の刑事だろう。ライアンは希望に胸を膨らませた。そうだ、きっとそうだ。まだいくらでもチャンスはある。やりがいのあることや誰かの役に立つことができるはずだ。それこそがライアンの望みだった。当然、誰もが望んでいることなのでは？

「やあ、どうも」とライアンは男に話しかけた。ゆうに百八十センチを超える長身に、逞（たくま）しい体つきをした男で、コンピューター・ゲームに出てくる悪役のようだった。

「初日かい？」

ライアンはうなずいた。「ええ——電話番です」

「そりゃあ、けっこう」男は笑い声をあげてから、温かい手を差し出した。「ピートだ。ここではマッスルと呼ばれているがね」

「お会いできて光栄です。犯罪捜査課に？」

「なんの因果か知らないがね」彼はモクレンの花がプリントされた壁に寄りかかり、ガムを一枚出してライアンに差し出した。ライアンがガムを口に入れると、ミントの香りが広がった。「今日の仕事はどうだった？　指導係は？」

「ブラッドフォードです」

「あちゃちゃ」

「ええ。仕事のほうも今日はいまいちで」

「だろうな。ところで、きみは地元の人間じゃないみたいだな。アクセントが……」

「ええ、マンチェスターから通っています」

「そうか。なんでまたこんなところに――ひっきりなしにかかってくる緊急通報（999）の魅力に引き寄せられたとか？」

「まあ、そんなところです。ほら、〝ちがいを生み出す男〟になりたくて」彼は指で引用符をつくってそう言った。

「すぐに後悔することになるだろうがね」マッスルは壁から身を起こして廊下を歩き始めた。ライアンは彼の後ろをついていった。ふたりが受付のドアのところまで来ると、マッスルが振り返った。

「そういえば、警察用語なんざ知らないほうがいいこともあるぞ」と彼は言った。「理由はそのうちわかるだろうがね」

「マイクの件を聞いたんですね」

「ああ」マッスルは笑いをかみ殺していた。

「まあ、たしかに警察用語には明るくないかもしれませんが、そのうちマスターします」

「ま、あんまりそれに慣れすぎるのもよくないぞ、ライアン」マッスルは謎めいた言い方をした。ガムを嚙みながらしばらくドアを見つめ、何かを考えているようだった。

「優れた警官が、必ずしもその手のことに慣れているとは限らないからな」

マイナス3日　8時

ジェンはベッドの中で目を覚ました。やはり十月二十六日だった。

あの日から三日まえに遡っている。

ピクチャーウィンドウに近づき外を見た。雨が降っている。どこまでいけば終わるのだろうか？　日付を逆戻りしていく——永遠に？　自分がこの世からいなくなるまで？

まずはルールを知らなければ、とジェンは思った。規則と構造を理解した上でゲームに参加する。それこそが弁護士のやるべきことだ。彼女がこれまでにわかっているのは、何をやっても効き目はなかったということ、そして過去に遡っていることからひとつだけ推測できるのは、あの事件をまだ食い止めることができていないということだった。殺人を食い止める。タイムループを終わらせる。そのことが重要なのだ。

ジェンはざっとメールをチェックし、アンディ・ヴェティースからの返信を探したが見当たらなかった。一階に下りるとトッドが探しものをしていた。

「テレビ台の上よ」とジェンは言った。彼が物理学のフォルダーを探していることはわかっていた。それは母親だからという理由だけでなく、すでに一度起きたことを経験しているからだった。

「ほんとだ、ありがと。今日は量子力学があるんだ」彼ははにかんだように笑った。いつの間に、こんなに大きくなったのだろう。ジェンは息子を見て思った。昔は彼女よりずっと背が低かったのに。学校への送り迎えをしていたころ、トッドは腕を真っ直ぐ上に伸ばし、温かい手でいつも母親の手を握っていた。彼女がハンドバッグの中を探ったり信号機のボタンを押したりしてその手を放すと、とたんに不機嫌になった。そのたびに、ジェンは罪悪感を覚えた。母親にありがちな、些細なことに対する馬鹿げた罪の意識だ。

だが今の彼はジェンより三十センチも背が高く、母親とは目を合わせようともしない。罪悪感を覚えて当然だったのかもしれない、と彼女は力なく思った。息子の手をけっして放すべきではなかったのかも。母親としてどれだけ多くの罪を重ねてきたことか。息子にテレビばかり観させてきたこと、ひとりで眠るように厳しくしつけてきたこと――何もかもだ。

「ジョゼフ・ジョーンズって人のこと知ってる?」ジェンは息子を注意深く観察しながら静かに尋ねた。正直に話してくれることを期待したのではなく、ジェンの予想どおり、彼が嘘をつくかどうかを知りたかった。母親としての勘は、どんな弁護士のそれよりも優れているものだ。

トッドは頬を膨らませ、携帯電話を充電器のプラグに差し込んだ。「知らないけど」そう言って、わざとらしく顔をしかめた。息子はふだん夜のうちに携帯電話を充電する。学校へ行くまえにキッチンで充電したことなど今までなかったのに。「なんで?」

ジェンは息子を値踏みするような目で見た。興味深かった。〝クリオのおじさんの友達だよ〟とさらりと答えることもできたはずなのに、そうはしなかった。予想どおりだ。

ジェンはためらった。ここで事を荒立てたくはなかったし、機が熟すのを待ってから話をしたかった。「べつになんでもないの」

「オーケー、ミステリアスなジェン。疑問を提起するような答えだね。さてと、シャワーの時間だ」トッドは携帯電話を充電したままシャワーを浴びに行った。ジェンはただキッチンに突っ立っていた。なんの手がかりも説明もなく、唯一、頼みの綱である息子は母親に嘘をついている。

彼女は階段のほうをちらりと見た。五分から二十分のチャンスがある。トッドはゆっくり瞑想に耽ってシャワーを浴びることもあれば、さっと浴びてまだ濡れたまま服に着替えることもある。ジェンはまず息子の携帯電話を盗み見た。が、暗証番号を二回要求された。そこで階段を駆け上がり、息子の部屋を探ることにした。何かヒントとなるものがあるかもしれない。

深緑色の壁に囲まれたトッドの部屋は、暗い洞窟を彷彿とさせた。カーテンの閉まった窓の下にはチェック柄のカバーの掛かったベッドがあり、向かい側にテレビが置かれている。部屋の隅の、ジェンとケリーの寝室がある三階に続く階段の下には机がある。男の人にありがちな、きれいに整頓されてはいるものの、くつろげない部屋。机の上には黒いランプとマックブック以外は何もなく、奥の壁にはフィットネスバイクが立てかけてあった。

ジェンはノートパソコンを開いたが、ここでもパスワードを二回要求された。部屋をぐるりと見回す。どうやったら時間を有効に使える？

彼女は躍起になって、机やナイトテーブルの引き出しを開けた。ベッドの下を覗き、カバーを剝がし、洋服ダンスの底を探った。きっと何かが見つかる。直観がそう告げていた。悪事を証明する何かが、決定的な何かが見つかるはずだ。

部屋中を引っ掻き回した。もう元の状態には戻せないだろうが、そんなことはどうでもよかった。

すでに六分も無駄にしている。ジェンの法律事務所では一時間の十分の一の六分が一単位だ。彼女の視線がエックスボックスに留まった。トッドはいつもゲームをしているが、オンラインで誰かと話しているにちがいない。試す価値はあるだろう。

ゲームの電源を入れ、シャワーの音に耳を澄ましながらチャットを開く。そこには闇の世界が広がっていた。薄気味悪いゲーム、格闘ゲーム、ポイントを貯(た)めてほかのプレーヤーを刺し殺すためのナイフを手に入れられるゲーム。それらのゲームの中で、どこの誰かもわからないプレーヤーたちとメッセージのやりとりをしている……

送信済みアイテムを開くと、そこにはふたつのメッセージが入っていた。一つはUser78630へ送ったもので〝了解〟とあり、もうひとつはConnor18(コナー)に送ったもので、〝夜の十一時に持っていく〟というメッセージだった。

コナーが最近何かに興味をもっていないかポーリーンに訊いてみよう。トッドの様子に不審な点が見られるようになったのと、彼がコナーとつき合うようになった時期とが一致しているのは偶然というにはあまりにもできすぎている。それに〝夜の十一時に持っていく〟とは……あまりよろしくない。

ゲーム機をシャットダウンして部屋を出た。その直後、バスルームのドアが開く音がした。

親子は階段の手前で鉢合わせした。トッドは腰にタオルを巻いただけの姿だった。

ジェンは息子の目を見たが、彼はすぐに視線を逸らせた。トッドは今、どんな気持ちでいるのだろう。彼女は殺人事件があったあの夜の、息子の表情を思い出した。そこに後悔の色はなかった。良心の呵責(かしゃく)など、どこにも、そして微塵(みじん)も見られなかった。

明日目を覚ましても、昨日に逆戻りしているのだとしたら、仕事へ行くことになんの意味があるのだろう。ジェンは、おとなになってからはじめて、働くことに意義を見いだせなくなっていた。彼女は考えごとをしながら、ヘンリー八世に餌をやった。

アンディ・ヴェティースの電話番号にかけてみたものの、誰も出ない。もう一度、名前で検索してみると、彼がブラックホールに関する論文で何かの科学賞を受賞したという記事が見つかった。彼女はタイムトラベルに関する論文を発表しているべつの科学者ふたりにもメールを出した。

今の状況を夫に信じてもらうにはどうしたらいいのだろう？

溜息をつき、仕事の案件についてびっしりメモ書きされた法律用箋を見たが、今はどうでもいいことのように思えた。部屋にはヒーターの静かな音だけが響いていた。

ジェンは法律用箋に〝三日まえ〟と記した。

その下に〝わかっていること〟と書き込んだ。

ジョゼフ・ジョーンズの名前と住所。

クリオが関係しているかもしれないこと。

コナーに何かを持っていった？

これだけだった。

ここ何年かではじめて、ジェンは息子を迎えに学校へ行った。緑色の校門には保護者たちが大勢集まっていた。グループをつくっている人、ひとりでいる人、着飾っている人、普段着のままの人——様々だ。かつてはここで息子を待ちながら、みんなが自分のことを噂しているような居心地の悪さを感じていた。でも、今はもっと頻繁に迎えに来るべきだったと後悔していた。それくらい興味深い光景だった。

ジェンはすぐにポーリーンを見つけた。彼女はひとりだった。コナーが学校へちゃんと来ているかどうか——彼は親に隠れて学校をサボっていたらしい——を確認するためで、そのあと下の子テオのお迎えに行っていることをジェンは知っていた。デニムのジーンズに、ばかでかいマフラーを身につけた彼女は、足を交差させて携帯電話に目を落としていた。

「たまにはお迎えにでも来てみようかと思って」とジェンは彼女に言った。

「お越しいただいて光栄よ」ポーリーンは笑いながら顔を上げた。「ここにいる人たちってそろいもそろってアホ面ばかりだから。本当よ。だってマリオのママなんてマルベリーのハンドバッグを持って来ているのよ。たかが学校のお迎えに」

ポーリーンはジェンにとって気の置けない友人のひとりだった。彼女は三年まえ、浮気した夫のエリックときれいさっぱり離婚していた。ポーリーンは初回の弁護士面談にエリックの不貞を裏づけるスクリーンショットを持って来た。子供同士は同じ学校に通っていたが、ふたりが言葉を交わしたのはそのときがはじめてだった。ジェンはポーリーンに紅茶を淹れてから、悪事の証拠となるエリックが不倫相手に送ったというメッセージを専門家としての目でじっくり見た。それからその仕事を引き受けることを伝えた。

「悪いわね。こんなもの見せちゃって」ジェンのオフィスでポーリーンはそう言うと、携帯をポケットにしまって紅茶を啜(すす)った。

「まあ、よかったじゃない。その――証拠があって」とジェンは言った。不本意にも――隙のないスーツを着てビジネス然としたオフィスにいるにもかかわらず――戸惑いが表情に出てしまっていた。「だけど、その……ちょっとどぎついわね」

ポーリーンはほんの一瞬、彼女の目を見つめてからこう言った。「じゃあ、裁判所に申し立てをするときに、ペニスの写真も一緒に送ってみる?」ふたりはその場で思わず吹き出した。「あんなに笑ったのははじめてだったのよ。あれを見つけてから」あとになってポーリーンはしみじみそう言った。そしてよくあることだが、悲劇とユーモアからふたりの間に友情が生まれた。だからジェンは、コナーとトッドが友達になったと聞いてよろこんでいた。

今までは。

「まあ、ここに汚らしい身なりのわたしがいるじゃない」とジェンは言った。

ポーリーンは微笑んで、コンバースのスニーカーで地面を擦った。「今日は仕事じゃないの?」

遠くのほうにトッドの姿が見えた。コナーと一緒にゆっくり歩いて来ている。コナーはトッドより背の高い数少ない生徒のひとりで、逞しい体つきをしていた。

「ええ」

「調子はどう? 得体の知れないだんなさんは元気?」

「ちょっといい?」ジェンは世間話をすっ飛ばすことにした。

「いいけど」とポーリーンは言った。「その弁護士っぽい〝ちょっといい?〟は好きになれないかも」

「そんな深刻なことじゃないの。トッドが――たぶんだけど――何か悪いことに巻き込まれているんじゃないかって……」

「どんなこと?」ポーリーンは急に真顔になった。彼女はユーモア溢れる人間だが、ここぞというときには手強(てごわ)い母親になる。喫煙や暴言は大目に見ても、それ以上の悪事は許さないはずだ。今だってそうではないか。コナーが学校に来ているかどうかをちゃんとチェックしに来ているのだから。

「わからない――ただ……トッドの様子がへんなのよ。だから――コナーはどうかなって」

ポーリーンはほんの少し首を傾げた。「なるほどね」

「そういうこと」

校門のまわりにはさらに多くの人だかりができていた。十一歳と十五歳の子供たちが迎えに来た親たちと言葉を交わしていた。ジェンは自分が数えるほどしか子供のお迎えに来ていなかったことを考えた。学校へ来るかわりに、オフィスで情報開示の資料に目をとおしたり、研修生の評価をしたり、山のような書類を作成したりして、お金を稼いでいた。だけど今となっては、ぜんぶなんのためだったのかと自問せざるを得ない。

「あの子はふだんと変わらないようだけど……」ポーリーンはゆっくりとそう言った。ジェンは突然、彼女に感謝したくなった。言外の意味を汲み取っても腹を立てたりしない友人に。

「だけど、ちょっと探ってみるわね」彼女はコナーとトッドがやって来るまえにそうつけ加えた。

「ういっす」とコナーがジェンに言った。彼は首にネックレスのようなタトゥーを入れていた。おそらくロザリオなのだろう。十字架の部分はTシャツの下に隠れている。タトゥーを入れるのは個人の自由だ。だから上品ぶったらだめ。ジェンは自分にそう言い聞かせた。

コナーはポケットからタバコを取り出した。ポーリーンが顔をしかめるのを見てジェンはほっとした。コナーはジェンの顔をじっと見つめたままライターの火をつけた。炎が一瞬、彼の顔を照らし出した。それから、ジェンにウィンクした。けれどもそれは探さないと見つからないくらい素速い仕草だった。

その日は苦戦を強いられる夜になった。「クリオのところに行ってくる」トッドは帰宅するやいなや、すぐにまた出かけようとしていた。ジェンがわざわざ学校まで迎えに来たことに苛ついていたし、ケリーにもむっとしているようだった。「ふたりとも、趣味とかないの？」午後四時になって家族三人が揃うと、トッドは嫌味っぽくそう言った。

彼が出かけてしまうと、ジェンはフェイスブックでクリオのことを調べた。クリオはトッドより二歳年上だが、まだ学生で、近くの芸術大学に通っているらしい。彼女のページは細心の注意を払ったものだった。モデルのような自身の写真、やたら投稿数の多い政治ネタのミーム、花束の数々。可愛くて無難な若者らしい内容だ。ジェンは近いうちに彼女に会って話をしてみるつもりだった。

ジェンはポーリーンが何を見つけてくるだろうかと考えながら、キッチンの片づけを始めた。カウンターを磨き、食洗機に汚れた食器を並べた。朝、目を覚まして昨日になっていたら、いくらきれいにしたところで無意味だとわかっていたが、それでも手を動かし続けた。そもそも家事なんてそんなものなのでは？

二十分後にポーリーンから電話があった。「コナーと話したわ」いつも前置きなしに単刀直入に切り出すのが彼女の癖だった。「あと、ちょっと探ってもみたの」

「それで？」ジェンがテラスのドアのカーテンを閉めると、腕に冷気が伝わってきた。

「コナーの携帯電話を見てみたんだけど、特に怪しいものは見つからなかった。困った写真が何枚かあっただけ。父親に似たのね」

「まったく」

「トッドがどうかしたの？」

「あの子、ずいぶん年上の男性——新しいカノジョのおじにあたる人と、その友人だとかいう人と知り合いになったんだけど、彼らの住んでいる家っていうのが妙な感じなのよ。それにその人たち、〈カット＆ソーイング株式会社〉っていう会社をやっているんだけど、設立したばかりで、売上もないし決算報告書も出ていないの。だからペーパーカンパニーじゃないかなって。男がふたり、縫製会社を立ち上げるなんてかなりめずらしいでしょ？」

「まあね。で……それだけ？」

ジェンは溜息をついた。もちろん、それだけではない。だけど、それ以外は信じられないことばかりだ。自分が解決すべきは、殺人事件という結果に終わる闇の世界のことなのだ。

彼女はぞっとしてテラスのドアに背を向けた。

と、そのときジェンはひらめいた。なんの前触れもなく、昨日見た自動車事故のニュースのことが頭をよぎった。あの事故は今晩起きて、明日のニュースで流れることになる。それを使えるではないか。彼女がもっとも心を許せる相手を信じさせるのに利用することができる。もしケリーを信じさせることができたら、過去の繰り返しを、タイムループを止めることができるかもしれない。明日という日に目覚めることができるかもしれない。

「また連絡する」と彼女はポーリーンに言った。「心配しないで。たぶん——なんでもないから」どうしていつもこうなのだろう、とジェンは思った。何事にも落ち着き払ったふりをして、他人に心配をかけまいとする。いい人でいようとしてしまう。

「だといいけど」とポーリーンは言った。

夜の十時を過ぎてから、ケリーがキッチンに下りてきた。

「どうした？」ジェンの顔を見たケリーは怪訝そうな顔で訊いた。「何かあったのか？」

「わたしと一緒にある場所へ行ってほしいの」

「これから？」彼はそう尋ねてから、妻の顔をちらりと見た。「狂気の町にでも行っちまったか？」彼は茶化すような小さな笑みを浮かべた。ふたりは出会ってから小さなキャンピングカーでイギリス国内を旅して回ったのち、ランカシャー州の片田舎で数年間暮らしたことがあった。谷底に建てられた灰色のスレート屋根の、小さな白い家に三人で暮らしていた。冬になると、ふわふわの帽子のような霧が立ち込める場所だった。ジェンはこの家が大のお気に入りだった。ケリーが〝狂気の町〟という言葉を生み出したのもそのころのことで、彼女が仕事から帰宅して、彼にその日一日の出来事を一部始終聞かせているときだった。彼女にはケリー以外の人など必要なかった。

「ええ、そうよ」

「じゃあ、そうしよう。歩いていこうか」

　ふたりの目と目が合った。自分は何を始めようとしているのだろう、とジェンは思った。今、未来は変わろうとしているのだろうか？　ふたりは未来を悪いほうへと導いているのだろうか？　こうして彼女がキッチンに突っ立っている間にも、どこかでべつの未来が上映されているのだろうか？　トッドが殺されてしまう未来が、トッドが逃亡する未来が、トッドがべつの人間まで襲う未来が。

　ジェンは玄関のドアを開けた。夫に揺るぎない証拠を示せることに興奮していた。

　夜の空気はひんやりと湿っていて、秋特有の白黴（しろかび）の匂いがした。事件のあったあの夜と同じだ。

「聞いてほしいことがあるの。すでに話したことだから、あなたがどんな反応をするかは知ってるけど」とジェンは言った。繋いだケリーの手から温（ぬく）もりが伝わってくる。道は雨に濡れて滑らかだった。彼女はこの話をすることに慣れてきていた。

「仕事のことで？」ジェンは仕事で困ったことがあると、ケリーに意見を求めて頭の中を整理することがよくあった。夫はただ聞き役に徹するだけのことが多かった。先週もジェンは彼にマホーニー氏のことで意見を求めた。マホーニー氏は争いを避けるために、元妻に年金をすべて譲りたいと主張していた。ケリーは肩をすくめ、こう言った。「苦痛を避けることに金では買えない価値を見いだす人もいるんだ」

「ううん、ちがうの」暗闇の中で、ジェンは彼にすべてを打ち明けた。最初の夜のことを、そのまえの日のことを、そのまたまえの日のことを。夫はいつものように、彼女の顔を見ながらただ聞いていた。

ジェンが話し終えると、彼はしばらく黙ったままだった。ふたりは、これから自動車事故が起きる場所まで来ていた。ケリーは道路標識に寄りかかって物思いに耽っていたが、ようやく結論に辿り着いたようだ。「もしきみがおれの立場だったら、今の話を信じるかい？」と彼は言った。

「いいえ」

ケリーは笑い声を漏らした。「だよな」

「すべてのことにかけて、わたしたちふたりの歴史にかけて誓う――これは真実なの。トッドは次の土曜日の夜更けに誰かを殺す。わたしはそれを食い止めるために時を遡っているの」

ケリーは一瞬黙り込んだ。また小雨が降り始めていた。彼は額にかかった濡れた髪をかき上げた。「どうしてここに？」

「あなたに証明するためよ。もうすぐ車がやって来るの」彼女は静まりかえった真っ暗な道を示した。「ハンドルを切り損ねて、車は横転する。昨夜のニュースで見たの。あなたにとっては明日のニュースってことだけど。ドライバーは車から逃れて無傷だった。黒のアウディよ。あそこでひっくり返るから、わたしたちに危険が及ぶことはないわ」

ケリーは手で顎を掻くと、「わかった」と困惑した様子で言った。ふたりは並んで道路標識に寄りかかった。

あの車はもう来ないのかもしれない、ジェンがそう思い始めたとき、それはやって来た。最初に気づいたのはジェンだった。遠くのほうから聞こえてくる、スピードを上げた車のエンジン音。「来るわよ」

ケリーは彼女を見た。雨が本降りになり、彼の髪の毛から雨水が滴り始めた。

車がやって来て角を曲がった。黒のアウディ。ドライバーは無鉄砲な酔っ払いにちがいない。明らかにスピードを出しすぎてコントロールを失った。ふたりの前を通過した車のエンジン音が銃声のように轟く。ケリーは目の前の光景に釘づけになっていたが、その表情からは何も読み取れない。

彼は土砂降りの雨をよけようと片手でフードを引っ張り上げた。と、そのとき、車が横転した。金属が砕けて横滑りし、クラクションが鳴り響いた。

それからすべてが止まった。車から煙が立ち上り、束の間の静寂が訪れた。やがて大きく目を見開いた五十歳くらいの男が運転席から這い出てきた。彼は道をふらふらとふたりのほうへと歩いてくる。

「あなた、不幸中の幸いだったわね。車から出られて」とジェンは言った。ケリーはふたたび彼女を見た。目の前で起きたことが信じられないのと同時に、ある種の妙なパニックに陥っているようだった。

「まったくだ」男はそう言うと、無事だったことが不思議でたまらないといった様子で脚を軽く叩いた。

ケリーは頭を振った。「どういうことなのか理解できないよ」

「もうすぐ近所の人が助けようと家から出てくるから」

ケリーは片足を道路標識の支柱に預け、腕を組んだまま、何も言わずに待っていた。どこかでドアの開く音がした。

「救急車を呼びましたからね」二、三軒先の家から住人が出てきてそう言った。

「これで信じてくれる？」とジェンはケリーに訊いた。

「ほかにどう説明がつくかわからないよ」少し間をおいてからケリーが答えた。「だが、これは――こんなのはイカれてる」

「わかってる。そんなこと、わたしにだってわかってる」彼女はケリーの目を真っ直ぐ見据えた。

「だけど、ぜったいに、ぜったいに、本当のことなの」

ケリーが身振りで彼女を促し、ふたりは道を歩き始めたが、家に向かっているわけではなかった。彼らは雨の中をあてもなく彷徨(さまよ)い始めた。ケリーはようやく信じてくれたかもしれない。このことは何かしらの効果があって当然なのでは？　もしトッドのもう片方の親が信じたなら、次に目を覚ましたときはケリーも彼女と一緒に昨日に戻っているかもしれない。それは大きな賭だったが、試してみる価値はあった。

「お手上げだよ」とケリーは言った。彼の目に街の明かりがちらちらと映っていた。「きみがあの車のことを知っているわけがない。だろ？」彼がどうにかして不可解な謎を解き明かそうとしているのがジェンにはわかった。

「そうね。つまり――常識で考えればってことだけど」

「わからないよ。いったいどうやって……」彼の吐く息が白くなった。「とにかくわからないよ……」

「そうね」

ふたりは左に曲がって路地に入り、しばしばテイクアウトで利用するインド料理店の前を通ってからゆっくりと家に向かい始めた。

彼はようやくジェンの手を握った。「もし事実なら、むごい仕打ちだ」

その〝もし〟という言葉。その言葉に彼女は小躍りした。それは夫から妻へ贈られる小さな一歩、小さな譲歩だった。「そう、むごい仕打ちなの」彼女はしわがれた声で言った。ここ何日かのパニックや疎外感のことを思うと、目は自然と潤み、涙が頬を伝った。彼女は下を向いて、同じ歩調で歩くふたりの足元をじっと見つめた。ケリーはきっと彼女のことを見ていたのだろう。立ち止まると、親指でジェンの頬の涙を拭った。

「信じてみるよ」彼はやさしい声でぽつりと言った。「きみのことを信じるよ」

ケリーはキッチンのスツールに足を広げて座ると、カウンターに肘をのせてジェンに眉を吊り上げてみせた。

「何か心当たりは？　その――ジョゼフって男に関して」と彼は言った。

ヘンリー八世が天板の上に飛び乗ったので、ジェンは猫を抱き上げた。その毛は柔らかく、体は丸々と太ってしなやかだ。彼女は両手でボウルを支え持つように猫を抱いた。ケリーと一緒にここにいられることがうれしかった。この宇宙の同じ場所にいて、秘密を打ち明けられることにほっとしていた。

「ええと――ないわ。だけどトッドが彼をナイフで刺した夜のことだけど、あの子、そのジョゼフって男を見たとたん、とにかく――パニックになったみたい。それで刺したのよ」

「つまり男を怖れていたってことか」

「そう！　まさにそのとおりよ」ジェンはそう言ってから夫を見た。「わたしの話、信じてくれるのね？」

「きみのご機嫌を取ってるだけかもしれないぞ」彼はわざと素っ気ない言い方をした。

「そうだ――わたしメモしたんだった」彼女は勢いよく立ち上がり、法律用箋を摑んだ。ケリーはジェンと一緒にキッチンのソファに座った。「メモっていっても、これだけだけど」

ケリーはページを覗き込んでから、小さく息を吐いて笑った。「おいおい、ほんとにそれっぽっちなのか」

「うるさいわね。宝くじの番号を教えないわよ」とジェンは言った。今の状況を笑いに変えられることが、ふたりがいつもどおり冗談を言い合えるようになったことがうれしかった。

「わかったよ。じゃあ、あの子がそんなことをしてしまう理由を思いつく限り書き出してみよう。たとえ、どんなにイカれた理由でも」

「自己防衛、自分を制御できなくなった、共謀」とジェンは言った。「あと仕事でやったとか——たとえば、殺し屋として」

「ジェームズ・ボンドじゃないんだぞ」

「そうね、それは消しといて」

ケリーは笑い声をあげて〝殺し屋〟の上に線を引いた。

「エイリアンだったとか？」

「やめてったら」ジェンも笑いながら言った。

夜が更けるまで、ふたりは次から次へと考えうる限りのことを列記していった。事情を訊けそうな息子の友達や知り合いもリストアップした。

薄明かりに照らされたソファの上で、ジェンの体がぐったりしてきた。ケリーに寄りかかると、彼はすぐに腕を回してきた。

「いつきみは――なんて言うか――行ってしまうのかい？」

「眠ったときよ」

「じゃあ起きていよう」

「それも試してみたわ」

　夫のゆったりした息づかいを聞くうちに、ジェンの息づかいも徐々に穏やかなものになっていった。でも、今日の彼女は眠ってしまってもいいと思っていた。今日という日を彼と共に過ごせたことがうれしかった。

「あなただったらどうする？」ジェンは夫のほうを向いてそう訊いた。

　ケリーは唇をきつく結んだが、その表情からは何も読み取ることができなかった。「本当にそれを知りたい？」

「もちろん」彼女はそう言ったものの、一瞬、本当にそうなのだろうかと疑問を抱いた。ケリーのユーモアのセンスにはときに邪悪さが感じられるが、それは彼自身の芯の部分も同じだ。それを言葉で説明するとしたら、ジェンが性善説に立っているのに対し、彼は性悪説に立っていると言えるかもしれない。

「おれだったら彼を殺す」とケリーは静かに言った。

「ジョゼフを？」ジェンはあっけにとられた。

「ああ、そうだ。おれが彼を、そのジョゼフとやらを殺す。もし逃げられるのなら」

「トッドだって逃げられなかったのよ」と彼女はささやくように言った。

「そうだな」

ジェンは身震いした。夫からときに垣間見える（かいまみ）この冷徹さ、この非情さに寒気を覚えていた。「だけど、あなたならできるって？」

ケリーは肩をすくめ、真っ暗な庭に目をやった。その質問には答えないだろう。ジェンにはそのことがわかっていた。

「それで明日は」彼はふたたびジェンの体を引き寄せてつぶやいた。「きみは昨日に戻っていて、おれは明日に進んでいるってことなのか？」

「そのとおりよ」と彼女は悲しそうに言ったが、密か（ひそ）に期待もしていた。もしかしたら、そうはならないかもしれない。彼に話したことで、運命が変わっているかもしれない。ケリーは静かになった。眠ってしまったようだ。ジェンの瞼（まぶた）も重くなってきた。

今夜、ふたりは共にここにいる。たとえ、別々の電車に乗ったふたりの乗客が反対方向へ向かうように、明日は離ればなれになるのだとしても。

マイナス4日　9時

あの日から四日まえに遡っていた。

さらに悪いことに、メモはすべて消えていた。

ジェンはキッチンで苛立ちの声をあげた。あたりまえだ。当然、そうなるはずだ。まだ何も書き込んでいないのだから。過去にいるのだから。

ケリーがリンゴをかじりながらキッチンに入って来た。「うわっ」彼は顔をしかめた。「ほら、食べてみろよ。レモンみたいだぞ！」

彼は目元に皺を寄せ、愉しそうに腕を伸ばして彼女にリンゴを差し出した。「昨日の夜、ふたりで散歩に出かけたこと覚えてる？」ジェンはすがる思いでそう訊いた。

「え？」彼はリンゴを口いっぱいに頬張った。「なんのことだ？」

明らかにケリーは覚えていない。彼に打ち明けたことはすべて無駄だったということだ。ほんの数時間まえまで、ここに座ってふたりでプランを立てていたこと。自動車事故を目の当たりにして、ようやく彼女の話を信じてくれたこと。それらはすべて過去ではなく未来に委ねられ、消えてしまったのだ。

「なんでもない」

「大丈夫か？　クソみたいに疲れてそうだな」

「ああ、結婚生活って、ほんとロマンチックね」

ジェンは冗談っぽくそう言ったが、頭の中ではべつのことを考えていた。もしメモが消えたのなら、当然、アンディ・ヴェティースにかけた電話や送ったメールも結局はなかったことになる。彼女は送信済みアイテムをチェックした。何も残っていない。あたりまえだ！　だから返事がなかったのだ。過去に遡って生きていくことがこんなにも過酷だとは。たとえ理解したつもりでいても、実際には何もわかっていない。だから足を掬われる。

明日のことも、明後日のことも、それに続くすべてのことも何ひとつ知らないこのケリーからジェンは逃げなければならなかった。消えたメモやリュックサックの中のナイフや、静かに待ち受けている殺人事件からも逃げなければならなかった。

彼女は職場へ行く必要がある。ラケシュのところへ。アンディ・ヴェティースのところへ。

朝の十時。甘いブラックコーヒーと、オフィスの机、そしてラケシュ。彼はジェンのオフィスに立ち寄るのが長年の習慣になっていた。たいていは朝早くやって来て、仕事をしたくないと不満を漏らすのが日課だった。愚痴。その土台の上に、ふたりの友情は築かれているのだ。

「アンディに連絡を取ってみてくれる？」とジェンはラケシュに言った。

彼女は再度、自分の身に降りかかっていることについて彼に話をしたところだった。駆け足で説明を終わらせたので、嘘っぽく、でたらめに聞こえたかもしれない。だが、何度も同じことを話すうちに、その悲劇の物語に飽き飽きしていた。まるで、あまりに多くの死や破壊を見てきたがために、すっかり免疫ができてしまった人のようだった。

それでも、ラケシュは前回同様、ジェンが嘘をついているわけではないと信じてくれたようだ。心の中ではきっと、消極的ではあっても真面目になんらかの診断をくだしているのだろう。しかし、それがなんなのかは言わなかった。「アンディをつかまえられないんだけど、どうしても会いたいの」とジェンは切羽詰まった声で言った。今日という日しかない彼女には、今日中にアンディに会って話をする必要があった。

ラケシュはいつもどおり両手の指先を合わせた。「きみにアンディのことを話した覚えはないけど」

「話すのよ——二、三日後に」

「なるほど」ラケシュはそう言って、茶色の目で彼女を真っ直ぐ見つめた。今日の彼は紫色のニットベストを着て、コーヒーを手にしていた。ズボンのポケットにはタバコの箱の四角い輪郭が浮き出ている。どうやら変わらないこともあるようだ。

ジェンは思わず笑みを漏らした。「お願い。アンディに電話して。近くにいるんでしょう？ジョン・ムーア大学だっけ？　わたしのほうから彼のオフィスに行くなりなんなりするから」

「見返りは？」ラケシュはドアに寄りかかって言った。

「あら、交渉しているわけ？」

「そりゃそうさ」

「ブレイクモア氏の費用の見積もりをやってあげる」

「のった」と彼は即座に言った。「きみはちょろいね。私としてはベイクドポテト一個でも引き受けるつもりだったのに」

「それとあなたのタバコも貰ってあげる。そうしたら、悪い習慣を断ち切れるでしょ」彼女はラケシュのポケットを指さした。彼は目を瞬き、ポケットからタバコを取り出した。

「ワオ。オーケー。わかったよ。今、電話してみるから」彼は廊下に向かいながら、片手を上げた。「またあとで」

「ありがとう。恩に着るわ」彼女はそう言ったが、たぶん彼の耳には届いていないだろう。

ジェンは二十年間ずっと使い続けてきた机の上に肘をのせた。専門家に指示できたことに束の間ほっとしていた。

太陽の光が彼女の背中を温めていた。ジェンはこのちっぽけな温かい魔法の力のことを忘れていた。十月のうちの何日かは、ほんの一瞬だが夏のように感じられるものだ。

アンディは二時間後、リヴァプールの街中へ来ることになった。ジェンは急いで費用の見積もりを終わらせた。

ジェンとアンディは彼女のお気に入りのカフェで落ち合う約束をした。そこは安くて気取らないうえに、濃くておいしいコーヒーが飲める場所だった。店のレトロな雰囲気にはロマンスがあった。ポンドではなく、ペンスで飲める紅茶。メニューのハムサンドイッチ。破れたビニールの長椅子。

ジェンは買い物客の間を縫い、調子っぱずれなストリートミュージシャンの前を通って待ち合わせ場所へと向かった。道すがら、自分の育児を思い返し、後悔に駆られていた。ぐっすり眠らせるためにミルクばかり与えていたこと。ストレスに耐えきれず、テレビをつけっぱなしにして昼間から酒をあおっていたこと。子育てにうんざりしていたこと。子供と目を合わせようとしなかったこと。あのころ、息子が昼寝をしないと彼女はいらいらして叫び声をあげていた。まだ幼いトッドを保育園に預け、早々に仕事に復帰したのは、父からのプレッシャーがあったからだった。あのころに蒔いた種のせいでこうなってしまったのだろうか？　自分は最低な母親？　それともごくふつうの人間？　彼女にはわからなかった。

アンディはすでに到着して、フォーマイカのテーブルについていた。ジェンはリンクトインに載っていた写真からすぐに彼だとわかった。ラケシュと同年代で、白髪交じりの乱れた黒髪。J・D・サリンジャーの小説からだろう、Tシャツには〝フラニーとゾーイー〟という文字がプリントされていた。

「来てくださってありがとうございます」ジェンは早口でそう言うと、アンディの向かい側に座った。彼はすでにブラックコーヒーをふたつ注文していた。テーブルには小さな銀のミルクピッチャーがひとつあり、彼はジェンに身振りでそれを勧めた。ふたりともミルクは使わなかった。

「どういたしまして」アンディはそう返事をしたものの、本当はうんざりしているようで、心から言っているようには聞こえなかった。でも、文句は言えない。ジェンがパーティーで無料の法律相談をさせられたときのようなものなのだから。

「これってきっと――つまり、こういうのは非常識なんでしょうね」彼女はコーヒーに砂糖を入れながら言った。

「それはまあ」彼は小さく肩をすくめ、椅子に深々と座った。ほんの少しアメリカ訛りがあるようだった。「そうかな」彼は両手の指を交差させて顎をのせ、彼女をただ見つめていた。「だが、ラケシュとは仲のいい友人でね」

「長く引き留めるつもりはないの」ジェンはそう言ったが、本心ではなかった。本当は一日中、彼女と一緒にいてほしかった。できれば昨日に戻るまで。

アンディは眉を吊り上げたが何も言わなかった。

彼はコーヒーを啜ると、カップをテーブルに置いた。落ち着き払ったハシバミ色の目で彼女をじっと見つめている。それから無言のまま、ドアを開けて〝お先にどうぞ〟と譲るときのような身振りをした。

「どうぞ」と彼は歯切れ良く言った。

ジェンは話し始めた。最初から最後まですべて語った。早口で、身振り手振りを交えて、細部に至るまで事細かに説明した。最後のひとかけらまで吐き出した。カボチャのこと、裸の夫のこと、〈カット＆ソーイング株式会社〉のこと、ナイフのこと、眠らないでいようとしたこと、自動車事故のこと、クリオのこと。何もかもを。

ウェイトレスがやって来て、湯気を立てるパーコレーターからふたりのカップに静かにコーヒーを注いだ。アンディは小さな笑みと目でウェイトレスに感謝を伝えた。彼は一度もジェンの話を遮らなかった。

「これでぜんぶだと思う」彼女は話し終わるとそう言った。頭上の蛍光灯に湯気がゆらゆらと立ち上っていた。この日――それがいつであれ――が週の半ばで、まだ早い時間だからか、カフェにはほとんど客がいなかった。ジェンは自分の役目を終えたような気がしてどっと疲れを感じていた。テーブルについたまま眠ってしまいそうだった。もし今、眠ったらどうなるだろうか？

「もしきみ自身が真実だと信じているのなら、私からあえて訊く必要はないよ」アンディはほんの一瞬だけ熟考したあとで、そう言った。

いささか突き放したような〝もし信じているなら〟という響きにジェンは慌てた。医師や、仕事上で敵対する相手や、嫌みったらしい親族や、〈スリミング・ワールド（減量を目的とした組織）〉のリーダーにありがちな物言い……。

「もちろん信じてる。こんなことを言っても意味ないかもしれないけど」

ジェンはしばらく目を擦りながら考えた。ほら、がんばって。あなたは賢い女性なのよ。そんなに難しいことじゃないでしょ。ただ過去に戻っているだけであとは同じなのだから。

「あなた、もうすぐ賞を取るのよ」ジェンはアンディからの返事を待っていたときに見たネット記事のことを思い出した。「ブラックホールの論文で」

彼女が目を開けると、アンディはコーヒーを口にもっていく途中で固まっていた。発泡スチロールのカップが手の中で楕円形になっている。彼は口を開いたまま、じっとジェンを見つめていた。「〈ペニー・ジェイムソン賞〉を？」

「だと思うけど？　あなたのことを検索していたときに知ったの」

「私が受賞するって？」

ジェンは少しだけ勝ち誇った気分になった。「そうよ」

「あの賞のことは公表されていない。私の論文が最終候補に残ったことは知っているが、ほかの人は知らないはずだ。それは——」彼は携帯電話を取り出すと、少しの間、静かに文字を打ち込んだ。それから画面を伏せてテーブルに置いた。「その情報はどこにも載っていなかったよ」

「なら、よかった」

「いいだろう、ジェン。きみの話を聞く気になったよ」

「よかった」

「実に興味深い」アンディは下唇を嚙んで、携帯電話の背面をコツコツと指で叩き始めた。

「それで、こんなことって科学的に起こり得るの？」

彼は両手を広げてから、またカップに手を戻した。「わからない。科学というのはきみが思っている以上にアートなんだよ。きみの言っていることはアインシュタインの一般相対性理論の法則に反するものだ——だけど、原理原則が我々の生活をコントロールすべきだなんて誰が言える？　タイムトラベルが不可能であるということは証明されていない。もし、きみが光速を超える……」

「ええ、知ってるわ。わたしの体重の一千倍の重力が必要なんでしょ？」

「そのとおり」

「だけど——そんなふうには感じなかったの。訊いてもいいかしら——わたしは同時に未来にも進んでいると思う？　どこかで、わたしはトッドが逮捕された人生も生きているって可能性は？」

「きみ以外のきみもいるかもしれないって思っているんだね」

「そうね」

「ちょっと待ってくれ」彼はふたりの横にあるカトラリーポットからナイフを取った。「これを使えるかな？」

「使う？」

「紙で切ったような小さな傷でいい」彼はそれ以上言わなかった。

ジェンは息を飲んだ。「そういうことね。やってみる」彼女はナイフを手にして、指の側面にごく浅い、引っ掻いたような傷をつけた。

「もっと深く」と彼は言った。

ジェンがナイフをさらに深く食い込ませると、血が一滴滲み出た。「できたわ」彼女はティッシュで血を拭き取り、一センチほどの傷口を見た。「これでいい？」

「もしその傷が明日になって消えていたら……きみは毎回、昨日の体で目を覚ましていることになる。月曜日から日曜日へ、そして土曜日へと遡るたびにどんどん若返っていく」

「タイムトラベルではないってこと？」

「そうだ。教えてほしいのだが」彼は前屈み（まえかが）になった。「それが起きたとき、何かしら圧迫されるような感覚はあったかい？　それともデジャヴだけ？」

「デジャヴだけよ」

「実におもしろい。きみが息子のことでパニックになったのが……それがデジャヴの引き金になったと?」

「わからない」ジェンはほとんど独り言のようにつぶやいた。「めちゃくちゃよ。こんなのどうかしてる。まるでわけがわからないじゃない。わたしはまだあなたに電話もしていない。でもするのよ——週の後半に。メッセージもたくさん残すの」

「思うに」アンディはコーヒーを最後まで飲み干した。「きみはもうルールを理解しているんじゃないかな。望みもしないのに紛れ込んでしまったこの世界のルールを」

「そうは思えないけど」彼女がそう言うと、彼はふたたび微笑んだ。

「きみがなんらかの拍子にそういった重力を生み出し、〝時間的閉曲線〟の中に取り込まれたと考えることは、理論上は可能だ」

「理論上は可能。そうね。それで——どうやったら、そこから抜け出せるの?」

「物理学上の議論はさておき、明らかな答えとしては、きみがその事件の発端に辿り着くことだ。そうだろう? トッドが殺人を犯す原因となったところまで遡っていくことじゃないかな」

「それからどうなるっていうの? あなたの推測では?」彼女はそう言ってから両手を上げ、議論をふっかけているわけではないことを伝えた。「それがどうのってわけじゃないの。ただの推測でいいのよ。あなたなら何が起きると思う？」

アンディは下唇を噛んでテーブルを見つめていたが、やがて顔を上げた。「きみが犯罪を防ぐことになると思う」

「そう、それこそがわたしの望みなのよ」ジェンは目を潤ませた。

「冗談めかした質問に思うかもしれないが、ひとつ訊いてもいいかな？」とアンディは言った。ふたりの目と目が合うと、その場の空気がしんと静まりかえったようになった。

「きみはなぜ自分の身にこんなことが起きているのだと思う？」

ジェンは躊躇（ちゅうちょ）した。思わず——まさしく冗談めかして——わからない、と答えそうになった。だからこそ、こうして彼に無理矢理会いに来てもらったのだから。しかし、何かが彼女を押しとどめた。

ジェンはタイムループのこと、ちっぽけなことを変えることから始まるバタフライ効果のことについて考えた。

「もしかしたら、わたしだけが知っている何かがあるのかもしれない。殺人を食い止めることのできる何かが。自分の潜在意識の奥に」

「なんらかの知見がね」アンディはうなずいた。「このことはタイムトラベルとか科学や数学とかの問題じゃない。きみにはなんらかの知見があり、愛もある——単に事件を食い止めるために起きているのでは？」

彼女はトッドのリュックサックにあったナイフのこと、エッシュ・ロード・ノースのことを考えた。「これまで毎日を二回生きてきたけど、一度目とはちがうこと……誰かのあとを尾けたり、何かを目撃したり、たとえ些細なことでもよく注意して見ていると、毎回新たな発見があるの」

アンディはテーブルの上の空のカップをいじりながら、ジェンの後ろの窓に目を向けていた。口をへの字にして、まだ何か考えているようだ。「つまり、きみが遡った日は、事件にとって何かしら重要な意味があると？」

「たぶん、そうだと思う」

「となると、過去に遡るうちに――もしかしたら一日飛ばしたり、一週間飛ばしたりすることがあるかもしれない」

「そうね。そのたびに手がかりを探さなきゃいけないってこと？」

「ああ、たぶん」と彼はさらりと言った。

「あなたに訊きたかったのは――ほら、近道を教えてほしかったのよ。ここから脱出するための。ダイナマイト二本とかコードとか、必要なものをね」

「ダイナマイトねえ」アンディは笑い声を漏らすと、立ち上がってジェンに手を差し出した。ジェンは束の間、目を閉じた。本物だ。彼のこの手は本物だ。そして彼女も本物なのだ。

「また会う日まで」と彼女は目を開けて言った。

「その日まで」とアンディも言った。

ジェンは彼が去ったあと、しばらくしてからカフェを出た。このことが何を意味しているのか深く考えていた。彼女はトッドに電話をした。どこにいるのか知りたかった。一度目のこの日に、息子の行動で何か見逃していることがあるだろうか？　彼女は自分の中から新たな力が湧いてくるのを感じていた。何をどう変えればいいのかを解き明かし、息子を救うための力が。

「なに？」トッドはすぐに電話に出た。背後からは何も聞こえなかった。ジェンは身を翻してリヴァプールのビル風を避けた。

「どこにいるのかなと思って」

「オンラインだよ」その言葉に、ジェンは思わず笑みを漏らした。息子に向かって、愛する我が子に向かって微笑んでいた。

「オンラインって、うちで？」

「今日は時間割に自由学習の時間があったんだ。だから、イギリス、マージーサイド州、クロスビーにある我が家のベッドの上で、VPN接続してるってわけ」彼は笑い声をたてた。

ジェンは空を見上げて思った。まあ、そのうちわかるわ、と。彼女は十一月より先に八月を迎えるかもしれない。でも、いつかはこの問題の起点に辿り着くだろう。それがいつかはわからなくても。

空には月が出ていた。同じ月がふたりの頭上にかかっている。ふたりがどちらのヴァージョンのふたりなのかはともかく、彼女は過去にいて、トッドは四日後に誰かを殺すことになるなんらかの変化を経験しているのだ。

「もうすぐうちに帰るから」と彼女は言った。

「そっちこそどこにいるの？」

「宇宙よ」ジェンの言葉にトッドは笑った。その笑い声は完璧で、まるで音楽のようだった。

ジェンはクリオに会うためにエッシュ・ロード・ノースへ向かった。そこに住んでいないのだとしても、たぶんおじに訊けば住所を教えてくれるだろう。

きっとクリオが関係している。ジェンはそうにらんでいた。トッドが彼女と出会ったのは二、三ヶ月まえのことだ——ジェンの知る限りはそうだったが、おそらく秘密主義の若者のことだ。ふたりの出会いは、そこから少なくとも数週間は遡るだろう。〝あれ〟がはじまったのはクリオと出会ってからであり、同時にコナーとつき合うようになった時期だが、けっして偶然などではないはずだ。〝あれ〟とは捉えどころのない、形容しがたい変化のことだ。不機嫌そうな態度、何かを隠しているような素振り、ときどき妙に青ざめていた顔。

それで彼女はここに来て、ドアをノックしているのだった。すぐに磨りガラスの向こうに女性の姿が映った。ジェンの心臓が大きく鼓動を打った。

ドアが開くと、ジェンはクリオの美しさに息を飲んだ。垢抜けた短い前髪、大きな瞳。髪の毛はもつれて乱れているものの、それが逆にえも言われぬ魅力を放っている。もしジェンが同じような髪型にしたら悲惨なことになるだろう。

「こんにちは」とジェンは言った。

クリオはジェンの後ろをちらりと見た。それがどういうことなのか、最初ジェンにはわからなかった。

「トッドの母よ」そう言ってからすぐに気づいた。ジェンはクリオに会っているが、クリオはまだジェンに会ったことがないのだ。

「ああ」とクリオは言った。その魅力的な顔に驚きが浮かんだ。

「ちょっと訊きたいことがあって……」クリオはほんの少し後ろに下がったが、それはジェンを中に招き入れるというより、ドアを閉めたがっているような仕草だった。ジェンははじめてクリオに会ったときのことを思い浮かべた。この廊下の突き当たりにいてダメージジーンズを穿いた彼女は、開けっぴろげで好奇心に満ちた表情をしていた。が、トッドがいない今、クリオの表情はそのときとはまったくちがっている。「ちょっとだけあなたと話がしたくって。なんでもないの——あなたとは関係のないことだから。あなたたちふたりの関係についてどうこう言うつもりじゃないの。だから入ってもいいかしら……ちょっとだけ。あなた、ここに住んでいるの？」ジェンはまくし立てるように言った。

「えっと——それはちょっと……」クリオは言いよどんだ。ジェンは玄関をぐるりと見回した。前回エズラが閉めたクローゼットの取っ手に、クリオのコートとその上にシャネルのハンドバッグが掛かっていた。本物のようだが、少なくとも五千ポンドはするだろう。どうしてそんな高価なものが？　偽物でもないかぎり、ふつうは手が届かないだろうに。

「悪いことじゃないのよ」とジェンはハンドバッグに目を留めたまま言った。

クリオは眉根を寄せて口をすぼめると、細心の注意を払うようにして言った。「ごめんなさい……本当にごめんなさい。でも、できないんです、本当に無理なの……」彼女は両手を揉み合わせ、後ずさりした。

「できないって何を？」

「あのことについてはぜったいに話せないの」

「あのことって？」ジェンはそう言ってから思い出した。たしかケリーによると、ふたりは別れたのでは？「あなたたち別れたんじゃなかったの？」

クリオは何かを理解したような表情を浮かべた。でも、ジェンにはその何かがわからなかった。「どういうことなのか説明してほしいの」

「わたしたち一度別れたんだけど、昨日またつき合うことになって——それはちょっと……いろいろあって」

「いろいろって？」

クリオはたじろいだ。病弱な人や具合の悪い人のように、腕を腹に巻きつけて今にも倒れそうになっていた。「ごめんなさい」彼女はほとんど聞き取れない声でそう言うと、さらに後ずさりした。「また今度にしてくれますか？」彼女がドアを閉めたので、ジェンはその場にひとり取り残された。

鍵の掛かる小さな音がして、磨りガラスの向こうに家の奥に引っ込むクリオの姿が映った。

ジェンはしかたなく玄関のドアに背を向けた。と、そのとき、家の前をパトカーが通過した。かなりスピードを落として徐行運転していたので、彼女は気になってパトカーのほうに視線を向けた。運転席側にいる警官は真っ直ぐ前を向いていた。そして助手席にいるのは――トッドを逮捕したあのハンサムな警官だった。彼はジェンのほうをじっと見ていた。クリオの反応にショックを受けたジェンは、彼女との謎めいたやりとりに戸惑いながら自分の車まで戻った。パトカーはUターンして道を反対方向に進み始めた。

ジェンは車を運転しながらアンディの言ったことを考えた。自らの潜在意識のことを、自分が知っていることや、知っているのに重要でないと決めつけていることを、そしてここに来た目的のことを考えた。ほかにできることはなさそうだ。ジェンは車で立ち去りながら思った。息子に訊いてみなければ。

「ちょっと訊いてもいい？」ジェンはトッドにそれとなく切り出した。ふたりは街角にある雑貨店に向かっていた。一度目の今日、息子はスニッカーズを買った。彼女もワインを一本買ったが、今夜はそんな気分になれそうもない。ふたりはよくその雑貨店を利用した。トッドは尽きることのない十代の食欲を満たすためであり、ジェンは……実は息子と同じような理由からだった。

雑貨店にはソフト帽を被った男性がいるはずで、このソフト帽こそがジェンの切り札だった。予測不可能な明らかな事実。彼女は自分がその場面を覚えていたことに小躍りした。これを使ってトッドを納得させることができる。少なくとも、同じ状況に陥ったとき、彼ならどうするかを訊けるだろう。特異な頭脳の持ち主である息子に。

「いいけど？」とトッドは軽く答えた。

ふたりは路地に入った。夜の空気にはどこかの夕食の匂いが漂っていた。それは永遠のノスタルジーを喚起するもので、ジェンが幼いころに両親と休暇で行ったキャンプ場での記憶を蘇らせた。彼女はきっとこれからも思い出すのだろう。遠くに光るトレーラーハウスのオレンジ色の明かりや、ナイフやフォークのカチャカチャいう音や、バーベキューから立ち上る煙のことを。ああ、父に会いたい、と彼女は思った。それにたぶん母にも。たとえ母親のことはほとんど覚えていないのだとしても。

「もしタイムトラベルができるとしたら何をする？　未来へ行く？　それとも過去？」ジェンがそう言うと、彼は驚いた顔をした。

「なんで？」

トッドはそう訊いたが、いつもどおりジェンが答えるまえに言葉を続けた。「過去かな」

彼の吐く息が白い輪となって夜の空気に吐き出された。

「どうして？」

「だって、過去の自分に教えられるじゃん」彼は下を向いてこっそり微笑んだ。ジェンは小さな笑い声をたてた。不可解なZ世代らしい。

「自分にEメールを送るんだ。過去のぼくから未来のぼくへ。タイマーをかけてね。送信予約できるアプリがあるって知ってた？」

「自分にメールを送るの？」

「うん。ほら、過去の世界に行くまえに、どこの株価が急騰したかを調べておくでしょ。で、送信予約したメールを自分自身に送る。たとえば、〝二〇〇六年の九月にアップル社の株を買うように〟とか」

自分にメールを出す。

やってみる価値はある。あの事件が起きた十月二十九日から三十日になったばかりの午前一時に受信するように設定して、自分にメールを送る。事件のことを説明して、外に出て殺人を食い止めるように指示すればいい。事前の警告があるのだから、当然トッドを止められるのでは？

「あなたってすごく賢いのね」

「まあね」

「どうしてこんなことを訊くのか不思議議じゃない？」

「べつに」と彼は愉しげに言った。

ジェンは、事件のことには触れずに、過去に遡ってタイムトラベルしていることだけを話し始めた。

話しながら、ちらちらと息子の様子を窺った。もし彼の反応を予想するとしたら……説得の必要などまったくないだろう。彼女は息子のことを知っている。知り尽くしている。トッドは——まだいろんな意味において子供だけど——なんの疑いもなく信じている。タイムループやタイムトラベルの可能性を。科学や哲学や〝クールな数学〟を。人生には異例の出来事が起こり得るのだと若い心で信じているのだ。

トッドはしばらく何も言わなかった。寒空の下を歩きながら、顔をしかめて足元のスニーカーを見つめていた。それから片方の眉を吊り上げた。「真面目に言ってんの？」

「もちろん。大真面目よ」

「未来を見たって？」

「そうよ」

「あっそ。じゃあさ、これから何が起きるの？」トッドはおもしろがっている。やはり冗談だと思っているようだ。「隕石(いんせき)？ 次のパンデミック？ なに？」

ジェンは何も言わなかった。正直に話すべきか迷っていた。彼はそんな母親の表情を見て言った。「マジの話？」

「そうよ。あなたはこれからスニッカーズを買うことになっている。雑貨店にはソフト帽を被った男性がいるはずよ」

「……オーケー」彼はそう言って一度だけうなずいた。「タイムループにソフト帽。その話、のったよ」ジェンは微笑んだ。息子が自分ではコントロールできない未来の要素、すなわち知らない人の帽子という点に着目したことにはちっとも驚かなかった。

まさにジェンの予想していたとおりだった。彼はケリーよりもずっと物分かりがいい。

「なんでそんなことになったのか、理由はわかってんの？」

「四日後にあることが起きるの。それを食い止めるためだと思う」

「それって？」

「それは——それは……良くないことなのよ、トッド。四日後、あなたは殺人を犯すの」その瞬間、たき火に火をつけたときのように火の粉が散り、瞬(また)く間に炎が燃え上がった。トッドはぱっと顔を上げてジェンを見た。彼女の体が熱くなった。もし息子に話したことが原因であの事件が起きるのだとしたら？ 自分は人を殺せるのだと自覚することが、彼を狂気へと駆り立てるのだとしたら？

いいえ、それはちがう。自分でこうすると決めたのだ。最後まできちんと見届けなくては。この子なら耐えられる。息子は事実が好きだ。隠しごとをしない正直な人間が好きだ。

彼は一分以上何も言わなかった。「誰を？」それは夢の話をしたときと同じ調子の質問だった。

「わたしの知らない人だけど、あなたはその男のことを知ってるみたい」

トッドは反応しなかった。ふたりはテイクアウトの中華料理店の隣にある、明かりに照らされた雑貨店の前に着いた。やがてトッドはジェンを見た。その目が潤んでいることにジェンは驚いた。かすかに湿り気を帯びているだけだから、なんでもないのかもしれない。店の明かりや、冷たい空気のせいでそう見えるだけなのかもしれない。「あのさあ、ぼくが誰かを殺したりするわけないだろ」彼は目を逸らせて言った。ジェンは両腕を広げた。

「だけど、そうなるの。その男はジョゼフ・ジョーンズって名前よ」今ではジェンの目も潤んでいた。トッドは母親の顔を見て指を一本立ててから、店の中に入った。トッドの言ったことは正しい。あの子はぜったいに人を殺したりはしない。そんなことをするとすれば、ほかに選択肢がない場合だけだろう。息子のことなら誰よりも知っている。あの子はきっと良い方向へ変わろうとするはずだ。打ち明けてくれるはずだ。殺人を犯すまえにべつの手立てを考えるはずだ。そのことが、もしかしたらもっとも重要な事実なのかもしれない。

少しして、彼は店から出てきた。さっきまでとは明らかに様子がちがっていたが、それはほんの僅かなちがいだった。まるで一時停止ボタンで彼の動きを止めてから再生ボタンを押したかのように、ほんの一瞬ブレてからまた動き出したみたいだった。

「ソフト帽のことだけど」トッドはそう言うと、少し間をおいた。「当たってたよ」

「じゃあ、信じてくれる？」

「ここまで歩いて来るときに見たんだろ」

「ちがうわ、トッド。わたしが見ていないことくらい知ってるでしょ」

「ぼくは誰かを殺したりしないって。ぜったいに、ぜったいにしないって」彼は天を仰いでそう言った。ジェンはたしかに――これ以上ないくらいたしかに――見た。息子の顔に、失望と同時に何かを悟ったような表情が浮かんだのを。それは誰かに大事なことを教えられたときのような表情だった。ジェンは息子の反応に不意を突かれた。彼女の足を引っ張っているのはタイムトラベルではない。親であることだ。

ジェンが詳細を話し始めると、トッドはたちまち心を閉ざし、そっぽを向いた。「どうしてクリオと別れたの？」

「ママには関係ないだろ。とにかくもう戻ろう」

ジェンは溜息をついた。ふたりは石のように黙りこくったまま帰路についた。

家に着くと、ジェンが鍵を取り出すよりはやく、ケリーが玄関のドアを開けた。トッドは何も言わずに父親のそばをかすめて階段を上がっていった。どういうわけかジェンとの会話のことをケリーには話さなかった。いつもなら、ふたりして彼女のことをからかっていただろうに。

ケリーはキッチンでパイを作っていた。ジェンがカウンターに座ると、彼はパイ生地をのせた皿にソースを入れ、オーブンを開いた。オーブンから立ち上る熱と蒸気とで、目の前から彼の姿が消えて見えなくなった。

その夜、ジェンはメールの予約送信のやり方を検索し、希望を胸にデジタル空間へとメッセージを放った。彼女は眠りに落ちながら、どうかうまくいきますようにと願った。どこかにいる未来の自分が犯罪を食い止め、タイムループから抜け出せますようにと。

マイナス8日　8時

どうやらメールはうまくいかなかったらしい。やはり過去に遡っている。ナイフでつけた傷も消えていた。

そしてはじめて、ジェンは一日以上、過去に舞い戻っていた。眠るまえから四日ほど時を遡った十月二十一日。彼女はベッドに座ってアンディのことを考えた。彼の言ったことは正しかったようだ。

あるいは時間を逆行するスピードが速くなっていて、そのうち一度眠るたびに何年も遡り、最後には自分の存在そのものが消えてしまうのかもしれない。

だめよ。そんなふうに考えてはだめ。トッドのことに集中しなくては。彼女は自分にそう言い聞かせた。

そのとき、息子の寝室からドアの開く音がした。「どこへ行くの?」と彼女は叫んだ。

トッドは三階まで上がってきて、ジェンのいる寝室に顔を覗かせた。はじけるような笑顔。彼ならきっと〝LOL（大笑いの意）に溢れている〟と表現するだろう。「パパが一緒に走ろうだって。どうなることやら」

「がんばって」ジェンがそう言うと、トッドは父親のところへ行った。彼女は、頬をピンク色に染めた愉しそうな我が子の姿にほっとしていた。

数分もしないうちに、ジェンはガウンを着たまま、もう一度トッドの部屋を探り始めた。机やナイトテーブルの引き出しを漁り、マットレスやベッドの下を確認した。

そうしながら、自分の知り得た情報についてひとつひとつ列挙していった。「トッドが夏の終わりにクリオと出会ったこと。事件の何日かまえに、〝まだクリオとつき合ってるのか? トッドから別れたって聞いたような〟とケリーが言っていたこと。その二日まえに、ふたりが一度別れてからよりを戻したこと」

皿にコップに、インターネットからプリントアウトした授業用の大量の紙。洋服ダンスの後ろには天体物理学についての紙が落ちていた。

「クリオがわたしと話すのを怖れていたこと」彼女はそう言いながら、この情報は重要かもしれない、と思った。「それと――あの妙な動きをしていたパトカーのこと」

そして二十分後、ついにとりとめのない彼女の独り言よりも、実体のあるものが見つかった。

それは洋服ダンスのいちばん上の奥に突っ込んであったが、埃(ほこり)は被っていなかった。つまり古いものではないということだ。

〝それ〟は小さな灰色の長方形をしたもので、気泡シートに包まれ輪ゴムで留められていた。ジェンは椅子から下りると、その包みを手のひらにのせた。ドラッグ――もしかして、ドラッグなのでは？　そう思いながら、輪ゴムを外し、気泡シートを開いた。その間ずっと手が震えていた。

だが、ドラッグではなかった。

そこには三つのものがあった。

ひとつはマージーサイド州の警察手帳だった。それは州の紋章が入った革製のもので、身分証明書の類いはなく、名前と職員番号――〝ライアン・ハイルズ２６４８〟――だけが縫いつけられていた。

　ジェンがそれに指先を当てると、冷たい感触がした。彼女は警察手帳を明かりにかざした。十代の子がなぜこんなものを？　そう思ったが、それ以上は追求しないことにした。まっとうな答えなど出てくるわけがない。

　もうひとつはきちんと四つ折りにされた、A4サイズの角の折れた古い張り紙だった。張り紙には、四ヶ月くらいの赤ん坊の写真が載っていた。その上に赤いブロック体で〝行方不明者〟とある。角には画鋲（がびょう）で留めた跡があった。

　ジェンはショックに目を瞬いた。行方不明の赤ん坊？　警察手帳？　トッドの陥っているこの闇の世界とはいったい……？

　最後はプリペイド式携帯電話だった。電源は切れていた。ジェンは震える指で電源ボタンを押し、突然、緑色に光りだした画面を見つめた。パスコードは必要なかった。古いタイプの二つ折り携帯電話で、スマートフォンではない。明らかに人に見られることを前提にしていないようだ。彼女が連絡先を開くと、そこには三人の名前があった。ジョゼフ・ジョーンズとエズラ・マイクルズ、それにニコラ・ウィリアムズという見知らぬ人の名前だった。

　彼女はトッドとケリーが帰って来ないか耳を澄ましながら、メッセージを開いた。

　ジョゼフとエズラとのやりとりは、それぞれ夜十一時と朝九時に待ち合わせをする内容だった。

だが、ニコラとのやりとりはちがっていた。

自分　十月十五日
話せてよかった。
十六日に会える?

ニコラ・W　十月十五日
例の場所にいる。

自分　十月十五日
明日、手を貸してくれる?

ニコラ・W　十月十五日
もちろん。

自分　十月十七日
電話して。

ニコラ・W　十月十七日
PS　準備は整っている。今夜会いたい。

ニコラ・W　十月十七日
会えてよかった。もちろん協力はするけど、まずはそっちがしっかりやらないと。あんなことがあったことを考えると。

自分　十月十七日
了解。

ニコラ・W　十月十七日
そこに戻って。

自分　十月十七日
赤ん坊はいる？　いない？

ニコラ・W　十月十八日

準備万端。

条件が揃ったら、実行するのみ。

ジェンは画面をじっと見つめた。宝の山だった。日付の刻印されたメッセージによると、ふたりは何かの段取りをつけているようだが、彼女はきっとその何かを突き止めることができるだろう。ここに書かれた日付に息子のあとを尾けていけば、なんらかの手を打つことができるはずだ。

彼女はもう一度、警察手帳と張り紙を調べてみてから、椅子に座った。頭の中をおぞましい結末の数々が占拠していた。警官と子供。誘拐事件。身代金。息子はギャングに関わっていて、下っ端のような仕事をしているのだろうか？

椅子に立って包みをもとの場所に戻すと、散らかった息子の部屋にへたりこんだ。ぜんぶ自分のせいにちがいない。彼女はガクガクする膝を見ながら小さく身震いした。

ニコラ・ウィリアムズ。その名前をどこかで聞いたことがあるような……

ジェンはジョゼフとクリオとエズラとニコラをフェイスブックで調べてみた。ニコラ以外の三人は見つかった。彼らはフェイスブック上で友達になっていた。ジョゼフのプロフィールは最近のもののようだが、ごくふつうの人物にしか見えなかった。競馬に興味があることや、ブレグジット（イギリスの欧州連合離脱のこと）についての意見を投稿しているだけだった。エズラはもっとまえからフェイスブックを始めたようで、プロフィールの写真は十年まえのものだったが、そのほかの内容はロックされていた。

ジェンはトッドの部屋を片づけ始めたが、ベッドを整えて枕に手をやったとき、下に何かあることに気づいた。その場所は一度も調べなかった。映画でよくあるようにマットレスの下しかチェックしていなかったのだ。新たな情報が隠されているかもしれない。そう期待して手を伸ばしたが、そこにあったのは〈サイエンス・ベア〉だった。手に青いふわふわのブンゼンバーナーと試験管を持ったテディベア。トッドが二歳のころから大切にしているぬいぐるみだ。息子はきっと今でもこのテディベアと一緒に寝ているのだろう。ジェンは心にひびが入ったように感じながら、ふたつの夜のことを思い出していた。ノロウィルスに罹った息子の口を熱いタオルで拭いてやった夜のことを、そして彼が殺人を犯した夜のことを。息子は半分子供で、半分おとななのだ。

クロスビー警察署のロビーは最初の夜となんら変わっていなかった。くたびれきった雰囲気に、食堂の料理とコーヒーの匂い。ジェンは午後六時に警察署に到着した。ここに来たのはライアン・ハイルズに会うためであり、こうすることが次に踏むべき合理的なステップだと思っていた。トッドにはスーパーに行くと伝えてあった。

受付係に待つように言われたジェンは、金属製の椅子に座って受付の左手にある白いドアをじっと見つめた。ドアの向こうの長い廊下には背の高いスリムな警官がいた。携帯電話を耳にあて、笑い声をたてながらうろうろ歩き回っている。

受付にはブロンドの女性がいた。唇が荒れていて、肌と口の境目がぼやけていた。唇を舐める癖をもつ人によくあることで、見るからに痛々しかった。

自動ドアが開いたが、誰も入ってこなかった。

受付係の女性はドアに目をやろうともせず、素速くキーボードを打ちながら、一心にパソコンの画面を見つめている。

外はぼんやりと薄暗かった。ほかの人にとっては、きっとなんの変哲もない十月の午後六時の風景なのだろう。誤作動でふたたび自動ドアが開くと、そよ風にのって暖炉の煙が漂ってきた。ジェンは膝の上で両手を組んで、毎日が繰り返されていくごくふつうの生活のことを考えた。と同時に、自動で開き、しばらくためらうようにしてから閉まるドアを見ながら、考えないようにした。未来のトッドは母親のいないところでどこかへ連れて行かれているのだろうかと。刑務所で人生に向き合っているのだろうかと。どんなに優秀な弁護士でもあの子を罪から逃れさせることはできないだろう。

「名前を教えてもらえますか？」受付係が声を張り上げて言った。ロビーの向こうとこちらで会話をすることに抵抗はないようだ。

「アリソンです」と彼女は答えた。ライアン・ハイルズがどこにいるかも知らず、なぜトッドが彼の警察手帳を持っているのかもわからない状況で本名を明かすわけにはいかなかった。未来のトッドに不利になるようなことだけは避けたかった。「アリソン・ブランドです」と偽名を使った。

「わかりました。それで今日は……」

「ある警官を探しているんです。彼の名前と職員番号はわかっているのですが」

「なぜその人に会いたいのですか？」受付係の女性は机の上の電話機のボタンを押した。

ジェンは自分が警察手帳を持っていることは言わなかった。トッドの指紋と何か凶悪なこと――あの事件以外の――とを結びつける証拠を渡したくはなかった。

「ただ話がしたいだけなんです」

「申し訳ありませんが、一般市民が名前だけ名乗って警官と話すことはできません」と受付係は言った。

「ちがうんです――べつに悪いことではないんです。ただ話がしたいだけで」

「許可されていないことでして。犯罪の通報をしますか？」

「わたし……」ジェンはノーと言おうとしてから考え直した。もしかしたら警察が助けてくれるかもしれない。あの事件がまだ起きていないからといって、なんの罪も犯していないとは限らないではないか。あのナイフ……そう、ナイフを買うことは犯罪だ。一か八かだが

――トッドはまだナイフを買っていないかもしれないのだから――やってみる価値はある。もしトッドが小さな罪で警察の取り調べを受けたら、それが大きな犯罪の抑止力になるかもしれない。

ジェンの中の何かに火がついた。彼女に必要なこと、それは変化だ。並んだマッチの中の一本の火を吹き消すことだ。ぜんぶを倒してしまう一個のドミノを立たせておくことだ。そうすれば、もしかしたら、目が覚めたときに明日になっているかもしれない。

「そうします」ジェンは明らかに驚いた様子の受付係に言った。「犯罪について通報します」

二十五分後、ジェンは面会室で警官と向き合っていた。彼はまだ若く、オオカミのような淡い青色の目をしていた。視線が合うたびに、ジェンはその目にどこかふつうではないものを感じ取った。濃紺の縁、水色の虹彩、小さな瞳孔。その色の何かが彼の目を虚ろなものにしていた。彼はきれいに髭を剃って、やや大きすぎる制服を着ていた。

「では、どうぞ」と彼はジェンを促した。ふたりの前には水の入った白いプラスチック製のコップが置かれていた。部屋にはコピー機のトナーと古いコーヒーの匂いがしみついていた。それはジェンが期待する彼の反応とはちぐはぐな、ごくありふれた情景だった。

「こちらでメモを取りますから」と彼はつけ加えた。だけど几帳面にメモを取り、質問には答えてくれない若い警官などジェンは求めていなかった。彼女は一匹狼を求めていた。非公式に捜査してくれる人、妻に先立たれ、アルコールに問題を抱えている人を求めていた。自分を救ってくれる人を求めていた。

「息子がなんらかの犯罪に巻き込まれているんです」彼女は偽名を述べようとはしなかった。彼がそのことに疑問をもたず、本題に入ってくれるといいのだが。「息子はトッド・ブラザーフッドといいます」

その瞬間、何かが起きた。ジェンはたしかにその瞬間を捉えた。まるで幽霊のように彼の顔に何かがよぎったのだ。

「なぜ息子さんが犯罪に巻き込まれていると？」

ジェンは怪しげな縫製会社のこと、息子がジョゼフ・ジョーンズという男に会っていること、そしてナイフのことを話した。もしトッドがすでにナイフを手にしているなら、警察がそれを見つけて息子を逮捕することで、事件を未然に防げるかもしれない。

ナイフのことに触れた瞬間、警官のペンを走らせる手が少しだけ鈍った。彼の氷のような視線が彼女に留まった。その目に一瞬、小さな炎が宿り、すぐに消えた。ジェンはこんな場所にいても、空気が一変するのを感じた。導火線に火がついたのだ。蝶が羽をはためかせたのだ。

「なるほど――で、ナイフは今どこに？　息子さんがナイフを買ったことをどうやって知ったんです？」

「はっきりとはわかりません。でも、学校のリュックサックに入っているのを見たんです」

彼女はそれが未来のことであることは言わなかった。

「ナイフを持って外出したことは？」

「たぶんあるかと」

「そうですか……」彼はペンを逆さまにした。「わかりました。息子さんと話をしたほうがよさそうですね」

「今日のうちに？」とジェンは訊いた。

彼はメモを取り終わると、彼女を見てから壁の時計に目をやった。

「息子さんに事情聴取することになるかと」

警察署の暖かい面会室にいるにもかかわらず、ジェンは身震いした。もし自分のとった行動によって予期せぬ結末になってしまったとしたら？　もしかしたら、ジョゼフ・ジョーンズは死ぬべき人間だったのかもしれない。彼はなんらかの凶悪な犯罪に関与していて、彼女はそこからトッドを救い出せばいいだけのことだったとしたら？　だけど、どちらが正しいかなど彼女にはわかりっこなかった。

「わかりました――じゃあ、わたしがトッドを連れて来ます」ジェンはそう言いながら、自分はこの警官にどんな印象を与えているのだろうと思った。妙なものだ。こんなカオスの中にあっても親としての評価が気になってしまうなんて。

「おたくの住所だけで結構です」彼はそう言うと、立ち上がって手のひらでドアのほうを示した。もう帰れということだ。ジェンは心の中で祈った。どうか息子を逮捕して。そうしてくれたらそれ以上のことは何もできないのだから。

「今日は何もできないと？」彼女は探るようにそう訊いた。犯罪を食い止めるチャンスがあるなら、今夜中に、眠りに落ちるまえに、なんとかしてもらう必要があった。ジェンに明日はやって来ないのだ。

彼は少し間をおいて足元に視線を落とした。手のひらはドアのほうに向けられたままだった。「できる限りのことはしますよ。ほら――少年のナイフの所持はたいていギャングが絡んでいますからね」

「そうですね」とジェンは小声で言った。

「息子さんとは話をします。こういったことから子供たちを守るには、まず理由を明らかにする必要がありまして」

「わたしもやってはいるんです」ジェンはそう言ってから、戸口のところで立ち止まり、思い切って訊いてみた。

「この地域で最近、行方不明になった赤ん坊はいますか？」

「行方不明の赤ん坊？」

「ええ、ここ最近で」

「ほかの事件のことは口外できませんので」彼は顔色ひとつ変えずにそう言った。

ジェンは面会室をあとにすると、細かい格子模様のガラス戸を通って外に出た。そのとたん、鼻先をかすめる匂いに気づいた。それは彼女が予期していなかった匂いだった——雨の芳香（ペトリコール）。舗道に降り注ぐ雨。夏が戻って来ていた。その漠然とした匂い——刈り取られた芝や、シャクの花や、熱い土壁の匂い——は、いつも彼女にあの谷底の小さな白い家のことを思い出させた。都会から離れたあの場所での暮らしがどんなに幸せだったことか。

家に帰る道すがら、彼女はライアン・ハイルズのことを、そして行方不明になった赤ん坊のことを考えた。今でもあの張り紙の写真を頭に思い浮かべることができる。あの赤ん坊にはどこか見覚えのあるような気がしていた。本能的に近しいものを感じていた。まるで、今はおとなになった遠い親戚の、赤ん坊のころの写真を見ているようだった。たぶん会ったことのある誰かだが、よくわからなかった。ジェンは昔から赤ん坊が得意ではなかった。

彼女がトッドを身ごもったのは偶然としかいいようがなかった。ケリーと出会ってからまだ八ヶ月しか経っていなかった。ショックではあったが、彼はよくジョークにしていたものだ。その年は十年分くらいのセックスをしたから当然の結果だと。それは事実だった。小型のキャンピングカーに、床に脱ぎ捨てられた服。当時のことで覚えているのはそれだけだった。ある夜、ふたりが重なりあっていると、彼は苦笑いしながら、キャンピングカーが揺れるのをみんなに見られてしまうと言った。彼女はちっとも気にならなかった。

当時、ふたりはまだ二十代前半だった。ジェンはピルを服用していたし、コンドームも使っていた。だからありえない妊娠だったのだが、だからこそ彼女は赤ん坊を産みたいと思うようになった。それにケリーの放ったひと言も産むことを決定づけた。「赤ん坊はきみの目に似ているといいな」それを聞いて、彼女以前の何百万人という女性がそうであったように、ジェンもすぐにこう思った。「だけど、わたしはあなたの目に似てほしいの」精子と卵子が出会い、片方の想いがもう片方の想いと出会った瞬間、彼女は準備ができたように感じた。まるで妊娠検査キットの結果が出る二分の間に、自分が急成長して、未来の世代に関心をもつようになったかのようだった。

しかし、ジェンは準備などできていなかった。

陣痛が車の衝突事故のようなものだとは誰も警告してくれなかった。ある時点で彼女は自分が死んでしまうのだと確信した。その確信は、出産が終わったあともけっして消えることはなかった。世の女性たちがこんな経験をあたりまえのようにしていることが、何人も子供を産もうとしていることが信じられなかった。あんな痛みが実際に存在するなんて。

ジェンの母親としての旅は苦痛から始まったが、それは同時に怖れでもあった。保健師や医師やほかの母親たちから常に評価されているようだった。

トッドはいわゆる〝手のかからない〟赤ん坊だった。いつもよく眠ってくれた。だけど手のかからない赤ん坊ですらジェンにとっては扱いにくかった。とにかく自己批判ばかりしている彼女は、状況がちがえば拷問とでも言える何かに追い込まれていた。しかもそれを口にすることはタブーだった。ある夜、彼女は息子を見ながらこう思った。わたしがあなたを愛しているかなんてどうしてわかるの？

ジェンはすべてを手に入れたいと思っていた。でも、現実は理想とは大きくかけ離れていた。彼女は抱えきれない仕事に追われている女性だった。厳格で愛情表現に乏しい父親をもつ女性だった。他人の評価を気にして、人から言われた些細なことを深読みしてばかりいる女性だった。退屈な交流会への誘いにノーと言えず、無茶な仕事量を抱えることになってしまう女性だった。その彼女の至らなさが、親としての惨めな結果を生むことになったのだ。

トッドと同じ部屋で眠って、自分の息づかいを聞かせてあげたい。おっぱいをあげたい。ただただ子育てを完璧にしたい。そう思っていたのにできなかった。その代償がこの結末なのかもしれない。

ジェンは当時、こうした自分の気持ちを保健師に相談したが、彼らはただ気まずそうにして、死にたくなることはないかと彼女に尋ねた。

「ありません」ジェンは気だるげにそう答えた。死にたいのではなく、自分を取り戻したかった。彼女は父親に会いに事務所まで行き、ゾンビのようにオフィスの中を歩き回った。ロビーで父はことさら強く娘を抱きしめたが何も言わなかった。かける言葉が見つからなかったのだろう。娘はよくやっている。手助けなど必要だろうか？　父親が彼の世代に典型的な男性であることはわかっていたが、それでもジェンの心は傷ついた。

しかし、すべての惨事がそうであるように、やがて辛い時期は過ぎていき、トッドが動き回るようになると――おすわりしたり、おしゃべりしたり、頭をブルボンのビスケットの欠片だらけにしたりするようになると――愛の花が見事に咲き誇った。トッドの友達は思春期に入るとむっつりして口をきかなくなったが、つい最近まで彼はそんなふうにはならなかった。母親にダジャレを言い、笑い声をあげ、豆知識を披露した。最初のころこそ、彼女が息子に抱く愛情は子育ての過酷さに影を潜めていたが、もはやそうではなかった。ただ自然と我が子を愛するようになっていた。

だけど、ジェンにはもう怖くて子供を産むことができなかった。彼女は目の前の道を見つめながら、張り紙の赤ん坊は女の子かもしれないと思った。もうひとり子供をつくらなかったことへの後悔が、小さな硬いしこりとして彼女の中に残っていた。トッドにきょうだいがいないこと、ジェンよりもずっと頼りがいのある誰かがいないことが悔やまれた。

彼女はあの事件を防がなければならない。殺人を食い止めなければならない。息子にすべてを失わせるわけにはいかないのだ。図らずも母親が泣いている姿をしょっちゅう目にしていた手のかからない赤ん坊だったトッド。そのトッドがあんな結末を迎えるなんて。まちがった人間になってしまうなんて。どうか、どうかあの子には――そして自分自身も――正しい人間でいさせて。

マイナス8日　19時30分

「準備オーケー?」家に帰ってきたジェンに、ケリーが言った。彼はスニーカーにパーカー姿で、笑みを浮かべてキッチンに立っていた。ジェンの涙には気づいていないようだ。

「なんのこと……」

「保護者面談だろ?」と彼は言った。ヘンリー八世が体をくねらせながらケリーの足元に擦り寄って来た。

保護者面談。

たぶん、これだ。一日以上遡った理由は、たぶんこの保護者面談にあるのだ。アンディが言ったように、きっとなんらかのチャンスがあるにちがいない。一度目のこの保護者面談のときには不安だらけだったジェンも、今夜は心に火がついていた。さあ、かかってきなさい。きっと気づいてみせるから。解決法を見つけ出し、けりをつけてやるから。

「そうだったわね。すっかり忘れてた」彼女は明るい声を出した。

「できれば行かないですませたいな」ケリーもこの手のことが嫌いだったが、それは彼の

〝支配者層〟に対する嫌悪の表れであり、ジェンとは異なる理由からだった。前回、学校へ向かう車中で、彼女がふたりの自撮り写真を撮って、それをフェイスブックに載せようとしたところ、ケリーはひどく嫌がって彼女を止めた。

彼は玄関のドアを開けてジェンを促した。「仕事は順調？」

彼女はジーンズとTシャツ姿の自分を見下ろした。「そうね――昔から知っている依頼人と二度目の離婚についての面談があったの」ジェンはリピート客をしょっちゅう相手にしているかのように淀みなく言った。ケリーはたいして関心がなさそうだった。

学校のホールには、まるで軍隊か何かのようにテーブルが等間隔に整然と並べられていた。各々のテーブルには先生がひとり座っていて、向かい側にプラスチック製の椅子が二脚置かれている。ジェンは家でエックスボックスをしながら留守番をしているトッドのことを考えた。彼は、まだ手に入れてすらいないかもしれないナイフの所持で逮捕されることを知らずにいる。

一度目のこの夜は、先生たちからの輝かしい報告の数々に、彼女はほっとしたものだ。物理教師のアダムス先生は、トッドのことを〝喜び（ジョイ）そのもの〟だと表現した。そのときのジェンは仕事のことで頭がいっぱいだった。ジーナの離婚に向けて自分は何をすべきなのかとか、もうすぐ元夫になる父親を子供に会わせるためにはどうやって彼女を説得すればいいのかと頭を悩ませていた。だけど、先生のひと言は、多忙という膜を突き破ってジェンに突き刺さった。彼女がにっこり笑うと、ケリーが素っ気なく言った。「親に似たんだな」

ジェンは今、床の磨かれた明るいホールにいて、そのときと同じ教師の前に座っていた。ジェンとケリーは〝良い公立学校〟なるこの場所にトッドを送り込んだ。ふたりとも息子を私立学校に通わせ、〝支配者層〟の一部にはさせたくなかった。それで彼らはこのバーレイ・セカンダリー・スクールを選んだのだが、教師たちは善意に満ち溢れているものの、教室は怖ろしく古びており、トイレなどは薄気味悪いくらいだった。ときどき、特に今日のような日は、ジェンはべつの学校を選べばよかったと後悔した。保護者面談で〈ネスプレッソ〉のコーヒーと快適な椅子が提供されるような学校を。だが、ケリーはかつてこう言ったことがある。〝人格が形成される時期に、クソみたいなやつらと聖歌隊で賛美歌を歌ったりしていたら、おとなになってから打ちのめされるぞ〟と。

「頭脳明晰で勉強熱心ですよ」とアダムス先生が言った。ジェンは彼をじっと見つめた。白髪のこの教師は、大きな耳とやさしげな顔をした慈愛に満ちた人物だった。風邪を引いているらしく、ハンカチに浸み込ませたオルバスオイルの甘ったるい匂いがした。前回、彼女はそのことを見逃していた。見逃したところでなんの問題もないが、それでも見逃していたことにはちがいない。ほかに何か見逃していないだろうか？

「わたしたちが知っておくべきことはほかにありませんか？」

アダムス先生は驚いた様子で顔を上げた。「たとえばどんなことです？」

「あの子が――新しい友達とつるむようになったり、まえほど真剣に課題に取り組まなくなったり、柄にもないことをするようになったりとかは？」

「実験室でときどき非常識なことをするくらいです」

ケリーはくすくす忍び笑いをしたが、内向的な彼がここに来てから音をたてたのはそれがはじめてだった。ケリーはジェンの手をとって結婚指輪をいじった。アダムス先生との面談後、彼は飲み物の置かれたテーブルから紅茶の入ったカップをふたつ手に取り、そのうちのひとつを落とすことになっている。どうでもいいことだが。

「ああ、ですが、実に聡明(そうめい)なお子さんですよ」とアダムス先生は言った。「まさに彼は喜び(ジョイ)そのものです」ジェンの心がふたたび太陽の光で満たされたようになった。我が子のことはいくら褒められても足りない。特に今は。

ふたりは椅子を引いて、ホールの後ろの架台式テーブルへと向かった。ジェンはケリーがカップを落とすまえに紅茶を受け取るべきだろうかと考えながら彼の手元を見ていた。

「こんなのは無意味だね」彼はティーバッグをカップの中で揺らしながら小声で言った。

「まさにディストピアじゃないか。いかれた評価システムの中にいるようだよ」

「そうね」ジェンは彼にミルクを渡した。「裁きの瞬間ってとこね」

ケリーは苦笑いして彼女を見た。このあとこう言うはずだ。〝いつまでここにいるつもり？〟

「いつまでここにいるつもり?」

「もう少しだけ」と彼女は言った。「本当にトッドはいい子だと思う?」

「え?」

「わたしたち、もう危機を脱しているの? ほら──十代の子たちちって道を踏み外すことが多々あるじゃない」

「トッドが道を踏み外すんじゃないかってこと?」ジェンの後ろから声がした。振り返ると、そこには鮮やかな紫色のワンピースを着て、きつい香水を放ったポーリーンがいた。「どうかしら」ジェンは溜息をついた。ここで彼女が割り込んでくることをすっかり忘れていた。

トイレのほうに歩き始めたケリーを見て、ポーリーンは片方の眉を吊り上げた。「あなたのだんなさんってわたしのことがよっぽど嫌いなのね。いつもいなくなるんだから」

「あの人はみんなのことが嫌いなの」

ポーリーンは笑い声をあげた。「それで、トッドはどうなの?」

「さあね。たぶん反抗期なんじゃない?」

「たった今、コナーの先生から叱られちゃった。宿題をまったく出さないって」

「まったく?」ジェンはそう聞き返して考えた。このことはトッドと何か関係があるのだろうか? こんな些細なことなど、二、三日経ったら、ポーリーンは自分が言ったことさえ忘れてしまっているだろうが。

「知らないわ。思春期の男の子なんていくら言ってもきかないんだから」とポーリーンは言った。「テオだけよ。まだ染まってないのは。ああ、地理の先生のところに行かなくちゃ。無事を祈っていて」

ジェンはポーリーンの肩に軽く触れた。彼女が去って行くと、ケリーが戻って来て、また紅茶を作り始めた。そしてそれをジェンに渡そうとしたとき、カップを床に落とした。茶色の液体とティーバッグがあたりに飛び散った。ジェンは泡をたてて流れる液体をじっと見つめた。

ふたりは次に、トッドの担任のサンプソン先生のところへ向かった。彼はトッドとさほど年の変わらない若い先生だった。黒髪を横で分けた彼は、歓待するような表情でふたりを迎え入れた。

「なんの問題もありません」ジェンが紅茶を啜っていると、サンプソン先生ははきはきとそう言った。その瞬間、怖ろしいことにジェンの頭の中にある光景が浮かんだ。それはサンプソン先生がトッドのことについて語る未来の光景だった。殺人事件の翌日、そのまた翌日に。一日後、二日後に。それは事件の一日まえ、二日まえに先生が思っていたこととは正反対のことを語るシーンだった。

〝いい子でした。彼にそんなことができるなんて。きっと何か問題を抱えていたのでしょう〟サンプソン先生は悲しげにそう言うだろう。ジェンにはそのことがわかっていた。

「何か気づいたことはありませんか？」と彼女はサンプソン先生に訊いた。

「もともと内気なお子さんですが、最近少しばかり心を閉ざしているような」

「心を閉ざしている？　あの子、何かに巻き込まれているのでは？　その何かはよくわかりませんが……ときどきあの子が道を踏み外しているんじゃないかって心配になるんです」

ケリーが驚いた顔でジェンを見たが、彼女は前を向いたままだった。サンプソン先生は少しためらってから「いいえ」とだけ言った。けれども、何か言おうとして言葉を引っ込めたのをジェンは見逃さなかった。彼は顔をしかめてコーヒーを喉に流し込んだ。「いいえ、そんなことはありません」サンプソン先生はもう一度、今度はきっぱりと言った。が、けっしてジェンの目を見ようとはしなかった。

ライアン

この日は初出勤から五日目の金曜日だったが、五分まえにすべてが変わった。ライアンが署に着くと、リオという名の男がやって来て、今日は電話対応の仕事に就かなくていいと言ったのだ。リオはライアンを署の奥にある役員室らしき広い部屋へ連れて行った。ライアンが物珍しそうにしていると、リオはドアに鍵を掛けた。

リオはおそらく四十代後半くらいだろう。スリムだが二重顎で、髪の生え際が後退している。いつもアホ野郎を相手にしているのだと言わんばかりに、面倒くさそうにして多くを語ろうとはしない人間だ。そういう点ではブラッドフォードと似ているが、今のところ、ライアンに対してそういう態度をとっているわけではなかった。ブラッドフォードが同僚たちから実力もないのに自分の地位に不満をもっている若造だと思われているのに対し、リオは概してイカれた天才なのだと噂されていた。それはいろいろな意味でブラッドフォードよりも風当たりの強い評判なのかもしれないが、その分ずっと興味深くもあった。

この場にはジェイミーという、三十歳くらいの男もいた。ふたりとも私服姿だが、かなりラフな出で立ちだ。ジェイミーはランニングパンツに染みのついたTシャツを着ていたし、リオはサッカーチームのコーチでも始められそうな格好をしていた。

馬鹿でかいテーブル越しに彼らと向き合ったライアンは、そわそわと落ち着かなかった。

「すみません――これはいったい……？」

「すぐにわかるさ」とリオは言った。彼にはロンドン訛りがあった。左手の小指にはめたシグネットリングが木のテーブルに当たって音をたてた。「ライアン、きみはどこの出身だったっけ？」

「マンチェスターですが……」警察を首になるのでは？　ライアンはそう思いながら言った。

「訊いてもいいですか――」

彼の隣で、ジェイミーが野球帽を脱いで、髪を撫でつけた。それから帽子をことさら慎重にテーブルの上のレコーダーに被せた。ライアンはその様子を目で追った。「緊急通報(999)の仕事は退屈だろ？」とリオが言った。

「まあ、たしかに」

「もっとおもしろいことをしてみたくはないか？　リサーチとでも呼べることを」

「リサーチ？」

「我々はリヴァプール周辺を拠点とする犯罪組織の情報を集めているんだ」

マイナス9日　15時

あの日から九日まえに戻ったことは、ジェンにとって納得のいくことだった。

彼女は学校へ来ていた。保護者面談の前日にここへやって来たのは、サンプソン先生の様子を不審に思ったからであり、内々にその原因を探るためだった。人はたいてい内々の話では言いにくいことも告白するものだ。

「息子さんは言い争いをしたと言っていたように思います」と彼はジェンに言った。

サンプソン先生は地理を教えていた。背後の壁には彼がこよなく愛する世界の地物――エジプトの白砂漠やメキシコのクリスタルの洞窟――の写真が貼られていた。先生は机に寄りかかりジェンと向き合っていた。

「いつ？　誰とです？」ジェンはそう訊いてから、トッドを毎朝迎え入れている教室の中をぐるりと見回した。仕事で忙しい彼女は、一度もこの教室に足を踏み入れたことがなかった。斑点模様の緑の絨毯。ふたり用の白い机。プラスチック製の青い椅子。ジェンは母親が死んだときのことを思い出した。あのときの自分もまさにこんな教室にいた。校長先生から呼び出され、そのあと数日間学校を休んだ。父親は当時のことをほとんど話さなかったが、一度だけこう言ったことがある。「起きたことは変えられない」けっして感情を表に出さず、ときにむっつりと不機嫌そうにしている、絵に描いたような弁護士。それが父だった。ジェンは父のようにはならないと誓った。もっとおおらかで、正直で、人間味溢れる親になろうと決めていた。でも、彼女も結局、父のように子育てに失敗したのかもしれない。たしか詩人のフィリップ・ラーキンも同じようなことを言っていなかったか。

椅子に置いたハンドバッグの中で、ジェンの携帯電話が鳴った。サンプソン先生の視線がハンドバッグに注がれた。ジェンは携帯をチェックした。「なんでもありません。職場からです」彼女は拒否ボタンを押した。が、すぐにまたかかってきた。

「どうぞ電話に出てください」と彼は手を振って言った。

ここに来たのは仕事の電話に出るためではないのに。ジェンはそう思いながら、しぶしぶ電話に出た。「お客さんが来ています」秘書のシャズからだった。サンプソン先生は机について何やら忙しそうにしている。

「あとで行くから」とジェンは言った。

「ジーナです。彼女になんて言えば？」

ジェンは瞬きした。ジーナ。夫に子供たちを会わせたくない依頼人。ジェンはジーナの人生の細部を思い出した。「ええっと……」言葉を濁し、考えた。前回ジーナと会ったとき、彼女は帰りがけにオフィスの戸口で振り返り、こう言った。「こうなりそうなことくらい予想できたのよ。わたしはまさにそれで生計を立てているんだから。探偵業をやっているの。なんの因果か知らないけど」それを聞いて、ジェンは納得するようにゆっくりとうなずいたのだった。

ジェンが今日という日、つまりジーナがオフィスに来た日に目を覚ましたのは偶然ではないはずだ。サンプソン先生と会うためではなかったのかもしれない。「そっちへ行くわ。だから待ってもらって」彼女は電話を切ると、サンプソン先生に向き直り、慌てて言った。

「すみません。その言い争いというのはいつごろのことです？」

「一週間まえくらいですかね。家庭内で口論になったと言っていました。私が聞いたのはそれだけで……」

「誰と口論になったと？」

「それは言いませんでした。会話を小耳に挟んだだけですから」

「誰に話していたんです？」

「コナーです」

またその名前だ。同じ名前が何度も何度も出てくる。コナー、エズラ、クリオ、そしてジョゼフ。

「それと赤ん坊がどうとかって言っていたような……」

「なんですって？」

「よくはわかりません。ただ耳に入ってきただけですから。赤ん坊って言葉が」

「そうですか。もっとまえに知っておくべきでした」とジェンは言った。それは彼女が親しい家族や同僚以外にはじめて漏らした正直な気持ちだった。思ったことを口にすることがこんなにも解放的だなんて。今度から依頼人にも〝このクソ野郎〟とでも言ってみることにしよう。

「そうですね……」サンプソン先生はばつの悪そうな顔をした。

彼女は窓の外を見た。表は霧がかかっていたが、それほど濃い霧ではなく、夏にまだ手が届きそうだった。薄い靄が、潮の流れのように運動場の上を行ったり来たり漂っている。

彼女は親しげな、だけどなす術がないといった様子で肩をすくめると、ケリーのように黙りこくった。サンプソン先生との会話はセラピーみたいなものだ。自分のとった行動の結果と向き合う必要がないのだから肩の力を抜くことができる。これは事件とはなんの関係もなかった。夢のようなもの、何も覚えていない酔っ払いとの会話のようなものにすぎない。

「明日、彼と話してみます」とサンプソン先生は言った。それが未来のどこかで役に立ってくれればいいのだけれど。ジェンはそう思った。

彼女が駐車場へ向かう間に、霧が霧雨に、そして本降りの雨になった。ぼんやりとトッドの車を探すと、それはすぐに見つかった。するとそこにコナーの車が到着した。学校に遅刻してやって来たようだ。ジェンは車のドアに片手をのせたまま、コナーを観察した。何かを目撃できるかもしれない。

しかし、何も起きなかった。コナーは車をロックすると、タバコを吸いながら校舎に向かった。首のタトゥーは丸首のセーターの下に隠れて見えなかった。校舎の扉の前で、彼はジェンのほうを振り返り、手を振ってきた。ジェンも手を振り返したが、内心では驚いていた。まさか彼が自分に気づいていたとは思わなかったのだ。

ジェンが家に帰ると、トッドの洋服ダンスの中にあったはずの警察手帳と行方不明の赤ん坊の張り紙とプリペイド式携帯電話がなくなっていた。あちこち探し回ったが、とうとう見つからなかった。息子はまだその三つを手に入れていないのかもしれない。ジェンは最初そう思った。しかし、携帯電話のメッセージの日付は十月十五日まで遡ることができたはずだ。それなのに跡形もなく消えている。ということはジーナに証拠となるものを見せられないということだ。ジェンは彼女との約束にゆうに一時間は遅れていた。

ジーナはジェンのオフィスの隅にある肘掛け椅子に座っていた。ベージュのトレンチコートを着て、無表情だった。

「ごめんなさい――本当にごめんなさい。家庭内でごたごたがあったものだから」

彼女はそう言うと、絨毯に水滴がつくのもかまわずに床に傘を置いた。「大丈夫よ。気にしないで」とジーナは言った。ジェンは依頼人との関係が仕事上のものを超えることに慎重だったが、ジーナとはここ数週間で友人関係になっていた。何度か個人的なメッセージのやりとりもしていた。それは特に問題ないが――なんといってもジェンはこの事務所のオーナーなのだから――今になってみると、それもこれもすべて理由があってのことではないかと思えた。

彼女は一度目の今日の面談で何を言ったかを思い出そうとした。「ちょっと訊いてもいい？」コートを脱ぐと、パソコンを立ち上げて、弁護士としての自分に戻りながら言った。

「もしあなたの元夫が子供たちに会えなくなったらどうなると思う？」

「わたしのところに戻って来る。そうでしょ？　そうすれば子供に会えるから」

ジェンは唇を噛んだ。「だけど——ジーナ、そうはならないのよ」

ジーナはパニックに目をきょろきょろさせた。「わかってる。わたし、どうかしているわよね」うなだれて言った。「あなたのおかげで気づけたわ」

ジェンは胸が締めつけられた。ああ、彼女の気持ちが手に取るようにわかる。この絶望感、この拒絶感。どうにかして現状をコントロールしたいというこの馬鹿げた衝動。

「そのためにわたしはここにいるの」とジェンはかすれた声で言った。「だけど——あなたにだってわかっているんじゃない？　もう先に進んだほうがいいって」

「ああもう、また不安になってきちゃった」ジーナは目元を手で仰いだ。

「わたしがあなたからお金を取らないのはね」とジェンは穏やかな声で言った。「本当のところ、何もするつもりがないからなの」

「そうね」ジーナは足を組んでからまたもとに戻した。服が皺になっている。「わかってる。わかってるわ。とっくに気づいていたのよ。わたしたちが——」彼女は涙を拭った。「あのくだらない『ラブ・アイランド』のことを話していたときから。あの番組に出ている女の子たちはぜったいに泣きついたりはしないだろうって。悲しいとは思わない？　あんなひどいリアリティ番組から学ぶことになるなんて」

「あの番組ってかなりためになる。でしょ？」とジェンは皮肉っぽく言った。

ジーナはうつむいた。「わたしはただ……わからない。ちょっとだけ時間が必要なの。わかってくれる？」

「もちろんよ――よかった」最初のときよりもうまくいったことにジェンはほっとしていた。

「あなたの言ってた家庭内のごたごたとやらでわたしの気が紛れるかしら？」とジーナはか細い声で言った。

「かもね」ジェンはぎこちない笑みを浮かべた。それから背筋を伸ばして椅子に座り直すとジーナを見た。

「話して」とジーナ。

ジェンは躊躇（ちゅうちょ）した。これは道義に反することだし、たぶん危険でもある。それでも……かなり有益だ。この日、この場にいることには、ぜったいになんらかの理由があるはずだ。

彼女はすでに赤ん坊の張り紙や警察手帳やプリペイド式携帯電話に残されていたメッセージのことをジーナに頼んでみようと決めていた。〝赤ん坊はいる？　いない？〟あれはどういうことだろう？

ジェンはトッドの様子が最近おかしいこと、警察手帳等が入った包みを見つけたことを話した。

「それで今ここにそれを持って来ているの？」ジーナはそう言って、鋭い視線をジェンに向けた。

「ううん。ごめんなさい。息子が持っていたはずなんだけど、見つからないの」ジェンは唇を舐めた。「あの子が闇の世界と関わっていることはたしかなんだけど、それがなんなのかを誰かに突き止めてほしくて」

ジーナはジェンの目を見て、一度だけ瞬きした。ジーナの携帯電話が鳴り始めたが、彼女はそれを無視した。「なるほど。その誰かっていうのがわたしなわけね」

「ええ」

「つまり——誤解のないように訊いておくと——わたしにライアンとかっていう警官と行方不明になった赤ん坊のことを調べてほしいってこと？　あとニコラ・ウィリアムズのことを？」

「そのとおりよ」ジェンは、背筋をピンと伸ばし堂々としたジーナの様子に驚いていた。たとえ心の内は悲しみに暮れているのだとしても、仕事となると人はこうも変わるものか。

「わたしにまかせて」その言葉を聞いて、ジェンはジーナにキスしたくなった。ようやく手助けしてくれる仲間が見つかったのだ。ジーナはジェンの目を見つめて言った。「ありがとう。ほら、『ラブ・アイランド』のことだけど」

「どういたしまして」ジェンは目を潤ませて言った。

「早急に調べてほしい？」

「できれば今日中に。できそう？　今日の夜までに言ってくれれば、いくらでも払うから」

ジーナは手を振った。「あなたが言っていたこと……無料奉仕だっけ？」

「ええ、無料奉仕よ。公共の利益のためってこと」とジェンは言った。殺人を食い止めること、それは結局、公共の利益になる。そういうことなのでは？

ジェンはオフィスにいて、必要な情報を手に入れるために様々な手段を講じていた。彼女は事務所の女性司書にメールを送り、ここ最近、リヴァプールで行方不明になった赤ん坊がいないかを調べてもらった。彼女はいくつか記事を送ってくれた。裁判で争われている事件の記事、子供が誘拐されたと嘘をついた人についての記事、スーパーマーケットの外で母親から奪われた赤ん坊が、その後病院に運ばれた事件の記事。

ジェンはそれらにじっくり目を通したが、どれもあの行方不明の赤ん坊とは関係ないようだった。張り紙の写真にどことなく見覚えがあるのは、そこに何か理由があるからだ。何かを知っているからだ。それはきっと母親としての勘なのだろう。

彼女は次に、ニコラ・ウィリアムズについて調べてみた。でも、その名前はあまりにありふれていて、なんの情報も得られなかった。あのとき電話番号を暗記しておくべきだった。

ニコラ。ニコラ・ウィリアムズ。

待って。あの最初の夜。警察署。トッドが逮捕されたあの夜、警察署でニコラ・ウィリアムズという名前を耳にしなかっただろうか？　その二日まえの夜にナイフで刺されたという女性の名前では？

ジェンは机に肘をついて両手で頭を抱えた。たしかそうだったのでは？　そう思ったものの、過去に戻るしかできない彼女は、それより先へは進めない。それにまだ起きていない事件をネットで検索しても無駄だろう。

仮に刺されたのがニコラだとしたら……ジェンの背筋がゾクリとした。あの夜の二日まえ、トッドはどこにいて、何をしていた？　息子はそのことに関与している？　すべてがぼやけていて思い出せなかった。

わからなかった。ただわからなかった。

事務所を出るとあてもないまま車を走らせた。雨が激しさを増していた。家に帰りたくない、あの殺人事件の現場に戻りたくない、何ひとつ解決できないまま家でじっとしていたくない……。いつの間にか、ジェンは海岸線に向かってゆっくり車を走らせていた。この雨の中を海辺へ向かうなど尋常ではない。そんなことはわかっていたが、ジェンは自分が尋常だとも思えなかった。砂浜に立って、冷たい雨粒を肌で感じたかった。自分に言い聞かせたかった。わたしはまだここにいるのだと。息をしているのだと。ふつうとはちがう形であっても、たしかに生きているのだと。

ジェンは〈クロスビー・ビーチ〉に着くと車を停めた。人っ子ひとりいなかった。雨水が海に続く小道の上を縞模様になって蛇行していた。小道はすでに十センチほど水に浸かっていた。車から降りると、髪の毛がたちまち雨で頭皮に張りついた。冷たい海水の匂い。風に煽られた砂が顔に叩きつけてくる。

パーキングメーターの近くにホームレスの男が座り込んでいた。男はびしょ濡れだった。ジェンはうしろめたさを感じて、彼に湿った五ポンド紙幣を渡した。

海辺にはアントニー・ゴームリー作のブロンズ像があった。『アナザー・プレイス』という作品名で、いくつもの人体像が沖を向いて立っている。ジェンはブロンズ像のひとつに近づいた。土砂降りの雨が列車のような轟音を響かせていた。浜辺には彼女しかいない。ジェンの足が、雪のようにぎっしり詰まった色の薄い砂に沈んだ。

彼女はブロンズ像の傍らに肩と肩を寄せ合うようにして立ち、かすんだ雨に浮かぶ水平線を見つめた。人間のかわりにこの彫像と時を共有していた。誰かひとりでもいい。この困難に一緒に立ち向かってくれる仲間がいればよかったのに。ひとりぼっちでなかったら、もっと楽に解決できただろうに。ブロンズ像の体は手のひらを凍らせるほど冷たく、その口からはなんの言葉も出てこない。ふたりは海辺に散らばったすべての彫像を見つめた。それぞれが異なる時間の、異なる空間に立って、たったひとりで海を眺めている。答えを求めて。

その夜遅く、ジェンは何か情報を得られないものかとエッシュ・ロード・ノースへ向かった。犯罪につながる悪事というのは夜に露見するものだ。だからあの家を監視してみるのもひとつの手かもしれない。

ジーナからの報告はまだなかった。

十時十五分に、エズラが家から出てきて車に乗った。彼は制服らしきもの——深緑色のズボンと緑色のジャケットと反射ベスト——を身につけていた。

ジェンはたまたま通りかかったただのドライバーを装った。十分距離をとって、ヘッドライトをつけて彼のあとを尾けた。二台の車はしばらくそのまま進んだ。水路脇の小道を通り、ジグザグの交差点を通過した。

バーケンヘッドの港まで来ると、エズラは車を停めて外に出た。彼は片手でタバコをいじりながら、首にIDカードを掛けてべつの男からクリップボードを受け取った。港に入ってくる車をチェックする係のようで、その場に突っ立って、ただタバコをふかしていた。

ジェンは失望に肩を落とした。つまりエズラはただの港湾労働者というわけだ。

しばらく車のエンジンをかけっぱなしにして彼を観察していると、一台のテスラが現れた。港は風が強く、落ち葉が宙に舞っていた。それまでも車の出入りはあったが、そのテスラはほかの車とはちがうことをした。ヘッドライトを点滅させ、ゆっくりと路地に入っていったのだ。エズラは歩いてテスラを追った。ジェンはギアを入れて彼らのあとを尾けていき、住民のふりをして車を停めるとヘッドライトを消した。

少年——トッドと同世代くらいだが、ブロンドで短髪の若者——が、小脇に長方形の包みを抱えてテスラから降りてきた。エズラと少年は握手をすると、車の前にしゃがみ込んだ。ジェンはしばらくしてから、ふたりがしていることに気づいた。テスラのナンバープレートをほかのものとつけ替えているのだ。

少年が去って行くと、エズラはテスラを運転して駐車スペースまで戻り、そこに車を置いて船に積まれるのを待った。

要するに、彼はこの港で不正を働いているということだ。盗難車のナンバープレートをつけ替えて船で運び、どこかで売りさばいているのだろう。当然、裏で金銭の受け渡しがあるはずだ。あのブロンドの少年はおそらく手下か何かで、ギャング内での出世を餌に、僅かな報酬で他人の家から車を盗んでくるように指示されているにちがいない。もしトッドもエズラやジョゼフの下で働いているとしたら？　どこかで歯車が狂い、ジョゼフが死ぬという結末になったのだとしたら？　ジェンは信じたくなかったが、それが真実でないとは言い切れなかった。

彼女は立ち去るまえに少しだけ待って、道の端を歩いている少年の顔を注意深く観察した。少年は前を向いたままだったが、どう見てもせいぜい十六歳といったところだ。十代の若さ真っ只中（ただなか）にいる、まだほんの子供でしかない。きっと考えも及ばないのだろう。家の窓際で息子の帰りを待っている母親に、自分がどれほど大きな傷を与えているかなど。

真夜中近くになって、ジーナから去年イギリスで行方不明になった十二人の赤ん坊の写真が送られてきた。どれもマージーサイド州の近くで起きたものではなかったし、あの張り紙の写真にぴったり一致するものでもなかった。あの赤ん坊よりも髪色が明るかったり、目が大きかったり……だが、はっきりちがうと言い切るのも難しかった。ふいにジェンは怖ろしい考えに囚われた。赤ん坊はまだ行方不明になっていないのでは？

ジェンはジーナから送られてきたいくつものメッセージに目を通した。港での出来事にすっかり気を取られ、携帯電話をチェックしていなかったのだ。

ニコラに関しての情報はなし。よくある名前だから。

でも、ライアンに関してはひとつわかったことがある――彼は死んでいる。

まるで熱い油を浴びせられたかのように、ジェンの体にパニックが駆け巡った。すぐにジーナに電話をするも繋がらない。何度も何度も呼び出し音を鳴らしたが、とうとうこの日、ジーナが電話に出ることはなかった。ここまでだ。またゼロからスタートしなければならないのだ。明日、明日、明日、そう、昨日になったら。

マイナス12日　8時

あの日より十二日まえに戻っていた。ジェンが目覚めたのは、ニコラ・ウィリアムズがトッドのプリペイド式携帯電話に〝準備は整っている。今夜会いたい〟と言っていたまさにその日だった。彼女は今日、息子から片時も目を離さないつもりでいた。探偵になど頼らないほうがいい。今日またジーナと最初からやり直すのは無理だ。眠ったときにすべてが失われてしまうことに耐えられそうもない。

彼女は学校までトッドのあとを尾けていき、授業が終わるのを駐車場で待っているつもりだった。そうするしかなかった。今日やるべきことは、トッドがひとりでニコラに会わないようにすること、それだけだ。

車中で待つ間、ジェンはトッドの車と学校の玄関口に目をやりながら、仕事のメールを何通か送った。それからこの地方で行方不明になった赤ん坊のことと、ライアンなる人物を探るために検認登録所（遺言の検認申請を扱う機関）を調べてみた。が、どちらも成果はなかった。

十一時ごろになると雨が降り始めた。大粒の雨が、まるでペニー硬貨が落ちてくるかのようにフロントガラスを打ちつけ、そして消えていった。彼女は駐車場がさざ波を立てる川に変容していく様子をじっと見ていた。そうだった。今年の十月半ばはいつになく雨が多かった。

ジェンはフロントガラスを打ちつける雨を見上げながら、天気のこと、息子のこと、たった一滴の雨粒から広がる波及効果のことを考えた。

今日、自分が起こす変化はいったい何を意味するのだろう? それを理解できたらいいのに、と彼女は思った。

いや、理解できるのかもしれない。ただ、退屈な説明に時間がかかるだけで。

彼女はアンディのオフィスに電話をかけた。驚いたことに、すぐに本人が出た。

「わたしのことは知らないでしょうが」と彼女はおずおずと話し始めた。

「ああ、まったくね」と彼は真面目くさって言った。

ジェンはできるだけ手短に自分が窮地に立たされていることを説明した。その間、彼は当惑と非難のない交ぜになった沈黙を貫いていた。

「そういったわけなの」と彼女は話を終えた。

束の間の沈黙が流れた。「オーケー」と彼は言った。「ときどきこの手の電話がかかってくるものでね。ちっとも驚かないよ」

「ちがうの。それはたいていいたずら電話でしょ?」とジェンは言った。その手のいたずらなら知っている。今朝読んだ、〈レディット〉にも、二〇二二年から二〇三一年にタイムトラベルしたと主張する投稿者の記事が載っていた。自分も同じことを経験しているというのに、彼女はその記事の内容を少しも信じていなかった。二〇三一年に核戦争が起きると言ったところで、投稿者はそれを証明することなどぜったいにできない。それが起きないと証明することもできないように。

「そのとおり。誰を信じていいかなんてわからない。そうだろ？」と彼は言った。ジェンは耐えられなかった。自分が人から――それがたとえ会ったことのない赤の他人だとしても――イカれてるだの、注目を浴びたがっているだの、病気のふりをしているだの、大学教授に電話をしてでたらめなことを並べ立てているだのと思われることに我慢ならなかった。

「ええ、そうね。ところで、十月の後半に、あなたはある科学賞の最終選考に残って、その賞を受賞することになるの。〈ペニー・ジェイムソン賞〉。今日これを言ったところであまり効果はないかもしれないけど――まあ、そういうこと。あなたが受賞するのよ」

「あの賞のことは――」

「公表されていないんでしょ。知ってるわ」

「最終候補に残っているかはわからないが、たしかに応募はしたよ。きみは知らないはずだが」

「そうね。わたしに証明できるのはそれだけ」

「その証明はいいね」と彼はあっさり言った。「気に入ったよ。賞のことをググってみたけど、どこにも載っていなかった」さすが科学者だけあって話が早い。

「今言ったこと、あなたは未来でも言うのよ」

また沈黙が流れた。アンディは物思いに耽っているようだった。「我々はどこで会うって？」彼の口調は明らかに友好的になっていた。

「リヴァプールの街中のカフェよ。わたしが提案するの。あなたは〝フラニーとゾーイー〟とプリントされたTシャツを着ているはず」

「我がJ・D・サリンジャー」彼は驚いた声を出した。「まさか私のオフィスの窓の外にいるとか？」

「いいえ」ジェンは笑い声を漏らした。

「それじゃあ、きっとイラつくだろうね。毎回私とこうした――セキュリティー上の質疑応答をしなくちゃならないんだから」

「ええ、そうね」とジェンは正直に言った。

「私に何ができる？」

「八日後にわたしたちがリヴァプールで会うとき、あなたはわたしの中の潜在意識の力が、特定の日にわたしを目覚めさせるという話をするの」

「……なるほど」とアンディは言った。雨の降り注ぐ狭い車内で、ジェンは胸に熱くこみ上げるものを感じていた。彼の専門家としての助言が大事なのではない。電話の向こうにいる誰かが共感してくれて、ただひたすら話を聞いてくれることが大事なのだ。誰しもそれを必要としているのではないだろうか？　ジーナだって、たぶんトッドだって。

「それがまさに起きているの。今ではわたし、何日も飛ばして過去に遡っているのよ。だから、わたしが目覚める日は何かしら重要なんだと思う」

「まあ、よかったよ。きみにもわかる枠組みの中でそのことが解明できて」電話の向こうで、髭を擦る音がした。「それで……ほかに質問は？」

「わたしが知りたいのは……これから数日だか数週間だか過去に遡って問題を解決したとするでしょ」

「ああ」

「わたしの行為は、どの程度までいわば〝残っている〟のかしら？　わたしはトッドに過去のある時点で打ち明けたの。あなたはこれから殺人を犯すことになるんだって。でも、今のわたしはそのときの会話よりもさらに過去に遡っているわけでしょ？　だから――それは残ったままなのかなって」

アンディは黙りこくったが、ジェンにはそれがありがたかった。沈黙を埋めるために憶測で答える人などいらない。今、必要なのは真剣に考えてくれる人だ。しばらくして、ようやく彼は口を開いた。「バタフライ効果のことを言っているんだね？　仮にきみが十日まえに宝くじを当てて、そのまま十一日まえ、十二日まえと過去に遡ったとしよう。そしてある時点できみが問題を解決してゼロ日に戻ったとしても、きみはまだ十日まえに当てた宝くじの当選者なのかってことだね？」

「そのとおり。わたしが知りたいのはそういうことよ」

「答えはノーだ。きみが過去に遡ってやったことが影響するとは思えない。ただし、ある日きみが問題を解決したら話は別だ。その時点から時は未来へと進み始め、そのときに起こした変化だけが残る。新しい未来をつくっていくんだ。それまでの過程は一掃してね。あくまで私個人の考えだが」

ポツ、ポツ、ポツ、という雨の音がしていた。ジェンは雨粒が窓に落ちて広がり、細い川のように流れていく様を見ていた。「それで――もし解決できなかったら？」

窓を開けて腕を外に出し、すでに過去に降られたことのある雨を肌で受けとめた。

「きっと解決できるさ。いいかい、ジェン、自分を信じるんだ。物事にはときに我々の常識を超えた秩序というものがある」

電話の向こうにいる、この親切で、頭の切れる男性は、ジェンにとっての教祖だった。年老いた叡智の教授、ガンダルフやダンブルドアのような存在になっていた。「だけど――もし……四十年まえに遡ってそのまま忘れ去られたら、それで終わりってこと？」とジェンは訊いた。それが現時点でもっとも怖れていることだった。このおぞましい破滅的な考えに、彼女は息を飲んだ。ああ、自分の脳を痛めつけるような真似はやめなければ。

「まあ、我々はいずれみなそうなるんだ。ただ進む方向が逆ってだけで」彼はそう言ったが、それはジェンの不安を少しも和らげてはくれなかった。

「わたしが経験していることをすべて話してもいい？　ただ……知りたいのよ。あなたなら何かに気づいてくれるかもしれないでしょ」

「どうぞ。手元にメモ帳まで用意されているよ。それに私はもうすぐイギリスでもっとも偉大な物理学者のひとりとして栄誉を授けられるんだ。きみの予告が正しければね」

「ええ、そうね」と彼女は言った。「それじゃあ……」

そしてジェンは彼に話した。行方不明の赤ん坊の張り紙のことや、死んだ警官のことや、プリペイド式携帯電話とニコラ・ウィリアムズへ送られたメッセージのことを。港で働く労働者のことや、どうして彼女が犯罪組織を疑うようになったかを。ニコラ・ウィリアムズが近い未来にナイフで刺されることも話したし、自分が知る限りの日付や時間もすべて伝えた。電話の向こうでキャップを外す音がした。たぶん、万年筆だろう。特徴的な固い音がした。

「これでぜんぶよ」すべてを語り尽くしたとき、彼女は息を切らせていた。

「それでこれを時系列に並べると……」と彼は言った。

「オーケー、これでよしと。トッドは八月にクリオと出会った。彼女のおじはなんらかの

――ここはわからないが、犯罪組織に関わっている。

それから――十月に入って」メモ帳をめくる音がした。「トッドがニコラ・ウィリアムズという人物に助けを求めた。おそらく彼女と会う段取りをつけた。そしてその後、彼女は刺されたってことでいいかい？」

「ええ。あと現時点、つまり十月十七日の時点で、おそらく赤ん坊はすでに行方不明になっている。その警官もたぶん死んでいて、警察手帳を奪われているはず」

ジェンはシートに深く座り直した。嵐の海がすっかり晴れ渡り、水面下の岩盤が透けて見えるようだった。「これでぜんぶよ」

「じゃあ、どうやらニコラについての情報が足りないみたいだね。きみは彼女のことをほとんど知らないが、ニコラはトッドに直接関わりがあって、事件の二日まえに刺された人物だ」

「なるほど。ニコラを探す必要があるってことね」

三時半になると、ジェンはトッドのあとを尾けて帰路につき、彼より二分遅れて玄関のドアを開けた。

トッドはジェンのほうを振り返った。その顔はやや青ざめているものの、それ以外は元気そうだ。「ノミってロケットより速く加速できるって知ってた？」

「おかげさまで元気よ。今日は半休をとったの」息子の質問に彼女は皮肉で返した。

「じゃあさ、これ見てよ」彼はリュックサックを床に置くと、晴れやかな表情で中を引っ掻き回した。犯罪組織だの、ギャングだの、暴力だの、死んだ警官だのといったきなな臭さは微塵も感じられなかった。「ほら」そう言って、彼は〝A＋〟の評価のついた小論文をジェンに渡した。ふたりの指と指が羽のように軽く触れた。

ジェンは生物学の小論文をじっと見つめながら、このときのことをおぼろげに思い出していた。一度目のときはたしか夜で、彼女は「がんばったわね」と形だけの言葉を投げかけたが、それはトッドの〝A＋〟がいつものことだったからだ。だけど、今回はきちんと状況を読んだ。「すごいわね。びっくり」二、三分してからそう言うと、トッドは驚いたように瞬きした。ジェンはその表情にショックを受けた。良い母親になろうと努力してきたのに、こんな顔をされるなんて。「これを書くのにどれくらい時間がかかったの？」とジェンは訊いた。

「べつに、そんなでもないよ」

「ママにはぜったい無理ね。光合成って言葉さえ知らないもの」

「だろうね。植物のことだよ、お母さん」トッドはけらけらと笑った。

彼は満面の笑みを浮かべて小論文に目を落とした。息子は自信に満ち溢れている。今日のジェンは少なくともひとつは正しいことができたようだ。トッドが将来、自分の子育てや知性や存在そのものに不安を感じて、眠れなくなるようなことがなければいいのだけれど。

「今夜はお祝いに何をするつもり?」とジェンは訊いた。

「何もするつもりはないけど?」

「予定はないの?」もう一度訊いた。

「ここって裁判所?」トッドは両手を上げた。

「誰とも会わないの? クリオは? コナーは?」

「興味津々だね。ったく、いつからクリオのことを詮索するようになったんだよ?」

「今日からよ」とジェンは消え入りそうな声で言った。

トッドは母親に背を向けてキッチンに向かった。「どうでもいいけど」

「どうでもいい?」

「もう終わったかも」

「どういうこと? クリオはあなたの——正式なカノジョなんでしょ?」

「今はちがうよ」トッドは携帯電話を見つめたまま、食いしばった歯の間から言った。

ケリーがキッチンにやって来て、トッドを見た。夫は物思いに耽っているようだった。

「仕事が入ったんだ」彼はそれだけ言うとコートを着た。

「そうなの」ジェンはうわの空でケリーに相槌(あいづち)を打つと、トッドに問いかけた。「クリオと何があったの?」

「これ以上は立ち入り禁止だよ」トッドはきっぱり回答を拒んだ。ケリーは戸棚の中の缶をガチャガチャさせながら悪態をついた。「それ、ぼくのコーラだから」とトッドが父親に言った。

「じゃあ、またあとでな。自分のコーラでも買ってくるか」

「さよなら（アデュー）」トッドはややきつい口調でケリーに言った。「さあて、小論文のお祝いにエックスボックスでもやって脳を溶かすとするかな」

トッドはフルーツボウルからオレンジを摑むと、笑い声をたててそれを母親に投げた。その声がジェンの胸にバスドラムのように大きく響く。大好きよ、大好きよ、大好きよ。彼女はオレンジをキャッチしながらそう思った。「これってたった今、光合成してるの?」オレンジを掲げてそう訊いた。

「知りもしない単語を使っちゃだめだよ」トッドはそう言って、ジェンの髪をくしゃっとした。たとえあなたが何をしても、わたしはあなたを愛さずにはいられない。彼女は心の中でそうつぶやいた。

その夜、トッドは一度も家を出なかった。ジェンは深夜に二階の部屋を覗いてみたが、息子は眠っていた。彼女は念のため四時まで起きていて、それからようやく眠りについた。今日、トッドがニコラ・ウィリアムズに会うチャンスはなかったはずだ。一度たりとも。

ライアン

マンチェスターでのレクリエーション・トレーニングの良いところは、ライアンの前途に待ち受ける、この変化に富んだ刺激的なキャリアの中で何が起こり得るかヒントを得られることだった。人質解放の交渉、テロ防止の訓練、おとり捜査……警官としてのキャリアを積むには多くの方法があった。あるとき、ライアンたちは教官から正当防衛についての講義を受けたことがあった。教官は講堂の真ん前に立つと、ライアンにとって人生でもっとも興味深い言葉を述べた。「警官というのは、ここぞというときにふたつのタイプに分かれる。必要とあらば殺せるやつと、それができないやつだ」

ライアンの腕の毛が逆立った。自分はどっちだろうか？　しかるべき状況に陥ったとき、自分は引き金を引けるだろうか？

だから今日、あのときの刺激的な講義のことを考えていただけに、失望は倍に膨らんでいた。ジェイミーからリサーチのために緊急通報（999）の仕事をしなくてよいと言われただけでなく、ライアンのためのオフィスはないと言われたからだった。彼らは掃除用具を入れる物置部屋にライアンの机を運び込んだ。これでいいのか？　ライアンは自分に問いかけた。ここで働くことはかまわないが、いったい何をする？

彼は物置部屋の中をぐるりと見回した。凍えそうだった。外は寒かったが、ヒーターはなかった。灰色のリノリウムの床。並んだ棚。一時的に移動させた机とレターラック。壁際にはコルクボードとモップ用のバケツが置いてあった。だが少なくとも、ほかの掃除用具は運び出してくれたようだ。

リオは物置部屋にやって来ると、苛立った顔をした。「まったく、なんて狭いんだ。独房は空いてないのか？」彼はレターラックから紙を一枚無造作に取り出し、それを罫線の引かれていない裏面にひっくり返した。「いいだろう。ドアを閉めてくれ」とリオはジェイミーに言った。ジェイミーは身を縮めてドアを閉めた。

これでようやく説明してもらえる。そう思ったライアンは口を開きかけた。「それで――」

「我々にわかっているのは」しかしリオはいつものようにライアンを遮った。「このエリアを拠点とする犯罪組織は二手に分かれるということだ。重複するところもあるが、大まかに言えば、ひとつは車の窃盗、もうひとつはドラッグの密輸に関わるグループだ。両方の金は一ヶ所に集まる」彼はボールペンの先を紙の上に置くと上向きに矢印を描いた。「監視カメラの映像から、まだ捕まっていない三人の売人の名前がわかっている。が、我々の狙いはやつらより格上の密輸者だ」

ライアンは力強くうなずいた。「なるほど、わかりました」

「それでだ」とリオは続けた。「ギャングのシノギはドラッグと窃盗に分かれる。ドラッグが港から入ってくるのと同時に、同じ港湾労働者たちは出ていくものにも目をつぶっているが、それがもうひとつのシノギ、窃盗車だ。ほかの連中の役目はおそらく」——リオは矢印から離れたところに四角形を描いた——「車の窃盗だろう。やつらは一夜のうちに車を盗んで港へ運び、船に乗せる。所有者が目を覚ますころにはもう中東まで流れているってわけさ。それから不正資金の浄化をするが、このふたつが交わることはけっしてない」

「まあ、当然ですね」とライアンは言った。

「それは——当然なのか？」

「おれの兄貴は……」

「ああ、その兄貴のことだが」とリオは言った。「詳しく教えてくれないか？」彼は妙に目を輝かせて前のめりになった。

「兄のことは人事部にも申告して審査してもらっています」とライアンはパニックになって言った。

「知ってるさ。おれが許可したんだ。疑ってるわけじゃない。むしろ我々にとっては役に立つ——おまえの兄貴のことはな。ギャングの中の誰が誰かを知るためには、実際にやつらのシノギを見てきた人間のほうがいいに決まってるだろ？」とリオはじれったそうに言った。

「なるほど……」ライアンはゆっくりとうなずいた。

「つまり——おまえの兄貴も別々にやっていたってことか？」

「ええ、いつもそうでした。たとえば、ドラッグを密輸するのに盗難車はぜったいに使わないんです。すぐに足がつくので」

「そのとおりだ」とリオは言った。「兄貴について詳しく話してくれるか？　たしかおまえとは年が離れていたよな？　父親は一緒か？」質問に次ぐ質問。

「リオのことはほっとけ」とジェイミーが素っ気なく言った。「この人はいったん始まると、一つのことしか頭になくなるんだ」

「答えてくれ」とリオが言った。

「ああ」とライアンは言った。「わかりました。まあ、兄貴はおれよりかなり年上ですね。彼はよからぬことと関わっていました。おれたちは……何かに怒っていたんだと思います。彼にはいつも——おれたちにはいつも——野心がありました。ただ、兄貴の場合、それがまちがった方向へ行ってしまった。金が必要になってドラッグを売るようになったんです」

「なんのドラッグだ？　ほら、つまりドラッグの知識がどの程度なのかを知りたいんだ」

「ええと——兄貴は……まあ、よくあるパターンですよ。マリファナからコカイン、コカインからヘロイン（ギア）ってね」

「兄貴が家にギアを持ち帰ったことは？」リオはライアンを食い入るように見て言った。

「ときどきは」

「見たことがあると？」

「まあ、そうですね」ライアンは瞬きしながら言った。

「ここにギアがあるとしよう。どうやって開ける？」

「クリスマス・クラッカーみたいに」ライアンは一瞬の迷いもなくそう答えた。

「そうだ！」とリオは叫んで、テーブルに手を叩きつけた。ライアンはそんなリオに怖れを抱いた。彼はまさしくイカれた天才タイプなのかもしれない。あるいは、単にイカれているだけなのかも。

「おれは兄貴をよく手伝っていました。ギアってやつは人生を侵食する。そんなもんでしょ？　好奇心からだったんです。最後には」——ライアンは絶望したような笑い声をあげた——「兄貴と一緒にギアに混ぜ物をしてました」

「そりゃいい。知っていて損はない知識だ」

ライアンは何も言わなかった。これ以上ないくらい困惑していた。

リオはジェイミーをちらりと見た。「リサーチが終わったら、おまえにやってもらいたい仕事がある」それから紅茶の入ったマグカップを持ち上げると、音をたてて三口で飲み干し、それをテーブルに置いた。「興味があればだが」

「もちろん」ライアンはリオを真っ直ぐ見た。

「我々には賢い人間が必要でね。なぜだかわかるか？　このギャングにはおそらく内部にオタクがいる。そうだろ？　やつらが首尾よく事を進められるように手筈を整える人間がいるはずだ。手下にな」

「なるほど」

「だから、我々にもそういったオタクが必要なんだ」リオはライアンの肩に軽く触れた。「情報を分析してくれるオタクが。だが、それだけじゃない。内部のことを知っているオタクも必要だ。ドラッグの売人は三人ほど面が割れている。が、盗難車に関してはゼロだ。だから、そいつらの顔と名前、相互関係を知りたいんだ。犯罪の組織図ってやつを。やってくれるか？」彼はそう言ってコルクボードのほうを示した。「おまえの仕事は監視カメラから片時も目を離さずに、盗難車を運んでくるやつを割り出すことだ。どうだ？」

「わかりました」ライアンは胸の鼓動が高鳴るのを感じていた。強く、はっきりとした鼓動だった。

「やつらの正体や動きがわかったら、現場を取り押さえるつもりだ。わかるだろ。つまりぎりぎり法の範囲内でおとり捜査をやるってことだ」彼はいとも簡単なことのようにそう言った。

　ライアンは手足を広げて飛び跳ねたい気分だった。ようやく重要な役割を担える。得意分野を生かせる。世界を変えられる。

リオはコルクボードを摑むと、それを机の上に置いた。ライアンはそのドラマチックな瞬間に魅了された。いよいよ警官として危険ではあるがやりがいのある任務を果たすときがきた。ここが彼の居場所なのだ。リオはコルクボードの上に紙を一枚画鋲で留め、その上に名前を書いた。「こいつは港湾労働者だ。盗難車を引き受けて、賄賂をもらっている。監視カメラに映っていたが、まだ逮捕はしないで泳がしてある。やつが組織の歯車のどの位置にいるのかを知りたくてね」

ライアンは画鋲で留められた紙を見た。〝エズラ・マイクルズ〟

「誰がエズラに車を運んでくるのかを調べてほしい。わかったか？」とリオは言った。

「それで……」ライアンは期待するような目でリオを見た。「やつらについての情報を得たら……」——彼はリオのむさ苦しい服装やジェイミーの野球帽を示した——「おれもそっちの部署へ行けるってことですよね？　秘密工作？」

「そうだ」とリオは言った。そのシンプルな言葉からは、今までに語られなかったものが伝わってきた。「潜入捜査だ」

マイナス13日　19時

今日、クリオの家に向かうトッドを覆面パトカーが尾けていたにちがいない。ジェンはそう確信していた。彼女の家の前を二度も同じ車が通過したからだ。

この夜、トッドとケリーはランプの灯ったキッチンカウンターに向き合って座っていた。窓の向こうの空は青灰色に染まっていた。

表の木々にはまだほとんどの葉が残っていた。十月下旬には庭一面を埋め尽くしていた落ち葉も、時間を遡ると共に枝に還り、真っ赤な旗の塊のようになっている。

「おかえり」とトッドがジェンに言った。「ぼくたちシュレーディンガーの猫について話してたんだ」

ジェンは午前中、ふだんどおりを装って仕事をしていた。新しい依頼人の女性と初回の面談があったが、そのあと何度か面談を重ねるうちに、彼女が夫と別れないという決断に至ることを知っていた。だからジェンは一度目のときほどメモを取らなかった。

トッドはテレビで見るアメリカ人のようにテイクアウトの中華料理をぱくついていた。ただし箸のついた安っぽい紙の容器ではなく、プラスチック製のタッパーから直接食べていた。

ケリーはカウンターにやって来たジェンに目を見開いてみせた。「おれたちじゃない。おまえが話していたんだ。おれはチキンウィングを食べていただけさ」

「パパは聞き役としてはどうかしらね」ジェンがそう言うと、夫は愉快そうな小さな息を吐いて、笑い声をあげた。

「このまえの、金星と火星についての課題はどうだった？」

ケリーが訊くと、トッドはポケットから携帯電話を取り出し、父親に差し出した。一度目の今日、ジェンは仕事で家にいなかった。だからその課題については何も知らなかった。

ケリーはしばらくトッドの携帯の画面を目で追ってから言った。「おお——〝A〟だ！天体物理学（アストロフィジックス）の天才のAだな」

「アレクザンダー・クズムスキーのAだよ」トッドは誇らしげにそう言った。

「なあにそれ？　いまの英語？」ジェンがおかしそうに口を挟んだ。

「彼は偉大な物理学者なんだ。この課題のことだよ」トッドは母親に携帯を渡した。

「すごいわね」彼女は心からそう言うと、課題を真剣に読み始めた。この中にヒントとなる科学があるかもしれない。だけど、トッドはジェンから携帯を取りあげた。

「無理しなくていいよ、マジで」

「興味があるのよ！」

「いつも興味なんてないだろ」とトッドは言い返した。

ジェンの中に、あの罪悪感のしこりが現れた。母親としての罪悪感。それは彼女が直面するたびに逆らおうとしてきたものだったが、常に――そう、常に――彼女の中に居座っていた。〝いつも興味なんてないだろ〟

「どうかしたか?」ケリーが笑いながらジェンに言った。「死神(グリム・リーパー)みたいな顔をしてるぞ」

ジェンが自分の分のテイクアウトを皿に盛りつける間、トッドは残りの料理をかき込んでいた。

ケリーの携帯が鳴り、彼はキッチンを離れた。ジェンは廊下を見ながらトッドの言ったことを考えた。

「どういう意味?」と彼女は息子に訊いた。

「だから――ふだんはぼくの好きなことに興味なんてないだろ」

「あなたの好きなこと?」突然、世界が静止したようになった。トッドは黙ったまま、チキンボールをつまんでそれを丸ごと口に入れた。「あなたの話を聞いていないってこと?」

ジェンはぼんやりとだが気づき始めていた。それは雲の中に入ったときのような感じだった。中にいるときははっきりそれとわからないが、なんとなく雲だと感じることはできる。

トッドは眉間に皺を寄せ、タッパーを見下ろしたまま、答えを探しているようだった。

「たぶん」とようやく彼は言った。

ジェンは息子を見つめた。父親と同じ目。でもそれ以外は母親にそっくりだ。まとまりのないくせ毛。青白い肌。抑えきれない食欲。ジェンが彼をつくったのだ。それなのに、息子は母親が話を聞いてくれないと思っている。あたかもそれが明白な事実であるかのように述べている。

「ママにはつまんないことだよ」と彼はつけ加えた。

「そんな……」

「ぼくは物理学が好きなんだ。だからぼくがアレクザンダー・クズムスキーに関心があることはおもしろがることじゃないんだよ。本当に関心があるんだから」

ジェンは口論の最中に自分がまちがっていることを自覚したときのような嫌な感覚を覚えていた。完全にまちがっている。胸がざわざわとした。これは惑星についての会話ではない。ふたりの関係についての会話だ。

科学的真理をこよなく愛するが、現実には疎い息子。彼の話していることが皮肉にも理解できない母親。ジェンは常日頃、トッドと自分とのことをそんなふうに思っていた。彼女もケリーも、これほど理知的な子供を、自分たちとはかけ離れた賢さをもつ子供をつくったことが信じられなかった。ふたりは地に足をつけているが、トッドは……ちがう。だけど、トッドはつくられたのではない。物ではない。彼は今ここで、母親の前で、自分が何者なのかを語っている。ジェンは自らの無知に不安なあまり、息子の主知主義を笑い飛ばしていた。

笑いの対象にしてしまっていた。

「ああ」ジェンは両手で頭を抱えた。「そうよね。ごめんなさい。そんなつもりじゃ――本当にごめんなさい」彼女は力なくそう言った。

「べつにいいって」とトッドは言った。

「あなたのすることは、わたしにとってすべて興味があることよ」なす術がない運命に涙が溢れ出ていた。それは明日になったらもうここにはいないと覚悟した人の涙だった。死の床に臥している人が最後の言葉を遺すときに流す涙、ハイジャックされた飛行機に乗り合わせた人が、愛する人に電話をかけて流す涙だった。そして息子と何度でも心を通わせることのできる女性の涙だったが、それに意味などないのだ。長くは続かないのだから。「あなた以上に誰かを愛したことはないし、これからもないわ」彼女は目を潤ませてはっきりそう言った。「ママがまちがっていた。もしあなたにそのことがちゃんと伝わっていなかったのだとしたらごめんなさい。だってそれはあまりにも本当のことだから――本当の中の本当だから」

トッドは瞬きした。まるで池に石が落ちたときのように、その顔に悲しみが広がった。

「ありがとう」と彼は言った。「ぼくはただ――わかるだろ?」

「わかってるわ」とジェンは言った。「わかってる」

「ありがとう」と彼は繰り返した。

「どういたしまして」彼女がやさしく言葉を返したとき、ケリーがキッチンに戻って来た。

「チキンボールはぜんぶなくなったよ。だってこの最後のひとつもぼくのだから」トッドは笑いながら言った。そのジョークはこのしんみりとした瞬間を目撃したもうひとりの家族の注意を逸らすためのもの、鎧のようなものだった。ジェンはとりあえず笑ってみせたが、本当は泣きたかった。

「顧客からの電話だったよ」ケリーはわざわざそう言った。ジェンはトッドのほうをちらりと振り返った。彼は最後のチキンボールを口に入れ、母親に目で笑いかけた。ジェンが手を伸ばして息子の髪の毛に触ると、彼はなおざりにされていた動物のように前屈みになった。トッドはタッパーをゴミ箱に入れた。いつもなら注意するところだが、今日は何も言わないことにした。

「今夜はどこへ行くの?」とジェンはトッドに訊いた。

「ビリヤード」彼はそう言って、シェフのように三本指を口に当てて空中にキスを飛ばした。

「愉しんでらっしゃい。わたしも出かけるから。ポーリーンと飲みに行く予定なの」

「飲みに行くって?」ケリーが驚いてジェンを見た。

「ええ。ちゃんと言ったじゃない」ジェンはそう嘘を言ってから、それとなくトッドに訊いた。「それで、どこの店なの?」

「〈クロスビー〉だよ」

ジェンは微笑んだ。本当は息子がどこへ行こうとついて行くつもりだった。

スポーツバー〈クロスビー〉の入り口は、目抜き通りに面している、店名のない小さな黒いドアが目印だった。ドアの上にはレトロなネオンサインがあり、さらにその上にイギリス国旗が掲げられていた。それは連双窓と赤レンガと三本の煙突からなる一九二〇年代に築かれた古い建物だった。

ジェンは店の裏手にある、スポーツバーとホテル〈トラベロッジ〉のレストランが共用している駐車場に車を停めた。車を降りると、どこかの通気口から秋の空気に吐き出された香ばしい肉の焼ける匂いがしてきた。ああ、中華料理を食べたばかりだというのに、ハンバーガーなら食べられそうだ。

まず、バーの裏手にある非常口に向かった。だがドアには鍵が掛かっていた。しかたなく、表に回って入り口のドアのガラスから中を覗いてみた。真っ暗だった。ただここで待っていることもできる。ジェンは、ガラスに当たった額が冷たくなるのを感じながらそう思った。もうくたくただった。ここにいてこのまま消えてしまいたかった。苦しみに喘(あえ)いでいる生きた人間ではなく、ただの装飾品として、このビリヤードバーの一部になってしまいたかった。

突然、室内で赤っぽいライトがおぼろげに光り、目の前にあるものを映し出した。黒い階段。それは染みだらけのみすぼらしい古い階段だったが、幸い人はいなかった。

ジェンはドアを開け、できるだけ音をたてずに階段を上った。誰もいない踊り場の両側には閉じたドアがひとつずつある。盗み聞きするのにも、危険を冒すにももってこいの場所だ。息を殺してしばらく耳を澄ました。ビリヤードの球と球が当たる音。床にキューを置く音。背後の大きなアールデコ調の窓からは、街灯の明かりが射し込んでいる。黒塗りの古い木の床はぼろぼろで、ジェンが動くたびに軋んだ。

「来週だね」トッドの声がした。コッン。球をついたのだろう。ジェンは右手のドアの蝶番に身を乗り出し、隙間から中を覗き見た。暗闇に浮かぶ片目に誰も気づかないといいのだけれど。

「来年の夏は行けるんじゃない？」うっとりするような声。まちがいなくクリオだ。

ジェンの視界の中をトッドが行ったり来たりしていた。ビリヤードのキューを杖のようにして持っているが、その姿はまさに彼のお気に入りのゲームに登場する魔法使いが、杖に寄りかかって片手を腰に当てているポーズと同じだ。ジェンは心臓がひっくり返った気がした。彼はふだんの彼ではなく、クールな誰かを演じている。彼女にはそのことがわかった。

息子は髪をきれいになでつけ、真っ白のスニーカーを履いて、ビリヤード台のまわりをゆっくり歩いていた。その姿がジェンの視界から出たり入ったりした。彼は精一杯の虚勢を張っている。

「おまえたちがまだ別れていなけりゃな」今度は男の声がした。姿は見えないものの、ジェンにはそれがジョゼフの声だとわかった。

「もちろん別れてないよ」とトッドは言った。ジェンはその声にかすかな緊張を感じ取った。それはピアノの鍵盤を押したときに感じる振動のように、彼女にしか探知できないものだった。

「ナイスショット」またべつの声がした。たぶんエズラだろう。

「お邪魔じゃなければいいんだけれど」今度は女性の声がした。ジェンは体の向きを変えて声のするほうを見た。部屋の反対側の暗いドアの向こうからひとりの女性が入ってきた。ジェンと同じか、やや上くらいの年齢で、白いものが交じった髪を後ろできちんとポニーテールにまとめている。ジョギングパンツとTシャツというラフな格好をした彼女は、活力に満ち溢れ、まるでアスリートのような機敏な歩き方をした。

「ニコラじゃないか」とジョゼフが言った。「驚いたな」

ニコラ。ジェンは声をあげそうになる自分をなんとか抑え込んだ。

「久しぶりだな」

「本当ね」ジョゼフがキューにもたれる姿がジェンの視界に入った。ニコラは彼のあとについてほかの三人のところへ行った。「こっちはトッドとクリオだ。あとエズラは知ってるよな。ニコラは昔、おれたちのところで働いてたんだ」

「あのニコラ・ウィリアムズじゃないか」とエズラが言った。

階段に座ってこの会話を聞いていたジェンは顔をしかめた。トッドはたった今、ニコラに紹介されたのではないか。だけど、トッドはすでにニコラの携帯にメッセージを送っていたのでは？　彼女はもう一度メッセージの日付を頭に思い浮かべた。そうだ、すでに送っている。十月十五日に〝話せてよかった〟と言っていたではないか。今日は十六日で、トッドは明日の夜もニコラと会う約束をするはずだ。

ジェンはできるだけ音をたてずに体を動かし、明かりに照らされた緑色のビリヤード台の向こうに目を凝らした。壁際の赤いフラシ張りのソファにはクリオがいた。すらりとした脚に、短い前髪。何もかもが美しかった。ジェンは瞬きして彼女をじっと見つめながら、雑談が終わるのを待った。

「あなたもそこに座ったら？」ニコラはそう言うと、トッドのキューを摑んだ。トッドはソファに座った。どこから見てもごくふつうの光景にしか見えない。トッドの恋人とその家族。しかし、ニコラの出現によって何かが始まろうとしていた。そう感じたのは、ジェンがトッドの嘘を知っていたからなのかもしれないし、そうではないのかもしれない。今この場には水面下のサメのように、何か不吉なものが潜んでいた。

トッドはクリオの隣に座っていたが、いつかの夜のように体を密着させてはいなかった。それでも、ふたりが一緒にいることにはちがいない。息子は今夜、恋人との関係を終わらせるつもりなのだろうか？

どこからともなく音楽が鳴り始め、重低音のラップ曲が彼らの声をかき消した。よく見ると、店内にはジュークボックスがあった。ディスプレイを白いライトで囲んだ、レトロな造りの赤いジュークボックスだ。

彼女は曲が終わるのを待った。が、終わったとたんに、べつの曲が流れ始めた。トッドはジョゼフと何やら話し込んでいる。やがてクリオが立ち上がり、ニコラと一緒にそこに加わった。ジェンには彼らの会話がまったく聞こえなかった。ただの雑談のようにも見えるが、トッドは居心地が悪いのだろう、ビリヤード台のまわりをライオンのように足先だけを床につけて歩き始めた。それは彼が気まずい思いをしているときの癖だった。

ジェンははっと気づいた。音楽は偶然流れたのではない。ほかの人に会話を聞かれないようにするためにあえて流したのだ。彼女のように立ち聞きしている人がいるかもしれない。

ジェンは巡回していたあのパトカーのことを思い出した。

一時間後、ジョゼフはコートを着た。トッドは球をついて次々とポケットに入れながら片づけを始めた。ジョゼフがニコラとドアのほうへやって来たので、ジェンは慌てて左手のドアの中に滑り込んだ。そこはレトロな装飾の施されたトイレだった。彼女は足音に耳をそばだてた。

トイレの壁には、アンティークっぽいピンクの貝殻模様の壁紙が貼られていたが、経年劣化で摩耗していた。シンクとシンクの間には、洗面用具の入ったこれまたピンクの木箱がふたつあり、壁には金メッキの縁の姿見がかかっていた。

彼女は洗面台に寄りかかり、これまでに知り得た情報を整理した。

トッドは八月にクリオと出会った。

ふたりは今のところまだつき合っているが、明日までに別れることになっている。そして事件の五日まえによりを戻す。

昨日、トッドはニコラになんらかの助けを求めた。

今日、ニコラがビリヤードバーに姿を現した。トッドは彼女とはじめて会ったふりをした。ニコラはクリオのおじを知っていて、かつて一緒に働いていたことがあるという。

四日後、ブロンドの少年がエズラに盗難車を引き渡す。クリオの家族が犯罪者であることはまちがいない。あのシャネルのバッグ。その一週間後、ニコラはナイフで刺される。それからトッドは殺人者になる。

ジェンはこの一連の出来事のことを考えながら、窓の外を見た。開いた窓からは、冷ややかな夜気が絶えず流れ込んできていた。彼女は十分ほど経ってからトイレを出ようとした。と、そのとき、外から低い笑い声がした。トッドだ。彼女は洗面台の上に上がり、硬い天板についた膝の痛みに耐えながら、窓の隙間から外を覗き見た。トッドだ。携帯電話を耳に誰かと話している。彼は店の裏手に停めた車に近づき、ルーフに肘をのせ——それくらい背が高いのだ——熱心に話し込んでいた。

ジェンは耳を澄ました。外は静かだから、きっと話し声が聞こえるはずだ。横に手を伸ばして明かりを消し、その場に座った。これでこの窓からも自分の姿は見えないだろう。

「秘密の携帯にかけるところだったよ。クリオとは別れるつもりだから」とトッドは言った。「心配ないよ。汚れ仕事のことは誰にも言わないって」彼の突き刺すような口調はまるでレモンの酸のようだった。

沈黙が流れた。ジェンは息を凝らした。「うん――だから、知らないって」と彼は言った。電話の相手が誰なのか、ジェンには見当もつかなかった。友達ではないようだが……

トッドはまた笑った。辛辣で嘲（あざけ）るような笑い方だった。「ちがうよ。こっちもそう言おうとしてたんだ。ぼくたちはもう手詰まりだ。だろ？」息子は頭を後ろに反らせ、天を見上げた。空には青白いホログラムのような月が出ている。気温はどんどん下がっていた。洗面台の上にひざまずいて息子の声を聞くうちに、ジェンの体はすっかり冷え切っていた。彼は〝手詰まりだ〟と思っているようだが、いったいそのおとなじみた口調は何を意味するのだろう？　それが、これから二週間もしないうちに殺人を犯す動機なのだろうか？

トッドはゆっくり落ちていくボールを目で追うように、視線を足元にやった。それから、ジェンのいる窓のほうを見た。ふたりの目と目が合ったように思ったが、彼女は顔を背けることができなかった。息子はすぐに視線を逸らせた。ジェンの姿が見えるはずはない。窓は磨りガラスだし、明かりも消えている。

「うん、わかったよ」とトッドは言った。

また沈黙が流れた。

「ニコラに訊いて。じゃあ、これから家に帰るから」トッドは電話の相手にそう言った。

世界がほんの一瞬だけ静止した。これから家に帰るから。これから家に帰るから。これから家に帰るから。

電話の相手で考えられる人物はただひとり。夫だ。

マイナス13日　20時40分

トッドは車に乗り込むと、エンジンをかけて走り去った。ジェンはひとり暗いトイレの中にいた。膝がシンクの水で湿っていた。

〝これから家に帰るから〟

電話の向こうの人物はケリーだ。

〝ニコラに訊いて〟

トッドではなく、ケリーがニコラと知り合いだった。つまりトッドがニコラに紹介されたとき、彼は嘘をついているわけではなかったということだ。

〝秘密の携帯にかけるところだったよ〟

あのプリペイド式携帯電話の持ち主はケリーだった。ニコラにメッセージを送ったのも彼だったのだ。

「たった今、トッドと電話してたでしょ」ジェンは家に帰るなりそう言った。トッドはまだ帰宅していなかった。クリオと一緒にいるのかもしれないが、彼の帰りを待ってはいられなかった。べつに構わないだろう。彼女に明日はないのだ。今、ケリーに訊かなければ。

彼は色落ちしたジーンズに白いTシャツ姿で、ビロードのソファに座っていた。ふたりはそのソファをリビングルームの出窓にぴったり合うように設(しつら)えた。一センチの狂いもなかった。ソファをはめ込ませるのに苦戦しながらふたりは大笑いしたものだ。潤滑剤を使ったほうがいいと提案するケリーに、ジェンは忍び笑いが止まらなかった。

彼女はハンドバッグを木の床に落とした。家の中は静まりかえっていて、ランプの明かりだけが小さく灯っていた。

どうやらケリーには少しばかり考える時間が必要だったらしい。その三秒間がジェンの心を打ち砕いた。

「あの子、何か危険なことに巻き込まれているんでしょ――それにあなたも」と彼女は言った。

ケリーはきっぱり否定することを選んだようだ。「あいつは女性関係で揉めているんだ」明らかな嘘をついているというのに、ケリーの目にはなんの変化も見られなかった。「ジェン？」彼はそう言って、妻に手を伸ばした。

「わたし、聞いたのよ」

「クリオのことを話してたんだ」

「ニコラって誰なの？」

「なんだって？　ニコラなんて知らないよ」

「ケリー」ジェンは声を荒らげた。「彼らを知っているんでしょ？　ジョゼフ・ジョーンズって誰なの？」

「知らないね」ケリーはすかさずそう答えると、立ち上がって天井の明かりをつけた。得体の知れない、謎めいた夫。あるいは嘘つきの夫？　「悪いが——なんのことだかさっぱりわからないよ」彼はジェンに向き直ってそう言った。

ほんの一瞬、彼の髪の生え際が明かりに照らされ、汗が光っているのが見えた。「嘘をついていることくらいわかっているのよ」彼女は退散しようとする夫の背中に向かって声をあげた。ケリーは靴を履き、コートを着た。

「これ以上、話すつもりはない」彼はそう言うと、玄関のドアを叩きつけるようにして出て行った。

ライアン

ライアンは本領を発揮していた。彼はようやく活躍の場を与えられたのだ。映画によくあるように、目の前には三日まえに用度課から取り寄せた大型のコルクボードがあった。幅一・二メートル、高さ九十センチ（ライアンにはまだそれを壁に掛ける権限はなかった）。壁に立てかけたコルクボードの正面で、ライアンは足を組んで座っていた。

彼は二ヶ月間にわたり監視カメラの情報を集めていた。それは物置部屋にテレビを運び込むことから始まった。霞（かす）んだ目で何時間も港の監視カメラの映像を見続けた。夜間だろうと週末だろうと休みなくテープを回し続けた。彼は注意深く観察し、二回以上港にやって来てエズラと話をした人物や彼とどこかへ消えていった人物を書き出した。そしてメモした付箋をコルクボードに画鋲で留めた。

その月の終わりには、常連のリストが出来上がった。

「こいつらの顔をデータベースで調べてくれないか？」金曜日の夜、ライアンはたまたま通りかかった分析官に静止画像のコピーを示してそう訊いた。

「了解」分析官はあっさり引き受けてくれた。

それで手下どもの顔と名前を割り出すことができた。

さらに潜入捜査班からはドラッグの売人たちの名前を入手した。彼らは捜査官をひとりギャングに送り込み、手始めにドラッグを買わせた。その捜査官はむさ苦しいなりをして、リオの指示どおり売人にギアがほしいと要求した。リオのチームの監視下でその取引はとんとん拍子に進み、売人の名前を含む報告が返ってきたが、ライアンはその名前もコルクボードに貼った。

捜査官は同じことを五回繰り返した。そして五回ギアを買ったところで売人に言った。家を引っ越すことになったが、その近辺を縄張りにしてギアをほしがっている連中に売りさばきたいと。その売人は彼を元締めに紹介したが、ライアンはその元締めの名前もコルクボードに貼った。

「ライアン、おまえは正真正銘の天才だ」リオは勢いよく物置部屋に入ってくるなりそう言った。

ライアンにとって、まさに天職とも言える仕事だった。これほど愉しい仕事はなかった。これほど達成感のある仕事はなかった。これほど自主性を発揮できる仕事はなかった。ライアンの中に、自分を、そしてコルクボードを誇らしく思う気持ちがふつふつと湧いてきた。

「こんなのはまだ手始めですよ」と彼はリオに言った。「全体図の一部でしかない。やつらのボスはおよそ十ものシノギに手を染めていますからね」

ふたりは黙ってコルクボードを見つめた。

リオはほんの一分、もしくはもうしばらくの間、沈黙したままだった。警官のひとりが部屋の前を通りかかった。「ちょっといいかな?」と彼はドアから顔を覗かせてリオに言った。

「だめだ」リオはそう言うとドアを閉めた。リオに気に入られて陽のあたる場所にいる人生は最高だ。だが、彼から必要とされず日陰に追いやられる人生は最悪だ。権力者の下で働くということは得てしてそういうものなのだろう。

「我々の前回の仕事では」リオは今のやりとりなどなかったかのように考え込んで言った。「トップにいるやつはけっして出しゃばった真似はしなかった。ごくふつうの、どこにでもいるような目立たない男だった。定職に就かず自営業を営んでいてね。課税されないくらいの収入で暮らし、旅行をすることもなかった」

「ありえないような人物像だな」とライアンは言った。

「そうだ。それはともかくこれを見ろ」とリオは言った。「我々は今、〝レジェンド〟を創り上げているところでね」リオは椅子を軋ませて座った。ライアンはコルクボードから名前の書かれたメモを外し、それをべつの場所に移した。「もっとましな仕事場を用意してやらないとな」とリオは笑いながら言った。

「それはありがたい……」

「それでだ、レジェンドについてだが、聞きたいか？」

「ぜひとも」

「潜入捜査官はいざギャングの内部に潜り込むとき、我々がずっとまえから創り上げてきた人物になりきるものだ。わかるか？」

「ええ」

「もし誰かがギアを買うとしよう。やつらは真っ先にDS、つまり麻薬捜査班を疑ってかかる。だからおれたちは先回りしてレジェンドを創っておくんだ。そいつは住むところも、車も、仕事も、やることも、あらかじめすべて決められている。おれたちにはみな歴史がある。そうだろ？　歴史はどこへでも顔を出す。ネット上だろうとなんだろうとね。だから捜査官はその歴史に足を踏み入れてレジェンドになるわけだ。で、おれたちは今、そのレジェンドを創っているってわけさ」

彼は顎を擦ってから、ライアンの紅茶を啜った。ライアンは気分を害したが何も言わなかった。リオは考えごとをしているときはいつもこうだった。だが、考えごとをしているときのリオは才気煥発の極みだった。だからみんな我慢していた。

「リオ」ジェイミーがドアを開けるなり言った。髪の毛が逆立ち、疲れ果てた様子だった。

「問題が起きた」

「なんだ？」リオは指でいじっていた画鋲をコルクボードに刺した。「さっきから邪魔ばかり入りやがって――」

「昨夜、手下のふたりがウォラシーの高級住宅街から車を盗んだという情報が入ってきた」

とジェイミーは言った。

「それで……」

「どうやら留守宅を狙っての犯行のつもりが、そうではなかったと……」

ライアンはジェイミーを振り返った。

「車の後部座席に赤ん坊がいたらしい。やつらはそうと知らずに車を奪い、港へ向かっている――後ろに赤ん坊を乗せたまま」

マイナス22日　18時30分

ジェンは彼女にとっての聖域であるオフィスにいた。自分が完全にコントロールできる、あるいはそのふりができる静かで整備された環境にいたかった。ケリーが関与しているという事実が何度も頭をよぎった。まるでボートに乗っているかのように、足元が滑りやすく覚束ない感じがしていた。ケリー。ジェンのケリー。彼女がなんでも打ち明けることのできる相手。だけど、どうやらそれは双方向には作用していなかったようだ。夫がジェンの話を信じてくれたあの夜、トッドの問題を一緒に考えてくれたのも嘘だったなんて。

窓の下の大通りは、暖かい夏の終わりを愉しむ買い物客で賑わっていた。十月の初めは終わりとはまったくちがっていた。外の景色はジンジャーブレッド色の光に包まれ、木々の葉は蜂蜜色に染まっている。夏の終焉。窓を開けると、かすかな冷気が感じられた。それは水に落ちた一滴の染料のように瞬く間に広がっていくだろう。

ジェンは溜息をついて廊下を歩き始めた。去年の春に父親を亡くしたあと、彼女は事務所をリフォームしていた。父のオフィス——ルームプレートには彼の望みどおり〝執行パートナー〟とあった——のあったところは、今では給湯室になっていた。これなら父のオフィスのドアを見なくてすむし、そこで仕事をする必要もない。

父親は優れた弁護士だった。頭の回転が速く、慎重で、たとえ悪い知らせがあっても、自己を偽ることなくそれを受け入れ、立ち向かうことのできる人間だった。タフな人間。悲しみと共に過去を振り返ると、父はそういう人だったと言える。ストイックな人間だったと。父は昔、オフィスに二晩寝泊まりして仕事を終わらせたことがあったが、そのときも愚痴ひとつこぼさなかった。だから彼女がそれを知ったのは一週間の仕事が終わってからだった。

ジェンは予想よりもずっと過去に遡っていた。彼女がもっとも怖れているのは、事件の発端を通り過ぎてしまうことだった。父に相談できたらよかったのに、とジェンは思った。ケネス・チャールズ・イーグルスという名の彼はKC（ケイシー）と呼ばれていた。もしジェンとケリーに娘がいたら、きっとケイシーという名前にしていただろう。父はよろこんでくれたはずだ。

彼は十八ヶ月まえのある夜、たった独りで死んでいった。死因は動脈瘤（りゅう）破裂で、肘掛け椅子に座ったまま帰らぬ人となった。傍らにはピーナッツの袋と、半分飲みかけのビール瓶があった。父を亡くした直後のジェンは、船で一方通行の航路を進むように、彼の最期の瞬間を振り返ることができなかった。しかし最近の彼女は、父のかつて立っていた同じ場所に立って、彼の死を直視することができるようになっていた。それでも、今日ほど父に会いたいと思ったことはない。父はタイムトラベルの理論など一顧だにしないだろう――何を言われるかと思うと、怖くて打ち明けることさえできない――が、それでも彼に会いたかった。それは子供がどんなときも親の導きを期待し、たとえ一時的ではあっても問題を解決してくれると信じているからなのだろう。

ジェンは紅茶を淹れると給湯室を出た。ラケシュが弁護士のサラと並んで彼女のオフィスの前を通りかかった。

「夫のほうから彼女に渡す生活費を半分にしてほしいっていう要求があったの。彼女はいつもスウェットパンツしか穿いてないんだから、洋服代を差し引いて当然だって。あと散髪代とブラジャー代も。彼女が着古して変色した下着を身につけているって注釈までつけてね」とサラは言った。

ラケシュが驚いて笑うと、その声が教会の鐘のように響いた。

ジェンは力なく微笑んだ。仕事人間とブラックユーモアに満ちたこの場所は、彼女にとって心安らぐ場所だった。

ジェンはこまごました情報を伝えたり、助言をしたりするために数通のメールを送った。それは目をつむっていてもできるような、二十年間ずっと繰り返してきた仕事だった。

夜の七時になると、ジェンの依頼人のひとりの、もうすぐ〝元〟がつくことになる夫から、銀行口座の書類の入った箱が二十五個以上も送られてきた。彼女は、Tシャツの日焼け跡が残ったうんざり顔の宅配業者から荷物を受け取った。一度目のこの日は、書類にざっと目を通して内容ごとに仕分けしてから、箱をきちんと床に積み重ねた。そこにラケシュがやって来てドアから顔を覗かせ、砦を築いているのかと尋ねたのだ。

ラケシュはまったく同じ時間にやって来たが、今日のジェンは書類を仕分けする気にも、家に帰る気にもなれなかった。そこで彼を飲みに誘った。

「もちろん」と彼はガムを嚙みながら言った。「それはなんなの？　砦を築いているとか？」

ジェンはひとり微笑んだ。過去に遡るにつれて、当時のことを思い出すのが難しくなっていた。だから、おかしなこととはいえ、予想どおりの答えが返ってくるのが小気味よかった。

「月曜日にはそうするつもり」と彼女は言った。「相手側の情報開示よ。夫の銀行口座」

「そいつの仕事は？　イングランド銀行に勤めているとか？」

「よくある手なのよ」ジェンはラケシュのところまで行こうと箱をどかした。「大量の書類を送りつけて、音を上げさせるって魂胆」

「月曜日にきみが生き埋めになっていないかたしかめてあげるよ。私にはワインの点滴が必要だ」ラケシュは彼女のコートに手を伸ばしてそう言った。

「今日はツイてない日だったの?」

「依頼人に申立書を送り返したんだ。サインをしてもらうだけでよかったのに、〝不合理な行為〟の四つ目の項目の隣に、ペンでこう書いてあってね――〝それと、いつも靴下で自慰をしていました〟って。まるでそれが緊急を要することかのように。だから彼女に書類を送り返したんだよ。そんなものを裁判所には提出できないからね」

「もっともな言い分じゃない」とジェンは言った。「靴下っていうのが秀逸ね」

「きみは裁判所でそいつと会うわけじゃないからなんとでも言えるんだ」

「彼にくっついてトイレに行ったりしちゃだめよ」

ふたりは初秋の中を、腕にコートを掛けて出かけた。人は人生でもっとも濃密な時間のいくらかを職場で費やすものだが、彼女も仕事に戻れたことに心からほっとしていた。ラケシュとは十年来のつき合いだ。彼がランチにベイクドポテトを食べることも、仕事の能率が落ちる午後三時ごろに〈デイリー・メール〉のオンラインニュースにはまっていることも知っていた。電話が鳴るといつも〝うせろ〟とつぶやいていることも、ややこしい公判で冷や汗をかき、ズボンから滲み出た汗で椅子に染みをつくってしまったことも知っていた。それにジェンは今夜、家庭生活の残骸から抜け出せたことにもほっとしていた。彼女は謎を放置したまま、何食わぬ顔で旧友とワインを嗜み、どちらが先に浮気したかで言い争う依頼人の話をした。ワインを二杯、いや三杯飲み、ビアガーデンでタバコを吸い、その話に爆笑した。何事もないふりをしていることが、とにかく心地よかった。

ワインを飲み過ぎたジェンは、車を運転することを諦め、家まで歩いて帰った。ちょうど九時を回ったところだった。歩道をふらふらと歩きながら、目の前に見える明かりの灯った我が家を見上げ、ケリーのことを考えた。彼には仕事で遅くなると伝えてあった。自分は離婚弁護士だというのに、夫の裏切りには少しも気づいていなかったなんて。彼女は憮然としていた。そんな日が来るとは予想もしていなかった。まったくといっていいほど。

彼女はこれまでに知り得た情報をもう一度整理してみようとした。肌寒い夜だったが、ワインのおかげで気持ちが楽になり、心が解き放たれていた。今夜だけは、殻に閉じこもったノイローゼ気味の人間ではなく、寛容で開放的な人間になったように感じていた。

プリペイド式携帯電話はケリーのものだった。ということは、行方不明の赤ん坊の張り紙と警察手帳も彼のものにちがいない。でも、それがどうしてトッドの部屋に？

ジェンは物思いに耽りながら私道に入った。すると、家の外から話し声が聞こえてきた。ケリーの車のそばで立ち止まり、熱を放ったボンネットに手を当ててみる。どうやら夫は戻って来たばかりのようだ。

その声は夫と息子のものだった。彼女の考えごとのまさに要（かなめ）となるふたり。そのふたりが切羽詰まった声で怒鳴り合っている。

彼らは裏庭にいるようだった。ジェンは静かに裏庭の門へと急ぎ、ひんやりした黒い掛け金に指をかけて立ち止まった。酔いは完全に冷めていた。

「どうしてぼくに話したの？」とトッドが言った。ジェンは動揺した。息子はパニックのあまり涙声になっている。

「おまえに頼みがあるからだ」とケリーが言った。「わかるだろ？　そうでもなければ言わなかったさ」

「なに？」

「クリオと別れてくれ」

「どういうこと？」

「とにかく別れるんだ」とケリーは言った。「ニコラに助けを求めることもできるが、おまえをこのままクリオと一緒にいさせるわけにはいかないんだよ。あらゆる状況を考えると」

胃がひっくり返ったようになった。突然、吐き気がこみ上げてくる。だが、それはアルコールのせいではなかった。

「そんなことしたら余計、怪しまれるって」とトッドは言った。「それにぼくの気持ちはどうなるのさ」

ジェンは膝から崩れ落ちそうになった。息子の声に滲む、苦しみ、悲しみ、痛み。

「すまない」とケリーは言った。「すまない。本当にすまない。悪かった。何度謝ればいい？」

「こんな酷い目にあったのははじめてだよ」トッドはそう言ったが、ただ事実を述べただけではなかった。それは叫びだった。悲痛な心の叫びだった。

テーブルに拳を打ちつけるような鈍い音がした。「おれだってなんとかしようとはしたんだ！」ケリーの声はしわがれて感情的になっていた。こんな夫の声を聞いたのは今までに数えるほどしかない。トッドが逮捕されたあの夜に、警察署で怒鳴っていたときがそうだ。無理もない。彼は止めようとしていた。そして――明らかに――うまくいかなかったのだ。

「なんとかしようと努力はした。ジョゼフにはもうバレているか、バレる寸前だかのどっちかだ。トッド、おれたちはやつから身を引かなくちゃならないんだ。理由を知られることなく」

「ほかの人のことはどうでもいいってこと？」とトッドは言った。「ぼくのことなんてどうでもいいの？」ジェンはクリオに会いに行って、彼女を問い詰めたときのことを考えた。クリオはトッドと別れた経緯を話せないと言っていたが、トッドから今の会話のことを聞いていたのかもしれない。聞いてはならない何かを聞いてしまったのかも。

「そうだ」とケリーは静かに言った。寒さに震えているジェンは、今すぐ夫のところへ駆けつけ、彼を揺さぶってこう言いたかった。トッドの問いかけは反語なのよ、息子はそんな答えを求めて訊いたんじゃないのよと。

「ジョゼフに気づいている様子はないって」とトッドは言った。

「もし気づいたら、やつは即刻ここへやって来る。そして……」

「それは仮定に過ぎないだろ。ぼくをこんなことに巻き込むなんて信じられないよ。ぜんぶ嘘だって？　誘拐された子供だって？」

ジェンは凍りついた。全身に鳥肌が立っていた。あの赤ん坊のことだ。

「そうしなければ、はるかに状況を悪化させるだけだ」とケリーは暗く沈んだ声で言った。

「ああ、だったら何がなんでも秘密にしておくんだね。ぼくとぼくの初恋の相手を犠牲にして！」トッドはそう叫んでから家の中に入ったようだ。裏口のドアが勢いよく閉まる音と、階段を上る足音がした。

ジェンはその場に立ち尽くしたまま、どうにか息をしようとした。

彼らを問い詰めたところで無駄だろう。嘘をつくにきまっている。ふたりの関係の根っこには、ぜったいに明かすことのできない秘密があるのだ。その秘密を守るためならふたりはなんだってする。ジェンに打ち明けること以外は。

息子が殺人犯になる三週間まえの冷たい夜だった。ジェンは裏庭にいる夫が泣いていることに気づいた。そのすすり泣く声は徐々に静かになっていった。まるで、傷を負った動物がゆっくりと死んでいくように。

マイナス47日　8時30分

三週間あれば様々なことが起こり得るはずだが、一度にこれほど多くの日数を飛ばして過去に戻ったのははじめてだった。

四十七日まえの午前八時三十分。あの日から七週間近く時を遡ったことになる。

ジェンは階下に下りる途中でピクチャーウィンドウから外を見た。表の通りは昨日までとはまったくちがって見えた。セピア色をした晩夏。日照り続きのせいで草はからからに乾いていて、彼女の腕を撫でるそよ風は生温かかった。アンディだったら今の状況をどう思うだろうか？

彼女は昨夜、ケリーと一緒にベッドに入った。彼は見事なまでにふだんどおりの夫を演じていた。あのとき立ち聞きしていなければ、何が起きたかなどぜったいにわからなかっただろう。

　彼は両手を頭の後ろに組んでベッドに横になり、リラックスした夫のふりをしていた。

「仕事は順調だった？」と彼は言った。

「書類の山に追われていたわ。あなたはどうしていたの？」

「いつもどおりだよ」とケリーは言った。「シャワーを浴びて、飯を食って、生き生きと過ごしていたさ」

　ジェンはこのセリフを覚えていた。一度目のときは、単に皮肉を言っているのだと思っていた。でも、昨夜のこの言葉の裏には、震えるほどの激しい怒りが、状況をコントロールできなくなった男の怒りが潜んでいたのだ。

　彼女は裏切り者の夫の横で眠りについた。そうするしかなかった。彼はいつものようにジェンを抱きかかえるようにして温かい体を密着させてきた。夫が先に眠ってしまうと、彼女は体に巻きついた彼の腕を見た。その皮膚は――自分の皮膚と同じように――どこにも変わったところはなかった。それでもきっと、彼はジェンの想像とはちがう代物（しろもの）でできているのだろう。

　ジェンは四十七日まえの過去にいるが、最初の数日間がそうであったように、強い疎外感を覚えていた。足の爪はピンク色に塗られていた。たしか八月も半ばを過ぎたころにペディキュアを塗り、暖かい間はずっとサンダルで過ごしたはずだ。

今日は九月の半ばだった。自分は何を知っているのだろう？　ケリーはジョゼフに何かがバレることを怖れていて、トッドにクリオと別れるように説得した。トッドはいったん別れたものの、また彼女とよりを戻した。ケリーはニコラに助けを求めたが、そのニコラがナイフで刺された。そのあとジョゼフが家の前に姿を現し、トッドが彼を刺し殺した。

今のジェンは以前よりもずっと多くの事実を把握していた。それなのに、いろんな意味でまえよりも謎が深まったように感じられ、頭の中は混沌（こんとん）としていた。と、そのとき、玄関のベルが鳴り、彼女の思考が中断された。

ジェンはもう一度日付を確認した。そうだ――学校が始まるのだ。今日からトッドは十三年生になる。彼女はすぐに我に返って叫んだ。

「どなた？」

「クリオだよ！」とトッドが言った。ジェンは窓から飛び退（の）いて、寝室に戻った。一度目のときにこんな場面があっただろうか？　八時三十分……すでに仕事に向かっている時間だ。スーツで完全武装し、カフェラテを片手に離婚の準備を完了させたいつもの平日。だが、家庭生活の中心であるこの家にはなんらかの秘密が隠されている。〝もし気づいたら、やつは即刻ここへやって来る〟ケリーはそう言っていたではないか。

「わたしが出るわね！」とジェンは叫んだ。彼女は着古した大昔の妊婦用の短パン――どうしてもっとましな格好をして寝なかったのだろう――に、胸の透けて見えるTシャツを着ていたが、そんな格好でも玄関に出るつもりでいた。ガウンを羽織って一段飛ばしで階段を駆け下りた。

「こんにちは」とクリオは言った。ああ、彼女だ。息子が恋に落ち、破局し、よりを戻した女性。トッドの父親によって息子と別れさせられた女性。そして――まちがいなく――この問題の鍵を握る女性だ。

ジェンは何から尋ねていいのかわからなかった。

「ジェン、ですよね？」クリオはチャーミングな身のこなしで手を差し出して、ジェンと握手を交わした。彼女の長い指は夏の陽ざしに日焼けしていた。そっと握った手は柔らかく乾いていて、まだ子供のようだ。それ以外は、あの短い前髪も、健康的な輝きを放つ大きな瞳も、十月に見たときとなんら変わっていなかった。

「ええ、はじめまして」とジェンは言った。

「わたしのほうは明日から講義が始まるんですけど、トッドを学校まで見送る約束をしていて」とクリオは説明した。

「さあ、もういいだろ」トッドが玄関にやって来て言った。リュックサックを背負ったその姿は、五歳や八歳や十二歳のときと同じだった。息子も日焼けしていて十月よりずっと健康そうだった。それに何より肩の力が抜けている。ジェンは彼をまじまじと見ながら、昨夜のあの涙、あの怒りのことを考えた。あのときの激しい口論と日付を大幅に遡った今。いったい何を意味している？

ケリーがキッチンから姿を現し、ジェンを見て立ち止まった。「仕事は休み？」と彼は言った。「きみを起こしたくなかったから……」

「具合が悪いみたい」と彼女は咄嗟に嘘をついた。「目覚まし時計を切ったの。喉が刺すように痛くて」

「サボっちまえ。弁護士のクソ野郎どもが」

「パパってめっちゃ労働倫理に欠けてるね」トッドが父親に言った。

ケリーは息子のほうを向いた。「おまえも一生懸命働けば、いつかサボることができるぞ」

ジェンは思わず動きを止めた。一時停止ボタンを押して、この瞬間を存分に味わいたかった。だけど、ケリーの言葉にそう思ったのではない。ケリーとトッドのおたがいを見る目にそう思ったのだ。ふたりの間には純粋な愛があった。ぴりぴりした緊張感などどこにもなく、ふたりとも目を輝かせていた。トッドはケリーを手で押しのけるふりをした。

こんなふうに親子がふれ合うのを見たのはいつ以来だろう？ 彼女は思い出せなかった。

ジェンはこれまでの弁護士人生で、存在するものと同時に、存在しないものも常に探し求めてきた。証拠はいつだって人が語らないもの、除外するものの中にあるものだ。銀行口座をごまかし、二十五箱もの情報開示の証拠の中に巨額の個人資産を隠そうとしたあの男も、弁護士が面倒くさがって調べないことを願っていたのだろう。

けれども、家庭生活では見過ごしていた。この気さくな冗談のやりとりが欠如していることを。そこに手がかりがあることを。

だからこの日に遡ったのだ、と彼女は思った。ふたりの関係を比べて、それに気づくために。裏庭の門で立ち聞きしたあの口論で何かが変わり、親子の関係が壊れたのだろう。そして彼女は今、あのときよりも過去にいる。物事がまったくちがって見えてはいないだろうか？

「とにかく会えてよかったです」クリオはジェンにそう言うと、今度はケリーのほうを向いた。「このまえはどうも」

その言葉で、ジェンの注意がクリオからケリーへ移った。

トッドがクリオを促して玄関を出ると、彼女は夫の目を見た。車の音は聞こえてこない。ふたりは陽ざしの中を歩いて学校へ行くのだろう。「このまえはどうも、ですって？」

キッチンに向かおうとするケリーにジェンは手を伸ばして言った。これは正当なことだ。クリオがなぜそう言ったのかを訊くことはぜったいに正当なことだ。彼女は自分にそう言い聞かせた。でも、なぜそんなふうに言い聞かせる必要がある？　彼女は動きを止めた。なぜなら、夫がごまかそうとすることを知っているからだ。それはジェンの奥底から出てきた答えだった。

「まえにクリオと会ったことがあるの？」

「ああ、いつだったかトッドとランチに来たことがあったんだ」

「そうなの？」

「ほんの五分程度だよ。根掘り葉掘り訊いちまってね」彼は魅惑的な笑みを浮かべてそう言った。が、咄嗟のでたらめだということがジェンにはわかった。

「そんなこと言わなかったじゃない。クリオに会ったなんて」

ケリーは軽く肩をすくめた。「べつにたいしたことじゃないと思ったんだ」

「だけど、わたしにとってはたいしたことなの。それくらいわかっていたでしょ」こんなふうに夫に食ってかかることは滅多になかった。ジェンはいつも……おおらかで、寛容な人間になろうとしていたのだろう。「クリオはどんな子だろうって興味をもっていたのよ」彼女は思わず余計なことまで言いそうになった。あなたがクリオのおじの友人と知り合いだって知っているのよと。近いうちに、あなたはトッドとクリオを別れさせるのよと。しかし彼女はそんな自分を押しとどめた。言ったところでケリーは嘘をつくだけだ。

「クリオはいい子だよ」と彼は言った。ジェンが押せば押すほど、ケリーは身をかわして逃げようとする。彼女は夫のこの素速い身のこなしに今まで気づいていなかった。質問にはぐらかして答えたかと思えば、のらりくらりしてからもとの質問に舞い戻る夫。彼はキッチンに入って、コーラの缶を開けた。プルタブの音がジェンの耳に銃声のように鳴り響き、彼女は飛び上がった。

ジェンは頭をフル回転させると、服に着替えて、スニーカーを履いた。「喉にいいものを買ってくる」

「おれが行くよ！」ケリーはいつものように妻を気遣った。「それか待てよ——何かうちにあったんじゃないかな——」

「大丈夫よ」彼女はケリーに引き留められるまえにそそくさと玄関を出た。

ジェンは車で学校へ向かい、路地に駐車すると、トッドとクリオがやって来るのを待った。五分ほどして姿を現したふたりは、映画『トゥルーマン・ショー』の登場人物のように手を繋ぎ、長い手足を太陽にさらしていた。クリオはカーキ色のつなぎを着ていた。ジェンが着たら、きっと太った管理人にしか見えないだろう。トッドは細身のジーンズに白いTシャツを身につけ、裸足にスニーカーを履いていた。ふたりの姿はまるでビタミン剤の広告に出てくる健康的なモデルのようだ。

ジェンはクリオに車に乗らないかと誘ってみるつもりだった。ここまでふたりを尾けて来たという異常な行為を知られることなく、彼女を家まで送り届けるつもりだった。

ふたりは校門の前まで来ると、別れ際にキスをした。ジェンはストーカーにでもなった気分だった。息子のキスなど見るべきではない。だけど目を逸らすことができなかった。まるで誰かが封をしたように、ふたりの体が足の先から唇までぴたりと重なり合った。彼女はケリーのことを考えた。今でもケリーとはこんなふうにキスをすることがある。彼は夫婦の関係性を持続させるために、妻を飽きさせない術を知っていた。だけど、それでも息子のキスとはちがっていた。

ようやくふたりが体を離すと、トッドはにやつきながら校舎の中に入っていった。ジェンは路地から出ると、クリオの横に車をつけた。

「家に帰るところだけど、乗っていかない？」と彼女は声をかけた。

クリオは戸惑った顔をした。「仕事には行かないんですか？」彼女は片方の足を歩道に置き、もう片方の足を縁石の外に出して迷っていた。ジェンは息子の恋人を車に引きずり込もうとするたちの悪い犯罪者になったような気分だった。だけど……車の中の五分間であれこれ訊けるのだ。これを逃す手はない。

「ええ。トッドに忘れ物を届けに来ただけなの。これから家に帰るところよ」

「じゃあ、お願いしようかな」クリオはジェンの提案を受け入れて助手席に乗った。きっぱり断ることもできたはずなのに、そうはしなかった。ジェンは彼女が自分と似て、その場を丸く収めようとする性格であることにある種ほっとしていた。クリオは歯磨き粉——おそらくトッドの歯磨き粉だろう、ジェンは暗い気持ちでそう思った——とデオドラントの匂いがした。健康的な香りだった。裾をたくし上げたつなぎのズボンからは、日に焼けた、なめらかでほっそりとした足首がのぞいていた。それを見たジェンは、〝あのころ〟の自分を懐かしく思い出した。それがいつかはともかく、彼女がパブへ行っていたころを、男の子たちとキスをしていたころを、スリムだったころ（一度もないが）を思い出していた。目の前に無限の未来が広がっていたあのころが懐かしかった。

「どこへ行けばいい？」ジェンは学校へ届け物をしたことにはそれ以上触れなかった。ある意味では、すぐに見つかる場所に秘密を隠しておきながら平然と嘘をついていた夫からインスピレーションを得たと言ってもいい。要するに、過剰な説明も詳細も何も必要なかったのだ。それが欠けていただけだったのだ。一流の嘘つきや頭脳明晰なペテン師というのはそういうものなのかもしれない。

「アップルビー通りへ」とクリオは言った。それはエッシュ・ロード・ノースの裏手にある通りだった。ジェンは納得した。

「あら、エッシュ・ロード・ノースに住んでいるんじゃないの？」ジェンはウィンカーを出して車を発進させながら、それとなく訊いた。

「いいえ、ちがいます」クリオはジェンがその住所を知っていたことに驚いたようだった。それもそのはずだ。ジェンはまだ彼女のおじのところへは行っていないのだから。「アップルビーには母とわたしのふたりで住んでいるんです」クリオは前回同様、あまり多くを語ろうとはしなかった。

ジェンは交差点で車を止めると、隣をちらりと見た。クリオとほんの一瞬だけ目が合った。クリオはすぐに目を逸らし、腰を斜めに上げてポケットから携帯電話を取り出した。「きっとケリーがかんちがいしたのね。わたしがエッシュ・ロード・ノースに住んでいるって」とクリオは笑いながら言った。

ジェンは驚いた素振りを見せないようにした。「どうしてそう思うの？」

「わたしがいつもあそこにいるから」彼女はそう言ってから間をおいた。「ケリーとエズラとジョゼフは昔からの知り合いなんですよね？」

「ええ、そう、そうだったわね」ジェンは口ごもった。「ごめんなさい、すっかり忘れてた――それじゃあ、彼が……ケリーがあなたをトッドに紹介したの？」

「そうです」と彼女は言った。「ケリーに届け物があって、わたしとジョゼフが家を訪ねたら、トッドが出てきて……それで……その話、ケリーから聞いていませんか？」

「彼には友達がたくさんいるから」ジェンは事実とは正反対のことを言った。「すっかり忘れてたわ」

クリオは左を向いて助手席の窓から外を見た。たった今、自分の伝えた情報がどれだけ重要であるかなどまったく理解していないだろう。

ジェンは車を運転しながら困惑していた。それから目的地に着くまでひと言もしゃべらなかった。クリオを自宅の前で降ろすと、母親が私道まで出て来てジェンに手を振った。クリオは母親に少しも似ていなかった。たぶん父親似なのだろう。トッドのように。

二時間後、ジェンは生まれて初めてヨガをしていた。ケリーの車の中で、頭をシートの下に突っ込み、尻の穴をご近所さんの窓のほうに向けて、奇怪な〝ダウンドッグのポーズ〟をとっていた。

ジェンはケリーのものとおぼしき、あのプリペイド式携帯電話を見つける必要があった。あれを使ってニコラに電話してみるつもりだった。

それで彼がジョギングに行っている間に、こんな格好をしていたのだ。

でも、車の中にあの携帯電話はなかった。古いコーヒーカップがいくつかと、ジャッキと、栓を開けていないスプライトの瓶が一本あっただけ。おかしなもので、彼がシートの下や、スペアタイヤの入ったトランクの中に携帯電話を隠していないことにジェンは満足していた。ケリーはありきたりをよしとしない性格だったが、彼女はケリーのそんなところが好きだった。彼は不誠実な男にありがちな振る舞いなどけっしてしないだろう。このカオスの中にあっても、ジェンはまだ夫のことを理解しているつもりでいた。

彼女は頭を振り、家に戻ってあちこち探し始めた。工具の入ったバッグや、乾燥用戸棚や、古いコートのポケットを探った。だが、どこにもなかった。

ケリーが戻って来たので、ジェンはすぐに手を止めて、散らかしたものを片づけ始めた。

夫がシャワーを浴び始めると、彼がふだん使っているiフォンを開いてGPS機能のついたアプリを起動させ、居場所を追跡できるようにした。時間を過去に遡っている彼女は毎日このアプリを起動させなければならないが、それならそれでかまわなかった。やれることはなんでも試してみるつもりだった。

夜の八時五分まえになっても、ケリーとジェンはまだ晩ご飯を食べていなかった。ジェンは夫を問い詰めるチャンスを窺っていた。あとはどう切り出すかだ。トッドは自室でエックスボックスをしているようで、階上から雷鳴のような効果音が響いていた。

「あの子、なんだか少し——自分の殻に閉じこもっているような気がしない？」スツールに座っているジェンが言った。ケリーはキッチンのカウンターに肘をのせて彼女を見た。

「まさか。おれだってあのくらいの年頃は同じようなものだったさ」

「パソコンでゲームってこと？」

「まあ、ちょっと言いづらいが、そのうちポルノを見るようになるだろうな」ケリーはジェンに手のひらを向けてそう言った。こんなにも簡単なのだ。彼とユーモアを共有して理解し合うこと、それはこんなにも容易なことなのだ。カフェではじめてデートをしたとき、ケリーは最初こそ言葉少なにこちらの様子を窺っていたが、夜も終わりを迎えるころには、彼女を笑わせてベッドへと誘ったものだ。

「〈コール オブ デューティ〉で戦いが起きている間に？」

「そうさ。ポルノは〈ヘッドフォン〉をして見るんだよ。〈コール オブ デューティ〉はカモフラージュってわけだ」彼は立ち上がると、気だるそうに戸棚を開けたり閉めたりし始めた。

「食べるものがないな」

「食欲が失せちゃったじゃない」

「よせよ、ごく自然なことじゃないかジェン」

「偽物のおっぱいの女が偽物のオーガズムを迎えるところを見るのが？」

「おれはそれでいろんなことを教わったものさ」ケリーはジェンのほうを向いて片方の眉を吊り上げた。夫の裏切りを知ったにもかかわらず、ジェンはまだ複雑な思いに囚われていた。彼女だけに向けられるこの暗然とした面持ち。彼は素晴らしい夫だった。あるいはそう思っていた。けっして野心家とは言えず、ときに自分をもて余してはいるが、複雑で刺激的でセクシーな夫。それこそが彼女が望んでいたもののはずだった。

「カレーが食べたいな」とケリーは言った。ジェンが頭の中でふたりの結婚生活を分析している一方で、彼はどうやら食べ物のことしか考えていないようだ。

そのとき携帯電話のバイブ音がした。家の中でしょっちゅう鳴っている、ふだんのジェンなら気にも留めない音だった。ケリーは咄嗟にジェンに背を向けて、ジーンズの前ポケットに手を当てた。すると彼女の目に、尻ポケットに突っ込まれたいつもの iフォンが飛び込んできた。ジェンは夫をまじまじと見た。彼は携帯電話を二台とも持ち歩いていたのだ。気づかなかったのも無理はない。プリペイド式携帯電話はかなり小型だし、彼はいつもゆったりしたローライズのジーンズを穿いているのだから。

「いいわね」ジェンはそう言って、感心したようにうなずいた。そのインド料理店は自宅から道を三本隔てたところにあった。それなりの値段はするものの、お気に入りのレストランだった(値段が高いが故においしく感じるのだろう)。木造の店は〈センターパークス(自然の中にある保養宿泊施設)〉から抜け出たような趣があり、美しい電飾が施されていた。ジェンとケリーはよく店内で食事はできないねと話したものだ。なぜならいつも部屋着(パジャマ)で料理を取りに来るふたりをウェイターに見られているからだった。

「おれが行ってくるよ」とケリーは言った。

たしかこの場面はまえにもあった。ケリーは出かけていき、紙袋に入ったおいしそうな香りを漂わせるインド料理を手に戻って来たはずだ。帰って来るまでに必要以上に時間がかかっただろうか? いや、そんなはずはない。ああ、何もかもが手がかりというわけではないだろうに。

「わたしが行ってくる」

「いいって。おれが行くよ。きみはリラックスして、ポルノでも見ていればいい」ケリーは肩越しに振り返ってそう言うと、笑い声をあげながらキッチンを出て行き、玄関のドアを開けた。あたかも何ひとつ変わったところなどないかのように。

たぶんケリーは電話をかけるか、誰かに会うつもりなのだろう。ジェンはそう結論づけると、すぐにピクチャーウィンドウのところへ行き、明かりをつけずに、歩いている夫を目で追った。

何軒か先で、男が待っていた。ケリーはその男に向かって手を上げた。彼女はガラスが息で曇るくらい窓に顔を近づけると、目を凝らしてそれが誰なのかを見極めようとした。

太陽は沈んだばかりだった。ジェンは前日よりもずっと夏に近づいていた。影になった家々の背後の空はまだ銀色だったが、そのおかげでふたりの姿が浮かび上がって見えた。ケリーは男の肩を掴んだ。それはいかにも教師がやりそうな仕草だった。または助言者（メンター）やセラピストが。

あるいは昔からの友人が。

すべてが始まったあの夜の繰り返しのような光景。ふたりはジェンのほうに体を向けた。

ケリーが挨拶をしていた男、それはジョゼフだった。

彼らが道を数メートルほど歩いたところで、ジョゼフが何か言った。するとふたりは立ち止まり、ジョゼフが手のひらに収まるくらいの小さな茶色い袋を取り出してケリーに渡した。

ケリーは中を確認しようともせず、無造作にそれをジーンズのポケットにねじ込んだ。それからまたジョゼフの肩を摑み、手を振って立ち去っていった。ジョゼフも踵(きびす)を返して道を反対側に歩き始めた。彼はジェンの家の前を通るとき、顔を上げてちらりと窓に目をやった。

彼女は窓から身を引いた。

トッドが部屋から出てきたとき、ジェンはたった今、目にしたことについて考えていた。つまりケリーは食べ物のことを気にかけていたのではなく、注意深く建築家のように土台作りをしていたのだ。ケリーはジョゼフが来たことを知らせるあの携帯電話のバイブ音を待っていたにちがいない。人生を逆戻りすることがこんなにも忌まわしいとは。見なくてすんでいたものを見せつけられ、予期せぬ重大な出来事に気づかされ、夫の口から吐かれた言葉が嘘だと暴かれてしまう。それがこんなにもおぞましいとは。ケリーほど誠実な人間はいない。彼女はよくそう言っていたが、一流の嘘つきというのはみなそう見えるのでは？

「ねえ、ご飯まだ？　うちの食べ物ってそんな危険なの？　それともネグレクトで社会福祉課に通報しよっか？」トッドがジェンの後ろにやって来てそう言った。

「あの人、誰だか知ってる？」ジェンは通りの先を指さした。ケリーに訊くよりもこのほうがずっといい。ジェンが思っていたほどトッドはジョゼフと親しいわけではないようだし、あの事件から一ヶ月半ほど遡っている。だから、たぶん嘘はつかないはずだ。

トッドは目を細くした。「あれはクリオのおじさんの友達の車だね」

「どうしてパパはあの人のこと知ってるの？　パパとあの人、さっきまで話していたのよ」

トッドは母親からほんの少し後ずさりした。ジェンは息子をじっと見つめた。彼の頭の中で何かしら重要なことが起きているようだが、ジェンにはさっぱりわからなかった。

「ふたりは知り合いなの？」とジェンはもう一度訊いた。親子は窓の向こうの通りを見下ろした。闇が深まっていた。夫はあそこでなんらかの取引をした。臆面もなくぬけぬけと。ジェンはこのことが重要であることも、ケリーとトッドの口論に深い意味があることも察知していた。彼女の中で点と点が繋がり始めていた。もしかしたら、何かが見えてきたのかもしれない。

「知っておく必要があるの」と彼女はトッドに言った。

「でも――ぼくは……夫婦間に諍いを起こすような真似はしたくないんだ」

「トッド、これはシットコムじゃないのよ」とジェンはぴしゃりと言った。

「じゃあ言うけど、びっくりなことに本当は知ってるんだ。パパはクリオのおじさんと、その友達と知り合いなんだって。ママには言っちゃだめだって口止めされてるけど」トッドはそう言いながら、素足を絨毯にこすりつけた。

「なんですって？　どうして？」

「パパが言うには、そのふたりとは昔からの友人だけど、ママは嫌っていたって。だから、またつき合い出したことを知ったら、いい顔をしないだろうって」

「だから嘘をつくように言われたの？」

「ふたりのことが嫌いなんじゃないの？」

「彼らが誰なのかさえママは知らないのよ」ジェンはすっかり頭が混乱していた。何週間後かには、ケリーはトッドにクリオと別れて彼らとの関係を絶つように言う。それなのに、今の彼はといえば秘密の携帯電話でジョゼフと待ち合わせをして、外灯の下で何かの受け渡しをしている。

つまりはこういうことだろうか。ケリーとジョゼフとの間にはもともとなんらかの繋がりがあった。ところが、トッドがクリオとつき合うようになって事が複雑になってしまった。ケリーは……ふたりの関係が自然消滅するだろうと、隠し通せるだろうと高をくくっていた。だけどそれが無理だとわかって、トッドにクリオと別れるように言った。それとなぜ別れなければならないのかも。

その〝なぜ〟が欠けているのだ。トッドがその理由を知らないことは、今日の様子からして明らかだった。つまり知っているのはケリーだけということになる。

トッドは両手を上げた。「これ以上のことは知らないよ」

「ジョゼフはトラブルメーカーなの？」ジェンは好奇心に駆られてそう訊いた。頭の中は疑問だらけだった。

「策士かもしれないね。よくわからないけど。金儲(かねもう)けがうまいんじゃないかな」

「どうしてそう思うの？」

トッドは口をへの字に曲げた。「うーん、働いてないのに、お金があるから？　だけど、本当に知らないんだ」

「クリオなら知ってる？」

「知らないと思う」

「パパに訊いてみるわ」

ジェンはジャケットを摑み、スニーカーを履いて、夏の終わりが吐き出したような、どんよりと生ぬるい夜へ足を踏み出した。トッドから離れたところで夫に対峙できることにほっとしていた。息子はすでに知りすぎている。

彼女はインド料理店へと急いだ。トッドに詰め寄ったことに罪悪感を覚えていた。息子はなんらかの形で自分も母親を傷つけたのではないかと心配しているかもしれない。彼はまだほんの子供だ。当然、魅力的な恋人と一緒にいるためなら嘘のひとつやふたつつくだろう。

ジェンは小走りでケリーのところへ向かった。彼女の足音が通りに響き渡った。空気はむっとするようで、夕暮れどきの空は雲に覆われて灰色のモノクロ写真のようだった。九月の木の葉が何枚かひらひらと道に落ちてきた。子供が絵に描くような茶色い三つ叉状の葉だった。これからもっと落ち葉が増えて、枝には一枚もなくなるだろう。

角を曲がりインド料理店のある通りに入ったジェンは、ケリーを見て立ち止まった。彼はジェンに背を向けて道路標識に寄りかかっていた。携帯電話を耳に当てているが、それは十月にトッドの部屋で見つけたあのプリペイド式携帯電話だった。あれはふたりが口論になったあとのことだ。だとしたら……どうしてあの携帯電話がトッドの部屋に？　トッドがケリーから奪ったのだろうか？

「こっちは終わったよ」と彼は言った。「だからきみのほうも始めてくれ」

ジェンは何も言わずに来た道を戻ると、角に隠れて聞き耳を立てた。

「あとでそっちへ持っていく。合鍵だ。マンドリン通り。ここからそう遠くない。もう行くよ。そろそろ家に戻らないと怪しまれるからな」

最後の言葉がジェンを打ちのめした。

彼女は呆然として壁に手をついた。世界のすべてが制御を失い、彼女のまわりを回転しながらあらぬ方へと飛んでいくようだった。ジェンは夫のもとへ駆け寄って怒鳴ろうとした。と、そのとき、ケリーが言った。「ありがとう。恩に着るよ、ニコラ」

嘘つきの夫がインド料理を手にやって来るまでの間、ジェンは落ち着きを取り戻そうとしていた。彼女は考える必要があった。彼を問い詰めるよりも、まずは可能な限りの情報を集めなければ。

ケリーはジェンを見ると歩みを緩めた。

「どうした？」彼は穏やかな、しかし隙のない笑みを浮かべた。夫は馬鹿ではない。妻が何かを知ってしまったことに気づいているはずだ。

「どうなってるの？」

彼は即座にジェンの言いたいことを理解したようだ。こうした質問が何を警告しているのかを知っているのだろう。「今の電話のことか？　ニコラのことか？　ちがうんだ……」彼はジェンの疑問に目星をつけてそう訊いた。「まさかおれが……」

「ポケットにあるものを見せてちょうだい」

ケリーは道の先のインド料理店を振り返ってから、足元に視線を落とした。それから唇を噛みながら料理の入った紙袋を地面に置くと、ポケットの中のものを取り出した。彼女は夫に近づいた。

携帯電話が二台と、鍵の入った茶色い袋。

ジェンは無言のままそれを受け取り、説明を待った。

「これは——ニコラというおれの顧客の携帯電話なんだ。あと車の鍵も」

「嘘をつくのはやめて！」とジェンは叫んだ。その声はあたりに響き渡り、ひずんだ音をこだまさせた。ケリーの顔がショックに歪んだ。「あなたはわたしに嘘をついている」彼女はとうとうこらえきれなくなり、涙を流し始めた。自分の意思とは裏腹に、避けるべきはずの口論が始まろうとしていた。夫に対して感情的にならずにはいられなかった。

ケリーは手で髪を梳くと、その場をうろうろと歩き回った。彼は怒っていた。

「プリペイド式携帯電話で違法な取引をしている。そうなんでしょ、ケリー」

彼は何も言わずに、ただ唇を噛んでジェンを見た。

「わかったよ。その袋にあるのは顧客の車の鍵じゃない」

「じゃあ、誰のなの？」

彼はまた黙りこくった。ケリーはほかの人なら口を開かざるを得ないところを、黙ってやり過ごすことがよくあった。相手が先にしゃべり出すのをいつも待っていた。けれども、今回はジェンのほうが待っていた。ひっそりとした夜道に佇む夫をじっと見つめたまま、彼が何か言うのを期待していた。

ケリーの視線がジェンの顔に注がれた。彼女がどこまで知っているかを探っているようだ。そしてどのカードを使ってこの場を切り抜けるかを考えているのだろう。「その車は盗まれたものだが、それは――きみの思っているようなことじゃないんだ」彼はようやくそう言った。

「じゃあ、どういうことなの？」

「それは言えない」

「なぜ？」

彼はまた口を閉ざし、じっと足元を見つめたまま考え込んだ。

「どういうことなの？　ちゃんと説明して。でないとわたしたち困ったことになるのよ、ケリー」彼女はそう言って片手を上げた。「これは冗談なんかじゃないの」

「きみが真剣だってことくらいわかるさ」彼の声はこわばっていた。「それはおれも同じだ」

「何が起きているのか教えてちょうだい。でないと、わたしもう行くから」

「おれは……」ケリーは自分を落ち着かせようとするかのように、また意味もなく歩き回った。「ジェン──おれは……」彼の頬が赤くなった。ジェンには、夫の苛立ちの原因が彼女にあるのだとわかっていた。彼は穏やかな人間だが、それでも限界を超えることがある。すべてが始まったあの夜に警察署で見せた彼の態度がそうであったように。

「その鍵は誰のものなの？　さっき会っていた人は誰なの？」

「それは……言えるものならとっくに言ってるさ」

「自分が巻き込まれていることについてわたしには言いたくない。そういうことなのね？　あなたはわたしのインタビューにノーコメントを貫き通しているのよ、ケリー」

「そんな簡単なことじゃないんだ」

「家の外であなたが不法行為に関わっているのを、ただ指をくわえて見ているわけにはいかないのよ」

「わかってる、わかってるさ」

「行方不明の赤ん坊だとか、盗難車だとか」

「行方不明の赤ん坊だって?」ケリーの目が一瞬光ってからジェンの目を捉えた。その表情は苛立ちからパニックへと変わっていた。

「あの行方不明の赤ん坊よ」

彼は立ち止まって深く息を吸うと、ジェンを見た。「おれが何か言ったら——その言葉を信じてくれるか?」

ジェンは道の真ん中で両腕を広げた。

「もちろんよ」

ケリーはジェンに近づき、鬼気迫る表情で彼女の両肩を摑んだ。「あの赤ん坊のことに首を突っ込むな」

ジェンはその言葉にこれ以上ないくらいの衝撃を受けた。「なんですって?」

「何を見つけたとしても、すぐに手を引け」

「ジョゼフ・ジョーンズって何者なの?」

「ジョゼフ・ジョーンズのことにも首を突っ込むな」彼の口調はヘビの威嚇音のように凶暴で鋭いものだった。

ふたりはしばらくその場に無言で立ち尽くしていた。ジェンは肩を摑まれたままだった。

「ケリー……あなたが言っているのは——」

「とにかく——手を引け。何を探っているにせよ、すぐにやめるんだ」

ジェンはその口調に嫌悪感を抱いた。それは心の中に潜む、はるか昔の感情を呼び覚ました。ジェンの体は走りたがっているのだ。逃げたがっているのだ。恐怖から。

「どうしてなの？」彼女はささやき声になってそう訊いた。

ケリーの怒りがとうとう頂点に達した。「危険だからだ、ジェン！」と彼は言った。彼女はショックのあまり後ずさりした。孤独に打ち震えていた。誰を信じればいいの？

ケリーはジェンをじっと見つめた。悲しみを湛えた彼の表情。その奥には、今までに見たことのない解読しがたいものがたしかに存在していた。

もし打ち明けてくれないのなら、家には一緒に帰らないでほしい。ジェンがそう伝えると、ケリーは黙って去って行った。彼がどこへ行ったのか見当もつかなかったが、もはやどうでもいいことのように思えた。置き去りにされたテイクアウトの茶色い紙袋が、吹きつける風にかすかにはためいていた。ジェンは紙袋を手にすると、トッドのためにそれを持って家に向かった。めずらしく食欲を失っていた。

ライアン

ライアンはジョアン・ザモ巡査部長によって招集された緊急会議が始まるのを待っていた。

リオとジェイミーとライアンはブリーフィングルームの後ろの壁際に立っていた。「ひとつ言っておくが」会議が始まる直前にジェイミーが言った。「ＯＣＧっていうのは組織犯罪グループのことだからな」

「それはどうも。わかっています」とライアンは言った。

「では、始めます」とザモ巡査部長が言った。彼女はパンツスーツに身を包み、黒のフラットシューズを履いていた。手にコーヒーを持ったまま床に視線を向けているが、おそらく何も見てはいないだろう。眉間に皺を寄せて考え込んでいる様子だった。「監視チームによって、我々はいくつかの情報を入手しました。みなさん、準備はいいですか？」

ブリーフィングルームは通常とはちがった興奮に包まれていた。ライアンが名前の知らない警官が、ボードの上に写真を画鋲で留めていった。電話でしゃべっているふたりの警官の声が徐々に熱を帯びていった。

「組織犯罪グループ(OCG)は留守宅をターゲットにしていたようです。ところが隣の家にＢＭＷが停まっていて、しかもキーが差しっぱなしでエンジンがかかっていることに気づいた。で、それを盗んだ」彼女がそう言って唇を口の中に引っ込めると、両頬にえくぼができた。「彼らにとって予定外だったのは、それが母親になりたての女性の車で、まだ赤ん坊の娘を寝かしつけるために夜のドライブに出かけようとしていたということです。母親は後部座席のベビーシートに赤ん坊を乗せたまま、携帯電話を取りに家に戻った。ほんの一瞬だけ……」

ライアンの胸の中で何かが反転した気がした。その光景がまざまざと目に浮かんだ。動揺。恐怖。動き出す車を見た母親が、慌てて家を飛び出して追いかける。そして緊急通報(999)……

「それからすでに五時間が経過しています。車は目撃されていませんが、港に警官を配備して監視を続けているところです」

ライアンは赤ん坊のことを考えた。犯罪者といるか、もしくはたったひとりで、国際水域を進む船に積まれた車の後部座席にいる赤ん坊のことを。

「自動車ナンバー自動読取装置(ANPR)で車を追うこともできますが、おそらくナンバープレートはつけ替えられているかと。港のフェリーはすべて出港禁止にしてあります。赤ん坊のイヴをなんとしてでも見つけ出すように」

リオはライアンに意味ありげな視線を送った。

おそらくライアンの仕事は、コルクボードに貼られた人物のところに警官を送り込んで、車と赤ん坊を見つけさせることだろう。

ライアンはボードに貼られた行方不明者の張り紙を見つめながら、その薄く柔らかい紙にそっと指を這わせた。

赤ん坊は美しかった。ライアンはいつも子供がほしいと思っていた。男の子と女の子のふたりほしかった。それが古くさい考えだとはわかっていたが、常にこう願っていた。ふたりの子供と、彼を笑わせてくれる女性がそばにいてくれたらと。彼は崩壊した自らの生い立ちから、もう一度自分の家庭を築きたいと願っていた。過去に置いてきた人たちを家族と呼べないのなら、新しい家族をつくればいい。

赤ん坊は生後四ヶ月だった。情熱的な小さなライオンのように、この世でもっとも美しい目をしていた。そして彼のやるべきことは、この子を見つけることだった。

「遅れてすまない、ライアン」と一時間後にリオが言った。「新たな捜査をするために上の許可をとっていたんだ」彼はコーヒーを啜った。

ライアンはそのコーヒーがほしくてたまらなかった。彼は疲れ切っていた。警察署のまずいコーヒーさえもほしくなる自分は大丈夫だろうか？　そのうち家でもプラスチック製のコップで飲むようになるかもしれない。

「やつらは赤ん坊をどこへ連れて行く？」とリオはライアンに訊いた。「おまえの意見を聞かせてくれ」

「いつもの場所かと。赤ん坊がどうなろうと連中にとってはどうでもいいことです」

「なるほど……つまり――港へ行くと？」

「やつらは命令に従うはずです。どんな命令であれ、それが最優先される。だから港へ向かう途中、どこかに赤ん坊を置き去りにするかもしれない。自動車ナンバー自動読取装置（ANPR）のある主要幹線道路や高速道路を使ったりはしません。脇道を使うはずです。少なくとも兄貴だったらそうするかと」その言葉はまるで兄を裏切っているようだった。ある意味、彼はいつもライアンを守ってくれたというのに、今の自分ときたら。「〝おまわりがどこで見張っているかわかったものじゃない〟彼はよくそう言っていました」

「おまえは役に立ってくれるよ」とリオは言った。「手本となる兄貴がいてくれるからな。そうだろ？」

ライアンはきまり悪そうに肩をすくめた。「いえ、べつに――」

「謙遜するな」リオはそう言って、椅子から立ち上がった。「おれが言いたいのは、おまえはその手の事に詳しくて、なおかつここにいるってことだ。おまえはあっち側にいたが」――彼は左手を体の脇から遠くに伸ばした――「ちゃんとここに行き着いたってことさ」

「それはどうも」ライアンはしわがれた声で言った。「その……ある意味で、おれはケリーからたくさんのことを学んだんです。有能な犯罪者がすることを」

マイナス60日　8時

「おはよう、ジェン」ケリーがボクサーパンツ一枚で寝室に入ってきた。ジェンは思わず飛び上がりそうになった。

彼女は叫びたかった。夫と過ごした前日のこと。彼と道で別れたこと。あの口論。あの不気味な暗い曲がり角。裏切り。犯罪。そして今、その日から十三日遡っている——彼は眠そうにジェンに挨拶をしたが、その表情は八月の太陽のように親しげなものだ。

「おはよう」彼女はそうつぶやいた。ほかに何を言えばいいのかわからなかった。盗まれた車。連れ去られた赤ん坊。死んだ警官。ジョゼフ・ジョーンズのことに首を突っ込むな。赤ん坊を探すな。裏庭から聞こえた息子の苦痛に満ちた叫び声。

それなのに、ケリーは今ここにいて、上半身裸で彼女に笑いかけている。

彼はジェンの様子がおかしいことに気づいたようで、ジーンズを穿く手を止めた。「どうした？」

「ううん、なんでもない。今日は早めに出勤しないと。研修生の交代日なの」と彼女は言った。口にするまで、気づいてさえもいない事実だった。無意識の力が彼女にそう言わせたのだろう。法曹界に二十年間も身を置いてきたジェンは、日付を見ただけで研修生の交代日がわかるようになっていた。

ほかに自分は何をわかっているのだろうか？

トッドが寝室に入ってきた——ああ、ひとつ屋根の下で暮らしている子供の成長にはなかなか気づけないものだ。たぶん十月の息子のほうが、あと三センチほど背が高く、胸のあたりもがっちりしているはずだ。彼はジェンのドレッサーの上の香水の瓶をとって、匂いを嗅いだ。ケリーはTシャツを着た。

「なんだかメンタルやられてる人みたいだよ」トッドは冷めた口調でジェンに言った。「可哀想な研修生」

ジェンは息子を追い払うような仕草をしたけれど、本当はずっとそばにいてほしかった。それにこれを認めるのは恥ずかしいが、夫にも同じことを思っていた。この瞬間を停止させることができたらいいのに、と彼女は思った。香水を嗅ぐ息子と、Tシャツの襟ぐりから頭を突き出した夫。彫像のように静止したふたりのまわりを歩き回りたかった。彼らをただ愛して、愛でて、未来に待ち受けている闇の世界や嘘に対峙することなく、何も知らないふりをしてここにいたかった。

ケリーがシャワーを浴びている間、ジェンは朝食を食べるのと同じくらいおざなりに彼の携帯電話をチェックし、GPSアプリを起動させた。

弁護士の中には、ときに彼らのキャリアにおいて天才的なひらめきを得る人がいる。弁護士業務というものは概して平凡なものだ。書類作りに、予算管理に、関係者全員にできるだけダメージを与えることなく和解させるのが仕事だ。しかし、ときとして真に光り輝くひらめきを得る瞬間もあり、ジェンにとってその瞬間とは今日のことを指すのだった。研修生の交代日というのが重要だった。なぜならジェンのオフィスには今、彼女の夫の名前を知らない新しい研修生がいるのだから。

GPSアプリによると、近所で煙突の解体をしているはずのケリーは、リヴァプールの中心にある〈ザ・グロヴナー・ホテル〉にいるようだ。

ジェンはこれまで自らスパイ行為を働いていたが、今ここには彼女の代わりをしてくれる研修生がいる。

ジェンに割り当てられた研修生はナタリアという女性だった。彼女は典型的な事務弁護士(ソリシター)だった。几帳面で、過度なくらい快活で、仕事も見た目もきちんとしていた。後ろでポニーテールにまとめた髪型は一分の隙もないほど完璧だった。日光の射し込むオフィスの中で、ジェンはその姿にはっとした。まるで馬の尻尾(しっぽ)のようではないか。

ジェンはナタリアの人生が十月初旬に崩壊することを知っていた。彼女が家に帰ると、恋人が荷物をまとめて去っていたのだ。彼は何も告げずに姿をくらましたという。彼女は数日間ただひたすら涙に明け暮れたのち、ジェンにそのことを打ち明けた。

「あなたにやってもらいたい仕事があるの」とジェンは言った。その口調は度を超して馴れ馴れしいものだったかもしれないが、彼女はすでにナタリアと八週間を共に過ごしているのだ。ドミノ・ピザでペパロニピザを分け合って食べながら、サイモンが憎いと言って泣くナタリアを慰めたりもした。だがジェンの口調がナタリアを驚かせたのだとしても、彼女はそれをおくびにも出さなかった。

ジェンはパソコンに夫の写真を映した。彼の写真をほとんどもっていないことに今さらながら驚いていた。「これは異例なことかもしれないけど」

「結構です。なんでもやります」ナタリアはきはきとそう言った。

「この男がたった今〈ザ・グロヴナー・ホテル〉にいるの」彼女は画面を指した。「おそらく誰かと一緒だと思うんだけど、彼らの会話の内容を知っておきたくて」

ナタリアは瞬きした。彼女は瞼さえも非の打ちどころがなかった。そんなことに気づくのも妙な話だが、それでも事実だった。滑らかな瞼の上には肌色よりもやや明るい色味のアイシャドウが塗られ、それが彼女にしっかり覚醒している印象を与えていた。「ワオ。わかりました。不倫の現場を押さえるってことですか？」とナタリアが言った。

「そういうこと」ジェンは軽い口調でそう言ってから、さらにその嘘を補強した。「夫の不貞を証明できれば、裁判は妻に有利に働くものよ」それは法的にはまったく正しいことだったが、ジェンは通常ここまですることはなかった。

「なるほど」ナタリアは法律用箋とペンをもってオフィスを出る準備をした。

「もしこの男を見つけられなかったら電話して」とジェンは言った。

ナタリアがいない間、ジェンは仕事がまったく手につかなかった。だが、仕事をしようとしまいとおそらく何も変わらないのだろう。彼女はナタリアの帰りを待ちながら、意味もなくタイムシートに勤務時間を書き込んだり、それをファイリングしたりしていた。

ナタリアは出かけてから二時間後の午後一時に戻って来た。彼女は青い法律用箋と何年かまえにジェンの父親が考案したロゴの入ったイーグルス法律事務所のペンをもっていた。髪型はやはり完璧に整っていた。「コーラを注文したのですが、よろしかったですか？」とナタリアは言った。

ジェンは罪悪感を覚えた。来たばかりの研修生にこんな浅ましい仕事をやらせるなんて。しかも経費のことについて説明することさえ忘れていた。「ああ、ごめんなさい。もちろんいいのよ」彼女は財布から十ポンド紙幣を取り出してナタリアに渡した。

「ちゃんと報告したほうがいいですよね？」

「わたしはこの事務所のオーナーよ」とジェンはきっぱり言った。「だから心配しないで」

「わかりました」とナタリアは言った。ジェンは突然、自分がサイコパスか何かになったように感じていた。来たばかりの研修生に夫のスパイをさせるなど正気の沙汰ではない。タガが外れて職権乱用してしまったようではないか。だけど、彼女はそんな考えを頭から追い払った。結局は公共の利益になるのだ。しかたあるまい。

「わかりました。それで」とナタリアは話を続けた。「彼──ケリーですが、女性と会っていました。その女性のことをニコラと呼んでいましたが、ふたりは不倫をしているわけではないようです」

ニコラ・ウィリアムズ。またその名前だ。ジェンは彼女の顔を覚えていたが、依然としてオンライン上では見つけることができないでいた。

「不倫ではないと？」

「そんなふうには見えませんでした。何か仕事上の打ち合わせをしているような」

ジェンは息を飲んだ。「そう、それで？」

「ふたりは何かをふたたび始める準備をしているようです。それが何かはわかりませんが、たぶん、ジョゼフとかいう人のために働いているのかと。ケリーはあまり乗り気ではありませんでした。でもニコラは彼にやらせたがっていて……彼はニコラに借りがあるのかもしれません。含みのあるような言い方をしていました。でも、よくわかりません……」

「わかったわ。それでジョゼフはそこにいたの？」

「いいえ。ふたりが言うには彼は〝塀の中〟にいるって。でも、それってへんな言い方ですよね？〝塀〟ってどこの塀のことなんでしょう？」ナタリアはそこで言葉を切ると、ペンを取って、几帳面にメモ書きされた法律用箋をぱらぱらとめくった。なんてこと、とジェンは驚いた。ナタリアはオックスフォード大学に入るまえはマールボロ・カレッジに通っていたというエリートだ。それなのに、〝塀の中〟という言葉の意味を知らないとは。最近の世間知らずな若者ときたら。

「わかったのはそれだけです。ジョゼフのために何をするかというような話が多かったのですが、具体的なことは述べていなかったので」ナタリアの話はそこまでだった。

〝塀の中〟

ジェンは指を一本立てると、検索ボックスに〝ジョゼフ・ジョーンズ　刑務所〟と入れて検索した。彼に関しての情報は、ありふれた名前の陰に隠れていたものの、もとから存在していたようだ。彼は先週、リヴァプールの刑務所〈HMPアルトコース〉を出所していた。その手の中ではかなり大がかりな裁判で二十年まえに有罪判決を受けていた。供給目的でクラスAの薬物を所持していた罪、窃盗未遂罪、通貨偽造未遂罪、故意ある重大な身体傷害罪。罪名が次から次へと出てきた。違法薬物、マネーロンダリング、強盗、車の窃盗、住居侵入、傷害。トッドが彼を殺害した夜の、霧の粒子と同じくらい、いくつもいくつも出てきた。彼女が画面を目で追っている間、ナタリアは無言でその場に立っていた。

ジェンは徐々にそれらの罪名に無感覚になっていった。このことが夫や息子とどう関係するのかについても何も考えられなくなっていた。

「ありがとう」少しして、彼女はナタリアに静かに言った。「よくやってくれたわ」

「彼が不倫をしていないなんて残念ですね」とナタリアは言った。「もしそれが依頼人にとって有利になるのなら。だけど、彼は妻のことを愛していると言っていました」

ジェンはパソコンとナタリアから顔を背け、窓の外の大通りを見下ろした。目に涙が滲んでいた。「彼がそう言っていたの？」と彼女はささやき声で訊いた。

「ええ。妻をとても愛しているんだって。ジョゼフの話題がほとんどだったので、どんな文脈で言ったかまではわかりませんが」

ジェンはナタリアのほうを振り返ってうなずいた。今ここで彼女がナタリアの身に近いうちに起きることについて知恵を授けたら、いったいどうなるだろうか？　けれども、未来を知ることは知らないでいることよりもずっと辛い。そうなのでは？

マイナス65日　17時5分

ジェンは平日に職場へ赴き、断片的ではあってもその日に待ち受けている仕事をすることに安らぎを覚えていた。九月はナタリアと公判まえの財産調査を行った。八月は児童保護に関する助言の草案にかかりっきりになった。やや職務の範囲を超える内容だったが愉しかった。たとえその愉しさが時間の経過と共に消えていくのだとわかっていても。ジェンのもとにはチャンスという研修生がいて、九月にライバル事務所に引き抜かれてしまうのだが、そのことはできるだけ考えないようにした。

午後五時五分に、ジェンの机の電話が鳴った。

「わたしです」受付係のヴァレリーが言った。「受付に面会人が来ています。ええ、ええ、わかっています。困りますよね」

ジェンは瞬きした。「困る?」彼女は自分が困っているようには思えなかった。児童保護の原稿は半分ほど書き上がっていて、机の上には温かい紅茶の入ったマグカップが置かれていた。彼女は帰宅してトッドに会うのを愉しみにしていた。彼は家でクッキーを焼いていて、出来上がったものを種類ごとに写真に撮って送ってくれた。クッキーがどれも美味しかったことを覚えていたジェンは、余計に家に帰るのが待ち遠しかった。それは過去に遡って日々を生きるというこの異常な世界においての安息のひとときとなるはずだった。

「ラケシュから聞きました。昨日も今日も児童保護の仕事にかかりっきりだと――だから……」

「ああ」ジェンは小さな声を漏らした。今、思い出した。この仕事はとてつもない時間を要したのだ。それこそ何週間も。依頼人からは二度ほど催促の連絡があり、二度目には進捗状況を報告することすらできないのかとクレームをつけられた。法律の世界では電話やメールやスケジュール表にある予約の対応に日々追われるため、大きな仕事ほど遅々として進まないものだ。だから一度目の今日、彼女はすべての電話を拒否してその仕事に専念した。オフィスのドアに鍵まで掛けて！　ああ、なんてドラマチックなの！

「誰？　受付に誰がいるの？」と彼女は言った。

「ジョーンズさんというかたです」

ジェンは口がからからに渇いてくるのを感じて舌で唇を湿らせた。ほら、これが見逃していたことなのよ。

八月二十五日。ジョゼフ・ジョーンズは塀の外にいてジェンを探していたのだ。

ジョゼフは淡い色の絨毯の敷かれたロビーにいて、ジェンのほうを振り向いた。受付デスクの後ろには太い文字で〈イーグルス〉とあった。照明はタイマーで自動的に消えていたが、ひとつだけ灯った常夜灯が彼を照らし出していた。

「ケリーを探しているんだが」と彼は言った。

ロビーを横切っていたジェンは歩みを緩めた。

「ケリー・ブラザーフッドのこと？」

ふたりの目と目が合うと、ジョゼフの表情に一瞬何かが浮かんだ。が、ジェンにはその正体がわからなかった。彼は先の印象よりも——あの最初の夜や、エッシュ・ロード・ノースで会ったときの印象よりも——年を取っていた。たぶん五十歳は超えているだろう。手の指にはタトゥーが彫られ、目には残酷さが宿っていた。そのボディランゲージは今にも飛びかからんとする猫のように機敏で余裕たっぷりだ。

「ああ」彼は両手を上げた。「ケリーとは古い友人でね」その事実がジェンの体を震わせた。ジョゼフの刑期は二十年だ。つまりそのまえから彼はケリーを知っていることになる。

「どういった友人？」ジェンは咄嗟にそう訊いた。ケリーを探しにわざわざこの事務所まで来たのだ。ジョゼフも彼女のことを知っていたのだろう。

彼は微笑んだが、それはほんの一瞬だけの偽りの笑みだった。「大事な友人だ」

「どうしてここに？」

「久しぶりに帰ってきたものでね。まあ、今日のところはいいさ。また始めようかと思って来てみただけだ」ジョゼフはそう言うと彼女に背を向けた。薄っぺらい白のTシャツからは背中一面に彫られたタトゥーが透けて見えていた。肩甲骨から左右に広がる天使の翼だった。

「始めるって何を？」とジェンは訊いたが、ジョゼフは質問を無視してその場から立ち去った。ロビーのドアが静かに閉まると、ジェンは受付デスクに両手を置き、深呼吸して頭を働かせようとした。

ジョゼフはほんの数日まえに出所したばかりだ。それなのにもうここへやって来た。奇妙な人生の焼き直しのようなこの日、ジェンははっきりと理解した。ジョゼフ・ジョーンズが出所したことがきっかけで何かが始まったのだと。今はどうあがいても辿り着けない未来のどこかで、彼女の周囲にいる人たちが関与する何かが始まろうとしているのだと。トッド、ケリー、そして今は彼女自身もそこに含まれる。でなければ彼が〈イーグルス〉に来るわけがない。陰惨な劇の配役が決まり、裏切り者がリストアップされたのだ。

マイナス105日　8時55分

七月半ばの土曜日。外はいい天気で、青い空はすぐに壊れてしまいそうなクリスマスボールのようだった。午前八時五十五分に、ジェンは〈HMPアルトコース〉の外に車を停めた。日付を見てジョゼフがまだ獄中にいることに気づいたジェンは、テレビの料理番組『サタデー・キッチン』を茶化しながら観ているケリーとトッドに、依頼人とブランチをする約束があるのだと嘘をついて家を出てきた。がっかりしたことに、ふたりとも少しも驚かなかった。ジェンはこれまでの人生をほかの人のために尽くしてきた。トッドの水泳のレッスンを見学したいときに注文の多い依頼人と面会したり、本を片手に横になりたいときにトッドの水泳のレッスンを見学したり。でも、どちらを選んだとしても罪悪感を覚えてしまうのは母親としての性(さが)なのだろう。

トッドはまだクリオと出会っていないし、コナーともつき合い始めていなかった。彼らと出会うまえまで時を遡っているということは、そのふたりはレッド・ヘリング（推理小説の手法で、読者をミスリードさせるための偽の手がかり）だったということなのだろうか？

〈HMPアルトコース〉は工業団地のような、どこか奇妙な閉鎖的な村を彷彿とさせた。ジェンは研修の一環として一度だけこの刑務所を訪れたことがあったが、それ以降は一切刑法に関わる仕事をしてこなかった。犯罪者をリピート客にするような仕事を不快に思っていた父は、けっしてその分野の仕事に足を踏み入れようとはしなかった。ジェンからすれば、離婚でお金を稼ぐというのもそれなりに不快だと思うのだが、まあそれはしかたない。家賃を払わなければならないのだし、心の傷は犯罪に比べればずっと平凡なことだ。

ジェンは刑務所のロビーに入ると、自分の運の良さに驚いた。面会時間に厳しい平日ではなく、規制のない週末――土曜日、つまり今日なら誰でも囚人に面会希望を出せるのだ――に遡ったのだから。

まるであらかじめ知っていたようではないか。

外は急な雨が降り出していた。真夏の雨だった。メディアはこの雨を〈ストーム・リチャード〉と命名した。誰かがロビーに入ってくるたびに、濡れた草の香りがした。片手を腰にあてたうんざり顔の清掃人が、床についた訪問者の靴跡を定期的にモップで拭き取り、そこらじゅうに〈足元注意〉の黄色いサインボードを置いていた。

受付は民間病院のようにモダンだった。巨大な机の前には男性がひとりいて、マウスをクリックしたり小声で電話の応対をしたりしていた。

受付の奥には時間ごとにスケジュールを書き込めるホワイトボードがあった。〈食堂　セキュリティー・レベル2〉と表示されたドアの向こうから、誰かが口論する声が聞こえてきた。「〝ソルト&ビネガー〟じゃなくて、〝スモーキーベーコン〟を注文できるって言っただろ」男の声がした。

「そうさ。だが、リアムが――」

「だからやつはそう言ったんだよ、クソったれが!」と男が叫んだ。ジェンは顔をしかめた。ポテトチップスの威力とはすごいものだ。

ほんの一瞬だけ、彼女はこのロビーですべてをぶちまけたい衝動に駆られた。大声でわめき散らして、自分も刑務所に入りたかった。タイムトラベルをしているのだと騒ぎ立てれば、どこかに連れて行かれて鎮静剤を投与されるだろう。そして刑務所の食事を与えられ、ポテトチップスを注文する権限しか与えられない生活を送るのだ。

「この用紙にご要望を書いてください」受付係が立ち上がってジェンに用紙を渡した。彼女はそれに記入した。

「彼はぜひあなたに会いたいそうです」数分後、受付係は二度ほど電話でやりとりしてから言った。「ビジターセンターはあちらです」彼は建物奥の二重になった扉を示し、ジェンに紐も安全ピンもついていない仮の入場許可証を渡した。

ジェンはドアの上の冷たい金属パネルを押して、警備員がふたり配置された廊下に入った。消毒液と汗の臭いがした。廊下はビニール製の床になっていて、複数のドアに複数の鍵が掛かっていた。

〝ロイド〟と印刷されたネームタグをつけた警備員がジェンを迎えた。名前の下には〝グロスマン！〟とボールペンで手書きの苗字(みょうじ)が書かれていた。彼はジェンにハンドバッグを見せるように言うと、中を調べた。その器用な手つきは医者がグロテスクな手術を行っているようだった。調べ終わったハンドバッグは空港の手荷物検査装置のようなものに通された。警備員はジェンに両手を広げるように言うと、視線を逸らせて彼女の体を上から下まで調べていった。

「携帯電話はこちらに」ジェンは指示されたとおり、青いロッカーに携帯電話を入れた。

警備員がリモコン式の鍵でべつの二重扉を開けた。ジェンが中に入ると、扉の上に設置されたヒーターの熱が彼女の頭と肩を温めた。

ビジターセンターは古びた四角い部屋にあり、広い室内はいかにも公共の施設といった感じだった。色褪せた青と赤の絨毯。プラスチック製の黒い椅子。小さなテーブル。部屋の奥の壁は床から天井までガラス張りになっている。大粒の雨がその大きな窓と屋根とを打ちつけ、天窓をガタガタと鳴らしていた。部屋の中はすでに人でいっぱいだったが、囚人と訪問者とを見分けるのは思いのほか難しかった。まるで騒がしいどこかの会議室のようだ。あるテーブルに向かい合わせに座っているカップルは、手を握り合うことはできないものの、規則の許す限り接近していた。またべつのテーブルには幼い女の子がいて、遠くで星が瞬くように指をぴくぴくさせながら父親に手を伸ばしかけたが、母親がそんな娘を自分のほうに引き寄せていた。

ジェンは遺体安置所で別れを告げた父親のことを思い出した。彼女は会いに来るのが遅すぎた。彼はたったひとりで六時間もそこに横たわっていた。そのイメージがジェンの頭にこびりついて離れなかった。彼女は父の手を握り、ようやく温まったその手を額に押し当て、彼がまだ生きているのだと思おうとした。だけど、そんなことをしても無意味だった。

ジェンはすぐにジョゼフ・ジョーンズを見つけた。彼は部屋のど真ん中のテーブルにひとりで座っていた。あの尖った耳に、黒髪に、顎鬚（あごひげ）。囚人は肌が青白くなると何かで読んだことがあるが、実際に彼は青ざめた顔をしていた。日光を浴びないことが主な原因なのだろうが、それ以外の理由もあるのかもしれない。インフルエンザに罹ったり、徹夜明けだったり、悲しみに暮れていたり……そんな人の顔色だった。

ジェンはこの男の家に行ったことがあり、この男が死ぬところを目の当たりにしていたが、ようやく今、彼が誰なのかを知ろうとしている。

「こんにちは」彼女はそう言って椅子に座った。声が震えていた。この男のありとあらゆる犯罪歴が頭に浮かぶ。強盗、薬物、暴行。たちまち腕や脚に緊張が走った。

ジェンの下で椅子が軋んだ。折りたたんで壁に立てかけておくタイプのプラスチック製の椅子だった。

「ケリーの妻」彼はそう言うと、時間稼ぎをするかのように濃紺のジャンパーの袖口を引っ張った。まだ一度も会ったことがないはずなのに、ジョゼフはジェンを知っていた。彼の口の中にある金歯が見えた。ふたりの目と目が合った。「ジェン」ジョゼフはたっぷりと余韻を残してそう言った。

ジェンはすっかり冷静になっていた。謎を解き明かすことへの不安や高揚感は消え失せ、ヒューズが飛んで何も感じなくなっていた。室内にあるものすべてが色褪せた写真のように静止して不鮮明になった。何かが起きようとしている。ジェンはそう感じていた。

「わたしは……」

「ジェン、ケリーの最愛の人」

ジェンは口を閉じて、気を取り直そうとした。しかし、頭の中では自分がこれまでにやってきた恥知らずな行為のことを思い返していた。人の物を勝手に探ったり、誰かを尾行したり、こそこそ隠れたり、盗み聞きしたりしてきた結果がこれだ。犯罪者のいる刑務所に来ることになり、パトカーに乗った警官に目をつけられることになり、行方不明の赤ん坊と関わることになってしまった。彼女の皮膚が恐怖に燃えた。まるで千頭のライオンにじっと見られているかのようだった。彼女は獲物だ。

「どうやって夫と知り合ったの？」ジェンは唾を飲み込んでそう訊いた。

「昔からの友人さ」ジョゼフはただそれだけ言うと、テーブルの下で組んでいた足をジェンの椅子のほうに伸ばした。それは彼女が自分の支配下にいるのだと言わんばかりの身振りだった。ジェンは後退したい気持ちをぐっと我慢した。

外は暗くなり、空はロシアン・ブルーのような色の雲に覆われていた。まるで誰かが調光スイッチで明かりを落としたかのようだった。ジョゼフは自分を見つめるジェンに言った。「ストーム・リチャードだ」彼は親指で後ろの窓を指した。「でかい嵐になるぞ」

「そうかしら？」ジェンはか細い声で言った。

「ああ、そうだ。ここにいる殺人者たちは嵐が大好物でね」彼は周囲にいる人たちを示した。「えらく興奮するらしい」

ジョゼフが自分とここにいる受刑者たちとを区別するような言い方をしたことにジェンは違和感を覚えた。そのことに気づかないわけにいかなかった。「どういう経緯で友人に？」と彼女は言った。

ジョゼフはテーブルに前屈みになった。「おれがここから出たときにわかるさ。また始めようかと思っていてね」彼は法律事務所のロビーにいたときと同じ言葉を放った。それから指と指とを合わせて軽く擦ったが、それが金銭を示す仕草だったのか、単に指を動かしただけなのかジェンには判断がつかなかった。ごく僅かな指の動きから想像を膨らませてしまっただけなのかもしれない。そのほんの一瞬の指の動き以外は、彼は不気味なほどぴくりともしなかった。

「いつ出会ったの？」

「その質問はケリーにするべきだ」とジョゼフは言った。「そうは思わないか？」

ジョゼフは身じろぎひとつせずに彼女を見据えたまま、手のタトゥーを擦った。外では風が勢いを増し、ビニール袋が風船のように宙を舞っている。

「ジェン」ジョゼフは弄ぶようにふたたび彼女の名前を口にした。「ジェン」

「なに？」

「ここを去るまえに、ひとつ訊きたいことがある」

「べつにかまわないけど」

「それは——ジェン……どうして何も知らないんだ？」ジョゼフは鳥のように小首を傾げた。彼は苛立っているのだ、とジェンは思った。彼女が誰なのかを知っているこの男は完全に苛立っている。「おれですらおまえは知っていると思っていたのだが」

稲妻が枝分かれしながら空を駆け抜けた。しかしそれは瞬きをしたら見逃すくらいの、ほんの一瞬の出来事だった。

「知っているって何を？」

ジョゼフの顔を見つめれば見つめるほど、室内が狭まっていくようだった。頭上の雷がその威力を見せつけようとしていた。彼はさらに前屈みになると、左手を机の上でひっくり返し、カブトムシのように指を内側に曲げてジェンにも同じことをするように求めた。彼女はしぶしぶ前屈みになった。

「おれたちが何をしたと思う？」

「どういうこと？」

「強盗、薬物、暴行。それがおれたちのやったことだ」

ジョゼフの犯罪歴。

ジェンは目を瞬かせ、頭をさっと後ろに引いた。「だけどあなたはここにいて、彼はいない。そうでしょ？」

「ああ」ジョゼフは低くしわがれた声を出した。「ギャングの世界へようこそ」

ジェンの胸の中で、不安と納得と恐怖とが外の強風のように吹き荒れていた。これこそが、心の奥底の暗闇でわかっていたことなのだろうか？

ケリー。

マイホーム主義の父親。

友人がほとんどいないこと。

人づき合いを避けること。

複雑で捉えどころのない人間。

ときに垣間見せる邪悪さ。

旅行に行かないこと。

パーティーを嫌っていること。

個人で仕事をしていること。目立たずに生きていること。

保護者面談でジェンの友人を避けること。

いつも金銭面で余裕があること。

あの、人を寄せつけない影のある雰囲気。親密さを阻むあのブラックユーモア。昔からよく言われてきたではないか。ユーモアや軽口は自らを守るための防衛機制なのだと。

ときどき彼が見せる頑固さ。多くを語らないこと。リヴァプールへ住みたがらないこと。従業員として働かないこと。旅行に行かないこと。飛行機に乗らないこと。あれもこれもだ。

ジョゼフは口を歪めて言った。「告げ口はしない主義でね。おれは情報提供者じゃない。知りたきゃやつに訊いてみろ」彼はそこで話を切り上げると立ち上がった。ジェンは目に涙を浮かべて、彼の立ち去ったあとの空間をじっと見つめた。まわりに人がいることなど少しも気にならなかった。

彼女はなんとか気を取り直そうとしたが、ふいに後ろから肩を摑まれ、飛び上がりそうになった。ジョゼフの口がすぐ耳元にあった。「いずれ全体像がわかるさ」彼はそうつぶやくと、警備員に連れられて部屋を出て行った。

ジェンは震え始めた。まるで冷たい隙間風が吹いてきたかのようだったが、そうではなかった。外を猛烈な嵐が吹き荒れる中、彼女の耳元と心に刻まれたのは、彼の息づかいだけだった。

マイナス144日　18時30分

「マジ、最悪だったよ」トッドは舌をもつれさせながらジェンに熱弁を振るっていた。彼女は出窓の前のソファに座って、犯罪組織に関与している夫のことを考えていた。「分別蒸留のところはぜんぜん出なくて。ぼくたち、今回のポイントはそこだと思って、ちゃんとテスト勉強はしてたんだ。なのに、まったく見当ちがいだったってわけ？」彼はヘンリー八世の首を撫でた。猫はソファに座った息子の膝の上で満足そうに寝そべっている。「テストってのは予想どおりにいかないってことだね」じっとしていられなくなったトッドがもぞもぞ動くと、猫は床に飛び降りた。窓台には火を灯したキャンドルが三つ置かれている。

ジェンは息子に笑顔でうなずいた。

今朝いちばんにジェンが気づいたこと、それは携帯電話が換わっていることだった。彼女はぎこちない手で古い携帯を握った。それは七月初旬に買い換えた薄型のものよりも分厚くて大きかった。クソ、クソ、クソ、と彼女は心の中で毒づいた。日付を確認せずとも、だいぶ過去に遡っていることがわかった。

今日は六月だった。ジェンは寝室の窓からイエライシャンの花を見つめた。黄緑色の花の束が今にも地面に落ちそうになっていた。反対側の前庭に目を向けると、薔薇(ばら)の木が満開だった。どうして六月まで遡ったのだろう？　いつ終止符が打たれるのだろう？　何も存在しなくなるまで？　生まれるまで？　死ぬまで？　それに――ぞっとする考えだが――ケリーの言っていたように、ジェンが自らジョゼフを殺す機会も何日もまえに逸してしまった。彼はまだ刑務所の中だ。

ジェンは数ヶ月後には処分することになる服に着替えながら真っ先に考えた。ケリーはジョゼフにとってどういう存在なのかと。どういう経緯であの事件が起きたのかと。ジョゼフは出所した直後に〝古い友人〟であるケリーを探しに法律事務所までやって来た。クリオとつき合うようになったトッドはジョゼフとケリーのやっている闇取引のことを知ってしまった。それでジョゼフを殺した？　もっともらしくはあるがおそらくありえないだろう。殺人の動機としては弱すぎる。それに説明のつかないことが山ほどあるではないか。ライアン・ハイルズのことや行方不明の赤ん坊のこと、ニコラ・ウィリアムズのこと、ケリーとトッドの間で交わされたあのベールに包まれた会話のこと、それにジョゼフがケリーについて何か知っていること。

ジェンはトッドを見た。ランプの下に座っている彼のズボンは猫の毛だらけになっていた。

「きっとうまくいくわよ」と彼女は低い声で言った。

「まあ、ぼくはテストが愉しかったけどね！　ジェドにおまえはイカれてるって言われたよ」息子ははしゃいでいた。テストが終わった安堵と、ストレスのあとのエンドルフィン作用と、ほかにも何かあるのかもしれない。秋にはなかった気軽さのようなものが。「それって——ぼくがサディストってこと？　……なんなの？」彼はそう言ってからジェンを見た。

「あなたはサディストなんかじゃないわ」ジェンはそう答えたものの、その声は自分の耳にさえ悲しく響いた。彼女はこうした日々が恋しかった。壊れた巻き戻しの日々ではなく、あたりまえの日常に戻りたかった。なぜ六月七日という日に目覚めたのか、彼女にはそれさえもわかっていなかった。トッドはまだクリオと出会っていない。ジョゼフは刑務所の中にいる。それなのにこれはいったいどういうこと？　彼女は頰杖をついて考えた。

「Aが取れるかな」トッドが思案顔で言った。「Bかもしれない」

ジェンは息子がAを取ることを知っていた。

いつだったか、トッドは学校から帰って来るなり、授業で〝ポリマー・バウンシングボール〟を作ったことをうれしそうに話し始めた。「ポリマーなんだって？」とケリーが言うと、トッドは少しためらってからリュックサックの中のスーパーボールを取りだした。「パパにあげるよ」トッドは涼しい顔でそう言った。学校から盗んでくるくらいの自信作だったようだ。ジェンもケリーも笑っただけで、勝手に学校から持ち去ったことを咎めたりはしなかった。トッドは科学にやたらと興味をもっている。それを持ち帰ることができなかったら、へそを曲げたかもしれないほど。だが、こうした親の甘さが原因でトッドは道を外すことになったのだろうか？　ジェンは親としての自分を深く顧みたことはなかったが、きっと躾よりも軽口を優先する不真面目な親と言われてもしかたないのだろう。彼女は息子の知性に惑わされ、彼はけっして反抗しないのだと思い込んでいた。だけど、たとえどんなに良い子であっても、その子なりのやり方で反抗するものだ。

ジェンはハンサムな我が子を見つめながら、未来の息子から奪われてしまうあらゆる可能性に思いを馳せた。大学進学、結婚、大学卒業後にほかの天才たちに交じって参加する特別なプログラム。それらのかわりに直面するのは？　再勾留、裁判、刑務所。彼が刑務所から出られるのはおそらく三十五歳くらいだろう。それにたとえどんな理由があるにせよ、人の命を奪ったという事実は永遠に消えないのだ。

「注文はどっちがする？　ぼくがしようか？」トッドは携帯電話を振ってドミノ・ピザのアプリを示した。

晩ご飯はデリバリーにすると決めていたようだ。「そうね――パパを待ってからにしましょうか」ヘンリー八世が忍び足でやって来て、ジェンの膝の上に飛び乗った。この子もこのときのほうがスリムなのね、と彼女は悲しく思った。

トッドは大袈裟に戸惑った顔をして、マンガの登場人物のように母親を二度見した。「オーケー。パパは出かけちゃったけど、そうしたいならべつにいいよ」

「出かけた？」ジェンは鋭い口調でそう聞き返すと、引きつった笑みを浮かべた。「ぼけたんじゃないかって言われるのは覚悟の上で訊くけど、どこに行ったんだったっけ？」

「聖霊降臨祭だよ」

「ああ」彼女はさも重要なことのように口を丸く開けてそう言った。ケリーは毎年、聖霊降臨祭の週に学生時代の旧友たちとキャンプに出かけていた。長年続いている恒例行事だったが、彼女はその旧友たちに会ったことがなかった。不思議に思ったジェンがそのことを尋ねると、ケリーはただこう説明しただけだった。「ああ、あいつらは地元の人間じゃないんだ。年に一度だけ集まってキャンプをする仲でね」

「じゃあ、ピザをふたりぶんね」彼女はトッドにそう言ったけれど、頭の中ではちがうことを考えていた。だからなのね。だから今日という日が選ばれたのね。

幸い、今では毎朝の習慣となっているように、今朝もケリーの携帯電話のGPSアプリを起動させていた。最後にチェックしたときはリヴァプールにいたが、もう一度確認してみよう。

「どれにしようかしら」ジェンは携帯を取り出してピザを注文するふりをしながらアプリを見た。ケリーは毎年ウィンダミア湖でキャンプをする。だから湖水地方へ行っているはずだ。だけど……これはどういうこと？　ここに青い点がある。湖水地方とはまったくちがう場所に。サルフォードの住宅地に。

ジェンは顔を上げて、携帯を一心に見つめている息子に視線をやった。

「ねえ、トッド」と彼女は遠慮がちに言った。愛する息子。テストが終わってほっとひと息つき、母親と食べるピザを待ちわびている息子。この子はもっと幸せになっていいはずだ。「職場にちょっとだけ顔を出してきてもいい？　ほんの少しだけ――そのあとでピザを食べましょう」

トッドはびっくりしたように眉を吊り上げたが、手を振った。「いいよ、ぜんぜん。心配しないで。ぼくはH^2Oにどっぷり浸かるから。ふつうの人間はそれを風呂と呼ぶけどね」

ジェンは小さく笑ってから目を擦った。息子は立ち上がってリビングルームを出て行った。こうするのが正しいことなのだろうか？　答えを求めることを優先して、トッドを放っておくことが？　それでもたしかめずにはいられなかった。

彼女はケリーに気づかれないようにタクシーで行くことにした。

「長くはかからないから」とジェンは階上(うえ)にいるトッドに声をかけた。風呂の水の流れる音がしていたが、返事は聞き取れなかった。彼女は階段の下で逡巡(しゅんじゅん)していた。果たすべきふたつの義務の板挟みになっていた。だが、ウーバーのアプリが振動してまもなくタクシーが来ることを告げると、彼女は意を決した。すべては息子のためだ。立派な我が子を救うためなのだ。

「ぼくのはベーコン増量で」階上(うえ)からトッドの声がした。

「了解」

家の前の通りでタクシーを待った。

夏はもうすぐ盛りを迎えようとしていた。近所の家の庭にはゼラニウムやスイートピーや薔薇が咲いていて、香水のような香りを振りまいていた。空気は柔らかく、温かい小雨が降っていたが、ジェンは気にならなかった。スチームバスのようにじっとりした空気の中、彼女は私道の隅の狭い一角に植えたボタンの花びらを手に取った。真っ白だった花びらの縁は、今では古新聞のように焦げ茶色に変色していたが、それでもおいしそうな強いバニラの香気を放っている。

バスルームの窓にだけ明かりの灯っている静まりかえった我が家を見上げ、息子とピザのことを考えた。彼はいつの日かきっと理解してくれるだろう。

タクシーがやって来ると、ジェンはふと自分が夫を信じ切っていたことについて考えた。これまで彼を疑ったことなど一度もなかった。彼女が会ったことのない仲間とのキャンプ。そのことにけっして疑問をもたなかった。

ジェンはタクシーのドアハンドルを引いた。運転席には、野球帽を被り、顎鬚を生やしたエリという名前の中年男性がいた。彼はジェンに挨拶をした。車内は人工的な甘い芳香剤とチューインガムの匂いがした。

ジェンはエリに二十ポンド紙幣を何枚か渡した。キッチンの緊急用の引き出しから持ち出したものだった。紙幣はボタンの花びらのように柔らかく乾いていた。「ある人を尾けてほしいの」と彼女は言った。

「ああ」エリは紙幣に目を落として考えていたが、ようやくそれを受け取った。

「アプリにかかった費用はべつに払うわ。ここに行ってくれる?」彼女は携帯電話を見せた。

「青い点が動いたら……それを追ってもらうかも」

「わかりました」彼はそう返事をしてから、バックミラー越しにジェンを見た。「映画みたいですね」

「ええ」ジェンは後部座席に身を沈めると、ひんやりした窓ガラスに頭を預け、過ぎ去っていく通りを眺めた。黒いタクシーに乗った女が夫を尾行する。昔からよくある筋書きだが、ジェンのこれは突拍子もない話だ。「映画みたいね」彼女はエリの言葉を繰り返した。

〝〈コール オブ デューティ〉が待ってるよ〟、とトッドからメッセージが届いた。

ああ、おかしなものだ、とジェンは思った。マージーサイド州の街明かりが、ちりばめられた色とりどりの星のように窓の外を勢いよく過ぎていった。人は人生のあらゆる段階で起きたことを忘れてしまうことができるなんて。プレイステーション5で〈コール オブ デューティ〉をプレイしていたころのことを忘れていたなんて。二台のコントローラーを常に充電していなければならないほど、ふたりはよくゲームをしていた。夢中になって遊んだ。ゲームをしていないときは、家の中で隠れながら銃で撃ち合う真似をした。「これは〈ブラックオプス〉だよ」トッドは空想上の無線機を手にキッチンに入って来るとそう言った。

タクシーは高速道路を進んでいた。空を飛んでいるかのように、車の上をライトに照らされた青い標識が通過していく。暴力的なビデオゲームの危険性に目をつむり息子にやりたいだけやらせてきたこと、それは親として無責任だったのかもしれない。ジェンは今になって後悔していた。息子がそんなもので暴力的な人間になるはずはないと当時の自分は高をくくっていた。しかし、子供に甘すぎたのだ。きっとそうにちがいない。厳格な弁護士の父親に育てられたジェンは、自分の子供には肩の力を抜いて愉しむことを教えたかったのだが、それが度を超してしまったのだろうか？

ケリーのいる青い点はサルフォードのジャンクションから少し外れた小道の先を示していた。エリは何も言わず、指示どおり車を走らせていた。

こんなことをしてなんの役に立つ？ ジェンがそう思い悩んでいると、エリが言った。

「あまりうれしそうではありませんね」

「ええ、そうね」

エリはラジオを消した。空気は温かく、タクシーは光った繭のようだった。「だんなさんを尾行しているんですか？」

「どうしてそう思うの？」

エリはバックミラー越しに彼女と目を合わせた。それから二枚目のチューインガムを口に入れると、ジェンにも一枚差し出した。彼女はそれを断った。「たいていそんなものですからね」

ジェンは口を歪めて回答を拒んだ。いつもだったら運転手と世間話をして、気軽にあれこれ詮索できる雰囲気をつくろうとするが、今日の彼女はとてもそんな気分になれなかった。

車はジャンクションの二つ目の出口を降りると、目的地へと向かった。小道には街灯がなかった。舗装もされていないただの泥道を進むにつれ、ジェンの腕の毛が逆立っていった。夏の田園地方の香りがエアコンを通して車内に漂ってきた。干し草や長い日照りのあとに降り注いだ雨の匂いがした。

「わたしも映画の中で役をもらえるかもしれませんね」エリは陽気な声で言った。「夫を尾行する役を」

「そうね」

車はグーグルマップには載っていない私道らしき道へ向かった。

「この先まで行きますか？」エリはそう言って、野球帽を脱いだ。彼の髪の毛はおそらくかつてはふさふさだったのだろう。だが、今では薄くなりつつあり、入浴後の赤ん坊のように細い毛の束がカールしていた。

ジェンが返事をしないでいると、エリは車を停めた。ケリーのいる場所まであと九十メートルほどだった。彼女は車を降りようとしたものの、どうしても踏ん切りがつかなかった。最後の瞬間をもう少しだけ味わっていたかった……何かが起きるまでのこの瞬間を。

エリは車のヘッドライトを消した。ジェンは薄明かりに照らされた私道に目を凝らした。道は左へ、それから右へと曲がっている。夏至(げし)を半月後に控えた空は光り輝く真珠のようだった。重なり合った木々の葉は青々としている。

突然、ヘッドライトがレーザービームのように空を突き抜けた。「彼の車が動いています」エリはそう言うと、素速く車をバックさせ、一般道に入った。ジェンは青い点が動き始めた携帯電話の画面にちらりと目をやった。

ケリーの車がタクシーの前を通り過ぎた。ジェンには気づいていないようだ。「あとを尾(つ)けましょうか？」とエリが言った。

「いいえ。そのかわり……彼がいた場所を見てみたいの。私道の奥を」

エリは黙ったまま車を発進させたが、道が曲がりくねっているせいでまったく見通しがきかなかった。ジェンは結婚式場や、城や、大邸宅が現れるのを期待していたが、実際にあったのはただの建売住宅だった。古びた小さな家が一軒ずつ視界に入ってくる。砂利を敷き詰めた私道の前にはぜんぶで七軒の家が点在していた。エリは車を停めた。七軒とも石造りの古い家だ。そのうちの四軒の窓に明かりが灯っていて、残りの三軒は真っ暗だった。

一軒だけほかと比べて明らかにみすぼらしい家があった。屋根のタイルは剥がれ、古めかしい木の玄関扉は朽ちかけていた。一階の出窓に打ちつけられた板の上には〝Qアノン〟という文字がピンクのスプレーでいくつもいくつも書かれている。エリが無言で運転席に座っている間、ジェンはその家をじっと見上げていた。この家だ。ジェンは確信していた。外に車が停まっていないのはこの家だけだった。

「ここがなんなのか見当もつかないわ」

「なんだか怪しい感じの家ですね」

ジェンの頭の中は回転し続けていた。取引場所。アジト。ドラッグに混ぜ物をしたり、邪魔な人間を処分したりする場所。誘拐した子供や警官の死体を隠しておく場所……とにかくなんにでもなり得る場所だが、まともなことに使われるはずがない。

「彼はキャンプに行くって言ったのよ」彼女はそうつぶやいた。

「嘘ではないのかもしれませんよ。かなりアウトドアな感じがしますからね」彼は笑い声をあげた。

「湖水地方に」

「ああ、なるほど」

「ここで待っていてもらえる？　ちょっと見てくるから」彼女はドアハンドルに手をかけた。

「もちろんです」彼はそう返事をしたものの、ジェンの束の間の友であり、個人的な秘密を打ち明けることになったウーバーの運転手は警戒するような表情を浮かべた。彼女は歩みを進めながら後ろを振り返った。車内灯に照らされたエリは、ぼんやりと光るスノードームの中にいるみたいだった。

ジェンは灰色の砂利道を恐る恐る歩いた。外の空気には休日らしい雰囲気があった。夏の匂い。コオロギの鳴き声。

突然、彼女はカボチャの置かれたあの窓辺に戻りたいと思った。トッドが人を殺したという事実をただ受け入れればいい。息子は服役するだろうが、その後の人生はちゃんと続いていくだろう。ジェンは心に負った傷からはじめて立ち直りたいと思った。これ以上、真相を追求せずに、先へ進みたかった。

それでも彼女は暗闇の中を歩いていった。その家だけがほかの家よりも少し離れたところにあった。どの家にも隣家との間にフェンスはなく、前庭や裏庭もない。すぐ隣の家は適当な境界線を設けて周囲の芝を刈り取っていたが、芝の先のこの家のまわりは荒れ放題だった――イラクサや、雑草や、ピンク色の巨大なルピナスが二本、そよ風に揺れている。

玄関のドアには鍵が掛かっていた。ジェンは郵便受けを開けてみる。たしか子供のころに住んでいた家に同じような郵便受けがあった。その硬くて冷たい感触を指先に感じると、彼女は父親のことを考えた。彼が死んだ日のことや、死に際に間に合わなかったことを考えた。

郵便受けの隙間から、昔風の廊下が見えた。でこぼこした磁器タイルの床。おそらくケリーは床の郵便物を拾って廊下のテーブルに積んでいるのだろう。

玄関脇の漆喰で塗られた壁には〈サンダルウッド〉という家の名前があり、隣の家には〈ベイ〉とあった。二部屋分の奥行きしかない小さな家のまわりを、ジェンは時計回りに歩いた。裏手には古めかしいテラスにスライド式のドアがふたつ。ガラスは苔で汚れていた。まるで青緑色の絨毯が敷かれた部屋には、ダークウッドのダイニングテーブルがあった。まるでドールハウスのようだ。テーブルに椅子はなかった。左手には簡易キッチンがあるが、カウンターの上にはやかんひとつ置かれていない。彼女は両手を目の上に当てて、テラスのドアから中を覗き込んだ。指でガラスの苔を剝がした。手入れは行き届いていないものの放置されているわけではないようだ。たぶん最近になって空き家になったのだろう。

ジェンは家の正面に戻った。リビングルームの連双窓には、四角く区切られたスペースに歪んだビン底のような丸いガラスがひとつおきにはめ込まれていた。リビングルームの中のものは美術館や何かのセットのように保管されていた。部屋の真ん中にはピンク色のソファと椅子の三点セットが置かれ、肘掛けには黄ばんだレースの布が掛けられていた。コーヒーテーブルの上には斜めにリモコンが置かれていた。本棚には本がぎっしり詰まっていたが、彼女の知っているタイトルのものはなさそうだ。さらに本棚の上に埃を被ったシャンパングラスがふたつあった。ジェンは中のものをひととおり確認すると、窓から離れようとした。と、そのとき、視界のすぐ手前に何かを捕らえた。それは背面に黒いビロードが張られた二面タイプのよくある写真立てで、ひっくり返ったハエの死骸が散らばった窓台の上に置かれていた。ビン底のような歪んだ窓ガラスのせいで今まで気づかなかったのだろう。彼女はじっくり見ようと窓に近づいた。

そこに写っているものにジェンの焦点が合うと、まるで宇宙の分子が動きを止めたかのように彼女のまわりの空気が静止し、柔らかくなった。この尾行は無駄ではなかった。馬鹿げた行為でもなかった。

ここにこんなものがあるのだから。

それは、あの用心深い小さな笑みを浮かべたケリー――明らかにケリー――の写真だった。今よりずっと若く、たぶん二十歳くらいだろうか。夫は頭を丸刈りにした男性と肩を組んで立っていた。写真立ては厚い埃に覆われていたが、顔を近づけなくてもふたりがよく似ていることがわかった。目元がそっくりなだけでなく、ほかにもどことなく似通ったところがある。一見しただけで血のつながりのあることがわかる家族のようだ。骨格、額の形、立ち方。ふたりの体からはスターティングブロックに足をかけた短距離選手のような身体能力が感じられた。

この人は誰？　この夫に似た見知らぬ男はいったい……？　親族はみな他界している。ケリーはそう言っていたはずだ。それはジェンが信じて疑わなかったことのひとつだった。写真の中のふたりを見ながら、ジェンは物思いに沈んだ。獄中にいる知り合いについて嘘をつくことと、家族や出自について嘘をつくこととはべつの次元の問題だ。

もしこの家がよからぬことに使われているのだとしたら、なぜ夫は自分の写真など飾っているのだろうか？　ケリーがそんなことをするはずはない。彼は抜け目のない人間だ。

ジェンはタクシーのほうへ歩き始めた。あの男はケリーと同じ目をしている。トッドと同じ目をしている。三人ともあの濃紺の目をしている。夫と息子とどこかの誰か。しかし彼女の知らないその誰かを見つけることはできない。たとえ家に侵入して写真を奪ってきたとしても、明日には消えてしまっているのだから。

エリは携帯電話でプラットフォーム・ゲームをしていた。甲高い金属的な音楽が鳴っていた。「すみません」と彼は言って、携帯をロック画面にした。ジェンは助手席に乗り込んだ。

「それで……」彼の口調は質問せざるを得ない立場にある人のそれだった。

「わからない。空き家だったわ」

ジェンはアプリを開いて、夫のいる場所を確認した。どうやら湖水地方へ向かっているようだ。それは彼の話と一致することだが、このうち捨てられた家を経由するとは言っていなかった。

「誰の家です？」

「ちょっと待って」とジェンは言った。三ポンド払えば土地登記所で所有者を見つけられるはずだ。

彼女は登記簿をダウンロードしたが、それによると、家の所有者はランカスター公になっていた。つまり王室公領ということだ。所有者不明の土地が王室の管理下に置かれることは、不動産を取り扱う法律家なら誰でも知っている。ジェンは膝の上に画面の光った携帯電話をのせたまま、窓の外の家を見上げた。

「タバコを吸ってもかまいませんか?」エリは窓を下げて言った。

「どうぞ」ライターの火が灯り、ふたつに分かれると、一瞬だけ車内が照らされた。彼がタバコを吸っている間、ジェンは考え込んでいた。タバコは過去の匂いがした。ワインバーの外の夏の夕暮れや、電車を待つプラットフォームや、夜の波止場の匂いが。

「行きましょうか」とジェンは言った。

「彼を問い詰めるつもりですか?」エリがタバコの煙を吸い込むと頬骨が突き出て見えた。

「いいえ。嘘をつくだけだから」

ふたりは無言のまま帰路についた。ジェンは写真の中の夫と、夫に似たもうひとりの男のことを考えた。これはいったいどういうことだろう?

ジェンが家に着くと、カウンターの上にピザの箱がふたつ置かれていた。片方は空っぽで、もう片方には手つかずのピザが入っていた。トッドは母親を待たずに食べたのだ。きっと自分で注文したのだろう。たったひとりで。

ライアン

ライアンは埃っぽいリビングルームの床で腕立て伏せを繰り返していた。手のひらには綿埃と土とがこびりついていた。彼が体を鍛える理由はふたつある。ひとつはもはやジムに行くことができなくなったからであり、もうひとつはあの行方不明の赤ん坊のことがどうしても頭から離れなかったからだ。

ジム通い以外にも、今までできていたことがほぼできなくなった。家族に会いに故郷に帰ることができなくなった。友人と外出することができなくなった。これまで住んでいた家に戻ることさえもできなくなった。

あっという間だった。

彼は昨夜、このウォラシーのアパートへ移ってきた。ここで食べて、眠って、生活する。アパートはバスルーム以外ひと部屋しかなかった。かなり経済的だな、と彼は思った。折り畳み式のソファベッドに、キッチン・キャビネット。テレビに固定電話。ほかに何が要る？これで十分だ。刺激的だし、何よりこの生活は仮のものに過ぎないのだから。

彼はこのアパートに午前一時に着いた。尾行されていないことを確認し、署で渡された鍵を使って中に入った。肩からリュックサックを下ろしておぞましく汚れたカーペットの上に置くと、大きく息を吐いてこう思った。おれはここにいるのだと。

先日、ついにリオが署の物置部屋にやって来てこう言った。「ライアン、この組織に潜入してくれ。今日から」彼はライアンを真っ直ぐ見つめた。一ミリ秒も目を逸らすことなく、瞬きもせずに。「おれたちが創り上げたレジェンドは……おまえだ」

「わかりました」とライアンは息を飲んで言った。突然、すべてのことがくっきりと輪郭を露わにした。あのコルクボード。あれが入り口だった。それから彼の生い立ちや兄のことや犯罪の知識に関する質問があって……

おれが望んだことなのだ、とライアンは自分に言い聞かせた。彼はやりがいのある仕事がしたかった。だが、それにしても潜入捜査とは。ギャングを逮捕する仕事とは。潜入捜査官の死亡率はいったい何パーセントくらいだろうか？　彼はふとそんなことを思った。その確率は？　見込みは？

「おまえのしゃべり方は警官らしくないからな」リオはそう言ってから、誤解のないようにつけ加えた。「それこそがおれたちに必要な人材だったんだ」

「なるほど」ライアンは笑うべきか泣くべきかわからなかった。潜入捜査官の候補として選ばれた理由が、警官らしくないからだとは。自分は警察用語さえまともに使えないのだ。ライアンは唇を噛んだ。まるでメランコリックな温かい飲み物を飲んだかのように、悲しく柔らかな感情に包まれていた。

「いや、おれが言いたいのは、ふつうの警官なら〝こちらの紳士は上等なコカインをお持ちで？〟と言うところを、おまえなら〝ビーク（コカインのスラング）はあるかい、相棒？〟だろ」

ライアンは笑い声をあげた。

「ウケ狙いで誇張して言ったが、実際におまえは情報通だ。このボードを見てみろ。素晴らしい出来栄えじゃないか」とリオは熱っぽく言った。

「それはどうも」

そして今、ライアンは以前から潜入捜査にあたっている同僚を介して組織犯罪グループ（OCG）に潜り込もうとしていた。

彼の電話が鳴った。

「準備はいいか？」とリオが言った。

「ええ、たぶん」彼はアパートの外の寒々とした景色を見た。冬も終わりを迎えようとしていた。木々は棒人間のようで、空は色味のないどんよりとした白色だった。天気はいまひとつで、何もかもが億劫（おっくう）そうだった。太陽の光も、雨も、何もなかった。

「三つばかり助言するから覚えておけ」

「なんです？」ライアンはリビングルームに視線を戻した。

「ひとつ、二十四時間役になりきれ。たとえ正体がバレたと思ってもだ。自分でバラすより、おまわりだと疑われるほうがましだ」

「わかりました」ライアンは唾を飲み込んだ。自分でも認めざるを得ないくらい緊張していた。それができればクールだろうが、もしやつらに気づかれたらどうなる？　もし警察が仕掛けた大掛かりな罠（わな）を、自分がぶち壊してしまったら？

「ふたつ、やつらはことあるごとに麻薬捜査班（DS）を疑う。だからおまえもそうしろ。もし麻薬捜査班だと疑われたら激高して、おまえもほかのやつらを疑うんだ」

「わかりました。問題ありません」ライアンは偽りのない言葉を返した。警察は彼を組織の上層部に潜り込ませ、留守宅の情報を漏らしている人間を調べさせようとしていた。だから麻薬組織ではなく、窃盗団に潜入することになっていた。

「三つ、誰にもしゃべるな」

「了解。というか、それをひとつ目にするべきでは？」とライアンは言った。

　リオは大声で笑った。その笑い声は、ライアンの胸を幸福で満たした。

　ライアンの手には携帯電話が握られていた。そこには二度、確認したメッセージがある。

〝二時　クロス通り〟彼は指示どおり黒い服に着替えた。

　メッセージが届くことは、ライアンの仲間のアンジェラから聞いていた。非通知の電話からだった。誰がどのようにして留守宅の住所を手に入れているのか。それが彼らの知りたいことだった。

ライアンはそれまでアンジェラに会ったことがなかった。任務中の潜入捜査官には接触しないこと、それは警察内での習わしだった。アンジェラは四ヶ月まえから窃盗団に潜入していたが、今のところ任務は順調だった。彼女は車を四台盗んで、港で働くエズラと顔見知りになっていた。万が一のことを考えて、その間、一度も署に顔を出すことはなかった。

数日まえの夜、ライアンはリオの計らいでアンジェラに会った。ふたりは〈ワン・ストップ〉の店の外でふたことみこと言葉を交わした。アンジェラは几帳面で真面目な人間だった。まるで迷惑だとでも言わんばかりに彼のジョークにぴくりとも反応しなかった。昨日、彼女は〝いとこ〟であり、〝腕のいい窃盗犯〟であるライアンを組織に紹介していた。表向きには自分の株を上げることが目的だったが、本当は情報源を特定するためにライアンを上層部に潜り込ませることが狙いだった。

そしてライアンがその能力を証明するために課せられた最初の仕事は、携帯電話のメッセージにある住所に行って車を盗むことだった。

それは単純で難しい仕事だった。

午前二時過ぎになった。空には月がかかっていた。夜空に向かって投げられ、そこにひと晩だけとどまってから落下する明るいボールのような月が。

ライアンは静まりかえった家の前に立っていた。この家の持ち主は湖水地方に出かけているという。廊下の明かりがひとつだけ灯っていた。おそらくタイマーで点灯する仕組みになっているのだろう。それでも留守かどうか確証がもてないなら、芝生を見てみればいい。伸びきった草は、明らかに持ち主が休暇に出かけていることを物語っている。

ライアンは何も心配していなかった。ただ言われたとおりにやるだけだ。彼は郵便受けを開けた。運のいいことに、鍵の束が見えた。これなら簡単にやれそうだ。彼は長い棒の先に鍵の束を引っかけて投函口から引き抜くと、それをポケットに入れた。そして手袋をした手で車のドアを開けて中に乗り込み、ギアをニュートラルに入れてエンジンをかけないまま私道をバックで出た。もし警察がこの車を見つけて調べるようなことがあれば、そのときは潜入捜査班が真実を告げることになる。それはライアンという仲間がやったのだと伝えれば、起訴は免れるはずだ。

彼は近くの街灯のない道まで来ると、次に課せられた仕事に取りかかった。両手が震えていた。車のナンバープレートをつけ替えたことは一度もない。警察はライアンならやり方を知っているはずだと思い込んでいるようだったが、物の仕組みがわかっていない彼は機械やDIYの類いが得意ではなかった。小さなネジが二つ地面に落ちて道を転がり、あっという間にアスファルトと同化した。「しまった」彼は膝をついて指先でネジを探した。

ナンバープレートをつけ替えるのに四十分かかった。彼はプレートのエッジで手のひらを切ってしまった。だが、とうとうやり遂げた。もうひとつの犯罪も完了だ。

港まで車を走らせると、指示どおりそこでエズラの手が空くのを待った。頃合いを見計らってのろのろと彼に近づき、車から降りて鍵の束を渡す。

「完璧だ」冷え切った港でエズラが言った。ライアンは気が変になりそうだった。失敗したときのことしか考えられなかった。もしエズラに正体がバレたら？　ライアンは逮捕されることはないかもしれないが、殺される危険性は十分にあるのだ。

「そりゃよかった」ライアンはそう言って、エズラの肩を叩こうと手を伸ばした。が、その手が震えていることに気づき、顎を揺らしてごまかした。それはコカインを摂取している人によく見られる症状だった。ラリっているのだとエズラに思わせなければならない。兄の仲間たちのように。

ライアンはエズラの向こうの貨物船を見た。明るい色で塗装されたクレーンが夜空に浮かび上がって見えた。

エズラとライアンの目が合った。ふたりの間に何かが交わされたような気がしたが、ライアンにはその正体がわからなかった。彼は膝から力が抜けてしまうのをごまかそうと足をしきりに動かした。

「はじめてか？」とエズラが慎重に訊いてきた。

「ああ。最初の一台だ」ライアンは踵（かかと）に体重をのせて体を揺らしながら考えた。やつらはおれを殺すだろう。正体がバレれば、たとえ警察の保護があろうと隠れ家に逃げようと、見つかったらこいつらに殺される。とにかく考えるな。考えてはだめだ。

「今週は四十やったよ」とエズラが言った。

「四十台ってことか？」

「ああ」

ワオ。ライアンは口から息を吐き出した。予想していたよりもずっと大掛かりなシノギのようだ。

「手を怪我したみたいだな」

「ああ、たいしたことない。たかがナンバープレートだ」

「おれもついさっきDIYで同じ目にあったよ！」エズラはライアンに手のひらを見せた。

「へえ」ライアンの心臓が激しく鼓動を打っていた。

「〈サブロン〉でも塗っておくんだな」エズラはとぼけた口調でそう言った。まるでギャング仲間ではなく、子供同士がおしゃべりしているように。〈サブロン〉などクソくらえだ。ライアンは心の中でそう思った。

マイナス531日　8時40分

五月になっていた。しかし、五月と言っても前年の五月だった。こんなに間隔があくのはどう考えてもおかしい。アンディに訊いてみなければ。この状況を止めるには、ペースダウンさせるには、どうすればいいのかを。

ジェンは階段を下り始めた。階下（した）から届く明かりと音――ケリーは料理をしていて、トッドはそのそばでしゃべっているようだ――で、今日が週末であることがわかった。彼女は階段を下から二段目まで下りたところで足を止め、軽口をたたきあっている夫と息子の声に耳を澄ました。

「パパが言っているの、〝無関心〟ってことでしょ」とトッドが言った。「〝無頓着〟っていうのは物事にこだわらないって意味だよ」

「そりゃ、どうも。まったく歩くオックスフォード英語大辞典（OED）だな」とケリーは言った。

「実はそういう意味で言ったんだ」

「ぜったいにちがうって！」トッドが言い返すと、ふたりはどっと笑い声をあげた。

ジェンはキッチンに入った。「おはよう、ジェン」ケリーは朗らかにそう言うと、パンケーキをひっくり返した。その光景は至ってふつうに見える。が、あの写真……夫には自分の知らない親族がいるのだ。

彼を見るのは日食を直視するのと同じくらい辛かった。彼女は自然と目を細くしていた。

「どうした?」とケリーが言った。

彼女はトッドに視線をやった。息子は思春期の子供だった。大きな手足に耳。曲がった出っ歯。頬にはニキビが四つ。顔には髭一本なく、背も低かった。

彼女はパンケーキをひっくり返しているケリーのところへ行った。

「じゃあ、パパはぼくのPCゲームにはこだわってないって言いたかったわけ?」とトッドが言った。

ケリーの黒髪が太陽の光に反射していた。彼はフライパンにパンケーキの生地を流し入れた。「ああ――それがおれの言いたかったことだ」

「嘘っぽいな」

「わかった、わかった」ケリーは手を上げた。「教えてくれてありがとう。無関心だってことが言いたかったんだ。降参するよ」

トッドは子供っぽい高い声でくすくすと笑った。「考えてみなよ。ぼくにきょうだいがいたら、こんなのがふたりになるってことだよ。ダブルでイラつくだろうね」

「そうだな」とケリーは言った。その顔に一瞬、どこか懐かしさのようなものがよぎった。ジェンは彼がいつももうひとり子供をほしがっていたことを思い出した。

「あなたひとりで十分よ」と彼女はトッドに言った。

「ねえ、そういえば、ぼくたちってみんなひとりっ子だね」トッドはそう言うと、バナナの皮をむき始めた。「考えたこともなかったけど」ジェンはケリーをじっと見つめた。この会話の中に隠されているのだろうか？　この会話なのだろうか？　自分が今ここにいる理由は、この会話の中に隠されているのだろうか？

ケリーは無言のまま、パンケーキ作りに忙しくしていたが、「そうだな」と少し間をおいてから言った。

ジェンは庭に目をやった。五月。二〇二一年の五月。信じられなかった。朝の陽ざしがいくつもの光線となって庭に降り注いでいる。庭には古い小屋があったが、それは青い小型の物置に買い換えるまえのものだった。芝生を照らす太陽の光を見ただけで、ふたつの五月のちがいを見分けられる人などいるのだろうか？

「ちょっとシャワーを浴びてくるわね」と彼女は言った。

ジェンは三階の寝室へ戻ると、ダブルベッドの真ん中に座り、かなり昔の携帯でアンディの番号を検索して電話をかけた。

「アンディ・ヴェティースです」

ジェンは急ぎ足でこれまでのことを話した。いつ何があったのかをもう一度最初から説明した。アンディはこれまでと同じように彼女の話に耳を傾け、きちんと理解してくれた。彼の沈黙は厭世的だったが、熱情的でもあった。彼女は未来の〈ペニー・ジェイムソン賞〉のことも話した。アンディはその賞の候補に自分の名前があがっていたのだと言った。

彼はジェンの話を信じてくれたようだ。「よくわかったよ、ジェン。それで何が知りたい？」

「わたしはただ――どうして十八ヶ月も遡ったのかと思って」彼女はようやくアンディに電話した本来の目的に辿り着いてそう言った。

「きみが遡る日には何か共通点があるのかい？」

「共通点というか、いつも新しい事実を知ることになるの。だけど……」彼女は肩と耳の間に携帯電話を挟み、両手で脚を擦った。寒さが身に沁みる。足の爪にはかなり昔のアプリコット色のペディキュアが塗られていた。当時は気に入っていたが、今はその色が好きではなかった。「事件を食い止めるには多くの条件が揃わないといけないみたいでうまくいかないの」

「事件を食い止めることが目的ではないのかもしれないね」

「え？」

「彼は悪党なんだろ？　そのジョゼフって男は。だったら、殺人を止めることが重要なのではないのかも」

「どういうこと？」

「ほら、きみがそれを止めたところで、べつの問題が浮上するだけのような気がするんだ」

「それで？」

「だから事件を未然に防ぐことではなく、理解することが目的なのかと。それなら弁護できるだろう？　理由を知っていれば、裁判で証言できるじゃないか」

彼がそう言い終わったとき、ジェンは震えるほどのショックを受けていた。もしかしたら、そうなのかもしれない。彼女は弁護士なのだから。「そうね、正当防衛とか、挑発行為とか」

「そのとおり」

ジェンは一度でいいから最初の日に戻ってみたかった。今までに知り得た情報を手に、あの事件をじっくり観察してみたかった。

「未来のきみにこれを話したかどうかは知らないが、私はタイムトラベラー志願者にいつもこう言っているんだ。もし過去に遡って私を見つけたら、私の子供時代のイマジナリーフレンドはジョージだと伝えてほしいってね。そのことは誰も知らない。私が教えたタイムトラベラー以外はね。だけど今のところ、まだひとりもいないようだ」

「わかったわ」とジェンは言った。このちょっとした秘密に、このヒントに、この近道にすっかり感心していた。

彼女は礼と別れの言葉を述べた。

「どういたしまして。また昨日になったら会おう」と彼は言った。

ジェンは弱く悲しげな笑みを浮かべて電話を切ると、今日のことを考えた。結局のところ、彼女には今日という日しかないのだから。

今日は二〇二一年五月。二〇二一年五月。地平線上に細かい霧が立ち込めてくるように、何かが彼女の意識に忍び寄ってきた。

ときにあることだが、ジェンはふとあることに気づいた。それは出し抜けにやって来た。携帯電話をチェックする。そうだ。まちがいない。二〇二一年五月十六日。

あの日だ。

ジェンはいきなりパンチを食らったかのように、ほんの一瞬、足をすくわれるほどの衝撃を受けた。今日は父親が死んだ日だったのだ。

ジェンは湧き上がる欲求にあらがうふりをしていた。タイムトラベルしているのは父親に会うためではない。人生最大の過ち(あやま)のひとつを正すために過去に遡っているのではない。彼女は髪の毛のくせを直しながら、自分にそう言い聞かせた。父にさよならを言うためではなく、息子を救うためにここにいるのだと。

しかし、ジェンは朝からずっと遺体安置所で父親に別れを告げたときのことばかり考えていた。彼女はひとりで父の遺体と向き合った。彼の手を握ってはみたものの、その手は冷たく乾いていて、魂の抜け殻でしかなかった。

ジェンは〈クラッシュ・バンディクー レーシング ブッとびニトロ!〉——当時ふたりがよくやっていたゲーム——をプレイするトッドをじっと見ていた。そわそわしてしきりに足を組み替えてばかりいるジェンに、トッドがしびれを切らせて言った。「なんなの?」それで彼女は息子から離れて廊下に出た。

ジェンは携帯電話でケリーを検索してみた。ネット上には何も出てこなかった。次に、家系図を調べるサイトに彼の苗字を登録して調べてみたが、国内だけで何百件という結果が吐き出されただけだった。さらにケリーの写真を逆画像検索にかけてみたがそれも無駄だった。

彼女はふらふらと階上にあがった。ケリーはパソコンで会計処理をしていた。「マイクロソフトに小馬鹿にされているようだよ」と彼は言った。コースターの上にはコーヒーの入ったマグカップがあった。彼は小さな笑みを浮かべていたが、ジェンが近づくと、僅かにパソコンの角度を変えて彼女から見えないようにした。一度目のときは見過ごしていたが、今日のジェンはそのことに気づいた。

もしかしたら、夫にはべつの収入源があるのかもしれない。ドラッグ、死んだ警官、犯罪。ふつうの内装業者より多額のお金を稼いでいるだろうか? そんなことはない。多すぎるほど稼いではいないはずだ。今まで不審に思うようなことはなかったし、何かあればきっと気づいていただろう。すると、ある記憶がどこからともなく蘇ってきた。そういえば、二、三年まえにケリーが慈善団体に寄付をしたことがあった。数百ポンドもの大金だったが、夫はそのことを誰にも話さなかった。その事実を知ったジェンが理由を問うと、彼は実入りの良い仕事が入ったから匿名で慈善活動をしたのだと説明した。彼女は漠然とだが心に引っかかるものを感じていた。それは夫が嘘をついているときに妻が感じるのと同じ類いの違和感だった。たとえ慈善行為だとしても嘘であることに変わりはないのだ。

「ねえ、へんな質問かもしれないけど」ジェンはさりげなく切り出した。「あなたには今も生きている親族っていないの？　ほら、いとことか、親のいとことか……」

「いないよ。両親もひとりっ子だったから」ケリーは顔をしかめながら早口で言った。

「遠縁の親戚とかも？　ひとつ上の世代は？」

「……いないな。なんでだ？」

「その手のことって訊いたことがなかったなと思って。それに――妙なんだけど、あなたの古い写真をどこかで見た記憶があるの。あなたにそっくりな目をした男性と並んで写っている写真を。その人はあなたよりがっちりしていて、同じ目をしていて、髪の色はもっと明るかったわ」

ジェンの言葉を聞いて、ケリーは慌てたように突然立ち上がった。「なんのことかさっぱりわからないね。そんなわけが――そもそも昔の写真なんて持ってないよ。おれは感傷に浸るタイプじゃないんだ」

ジェンはうなずいて彼を見た。夫は感傷に浸るタイプではない。そんなの嘘っぱちだ。

「じゃあ、きっとかんちがいね」と彼女は言った。似ているのは目だけだった。写真の中の人物は単なる友人なのかもしれない。

ジェンは彼の青い目を見たとたん、これ以上ないくらい深い孤独を感じている自分に気づいた。彼女は四十三歳のはずなのに、ここでは四十二歳だ。季節は秋だったのに、今は十八ヶ月まえの春になっている。それに夫はジェンの知っている夫ではない。どのタイムゾーンにいても。

そして父親は生きている。

たとえ父なりの不器用な愛し方だったとしても、彼は無条件にジェンを愛してくれた。彼女は息子を救うために自らの子育てを顧みなければならないと思っていたが、同時に、自分を育ててくれた人間に頼りたいとも思っていた。

「父に会ってくる」ふいに口をついて出てきた言葉だった。彼女はあらがえなかった。父の手の温もりを感じる必要があった。死んだ父の傍らにあったビール瓶とピーナッツの袋。それをテーブルに置く彼の姿を見届ける必要があった。長く滞在するつもりはない。ただ——ただ愛しているとだけ伝えよう。それだけ言ったら帰ってくればいい。

「ああ、いいね。愉しんでおいで」階段を下りるジェンにケリーが声をかけた。「よろしく伝えてくれ」

ケリーとジェンの父親との関係は常に友好的なものだったが、けっしてふたりが親密になることはなかった。ケリーは実の父親のようにジェンの父親を受け入れるだろう。彼女は最初そう思っていたが、実際の彼の態度は正反対のものだった。夫はほかの人たちに対するのと同じように、妻の父親に対してもいつもよそよそしかった。

ジェンは車から父親に電話をした。頭の片隅では、父は電話に出ないかもしれないと思っていた。

しかしもちろん父は電話に出た。そしてこのことが、タイムトラベルをしているということの何よりの証拠だった。本当に起きていることの証（あかし）だった。

「びっくりだがうれしいね」と父親は言った。電話の向こうにはたしかに父がいる。死から蘇って。彼の口調は上品で堅苦しいものだったが、年齢と共にユーモアが溶け込んでいた。

ジェンはその声に聞き入った。まるで捕獲された動物が長い長い囚（とら）われの身から解放されてそよ風を感じているような気分だった。

「忙しい？ ちょっとそっちに寄ってもいいかしら？」とジェンはしゃがれた声で言った。

「もちろんさ。やかんをかけておくよ」

何万回と聞いてきたが、しかしここ十八ヶ月間耳にしなかったそのフレーズに、彼女は目を閉じた。

「わかったわ」

「じゃあ、待ってるぞ」彼はうれしそうだった。父はひとりぼっちで、老いていて、しかも死に向かっている。が、まだそれを知らずにいるのだった。

ここにいるべきではないことくらい承知の上だった。映画の中でもよくそう言われるではないか。ジェンが変えていいのは犯罪を食い止める可能性のあることだけ。それ以上はだめだ。身勝手にほかのことまで変えてはいけない。神の真似事などもってのほかだ。

それでも彼女は自分を抑えられなかった。

父親は屋根裏部屋を含む三階建てのヴィクトリアンハウスに住んでいた。正面中央に濃い色の木枠の玄関が、その両側に二重の上げ下げ窓がある家だった。古めかしいが、魅力的な古さだった。父のように。

一歩下がって娘を中に招き入れた彼を、ジェンは啞然とした目で見つめた。あの腕。生きた父の体には血の通ったあの腕がついていた。「どうした……？」父親は怪訝な顔をした。

「なんでもない」と彼女は言った。「わたし……今日一日ちょっとへんだったから。それだけよ」

父は母を亡くし、ジェンが家を出たあとも、この家に住み続けた。そうしたいと言い張る父に、ジェンはどうすることもできなかった。ひとりっ子の彼女には一緒に親を説得してくれるきょうだいもいなかった。階段は問題なく上れるし、雨樋の掃除も自分でできる。父はそう言った。でも結局は、彼を死に至らしめたのはそのどちらでもなかった。

「どういうことだ？」

「べつに、なんでもないの」ジェンは父の後ろを歩きながら首を振った。廊下は子供時代の記憶よりも狭くなったようだ。ジェンはこの家に来たとたん、独特な感情に包まれた。それはぎりぎり手の届かない場所にある、うっすらと埃を被ったノスタルジーのようなものだった。精一杯努力すれば過去を摑むことができそうだ。彼女は息子が殺人者になる十八ヶ月前の春の、父親が死んだまさにその日にここにいる。でも、とてもそんなふうには思えなかった。

「そうかい？」父親はちらりと後ろを見て言った。ふたりは古びたファミリールームに入った。きちんと掃除機のかかったセージグリーンの絨毯は端が黒ずんでいたが、ジェンははじめてそのことに気づいた。彼女は家の中のことに無頓着だが、それは父親ゆずりなのかもしれない。

部屋には幾何学模様の丸い灰色のラグが敷かれ、暖炉とラジエーターの上の壁から突き出た焦げ茶色の木の棚には、彼が何十年も所有するオーナメントの数々が飾られていた。

まだ日は高かったが、彼はキッチンの明かりのスイッチを押した。蛍光灯が音をたててつく。「モリス vs モリスのケースは決着がついたのか？」父親は片方の眉を吊り上げてそう言った。弁護士がみなそうであるように、彼もまた〝vs〟を〝アンド〟と発音した。

「それは……」ジェンはしどろもどろになった。まったく覚えていなかった。

「ジェン！　けりをつけると言っていたじゃないか！」

ジェンは小首を傾げ、父親を見上げた。こういう場面を完全に忘れていた。家族間に特有の苛立(いらだ)ちはすべて悲しみに取り込まれてしまうものらしい。かつてのジェンならこの手のやりとりに苛ついていただろうが、今日はちがった。父が逝ってしまうまえにこの家にいられること、ただそれだけでうれしかった。

「ごめんなさい――疲れているの」

「その件が検討外になるまであと四日ある」と彼は言った。突然、彼女は自分の抱えている問題がどこから生じているのかをはっきりと認識した。それは父親との関係からきているのだ。おとなになってからのジェンは父のような人間にはできるだけ近づかないようにした。そしてラケシュやポーリーンのような厭世的な人たちと友人になり、ケリーと結婚した。彼らといると、ジェンはありのままの自分でいられる気がした。

「大丈夫よ。月曜日にはけりをつけるから」

「依頼人はそのオファーをどう思っている？」

「どうだったかしら」彼女は手を振って会話を終わらせようとした。家族と同じ職場で働くのは愉しいことばかりではない。今日のように、ときに難しく感じることもある。父親は真面目で仕事熱心でこだわりの強い人間だった。ジェンも真面目な人間だったが何より人の役に立つことがしたいと思っていた。

ジェンは示談の話し合いをする重要なミーティングに父と出席したときのことを思い出した。ジェンが書類を持っていないと知った彼は、ひどく腹を立てて彼女を責めた。〝うちの父は最低よ〟ポーリーンに何度もそうメッセージを送りつけるジェンに、友人は絵文字で返信を寄越(よこ)した。ジェンはそのときのことを思い出すと吹き出しそうになった。ほろ苦い思い出だ。きっと親と子の関係はいつまで経っても変わらないのだろう。

「ごめんなさい――よく眠れなかったの」とジェンは父親の目を見て言った。「月曜日にはちゃんとしているから。約束する」

「なんだかまるで――ああ、そうだ。トッドがまだ赤ん坊でおまえがほとんど休めなかったころを思い出すよ」

ジェンは半笑いした。「そうだったわね」

「赤ん坊のいるときのおまえは疲れ切っていて、どこでも眠っていたな」と彼は物憂げに言った。プリズムが光を捉えたときのように、突然、彼の中のべつの一面が姿を現した。父は競争心が強く、常に気むずかしい顔をしていたが、死ぬまでの数年間ですっかり丸くなり、柔和な一面を見せるようになっていた。親であったころよりも穏やかになり、トッドにとってはやさしい祖父だった。そんな父と、ジェンやトッドが共に過ごした時間はあまりにも少なかった。

「おまえが小さいころ、一度だけ車で信号待ちをしていたときに居眠りしてしまったことがあってね」

「はじめて聞くわ」と彼女は言った。

開け放した窓から冷たい空気が流れ込んできたときのように、ジェンの背筋がゾクリとした。ここで何をやっているの？　こんなことをしてはいけないのに。この先けっして忘れられなくなることを知ってしまうわけにはいかないのに。

「そんな話はできなかったさ」と彼は言った。「子供に自分を責めるような真似はさせたくないからね」彼は唇を嚙みしめて、言いにくそうにそのふた言めを口にしてからジェンを見た。ふたりはリビングルームとキッチンの間にあるダイニングルームに立っていた。外の陽ざしは美しく、テラスのドアの前を光に反射した埃が舞っていた。

「そうね。わたしもトッドには同じことを思うでしょうね」

「赤ん坊の世話というのは、それは骨の折れるものだよ。誰も教えてくれないがね」彼はそう言って肩をすくめた。父はごくあたりまえの娘との時間を愉しんでいる。

「そのときわたしも車に乗っていたの？」

「まさか！」と彼は笑って言った。「仕事へ向かう途中だったんだ。ああ、あのときは——おまえが生まれたばかりのあのころは特別だったな。ときどきお上に電話してこう怒鳴ってやりたくなったよ。〝新生児を育てるのがどんなにたいへんかわかってるのか〟ってね」

「母さんがぜんぶやっていたのかと思ってた」

彼は口をへの字に曲げて首を振った。「おまえにこんなことを言うのもなんだが、あのころは小さなジェンに我が家を乗っ取られていてね。当時のおまえは泣き叫んではみんなを意のままにあやつっていたものだよ」

彼女は瞬きした。父はキッチンに入ると、いつもの手順でお茶の準備を始めた。やかんに目一杯水を入れ――資源の無駄使いでしかないが――それをガスコンロの上に置くと、震える手で慎重に蓋を被せた。ジェンは久しぶりにこのやかんを見た。父の家は一年まえに売却していたが、中のものはほとんど処分してしまっていた。

キッチンは古めかしい匂いがした。タンニンとムスク、それにトレーラーハウスのような匂い。

「どうして睡眠不足に？」

「ケリーと喧嘩したの」たぶんそれは事実なのだろう。彼女は涙の滲んだ目を手で仰いだ。父が信号待ちで居眠りしたという話が頭から離れなかった。ああ、親は子供のためだったらどんな犠牲も払うものなのだ。

父親は擦り切れたタイルの上に立ったまま、何も言わずに娘がしゃべり始めるのを待っていた。ジェンは自分にそっくりな父の目を見た。トッドはこの茶色の目を受け継がずに、ケリーの目を受け継いだ。我が子が父母のどちらに似るかは決められない。それは誰かと子供をつくるときの約束事なのだろう。

「何があった？」と父親は言った。二十年まえならけっして口にしなかったセリフだ。沸騰し始めたやかんがコンロの上でカタカタと揺れていたが、彼はどこか遠くで起きている小さな地震にすぎないとでもいうように知らん顔をしてジェンを見つめた。

「ただの夫婦喧嘩よ」と彼女はしゃがれた声で言った。ほかになんと言えばいいかわからなかった。最初の日から、五百何十日か過去に遡った今日までのことをぜんぶ話せとでも？

父はジェンの向かいのカウンターにもたれた。いつもと同じキッチンだった。一九八〇年代に流行ったオーク材に似せたオフホワイトのフォーマイカのキッチン。その古びた質感にはしっくりくるものがあった。もう使用されていないクリスタルガラスの入った戸棚に、毎晩のように出来上がった料理をのせていたプラスチック製の花柄のトレイ。

「ケリーがわたしに嘘をついていたの」と彼女は言った。

「何について？」

「彼は悪いことに関わっているの。たぶん、ずっとまえから」

父親は一瞬沈黙してから、「はん」という、言葉というよりは音を発し、片手を口に当てた。手には加齢によるシミがあったが、ジェンは今もそこにあるシミを見てほっとした。

「悪いこととは？」

「わからない。犯罪者と会っているようなの」

父親は暗い目をしてきっぱり言った。「ケリーは真っ直ぐな人間だ」

「わかってる。だけど、お父さんはけっして――わかるでしょ」

「なんのことだ？」

「お父さんとケリーはおたがいのことがあまり好きじゃないでしょ」

「彼はおまえに良くしてくれる」父親は娘の質問をはぐらかしてそう言った。

ジェンは悲しそうに笑った。「そうね」

彼女はまた例の家と写真のことを考えた。自分にはあの謎を解明することができないし、どう解明すればいいのかもわからない。それは鍵の掛かった謎だった。

「ケリーがはじめてうちの事務所に来たときのことを覚えているかい？」

「もちろんよ」と彼女は即座に答えたが、それ以上のことは口にしなかった。三月はジェンとケリーにとって特別な月だった。たとえあのときの記憶が今では蝕（むしば）まれつつあるのだとしても。出会ってからほんの数ヶ月後に、彼が肌に刻んだあの印はふたりにとって大きな意味をもっていた。夫はタトゥーを入れることを彼女に言わなかった。日中ふらりとどこかへ消えて行き、何も言わずに帰って来た。そして服を脱がしたとき、ジェンははじめて気づいたのだ。ふたりの歴史（レガシー）が刻まれていることに。

「あのころは雑多な仕事に追われていたわよね」と彼女は言った。

父親がジェンを研修生として受け入れたのは法律事務所を立ち上げたばかりのころだった。父と娘の関係は最悪で、機能不全の家庭の典型的な例だった。彼自身はロンドンでもっとも権威ある法律事務所〈マジック・サークル〉のひとつで働いていたが、途中から自分の事務所を立ち上げたいと思うようになり、リヴァプールへと舞い戻った。そのころの父の頭の中はビジネスと野心でいっぱいだった。そして九〇年代に妻を癌で亡くしたのち、彼は〈イーグルス〉を立ち上げた。なぜ〈リーガル・イーグルス〉としなかったのか、ジェンにはさっぱり理解できなかった。

初期のころは、家賃を滞納しないように専門知識の及ぶ限り、どんな依頼でも引き受けた。代理人の仕事と並行して不動産譲渡の手続きを行い、さらにそれと並行して人身傷害の請求をしていた。「膝の上にテキストをのせて、遺言の補足書を書いていたものだよ」と彼は笑って言った。

ジェンは悲しげに微笑んだ。「タイムシェアの仕事のことを覚えている？」彼女は当時のことを懐かしく思い出してそう言った。

「なんだい、それは？」と父親は言った。が、その口調はどことなく妙だった。まるで誰かに見られていることを意識して口にしたセリフのようだった。

「ほら——タイムシェアの権利譲渡の仕事を請け負っていて、誰がいつ別荘を借りるのかをリストにして管理していたじゃない」

「そうだったかな」

「そうよ！」ジェンは一瞬戸惑った。父は記憶力が抜群だ。過去の出来事を忘れたことなど一度もない。きっと彼女のほうが記憶ちがいをしているのだろう。

「覚えていないな。だが、あのころは良かった。そうは思わないか？」と彼は言った。「オフィスでピザを食べて……」

ジェンはうなずいて「そうね」と言ったが、それは嘘だった。

「それからがらりと状況が変わったんだったな」

「そうだったわね」彼女はケリーと出会ったあの春を思い出した。事務所がようやく軌道に乗り始めたころだった。いくつか大きな訴訟で勝ち、秘書をひとりと経理のパトリシアを雇い入れた。そして今では百人の雇用者を抱える事務所へと成長した。

「夕食までいるかい？」父親はマグカップをふたつ用意して紅茶を注いだ。

ジェンは躊躇した。午後四時だった。父にはあと三時間から九時間の猶予しかない。ふたりの目と目が合った。

彼女は無言のまま湯気を立てるマグカップを受け取り、それを啜って時間稼ぎをした。いつまでもここにいるべきでないことはわかっていた。ほかのことまで変えてはいけない。自分のやるべきことだけに留めるべきだ。宝くじを買ったり、ヒトラーを殺したりして未来を変えてはいけないように、逸脱してはだめなのだ。

しかし、ジェンの口は身勝手な答えを放とうとしていた。「そうするわ」彼女はそうささやいてから思った。こっそり父にだけ聞こえるように言えば、その声は宇宙まで届かないかもしれないと。目撃者のいない、娘から父へのプライベートなメッセージ。彼女は少しの間でいいから誰かと一緒にいたかった。ひとりぼっちになりたくなかった。不可解な手がかりを探る日々から抜け出したかった。〈蛇と梯子(はしご)〉（すごろくのようなゲーム。蛇の口があいているマスに停まると尻尾まで戻らなければならない）の蛇しかいないボードゲームのように、前へは一歩も進めずに、ただひたすら過去へ過去へと舞い戻る現実から逃げたかった。

「夕飯は何にする？」

ジェンが訊くと、父親はうれしそうに肩をすくめた。「なんでもいいさ」と彼は言った。「誰かもうひとりいれば人生は本物らしくなる。そうだろう？　たとえビーンズ・オン・トーストを食べるのだとしても」

ジェンは父の言葉に納得した。

七時五分になった。ジェンは〝いつから冷凍庫にあったかわからない〟と父が言うフィッシュパイをオーブンに入れた。もう帰らなければ。パニックになりながらも、理性がそう訴えかけていた。父親はスリッパを履いた足を交差させて、テレビで『スーパー・サンデー』を観始めた。残された時間はあまりない。そう思うと彼女は父を置いていくことができなかった。どうしてもできなかった。

「オーブンにガーリックトーストも入れたらどうだ?」と父親が言った。「ここ最近はイギリス人らしいものばかり食べるようになってね。ほら、母さんはガーリックが嫌いだったろう? 妊娠中に食べ過ぎたんだそうだ」

「そうなの?」ジェンは立ち上がった。「じゃあ、オーブンに入れてくるわね」

「ああ、『スーパー・サンデー』はつまらんな」彼はチャンネルを次々と替えていった。

「『ロー&オーダー』にして訴訟手続きにいちゃもんをつけるっていうのはどう?」とジェンは肩越しに振り返って言った。

「そうこなくっちゃ」父親はスカイ放送のメニューを見た。「ビールを頼む。それと食事ができるまでの間、ピーナッツもほしいな」

ジェンのうなじの毛が、歩哨(ほしょう)のように一本ずつ立ち上がっていった。

「わかったわ」彼女は静かなキッチンに入ると、ガーリックトーストをオーブンの中に入れた。庫内灯が靴下を履いた足元を照らした。

ビールはすでに冷蔵庫のドアポケットで冷えていた。

「なんでもお好きなものを」と彼はジェンに言った。

戸棚にはありとあらゆるものが入っていた。オレンジスカッシュにアボカドがふたつ、レーズンチョコ、ティーバッグ、クラブ・ミント・ビスケット。彼女はその中からピーナッツの袋を見つけて、彼のところへ運んだ。

「母さんが妊娠中にガーリックを食べていたなんて知らなかった」

「ああ、そうさ。山ほどね。ときどき生で食べることもあったよ。いくつか串刺しにしたものをローストチキンの中に入れて一個ずつ食べていたな」と彼は言った。ジェンは想像した。早すぎる死を迎えた女性が、キッチンカウンターに座って脂っぽい指でガーリックを食べる姿を。そのときジェンは彼女のお腹の中にいた。そしてジェンの中にはトッドがいた。少なくとも未来のトッドをつくる可能性のあるものが彼女の中に存在したはずだ。

「母さんは食べ過ぎたと言っていたよ。だからよくふたりで話していたものだ」――彼はビールとピーナッツの袋を片方の手だけで器用に受け取った。ああ。父はこんなにも健康なのだ――「もうひとり子供ができたら妊娠中は好きなものを食べないようにしようって。そうすれば嫌いにはならないだろうからね」

父親は前屈みになって暖炉に火をつけた。彼が死んだとき、暖炉に火はついていなかったし、オーブンの中にガーリックトーストもフィッシュパイもなかった。こうしたちがいはすべてジェンが生み出したものだ。火は簡単についた。タイプライターで打った文字が紙に印字されるように、炎はすばやく左から右へと燃え広がった。部屋の中はあっという間にほんのりとした熱いガスの匂いに包まれた。

ジェンは暖炉の横のスツールに座った。その椅子は父が捨てずにとっておいたもので、座面に母の刺繡があしらわれていた。ジェンは自分には食べ物も飲み物も用意せず、ただ父のことを見ていた。

これが最後の別れになるとわかっている相手に、人はどんな言葉をかければいいのだろう？　ただ……置いていくわけにはいかなかった。父が灯した暖炉の火のように、ジェンの中に不安が広がり、体全体が熱くなった。ぜったいにここを去ることなどできない。父をひとりにしたままどうして置いていける？

それになんらかの理由でこのことがあの事件を食い止めるのだとしたら？

「だけど、きょうだいはつくらなかったじゃない」会話を途中で打ち切ることも、ここから立ち去ることも、永遠にさよならを言う方法を見つけることもせずに、ジェンはそう言った。

「時機を逸してね。気づいたときには遅すぎたんだ」彼はそう言うと、音をたててビールの栓を抜いた。「法律ってのは――きりがない仕事だろう？　ちょっとのつもりがとんでもない量になって……常々思っていたが、ケリーはその点きちんと考えているよ。手に余る仕事はしないからね」

「ケリーが何を考えているかなんてわかったものじゃないわ」ジェンが厳しい口調で言うと、父親はきまり悪そうな顔をした。

「ケリーはちゃんと考えているさ」と彼は穏やかに言った。ジェンは何かを予見するような奇妙な感覚を覚えていた。もしも……父が自らの死を知っていたら、娘に何か伝えてくれていたのかもしれない。鍵となることを。パズルのピースを。ジェンにとって必要な、死に際の知恵の欠片を。今は暗闇でじっとしているプリズムの一面を。

ふたりは沈黙した。ガスの炎がどこか遠くで降る雨のようにザァザァと音をたて、暖炉から吐き出された猛々しい熱が部屋の上の空気を揺らしていた。彼女はガーリックトーストが焼けるのを待ちながら、この趣ある古いリビングルームにいつまでもいたいと思った。

そしてそのときだった。嵐の雲のごとく、父親の顔に何かがよぎった。彼女が聞かされていたとおり、父の傍らにはピーナッツの袋とビール瓶があった。最初のサインは汗だった。霧雨にあたったように、額全体を汗が覆っていた。「ああ、まったく」彼は頬を膨らませて言った。「ジェン？」

ジェンの体がパニックで熱くなった。こんなふうにやって来るとは予想していなかった。もっと急に起きるのかと思っていた。

父親は腹に手を当てると、顔をしかめてジェンを見た。「ジェン――具合がよくないようだ」彼は不安そうな声を出した。トッドは幼いころ、転ぶとまずジェンを見て自分がどう感じているかを確認していた。息子にとって母親は鏡のような存在だった。そして今、彼女は父の人生の最期の瞬間に立ち会っていたが、親子の役割は逆転していた。

「パパ」彼女は何十年も口にしていなかった言葉を放った。

「ジェン――緊急通報を頼む」娘と同じ茶色の目が、彼女に懇願していた。ジェンは携帯電話を取り出した。疑問を感じる余地はなかった。人生は選択できる。それは所詮、錯覚でしかなかったのだ。

マイナス782日　8時

さらに前年の九月まで遡っていた。ジェンは今おかれている状況を理解すると、昨夜のこと、父親のこと、病院のベッドで彼女を見つめる父の眼差しのことを考えた。父はまだ生きていた。当然さらに過去に遡った今も生きているのだろうが、それは彼女が救ったからではない。いつか未来へ進むようになったとき、自分はやはり父を救うのだろうか？　彼はそのあとも生きていてくれるのだろうか？

青と白の縞模様の包装紙に包まれたプレゼントが寝室の片隅に積まれていた。ああ、トッドの十六歳の誕生日だ。息子の誕生日に隠された、彼が殺人を犯すことになる要因とはいったいなんだろう？　彼女はアンディのことを考えた。事件を食い止めることが目的ではなく、弁護するためではないかと彼が言っていたことを。

ジェンは前の晩――おそらく永遠に辿り着くことのない過去の昨夜だ――に包んだプレゼ

ントの山をじっと見つめた。プレイステーションのゲームソフトとアップルウォッチ。高額なプレゼントだったが、彼女はどうしてもトッドの誕生日に時計を買ってやりたかった。息子のよろこぶ顔が見たかった。今夜は家族揃ってどこにでもある日本風レストラン〈ワガママズ〉に出かけ、誕生日を祝うだろう。今日は寒い一日だった。この年は例年より気候の変動が激しく、ひと晩ですっかり秋になっていた。

ジェンは床に四つん這いになってプレゼントをより分けた。この柔らかいふたつの包みは靴下で、この長方形の箱はアップルウォッチ……彼女は床に広げたプレゼントを見て首を傾げた。このリップバームみたいな丸い小さな箱はなんだろう？　見当もつかなかった。記憶からすっぽりと抜け落ちていた。

なんにせよ、トッドが気に入ってくれるといいのだけれど。

彼女はプレゼントを抱えて階段を下りると、トッドの部屋をノックした。「えっと、どうぞ？」戸惑ったような声。そうだった。ジェンが息子の部屋をノックするようになったのは去年からだった。いや、来年と言うべきか。どちらでもいいことだが。

「お誕生日おめでとう！」ジェンはプレゼントを手にドアノブを下げた。

「待て、待て、待て」ケリーがコーヒーをふたつとスカッシュをのせたトレイを持って、慌てて階段を駆け上ってきた。彼の後ろのピクチャーウィンドウから、高くそびえる秋の青空が見えた。不吉なことなど何ひとつないかのようだ。この先もずっと。

ジェンは息子の部屋に入った。彼は薄緑色のパジャマを着て、ベッドから体を起こしていた。髪の毛はケリー同様ぼさぼさだった。ジェンはドアのところで立ち止まり、息子をじっと見つめた。十六歳。まだほんの子供だ。それ以上の何者でもない。純粋無垢な息子の姿に、ジェンの胸が痛んだ。

トッドは誕生日のこの日も学校があった。彼が支度をしている間に、ジェンは仕事の予定を確認した。今日は裁判がある。離婚弁護士のカレンダーに裁判の予定が書き込まれることは滅多にない。それはアデンブロウクスvsアデンブロウクスで、去年かなりの時間を費やしたケースだった。夫婦は四十年以上連れ添ったあとも、おたがいのジョークに笑い合うくらい仲が良かったが、妻のほうがジェンの依頼人の夫の不貞に三行半を突きつけた。アンドルーは自らの過ちを心底後悔していた。だからそんな彼を見るのは辛かった。もし彼がジェンの立場にあるなら、きっと過去に戻ってその過ちだけを正したいと願うだろう。

夫と息子が出かけると家には誰もいなくなった。彼女は階段を下りながら、裁判を欠席しようと考えていた。明日が来る可能性などないに等しいのだから出廷しなくてもなんら問題はなかった。

するとそのとき、携帯電話が鳴った。アンドルーからだった。

「こっちに向かっているところかい？」と彼は言った。胸がちくりと痛んだ。アンディの理論によれば、彼女は結果の出ない世界に生きているというよりは、自分の行動がもたらす影響を直接見ることのできない世界に生きていることになる。少なくとも今日のところは。

「わたし……」とジェンは口を開きかけたが、彼にそんな仕打ちをするのは耐えられなかった。

「今日は裁判だろう？」と彼は言った。もし今日行かなければ、未来のどこかで解雇されるかもしれないが、そのことが問題なのではなかった。裁判の結果――アンドルーが負けるのだ――が問題なのでもなかった。ほかの依頼人たちのように、そして彼女自身のように、アンドルーが深く傷ついていること、彼の声が単調で悲しげであることが問題なのだった。だからジェンは、ほかの数多(あまた)の依頼人に対してと同じように、彼にこう告げた。十分以内に向かうと。

リヴァプールの州裁判所はいかにも地方自治体の建物といった感じだが、それでも人目を引く堂々とした外観だった。ジェンがここに来ることは滅多になかった――多くの事務弁護士(ソリシター)がそうであるように、彼女も早い段階で示談にもちこもうと努力していたし、実際のところ、いがみ合いと訴訟費用が発生するまえに和解することがほとんどだった。しかし、アンドルーと彼の妻はちがった。ふたりの最大の争点は、来年満額になる相当額の年金基金のことだった。アンドルーがけっして譲歩しようとしないことにジェンは驚いた。だが、裏切ったほうも裏切られたほうも共に分別を失うものだということは、彼女がこれまでのキャリアの中で学んだもっとも重要であり唯一の教訓だった。

「あのね、この裁判は負けることになると思うの」ジェンは法廷弁護士（バリスター）——この裁判の聴聞会に出席した人間がいたことにほっとしていた——と挨拶を交わしたあと、アンドルーに言った。

いつもだったら、こういった大胆で悲観的なことはけっして口にしない。だけど、裁判に負けることを彼女は知っているのだ。「わたしが判事なら、妻に有利な判決を出すわ」

「ああ、そうかい。きみは私の味方のはずだが」アンドルーは棘（とげ）のある口調で言った。彼は六十五歳になろうとしていたが、年齢の割に若々しく、週に三日はスカッシュに、ほかの日の夜はテニスに打ち込んでいた。浮気をしたことを妻に洗いざらい打ち明けてからはすっかり孤独になり、浮気相手の女性とも関係を絶っていた。ジェンはときどき、自分が妻のドロシーだったらアンドルーのことを許すだろうかと考えることがあった。たぶん、許すのだろうが、ジェンの立場からそう言うのは簡単だ。アンドルーがひどく傷ついて立ち直れないでいることや、家中にドロシーの写真を飾ったままにしてあることを知っているのだから。

ジェンはアンドルーを連れて法廷に続く廊下の脇にある会議室に入り、明かりをつけた。そこは寒々とした埃っぽい場所で、少なくとも数週間は使われていないようだ。「奥さんのために譲歩すべきだと思う」と彼女はアンドルーに言った。

アンドルーは渋っていたが、法廷弁護士(バリスター)の費用を無駄に払うことになるのだというジェンの淡々とした粘り強い説得の末、ようやく年金基金の七十五パーセントを相手側に譲ることで合意した。ジェンはその条件を携えて妻のいる会議室へと向かった。これならきっと相手側も納得するだろう。

ドロシーは弁護士たちと一緒に待機していた。彼女は凛(りん)とした小柄な女性で、隙のないメイクを施していた。その体型からは、祝日に十六キロもウォーキングする六十五歳の鋼(はがね)のような強さが窺われた。

「〈アビバ〉の七十五パーセントで」ジェンは同じロースクールに通っていた事務弁護士(ソリシター)のジェイコブに言った。当時、ランチにチキンナゲットとポテトばかり食べていた彼は、家族法の試験で四十九パーセントの成績を取るような冴(さ)えない学生だった。ジェンは、自分なら彼を代理人になどしないのにと思ったが、考えてみれば、ほとんどの専門職がおそらくジェイコブのような人たちで溢れかえっているのだろう。

ジェイコブはドロシーに向かって眉を吊り上げた。どうやらどこまで許容するかを事前に取り決めていたようだ。ドロシーはうなずいて両手を揉み合わせ、ジェンが慎重に作成した合意書にサインをした。すんなり話が進み、みんなにとって楽な一日になったことをよろこんでいる様子だった。まだ午前十時にもなっていなかった。ジェンは同意書を持ってアンドルーの待つ会議室へ戻ったが、ふと見ると、ドロシーのサインの横に短いメモが残されていることに気づいた。アンドルーはそれを見ると、紙をもった手を震わせた。ジェンは素知らぬふりをしていたが、そこにはたったひと言こうあった。〝ありがとう、x〟

ジェンは事務所に向かいながら、今日のこのちっぽけな変化が、未来のどこかで自分と彼らふたりをなんらかの形で救うことになるのだろうかと考えた。だが、次に目を覚ましたときは、変化を起こすまえの過去に遡っているのだ。だから、きっとそうはならないのだろう。

ジェンがオフィスに戻ると同時に、金属音が鳴ってケリーからメッセージが届いた。〝裁判は順調？ x〟彼女はすぐに返信をしなかった。すると続いて、〝コーヒーをどうぞ〟という言葉に添えられて、手首のタトゥーを露わにしたケリーの手に〈スターバックス〉のカップが握られている写真が送られてきた。背景はぼやけているものの見覚えがあった。彼が聖霊降臨祭のときに訪れたあのうち捨てられた家の一部が映っていた。砂利を敷き詰めた私道に石造りの壁。大胆にも、あの家の前から写真を送ってきたのだ。ジェンがそこに行ったことを知らない彼は、気づかれるはずがないと思っているのだろう。

そして彼女は今、裁判所ではなくオフィスにいて、このメッセージを受け取っている。きっとそこになんらかの理由があるにちがいない。

ジェンはこれまで幾度となくそうしてきたように、靴を脱いでストッキングのままラケシュのオフィスに向かった。若返った彼は、まだタバコの匂いをさせていた。

彼に住所を伝えた。「この〈サンダルウッド〉っていう家はボナ・ヴァカンティアなの」

とジェンは言った。それは王室の管理下に置かれる所有者のいない不動産のことだった。

「そのまえの持ち主を探すことはできない?」

「ああ、ボナ・ヴァカンティアか。私を試しているんだね」彼はにやりと笑った。口元からのぞいた歯は以前よりも白かった。

「ボナ・ヴァカンティアで調べれば、もとの所有者を記載した資料を見ることができるんじゃないかな――ちょっと待って」ラケシュはそう言うと、すぐにマウスをクリックした。ジェンはこうして彼のオフィスにいられることがうれしかった。ラケシュは彼女よりもずっと法理論に精通している。最初から彼に訊くべきだったのだ。

「どうやら土地を引き渡す相手がいなかったようだね。相続人が死亡している」とラケシュは言った。「ハイルズだ。ハ、イ、ル、ズ」

ジェンの胸の中で何かが爆発した。ハイルズ。ライアン・ハイルズ。きっと彼だ。あの死んだ警官だ。時を大きく遡った現時点でも彼はすでにこの世にはいない。それはいったい何を意味しているのだろう? ジェンは頭の中で、トッドと死んだ警官、そしてジョゼフ・ジョーンズの殺害、それらの関連性について考えた。ジョゼフが警官を殺し、トッドが報復したのかもしれない。正義の追求。それが息子を守る大義名分? だけど、ジェンでさえ、何もかもが常軌を逸しているとしか思えなかった。彼女はあの事件が起きた日から遠ざかりすぎていた。

「だけど……最近、調べてみたんだけど、彼の死亡は通常の出産、結婚、死亡の登録には載っていないようなの」

ラケシュは素速くキーボードを打ちながら、パソコンの画面を目で追った。「たしかに載っていないね。でも、死亡しているのはまちがいないよ。土地登記所が死亡証明書を請求しているからね」

「いつ死亡したの?」と彼女は訊いた。頭の中を馬鹿げた理論が渦巻いていた。

「それは記載されていないみたいだ。だけど、三ポンドで死亡証明書を取ることができるよ——やっておこうか? どのファイルに入れておけばいい?」

「気にしないで」とジェンは疲れた顔で言った。「時間がかかるだろうから」

「二日しかかからないよ」

「ううん、本当にいいの」

ジェンはラケシュのオフィスを出ると、父親のオフィスの前を通った。父はドアを少し開けたままにして電話をしていた。彼女がドアから顔を覗かせると彼は手を上げた。白いシャツに灰色のベストを着ている父は、あと六ヶ月の命しかない人間にはとうてい見えなかった。ジェンが最後に父と会ったのは病院だった。だから、日焼けして健康そうな彼の姿をまじまじと見ずにはいられなかった。父は電話口に向かって言った。「すまんが、二〇〇五年以前の書類はないんだ。ぜんぶ水に浸かってしまったものでね」

ああ、そうだった。二〇〇五年の水害。産休中だったジェンは父を助けに事務所に行くことさえしなかった。涙で目が霞み、ドアノブに置いた指がほんの少しだけ長くそこにとどまった。父はじれったそうに手を振ってジェンを追い払った。それがいかにも父らしくて、彼女は寂しげに小さな笑い声をあげた。

トッドはガーリック&チリソルトを振りかけた枝豆を食べながらおしゃべりをしていた。彼は器用に莢の中の豆を取り出して口の中に投げ入れた。ケリーは椅子にもたれて息子の話にただ耳を傾けていた。

「だからさ」とトッドは枝豆を飲み込みながら言った。「トランプは単にイカれてるんだよ――ただの共和党員以上にね」

ジェンの胸がピンク色の綿菓子でいっぱいになったように軽くなった。息子がどんな人間に成長しようとしているのか、彼女にはわかっていた。少なくとも殺人を犯すまではわかっているつもりだった。ここに彼という人間の原点を見ることができる。息子はこれから先の二年間でアメリカの政治について多くのことを学び、母親の理解を完全に上回るほどの知識を身につけることになる。ふたりは来年、ドラマ『ザ・ホワイトハウス』を一緒に観るだろう。トッドは一時停止して選挙の仕組みをジェンに説明し、ジェンも同じことをして登場人物の恋愛事情についてトッドに説明した。ジェンはこのときのこともすっかり忘れていた。

過去は霧のように地平線の彼方へと消えていってしまうものだが、彼女は過去を生き直すことで、大事なことを発見することができるのだ。

「当然、次も選ばれるんだろうな」トッドはそう言って、口の中に枝豆を入れた。「すべてフェイクニュースだってやつでしょ？　今じゃトランプについてのネガティブなニュースはぜんぶフェイクってわけさ。ある意味、天才だよ」彼はテーブルの下に手を伸ばして派手な緑色の靴紐をいじった。それはあの丸い小さな箱に入っていたプレゼントだったが、箱を開けたときのジェンは息子と同じくらいそのプレゼントに驚いた。

「やつは天才なんかじゃない。ブタ野郎さ」とケリーは冷めた口調で言った。「だが、おれも賛成だ。二期目も選ばれるだろうな」

ジェンは笑みがこぼれそうになるのをこらえた。「トランプが落選するほうに百ポンド賭けるけど、どう？　それでバイデンが当選するの」

「バイデン？　ジョー・バイデンのこと？　あの年寄りが？」トッドは目をぱちくりさせた。

「そうよ。賭ける？」

トッドが笑い声をあげると、髪の毛が顔にかかった。「いいよ、その話のった」

「それで」とジェンは息子に言った。「ケーキが来たら何をお願いするつもり？」

彼は両手で頬を支え、指の上から彼女を見た。ジェンはずっと昔、幼い息子の爪を切っていたときのことを思い出した。爪切りを怖がる我が子を安心させようと、彼女はまず自分の爪を切ってみせた。その必要がないときでもそうしていた。「ケーキとかセレモニーとかそういうのはいいって」トッドは顔を赤らめてそう言った。でも、本当はうれしいにちがいない。ジェンには息子の気持ちが自分のことのようによくわかる。母と息子の関係はジッパーみたいなもので、年月を経るごとにゆっくりと離れていく。だけど、今のふたりの関係は二〇二二年のそれよりもずっと密着している。

「願いごとを教えてくれたらね」

「誕生日の願いごとは誰にも言ったらだめなんだよ」彼は反射的にそう言った。ああ、息子はまだ髭一本生えていないし、すぐに感情を露わにする。この赤くなった顔。この恥じらいとよろこびの混じった笑顔。願いごとにまつわる迷信を信じているこの純粋さ。おとなになるために、それらをすべて捨て去るまえの息子がここにいる。

「なに？」と彼は不思議そうに彼女を見た。

「ううん――ずいぶんおとなびて見えるなって」彼女は本心とは裏腹の感想を述べた。

トッドは照れたように手を振ったもののうれしそうだった。ジェンの目が涙で潤んだ。

「ああもう、泣いたりしないでよ」と彼は軽い口調で言った。

「ここはなんだか妙な場所だな」ケリーがまるで逃げ腰の外交官のように話を逸らせようとした。ジェンは彼の目を見つめた。この濃紺の目は独特だ。だけど写真の中の人物は……この目と同じではなかったのかもしれない。単なるかんちがいだったのかも。ケリーは椅子にもたれて腕を大きく広げた。「まるで……なんというか、学校の講堂みたいだな。なのに、どうしてこうも席と席との間隔が狭いんだ?」

メインの料理が運ばれてきた。ジェンはメニューの中で唯一好きなチキンカツカレーを注文していた。「願いごとを教えて」と彼女はトッドに言った。

「言っても実現するって約束してくれたらね」トッドは餃子(ギョーザ)を箸で刺しながら言った。ジェンは息子がこの日、箸を使いたいと言い張り、そんな彼を笑ったことを思い出した。でもあの夜、キッチンでトッドが科学のことについて語ったことが頭をよぎり、今日は笑わなかった。息子にとっては大事なことなのだ。

「約束する」とジェンは言った。

「ただ――いろんなことがうまくいきますようにって。一般中等教育修了書(GCSE)が取れますようにとか、勉強をがんばるので何者かになれますようにって」

「何者かって?」強すぎるランプの光の下で、ジェンはトッドの目を見て静かに訊いた。彼は青白い顔をしていた。フライパンでガーリックを焦がす匂いが漂ってきたとたん、父親とオーブンの中のガーリックトーストのことが脳裏に浮かんだ。

トッドは肩をすくめた。親の注目を一身に浴びながら、夢を語ったり、考えごとや願いごとをしたりすることに満足しているようだ。「科学のことだよ」と彼は言った。「科学に携わる人。ぼくは将来、地球を救いたいと思っている。世界を変えたいんだ」

「そうね」とジェンは静かに言った。息子の切なる願いをどうして笑いものになどできよう。

「それはあっぱれだ」とケリーが言った。「かっこいい（クール）じゃないか」

「べつにかっこいい（クール）とかってことじゃないよ」

「素晴らしいって意味で言ったんだ」

「だろうね」トッドが鼻を鳴らしてそう言い、ケリーは声をあげて笑った。が、次の瞬間、夫は顔を上げると、ふたりの後ろに何かを見つけて表情を変えた。

「ああ、ごめん、電話に出ないと」ケリーは勢いよく立ち上がった。その拍子にTシャツがずり上がり、スリムなウエストが見えた。夫は携帯電話を耳に当てて席を離れた。ジェンはそんな彼をじっと見つめた。電話は鳴ってもいなかったし光ってもいなかった。

彼女は後ろを振り返った。

ふたつ後ろの席にニコラ・ウィリアムズが座っていた。髪の毛を下ろし、あでやかな服を着た彼女はまったくの別人のようだが、まちがいない。ニコラは笑いながら男性とラーメンを分け合っていた。

ジェンの背中に熱いものが駆け抜けた。そうだ。そうだった。ケリーは仕事で急用ができたと言って誕生日の食事会を途中で抜けたのだった。ジェンはもう一度夫に視線をやった。彼はものの十秒ほどで通話を終えて、席に戻って来るところだった。「仕事が入った」そう言うと、そわそわしてふたりをちゃんと見ようともしなかった。もちろんニコラのことも見ていなかった。「本当にすまない――顧客が予定より早く戻って来て、仕事の打ち合わせをしたいと……悪いが、抜けても……？」

「いいよ」とトッドは言った。殺人を犯すまでの彼は、いつだって分別をわきまえたやさしい子だった。息子は手を振ったが、その姿が突然、子供とおとなの狭間にある男性のようにジェンには見えた。「ぜんぜんかまわないよ。もう行って。パパの分はぼくが食べておくから」

「でも今日は誕生日なのよ！」ジェンは時間稼ぎをしようとした。

「べつにいいって」

「ノーベル賞を取ったら、おれのことを思い出してくれ」ケリーはトッドにそう言うと、ふたりに手を上げて立ち去った。

ジェンはいてもたってもいられず即座に立ち上がった。

「ニコラ」ジェンはニコラに向かって声をあげた。ニコラは彼女のほうを見ることも、なんらかの反応を示すこともなかった。ただ、男性にラーメンを食べさせていた。「ニコラ？」ジェンは彼女のいるテーブルのところまで行き、もう一度言った。ケリーが歩みを止めて、その場でゆっくり振り返り、ジェンを見た。

ニコラは困ったように口元を歪めて頭を振った。「わたしの夫を知っているんじゃない？」ジェンはケリーを指さして訊いた。

ニコラとケリーの目が合ったが、そこにはなんの含みもなかった。まるきり知らない他人同士のようだった。ふたりは超一流の嘘つきか、まだ会ったことがないか、この女性がニコラでないかのどれかだろう。ジェンは彼女に近づいた。ああ、まさか。ジェンはニコラをビリヤードバーのドアの隙間から見ただけにすぎない。そして今、目の前にいる女性は、ニコラではなかった。女性はニコラより身なりが整っているし、髪型もちがっていた。メイクも服装もきちんとしている。

「ごめんなさい。てっきり知り合いかと思って」とジェンは恥ずかしそうに言った。

ケリーはテーブルに戻って来ると、低い声で言った。「いったい、どういうことだ？」そこには断罪するような響きがあった。怖ろしいまでの怒りが滲んでいた。

「ごめんなさい――彼女があなたの昔の知り合いだと思ったものだから」ジェンはそう言ったものの、実際はケリーの友人になど一度も会ったことがなかった。

「見ず知らずの他人が？」ケリーはジェンがさらに言い訳するのを待っていたが、口を開きそうにないと知ると、その場を立ち去った。きっと思いちがいだったのだ。夫が席を立ったのはニコラが理由ではなかったのだろう。

「パパがいなくて悲しい？」とジェンはトッドに訊いた。

息子は肩をすくめただけで、特に気にしていないようだ。「べつに」

「それならよかった」

「いつもはママのほうがいなくなるからね」トッドはさらりとそうつけ加えた。ジェンははっとして顔を上げた。自分がここにいるのは、ケリーの行動を観察するためではないのかもしれない。

ジェンはトッドをまじまじと見た。息子はうつむいてテーブルを見つめていた。彼女はアンディと話し合った潜在意識のことを考えた。手がかりは顕著なものとして現れるとは限らないと言っていたことを思い出した。

ジェンはふとトッドの科学プロジェクトについて彼と交わした会話のことを思い出した。息子はなんと言っただろうか？〝ふだんはぼくの好きなことに興味なんてないだろ〟彼女はひとつが空っぽで、もうひとつにはピザの入ったふたつの箱のことを、息子を家に置き去りにしたあの夜のことを考えた。もしかしたら、このことは犯罪組織だとか嘘つきの夫だとか殺人事件だとかよりも、ずっと根深い問題を孕(はら)んでいるのかもしれない。もしかしたら、ケリーは単なるレッド・ヘリングなのかもしれない。ふだん家をあけてばかりいるジェンが、トッドの誕生日に遡って今こうして息子といるのはなぜなのか？人はなぜ犯罪に駆り立てられるのか？もしかしたら、彼女の母親としてのありかたが問題だったのかもしれない。結局のところ、子供の行動というのはすべて母親のいるところから始まるものなのだから。

ジェンとトッドはそれからさらに二時間ほどレストランでねばった。その間、明らかに苛(いら)

立った様子のウェイトレスが何度もやって来ては、ほかに注文はないかと尋ねた。外では太陽が沈み、空は赤みがかった深い紫色に染まっていた。トッドはプディングをふたつ食べた。「誕生日のときくらいしか食べらんないだろ?」息子にそうせがまれたジェンはプディングを追加で注文した。

「今がいちばん育ち盛りね」彼女は十八歳ではなく、十六歳の子供の母親に難なくなりきっていた。母性とは生得的なものである。ジェンはしばしばそう言われてきた。ただ自覚していないだけで、彼女の中に息づいているのだと。でも、どうしてもそうは思えなかった。彼女は子供のいる生活に適応するのに長い時間を要した。出産時は身も心もぼろぼろになり、トッドが赤ん坊のころは毎日が手一杯で、常に何かに追われていた。世間でよく言われる子育ての過酷さは本当だった——手つかずの紅茶のカップが家のあちこちに置かれ、友人とは疎遠になり、仕事は雑になった。

ジェンはそんな状況に蓋をして見て見ぬふりをしてきた。手榴弾が爆発するかのように、彼女の人生に突如としてやって来た赤ん坊。彼女は我が子を無条件に愛せない自分を恥じていたが、母親として不十分なままの人生に甘んじてしまっていた。自分を恥じることに慣れてしまっていた。しかし、年月を経ると、自分を恥じながらも、いつの間にか息子を心から愛するようになっていた。

ジェンは思い出した。トッドが五歳か六歳だったころ、学校へお迎えに行き、小さな教室から息子が出てくるのを待っていたことがあった。まるでグラス一杯のシャンパンを飲んだときのように、興奮に沸き立っていた。ただ……幼い息子に会えるというだけで。

本物の愛、それは本来、恥じる気持ちを凌駕(りょうが)するものなのだろう。けれども、親としての評価はそこら中に根を張っていて、けっしてそうはならなかった。恥じる気持ちはどこへでもやって来た。学校の校門に、病院の診察室に、いまいましいオンラインコミュニティ〈マムズネット〉に。彼女は恥じる気持ちを手放せなかったし、手放すべきでもなかったのだ。

〝ふだんはぼくの好きなことに興味なんてないだろ〟

「そろそろ行こうか？」トッドはそう言って親指でドアのほうを示した。

「パパのこと、ごめんね」と彼女は息子に言った。

トッドは、太陽に雲がかかったときのように顔をしかめた。「べつにいいって言ったじゃん」彼は戸惑った様子だったが、立ち上がろうとはしなかった。

「それと、もしママが……ほら、理想のママじゃなかったらごめんなさい」

「勘弁してよ、お母さん」トッドは机を軽くはじく仕草をした。十六歳でもう話を逸らすことを学んでいる。

「あなたに話しておきたいことがあって――」彼女はどう言ってよいかわからず、そこで言葉をきった。

「なに？」トッドは表情を和らげた。

「ある夢を見たの……」夢ということにしておくのが、このカオスにおいては好都合だった。「未来のことで」

「それで？」とトッドは言ったが、そこにいつもの皮肉っぽさはなく、むしろ興味を惹かれたようだった。彼はチョコレート・プディング用のフォークをいじった。

「紅茶をもらう？」

彼は肩をすくめた。「いいけど」

苛ついたウェイトレスに紅茶を注文すると、すぐさまお湯の中にティーバッグを入れたままのカップが運ばれてきた。トッドは木のスティックでティーバッグをつついた。

「その夢ではね」ジェンは慎重に話し始めた。「あなたは成長していて、親離れしているの」

「うん」トッドはテーブルの上にのせた片方の手を母親のほうへ這わせた。そう、そう、そうだった。息子はまだ半分子供だったころ、よくこうしていた。

「そんなとき、あなたはある犯罪を起こしてしまう」と彼女は言った。「それでママ、思ったんだけど……」

「ぼくはぜったいにそんなことしないって！」トッドは十代の若者らしく、体を激しく揺らしてケタケタ笑った。

「わかってる。だけど――物事は変わるものなの。だから訊いておきたいんだけど……ママとあなたとの関係で変えてほしいことってある？」

「ないけど？」トッドはまたいつものように顔をしかめた。彼がはじめてこの表情を見せたのは、生後八ヶ月にイチゴを食べたときだった。心のどこかでは、それが母親ゆずりのものだとわかっていたが、息子がその顔をしたときに、ジェンははじめて自分もまったく同じ表情をしていることに気づいた。〝あれはわたしの顔よ！〟彼女はびっくりしてそう思ったものだ。ときどきスナップ写真に写った自分がそんな表情をしているのは知っていたが、はっきり自覚したのはトッドが顔をしかめたときであり、そこに自分の姿を見たからだった。

　頭上の照明がセンサーか何かに反応して消えると、まるで劇の演出のように座席の中央にだけ光が降り注いだ。息子の誕生日にショッピングモールの地下にいる親子にスポットライトが当たった。トッドの行動はここから始まるのだ。母と一緒に。

「ないの？」

「ママは人間だよ」その言葉はあまりにシンプルで、ジェンは自分の中にある何か深遠なものがひっくり返ったように感じていた。それは息子がまだ生まれるまえ、彼がジェンのお腹の中で小さな樽（たる）のように転がりながら、温もりと安心と幸福を覚えていたころに感じていたものとまったく同じ感覚だった。

「ママを取り替えたいとは思わないよ」トッドはそう言ってから、両手をテーブルについて席を立とうとした。母親とのおしゃべりを拒否しているわけではなく、ただ単に特別意味のある会話だと思っていないのだろう。

駐車場へ向かいながら、ジェンは息子に打ち明けようとした。それは夢ではなかったのだと。現実なのだと。未来に起きることなのだと。そして彼女はあのおぞましい運命から、あの犯罪から、あのナイフから、あの流血から、あの殺人から息子を救うために全身全霊を注いでいるのだと。だけど、彼はジェンの話など信じないだろう。誰にも信じられるわけがない。ああ、今ここにいる息子は寒さに頰をピンク色に染め、幼いころと同じように口のまわりにチョコレートをつけている。ジェンは息子にあらゆる影響を与えてきた。特に好きなものに関して。たとえばブルボンのビスケット。ふたりはしょっちゅうそれを食べていた。

彼女はずっと昔のそのころに戻りたいと思った。おそらく問題の核心はケリーにあるのではない。父親が何をするにせよ、それに対してトッドがどう反応するか、それが問題なのだ。

「昔はあなたを抱っこして運ぶことができたのよ。今はこんなに大きくなって」ジェンは息子を見上げた。

「今はぼくがママを運べるよ」

「そうね」トッドはジェンの肩に腕を回し、ジェンはトッドのウエストに腕を回した。彼女は車まで歩きながら、息子を抱きしめたのはこれが最後だったことに気づいた。彼はこの時期を境に母親とハグすることに恥ずかしさを覚えるようになった。一度目の息子の誕生日に彼と並んで歩いていたときは考えもしなかった。これが最後になるかもしれないなんて。

階下から声がしていた。ジェンはもう少しで眠りに落ちるところだったが目を覚ました。忍び足でピクチャーウィンドウのそばを通り、階段を下りた。書斎にケリーがいる。ジェンは立ち止まって耳を澄ました。

夫は電話をしているようだ。

「ああ、わかった」と彼は言った。「朝、ジョゼフに連絡がつき次第、おれから電話があったことを伝えてくれ」

ジョゼフ。

だが、かしこまった相手に話しているような感じではない。時間も遅すぎる。おそらく共通の知人だろう。

「ああ、そうだ。おれがもう関心をなくしているとは思ってほしくないんでね」まるで初心者がギターを爪弾くように、彼は言葉につかえながらゆっくりと慎重に言った。「二十年来のビジネスパートナーだ。その関係を壊したくはないさ」

ジェンは階段のいちばん下に座っていた。二十年。

その言葉はふたつの意味で重要なのだろう。裏切り、そして予言。それはジェンがさらに遠い過去へと遡らなければならないことを暗示していた。

マイナス1095日 6時55分

iフォンXRだ、とジェンは思った。手にしたそれは大きな長方形のブロックのようだった。彼女は啞然としてベッドの上の携帯電話を見下ろした。それをアップグレードしたときのことをはっきり覚えていた。なぜなら車のブルートゥースに接続できなくなり、助けを求める依頼人と帰宅途中に通話ができなくなったからだ。日付を確認した。二〇一九年十月三十日、水曜日。三年まえ。あの日からほぼきっかり三年遡っている。

彼女は階下(した)に下りて紅茶を淹れた。家は静まりかえっていた。トッドはまだ起きていなかったし、早朝にもかかわらずケリーも不在だった。

家の裏手のオークの木が見事に色づいていた。木の根元からキノコが三本突き出ている。ドアを開けると、地面からはあの湿った煙の匂いがした。冬が静かにエンジンをふかしていた。

ジェンは冷たい素足のままテラスに立って紅茶を啜(すす)った。いつか二〇二二年の十一月を迎える日が来るのだろうか? ゆらゆらと立ち上る湯気で視界がぼやけていた。

ジェンは怒っていた。夫と息子について何を暴けというの? ケリーの父親としての素質は天性のものだった。彼は何に対しても天性の素質があり、余計な心配や怒りや罪悪感に苦しめられることはけっしてなかった。彼はジェンとの間にできた赤ん坊を愛した。ただそれだけだった。夫が父親へと変貌していく姿は興味深かった。「あの笑顔ですべてが報われるようだよ」ある日の明け方四時に、ケリーはそう言った。空には月が出ていて、フクロウと世界中の赤ん坊だけが目を覚ましているような瞬間だった。けれども、犠牲というのは男と女とでは異なる概念なのだろう。報われるとは、いったい何が? ケリーの体に変化はなかった。ジェンとはちがい、乳首が割れた皿のように裂けることもなかった。今のジェンなら〝すべてが報われる〟というその言葉に深くうなずくことができる。が、ときどきこう思うのだった。睡眠や時間など、かつて失われたものを取り戻すことができた今だからこそ、その言葉に共感できるのかもしれないと。

そしてその間にトッドは心に傷を負ったのかもしれない。もし彼女がトッドの中の何かを引き起こしてしまった——彼女はそう確信していた——のだとしたら。親としての自信がもてなかったジェンは、おそらく幼少期のどこかで息子に決定的な打撃を与えてしまったのだろう。息子が四歳だったころ、彼女は保育園のお迎えに行き忘れたことがあった。ケリーが行く日だとばかり思っていた。トッドは鍵の閉まった保育園の外で保育士と一緒にお迎えが来るのを待っていた。ジェンはそのときのことを思い出して顔をしかめた。そういったことが原因で、トッドは成長してからこう思うようになったのだろうか？　自分こそが父親の問題を解決しなければならないのだと。ただ、おそらく問題はケリーにあるのではない。トッドの父親に対する反応が問題なのだ。

「もう行ける？」階上からトッドの声がした。まだ声変わりの途中だった。「やっと今日がきたよ」

ジェンはみるみる不安になった。今日がなんの日なのかまったく覚えていなかったし、息子がどんな様子なのかもわからなかった。信じられないことに、今の彼は十五歳だ。

トッドがキッチンに下りて来た。その姿はまるで見知らぬ人のようで、ジェンの歴史の中に登場する亡霊だった。トッドは子供だった。十歳を少し超えたくらいにしか見えない子供だった。そういえば、息子は同級生たちよりも成長が遅かった。当時はそのことに随分と気を揉んだものだが、無事に成長期を迎えると同時にすぐに忘れてしまった。子育てにおける諸々の苦労はそれが終わるまでは永遠に続くように感じられる。彼は十六歳になるまえのどこかで急成長した。眠っている間にどんどん背が伸びていった。ホルモンの分泌、成長痛、声変わり、筋肉のついた腕。だが、ここにはそれらの変化が起きるまえの幼い息子がいる。

「今日よね」そう言いながらも、ジェンの頭の中は糸車のように空回りしていた。十月、十月、十月。さっぱりわからなかった。息子の誕生日ではないし、特別なことがある月でもない。だけど明らかにトッドにとっては特別な日のようだ。

「じゃあ、はやく着替えてよ」息子はそう急(せ)かしてからうれしそうにつけ加えた。「ぼくも着替えるから」どこへ出かけるつもりなのか訊くわけにはいかない。ジェンが忘れていることを白状することになってしまう。

彼はあの懐かしい仕草で母親のほうを振り向いた。ジェンは廊下でそんな息子の痩せた肩に腕を回した。誰かがマッチを擦ったかのように、希望の炎が背筋を伝った。これだ。きっとこれにちがいない。息子との大事な外出が自分をしかるべき場所へと導いてくれるはずだ。あの冷たい秋の夜に、息子の誕生日を祝って〈ワガママズ〉に居座ったことは正しかったのだろう。子供はいくら愛されても愛されすぎることはない。ジェンは切に求めていたこと、つまり子育てをやり直すという願いを叶(かな)えつつあった。

「何を着ていったらいい？」彼女は手がかりを求めてそう訊いた。

「ぜったいにスマートカジュアルだって」とトッドは子役のように言った。ジェンは彼に続いて階段を上った。息子は歩き方もちがった。ゆっくりと大股でぎこちなく歩くその姿は、まるでまだ自分の体に慣れていない子供のようだった。

「オーケー。スマートカジュアルね」と彼女は言った。

トッドはジェンの寝室に入り、部屋専用のバスルームに向かうとシャワーを浴び始めた。ああ、そうだった。彼はさしたる理由もなく、この部屋のバスルームを好んで使っていた時期があった。それはヘンリー八世がお気に入りの寝床を見つけては数ヶ月毎に場所を変えていくようなもので、単なる家庭生活のリズムにすぎない。十五歳のときのトッドはプライバシーに関してはさほど頓着していなかった。十代の子特有の自意識過剰な時期にまだ入っていなかったのだ。彼女は当時のことを思い出した。あのころはバスルームのドアが開けっぱなしになっていることに困惑しつつも、それを伝える術を知らなかった。けれども、多くのことがそうであるように、その時期は早々に終わりを迎え、彼はメインのバスルームのドアにしっかりと鍵を掛けるようになった。

「このタオル使うね」とトッドが言った。

「いいわよ。どうぞ」ジェンはやさしく言葉を返した。

彼女はケリーを探したが、どこにもいなかった。私道に車はないし、スニーカーもない。朝もまだ早いが、仕事に出かけたのだろうか――それとも……？　ジェンが目覚めるまえに家を出てしまったため、GPSアプリを起動させるチャンスもなかった。だから、追跡は不可能だった。

ジェンは寝室に戻ると、指先で壁に触れた。壁の塗装は淡いピンク色だったが、この先、グレーに塗り替えて絨毯も新調することになる。ジェンは寝室のリフォームを逆に辿っていた。

携帯電話にこの日の記録はなかった。Eメールを調べてみても同じだった。冷蔵庫にマグネットでチケットでも貼りつけているかもしれない。そう思ったジェンが階段を下りかけたとき、トッドの声がした。

「でもさ」彼の声はシャワーの音でくぐもっていた。「ナショナル・エキシビション・センターはばかでかいから、スニーカーのほうがよくない？」

そうだ、思い出した。NECで科学博覧会が開催されたのだ。たしかあの日はお出かけ日和だった。高速道路を走りながらスイーツを食べ、笑い声をあげ、帰りにはホットチョコレートを飲んだはずだ。ジェンにとって科学博覧会は退屈極まりないイベントだったが、その気持ちをうまく隠せていただろうか？　いや、明らかに隠せてはいなかっただろう。

「あれは当然そうなるって」煙を上げる試験管を見ながら、トッドは冷めた口調でそう言った。大きな足に、豊かな髪に、笑みをひた隠しにした顔。息子は愉しくないふりをしていたが、本当は興奮に浮き足立っていた。「固体化した二酸化炭素なんだから当然だろ」

「わたしには魔法みたいに見えるけど」とジェンは言った。

トッドは肩をすくめた。ふたりは青い絨毯の敷かれた展示場を見て回っていた。会場は人でごった返していた。高い天井もこの場の閉塞感や人工的な熱、それにここを訪れた人たちの二極化を和らげてはくれない。来場者のほとんどがカップルだが、片方は科学に強い関心があるものの、もう片方はそんなパートナーにつき合わされているだけのようだ。

一度目のときと同じように、ジェンの腰が痛み始めていた。前回は、展示物を見て回る息子につき合うよりも店やカフェに行きたいと思いながら携帯電話ばかりいじっていた。が、今日の彼女は、ほかのことに気を取られまいと固く心に誓っていた。

「あれはおもしろそうだな」トッドの指さした先には、展示ホールの端に建てられた小さめのテントがあり、蛍光色のジャケットを着た、かしこまった男性が受付をしていた。大勢の来場者たち——ゆっくり歩きながらそれぞれのブースで立ち止まり、展示物に触れたり、コーラを買ったりしている——の向こうに、そのブースの名称が見えた。〈わたしたちの身のまわりの科学〉。

トッドはすたすたとそのブースのほうへ歩いて行った。ジェンもあとからついて行った。テントの中に入ると彼は〈宇宙〉のコーナーへ、ジェンは〈遊んでみよう〉のコーナーへと足を向けた。

「何か興味を惹かれたものはありますか？」光沢のある白いカウンターの後ろから、受付の女性が声をかけてきた。青いTシャツを着た彼女の前には様々な科学装置が置かれている。水晶玉のようなラジオメーター。ニュートンのゆりかご。世界各地の現在時刻を表示した巨大な時計。

ジェンの体が熱くなり、手の血管が膨張したようになった。このすべてが真っ白な空間はあまりにも人が多すぎる。彼女は『チャーリーとチョコレート工場』に登場する暴力的な少年マイク・ティービーになった気分だった。トッドを探すと、彼はヘッドフォンをして肩を震わせて笑っていた。肩に掛けたトートバッグにはパンフレットやら無料サンプルやらが突っ込まれている。彼はもうすぐ無料配布のミントを手に入れるだろう。それをそのあと何ヶ月もかけて食べたことをジェンは覚えていた。

「ああ、結構です」ジェンは女性にそう言うと、奇妙な玩具コーナーを離れた。

彼女はゆっくり体を回転させて展示場を見渡した。ぜったいに、ぜったいに、ここに何か学ぶべきものがあるはずだ。

と、そのとき、ジェンは彼を見つけた。人でごった返したそのブースには〈まちがった場所(ロング・プレイス)で、まちがった時間(ロング・タイム)に〉とあった。アンディだった。若返ったアンディ。痩せていて――そして、おもしろいことに――まえに会ったときよりもずいぶんとにこやかだ。彼は訪れた客たちにチラシを配っていた。「記憶に関する研究の一部です」双子の男の子連れの女性にそう声をかけた。

ジェンは紙を一枚受け取った。アンディと目が合ったが、もちろんその目は何も語っていなかった。ほんの一瞬の揺らめきさえもなかった。

「記憶？」と彼女は言った。

「そうです――特に記憶の保存についてです。記憶力の優れた人たちが、どのように記憶の保存を構造化しているのかという研究です」

「潜在意識の記憶を研究しているということ?」ジェンはアンディの研究の原点がここにあることをはじめて知った。彼は言わなかったし、彼女も訊かなかった。「それとも」──彼女はそう言って、このブースの名称を示した──「時間?」

「同じことなのでは?」アンディは小さく笑った。「過去は記憶の中にあるのだから」

その瞬間、過去のこの場所にいるジェンは、最終章を迎えようとしているかのような感覚に陥った。本能的にアンディと会うのはこれが最後だろうと確信した。彼女はあの陰惨な事件のことを思い出した。

ジェンはアンケート用紙を一枚取ると、アンディの前のカウンターに肘をついた。「わたしたち、会ったことがあるのよ」

彼は戸惑った顔をした。「なんだって? 私は……」

「わたしたちは未来で会うの」けれども、それは真実ではないのかもしれない。いつになるかはわからないが、ある日すべてが解決したとき、そこから未来は始まる。そうアンディは言っていた。逆戻りした日々の出来事をすべて消し去って前に進むのだと。だからそれは過去の中でしか追求できない。つまりふたりはまだ会ったことがないといったほうがより真実に近いことになる。おかしな話だ。何年か遡った過去の、このNECにいるふたりにとっての真実はまったく同じなのに。

ジェンは相手をなだめるときのように片方の腕を伸ばした。「わたしはいつもあなたに同じ質問をする。だけど、ときどき、あなたからちがう答えを聞きたいと思うことがあるの」

アンディは目を瞬かせると、ジェンをじっと見つめたまま、彼女の握っているアンケート用紙を引っ張った。その顎鬚は以前よりも濃く、量も多かった、体もまえより痩せていた。手に結婚指輪はなかった。ジェンは彼に伝えられるすべてのことを考えた。彼の未来についてのほんの僅かな情報のことを。もしかしたら、アンディはタイムループの研究には着手しないかもしれない。もしかしたらジェンが彼の未来をすっかり変えてしまうかもしれない。たとえ、その変化を残すことができないのだとしても。

そしてこのとき、ジェンは切り札を使った。

「あなたは未来でわたしにこう言うの……あなたのイマジナリーフレンドはジョージだったって」

ジェンが話し終えるより早く、アンディは鋭く息を吸った。「ジョージ」と彼は驚きに満ちた声で言った。「それは私がいつも伝えている名前だ――」

「タイムトラベラーにでしょ。知ってるわ」と彼女はささやき声で言った。腕の毛が逆立っていた。魔法だ。これは魔法だ。

「私に何ができる?」

ジェンはまた一から説明した。この話を何度繰り返したことだろう。アンディは熱心に耳を傾けてくれた。以前に比べると顔の皺が減っていたし、不機嫌そうな素振りも見せなかった。

「ときどき」ジェンが話し終わると、アンディは静かに言った。「過去に何かを経験したときの感情が、次に同じ状況になったとき、真の姿を捉えづらくすることがあるだろう？」彼は顎鬚を擦った。「もし私が過去に遡ったとする。自分の人生に起きる出来事がいずれどうなるかを知っていたとしたら、何もせずにただ傍観しているんじゃないかな」

ジェンは以前より若く、元気で、より感傷的なヴァージョンのアンディをじっと見つめた。

「それってもしかしたら……」自分の人生を俯瞰してじっくり見ること。

それがジェンに必要なことなのかもしれない。

「だがどうしてもわからないのは」と彼は言った。「きみがどうやってタイムループに入り込むほどの力を生み出したのかってことだ。それには――」

「知ってるわ」と彼女はすかさず言った。「超人的な力が必要なのよね。それは謎のままなの」

ジェンは手を上げてアンディに別れの挨拶をすると、トッドのところへ戻った。そこには、ふたりが共に歩むべき道があった。遠い過去にいる彼女は、心の準備ができたような気がしていた。

トッドはヘッドフォンを外して母親に手招きすると、ミントを差し出した。「$C_{10}H_{20}O$」

彼はミントを噛み砕きながら言った。「メントールの化学式だよ」

「どうやって知ったの？」と彼女は言った。ああ、自分はこんなにも息子を愛している。ジェンがトッドの肩に腕を回すと、彼は驚いた顔で母親を見た。ほかのことはぜんぶ忘れて、少年時代の息子とただここにいられたらよかったのに。

「べつに――デカン酸は酸素原子が2で、ほかは同じだからね」あたかもそれで説明になっているかのように、トッドはうれしそうに言った。

これこそがまさにジェンの笑い飛ばしていた類いのことだった。「ご説明をどうも」彼女はそんなふうに言っていたかもしれない。だけど今日の彼女はちがった。軽口は最大級の罪を見えなくしてしまうことがある。羞恥心を隠すために笑う人がいるが、彼らは〝自分を恥ずかしく思っている〟と言えないかわりに笑い飛ばすのだろう。彼女はふいにケリーのことを考えた。彼とはいつも軽口を交わしていたが、夫が自分の心情をありのままに語ってくれたことがあっただろうか？　もし彼を冷静な目で観察したら、何が見えてくるだろうか？

ともあれ、トッドの心情を汲んだところで犯罪を食い止めることはできないかもしれないが、息子の思いを知ることができてよかったとジェンは思っていた。あの夜キッチンで、本気で物理が好きなのだと訴えてくれた息子に感謝していた。

「タイムトラベルについてどう思う？」と彼女は訊いた。

「当然、可能だと思うよ」

「そう？」

「時間っていうのは因果関係があるから直線状に見えるだけなんだって」

「レベルをひとつかふたつ下げて話してくれないと……」

「ぼくたちの考え方のことだよ。だけど……」トッドはジェンの顔をちらりと見てから、ドーナッツ屋の前で眉を吊り上げた。彼女はうなずき、ふたりは列に並んだ。「なんでもない」と彼は言った。

「どうしたの？」

「ママにとっては退屈な話だよ。ぜったいに。目がどんよりしてる」

「そんなことないわ」と彼女は慌てて言った。「あなたの話で退屈したことなんて一度もないのよ。解説が上手だから」

トッドは目を輝かせた。「じゃあ、説明するけど、時間っていうのはね、ぼくたちがフリーエージェントだと仮定したひとつの考え方でしかないんだよ。ぼくたちの行動には原因と結果がある。だからこそ、時間というのは一定方向に流れていると思うんだ。川のようにね」

「だけどそうじゃないってこと？」

トッドは肩をすくめた。「それは誰にもわからない」ジェンはたちまち過去の自分を気の毒に思った。それに過去のトッドに対してはなおさらそう思わざるを得なかった。息子と知的な関係は築けない。彼女はそう思っていた。いや、そう決めつけていた。だけど、今のジェンは直線状ではない時間のことを誰よりもよく知っているではないか。

「後知恵のパラドックスみたいなものだよ」彼はドーナッツを買ってから続けた。「みんな何が起きるかわかっていたと思い込んでいるんだ。だから〝はじめからわかっていたよ！〟って言う。けど、たとえどんな結果が出たとしても結局はそう言うんだ。ぼくたちの脳はあらゆる可能性を考慮できるようにつくられているからね。いつどんなことが起きようとすべてわかっているんだよ」

ジェンはトッドの言ったことを考えて、それを消化しようとした。息子なら自らの犯罪を五秒で解決できる。彼はそれくらい賢い子であり、常識に囚われない若い心を持っている。この手の話をするなら、世界中の誰よりも息子とするのがいちばんいい。ほかにぴったりな相手などいるだろうか？

「あなたってすごく優秀なのね、トッド」ジェンはとりあえずそう言った。

ふたりは医療分野のブースの前を通った。糖尿病検査や心電図検査、腹部大動脈瘤を調べるX線検査のコーナーがあった。「大動脈瘤の検査を受けてみる？」トッドは冗談めかしてそう言ったが、ジェンにはわかっていた。息子が彼女の言葉をちゃんと聞いていて、賛辞を受け入れたのだと。案の定、トッドは言った。「ぼくが新しい化合物を発見したらこう言うんでしょ？〝はじめからわかっていた！〟って」

ジェンは声をあげて笑った。「たぶんそうね」

トッドはドーナッツの袋を開けた。「一個丸ごと食べる？　それともひと口だけ？」

どういうわけか、ジェンはまさにこの瞬間のことを覚えていた。彼女はドーナッツを断った。ダイエットをしていたからだ。そうだった。このときは二〇二二年には穿けなくなっているサイズ十二のジーンズが穿けていた。

「ひと口だけちょうだい」彼女がそう言うと、トッドは展示場の混雑した通路に立ったまま、砂糖をまぶしたドーナッツを差し出した。ほかの客たちが通行の邪魔になるふたりに顔をしかめた。でも、母と息子は気にも留めなかった。ジェンが動物のようにドーナッツにかぶりつくと、トッドは声をあげて笑った。眉を吊り上げ、満面の笑みを浮かべた息子は、ジェンの瞳の中でアニメのひとコマのように映っていた。

ライアン

ライアンはここ三週間で三台目の車をエズラに引き渡したところだった。真夜中の三時から四時の間だった。彼は疲労困憊(こんぱい)していた。ゆっくり寝ることができず、ほとんど睡眠の取れない毎日が続いていた。腕や脚はずしりと重く、寒さに体が震えていた。

「助かるよ」とエズラがライアンに言った。

ライアンは港を立ち去ろうとした。するとそこに、同僚のアンジェラがやって来た。「ああ、来たな」とエズラが言った。

アンジェラはライアンに微笑んだ。それは計算された笑み、〝親しみを込めてはいるが、グルではない〟笑みだった。ジャージのズボンを穿いた彼女は化粧っ気がなく、ポニーテールにまとめた髪は灰色の根元が露わになっていた。「ベンツを持って来たんだけど」と彼女はエズラに言った。「ちょっとばかり手間どっちゃって。鍵が届かないところにあったから、トイレの上の小窓をハンマーで叩き割って中に入ったの」

エズラは手で髭を擦った。「そうか。だが持ち主はいなかったんだろ？」彼は犯罪者というより、気さくなオフィスマネージャーのような言い方をした。それからクリップボードに律儀にチェックマークをつけた。「ナンバープレートは？」

「つけ替えてある」とアンジェラは言った。「アラームは鳴らなかったみたい」

底冷えのする夜だった。もう三月だが、空気はまだアイスリンクなみに凍えるほどだった。

ライアンの目はざらついていた。潜入捜査官としての役目は——ほかのほとんどの仕事と同じように——ときに退屈で、ときにもどかしく、かなり疲れるものだ。

「ああ、よくあることさ。信じられないよな。アラームもセットしないで休暇に出かけるとはね」エズラの口調は下がり調子で、どことなく悪意と皮肉が混じっていた。まるで自分にしかわからないジョークを言っているようだった。

ライアンは一歩突っ込んでこう訊きたかった。〝どうして留守宅だってわかる？〟だが、抜け目のないアンジェラはそこで話題を変えた。「とにかく——ものは悪くはないはずよ。かなり新しいから」

「中東はベンツ好きが多いからな」とエズラは言った。彼は寡黙な男だった。ライアンはこの手のタイプの人間を知っていた。ケリーがそうだった。兄は手の内を明かさない人間だった。彼の説明はそれだけで信用に値し、余計な質問を招くことはなかったが、けっして必要以上の情報を漏らすことはなかった。相手はたいてい話をはぐらかされてなんの答えも得ていないことにすら気づかず、ただジョークに笑い合っているだけだった。そしてあとになってはたと気づくのだった。〝いや、待てよ〟と。兄からは多くのことを学んだ。

「明日の連絡は？」とエズラが言った。仕事とプライベートの境目が曖昧なこと。それは潜入捜査官としての仕事のもうひとつの特徴だった。明日は仕事が入っていないが、ここでなんと言えばいいのだ？「すまん——明日はないのか？」

「ああ」

「ふたりともよくやってくれているよ」とエズラは言った。ライアンはおかしかった。その言葉はある意味まったくの真実だからだ。ただ、エズラが考えているのとはちがった意味でだが。

「この仕事は割がいい」とライアンは言った。「簡単に金が稼げる。考えてもみろよ。アホみたいにふつうの仕事をしてたんじゃ、半分は税務署にもってかれちまう」

エズラはうなり声とも笑い声ともつかない音をたてた。「ああ、定時出勤に定時退勤。国民保険。マルベーリャ。マルベーリャに別荘なんて夢のまた夢さ」と彼は言った。

マルベーリャ。有益な情報だ。別荘の金の出所を辿ることができるかもしれない。

「そうだな」

「そもそもあいつら金持ちに二台目の車なんて必要ないのさ」とエズラは言った。ライアンは足で地面を擦った。彼は警察にいる間に沈黙のもつ威力を学んでいたが、その威力をここにきてはじめて発揮していた。エズラは今まさに何か重要なことを言わんとしている。そのことが彼にはわかった。

ライアンは表情ひとつ変えなかったが、期待に胸を膨らませていた。

「だが、あの赤ん坊のことはまずかったな」

「ホントね」とアンジェラが慎重に言った。「あの悪党ども(バッドエッグズ)が」

「はん、悪党ども(バッドエッグズ)か」とエズラが言った。「おまえはときどき妙な言葉を使うな」

ライアンはエズラに気づかれない程度に顔をしかめた。

「あのふたりはクソ異教徒(ペイガン)さ」とエズラは言った。

異教徒(ペイガン)。ギャングの隠語で不義を働く手下を意味する言葉だ。こういった情報のすべてがライアンを上層部の人間に繋げることになるかもしれないし、さらに重要なのは――少なくともライアンにとっては――あの赤ん坊に繋がるかもしれないのだ。ライアンは赤ん坊を保護することができるのなら、それと引き換えにギャングが野放しになってもいいとさえ思っていた。赤ん坊のことを考えると彼は眠れなくなった。たったひとりぼっちで、ひどく怖い思いをしているにちがいない。しかも誰が面倒を見ているかもわからないのだ。さぞ母親が恋しいだろうに。彼には想像することもできなかった。

三人は駐車スペースへ向かって歩き始めた。運んできた車をエズラがチェックすることになっていた。広場はガラスの破片やタバコの吸い殻が散乱していた。ライアンは危険を承知で引き受けたこの仕事のリスクについてぼんやりと考えていたが、ふいに疑問に思った。潜入捜査官の死亡率は？　おとり捜査がばれる可能性は？　情報を得ようと焦るあまり境界線を見誤ってしまう確率は？

「なんで赤ん坊がいるってことに気づかなかったんだ？」とライアンは言った。アンジェラが鼻を掻いた。警告の合図だったが、ライアンはそれを無視した。

「ふざけた野郎どもだろ？」エズラはより興奮した口調になった。「そんなこと気にもかけていなかったのさ」彼は両手を上げた。「赤ん坊のことはどうでもいいが、重大犯罪科のサツに目をつけられるのが困るんだ」

アンジェラはよほど鼻が痒いらしかったが、ライアンは質問を続けた。自分を止めることができなかった。「じゃあ、赤ん坊は船に乗せたってことか？」

駐車スペースまで来ると、エズラはボンネットに手をつき、ゆっくりと獣のように頭を回転させてライアンを見据えた。ふたりの目と目が合った。相手の目に火花を見て取ったライアンは瞬時にしくじったと思った。

が、そうではなかった。

「まさか」とエズラは言った。「赤ん坊を船に乗せられるわけないだろ」

ライアンは息を止めた。ふたりは危うい局面に立たされていた。ライアンがさらに質問を重ねようとしたとき、アンジェラが手を伸ばしてきた。それが何を意味するかはライアン以外の人間にはけっしてわからない動作だった。

「そうだな。賢明な判断だ」とライアンは言った。今度ばかりは彼の直観もアンジェラに賛同していた。だが、何よりここで有益な情報を得られたではないか。赤ん坊は国内にいる。そのことを、仲間を通じて犯罪捜査課に伝えることができるだろう。幸いにも、赤ん坊は中東には連れて行かれなかったのだ。

それ以上深入りしなかったことはどうやら正しい選択だったようだ。エズラが言った。

「明日の夜、ボスと会うことになっている」

「黒幕にか」とライアンは言った。彼は口調まで変わりつつあった。徐々に父親から譲り受けたウェールズ訛(なま)りが消えていた。いとも簡単にこの仮の人生に自分を埋没させることができそうだった。文字どおり他人の人生を生きていれば、いつかその他人になりきれるのかもしれない。

エズラはライアンを指さした。あまりの寒さにライアンの顎は震えていた。空気は冷たく、今にもチョークの粉のような乾いた雪が降り始めそうだった。

「おまえも来い」エズラはそう言ってから、今度はアンジェラのほうを見て、彼女の偽名を口にした。「おまえもだ、ニコラ」

マイナス1672日　21時25分

トッドは十三歳になっていた。

小柄な十三歳の少年は、ビスケットと大自然の匂いがした。彼は古い車——数年後には下取りに出して、新しい型のものに買い換える——の後部座席にいて、前に座っているジェンのシートを足で蹴っていた。昔の彼女はそれを嫌がったが、今はある意味、懐かしさすら覚えていた。

今日は四月一日だった。廊下に射し込む陽が黄色い液体みたいになっていたこの日の朝、ジェンは目を覚ますやいなや、一度目の今日と、この週末のことを思い出した。イースターの日曜日だった。

ジェンたちは家族揃って小さな移動遊園地を訪れ、ディナーを食べ、そして今、帰路についているところだった。よくある一日。家族と過ごす休日。ジェンは息子のジョークや夫の鋭い切り返しに大笑いして過ごした。

最初のときも天候に恵まれたすばらしい週末だった。彼らは一日の大半を野外で過ごし、友人たちとの内輪のバーベキューパーティーを満喫した。そして日曜日の今日、ケリーが車の中でこう言ったことをジェンははっきり覚えていた。〝明日も祝日で丸一日休みだ〟なぜこんなセリフを覚えていたのだろう。より鮮明で記憶に残りやすい日もあれば、たとえ結婚式のような大切な日であっても歴史の中へと消えていく日もある。

そして今、彼らはふたたびここにいる。ジェンは前回、車の中で気を揉んでいたことを思い出した。木曜日の夜に、ある案件の指示審問のことで父親を怒らせたからだった。彼女は過去の自分を揺さぶってこう言いたかった。人生は短いのだと。あっという間に過ぎていくのだと。父はある日突然死んでしまうのだと。だけど、彼女にはそうすることができなかった。なぜなら今日ここにいるジェンが、過去のジェンでもあるからだ。

車内は暗く、静かだった。ジェンの好みに合わせてラジオの音を絞り、ヒーターを強にしていた。皮膚が突っ張っているのは、前回日焼けしたことをすっかり忘れて、二度目の今日も日焼け対策を怠ったせいだった。イギリスの春の陽ざしは欺瞞的だ。空気は冷たいが、太陽は溶けるように熱い。

太陽は五分まえに沈んでいた。高速道路の向こうの空はピンク色に染まっている。三人はブレグジットについて議論していた。「離脱に向けてどんどん話を進めていったほうがいいよ」とトッドは意見を述べたが、あとで前言撤回するだろう。〝もう少しじっくり考えるべきだったんじゃないかな〟車が港に近づいて渋滞するころにはそう言うはずだ。

今日は太陽の光を浴びた最高の一日となったが、ジェンにはなぜこの日に舞い戻ったのかがわからなかった。ほかの日には、たとえ些細で間接的なことでも手がかりとなることや、変えるべき事柄に遭遇していた。謎のひとかけらを発見していた。でも、この日はまえとまったく同じことが繰り返されているだけだった。

どうでもいいわ、とジェンは思った。助手席の窓にこめかみを当てて目を閉じた。車はケリーが運転していた。過去に遡るまえの夫はあまり運転しなくなっていたが、このころはいつも運転手の役目を担ってくれていた。彼の左手はさりげなくジェンの膝の上にあった。

残りの時間をただ愉しむことにしよう、とジェンは思った。何も追求しなければ、もしかしたら何かが起きるかもしれない。

「家についたら夜更かししてもいい？」とトッドが後部座席から言った。

ジェンは目を開けて時計を見た。まだ七時半だった。十三歳のトッドがいつも何時に寝ていたのか覚えていなかった。子供の成長過程の記憶というのはすぐにぼやけてしまうものだ。

彼女はケリーを見て眉を吊り上げた。

彼は肩をすくめた。「べつにいいんじゃないか」

「〈トゥームレイダー〉をやってもいい？」

「もちろん」

トッドはうれしそうに笑い声をあげた。ケリーはジェンを見た。「あなたはララ・クラフトがお気に入りよね」彼女は低い声で夫にそう言った。

「ああ、そうさ。コンピューター化されたおっぱいが好きなものでね」

「なに？」と後ろからトッドが言った。

ケリーは彼女にニヤリと笑った。「明日も祝日で丸一日休みだって言ったんだよ」

ジェンは暗い車内で夫に笑みを返した。彼は高速道路の出口に向かって車を走らせていた。

「そうね」と彼女は静かに言ったが、その声に郷愁や悲しみ、そしてそれ以外の何かが滲んでいないことを願っていた。ここでの軽口には……実は重要な意味が隠されているのかもしれない。軽口がより根深い問題から彼女の目を逸らさせているのかもしれない。ジェンはときどき、ケリーが笑ってばかりいて、それ以外の素の部分を見せてくれないと感じることがあった。彼が自分の感情を吐露することなどありえなかった。軽口の裏には何が潜んでいるのだろう？　ジェンは笑いの絶えない家庭を築くことができた。それは抑圧された育ち方をした彼女にとって理想の家庭だった。しかしユーモアは抑圧のべつの形に過ぎないのでは？

バックミラーに青い回転灯の光が映った。ケリーの視線がその光に向けられると、濃紺の目が一瞬だけアクアマリン色に変わった。そういえば……何かがジェンの中で蘇りつつあった。何だっただろう？　事故でもあったのか……いや、ちがう。パトカーに止められたのだ。そうだ。結局、何事もなく終わったから、まるきり忘れていたが、そのときはかなりパニックになった。ほら、アンディの言ったとおりではないか。今こそこの状況を傍観者の立場で見ることができる。

彼女は速度計を見たが、ケリーはスリップロードを時速五十キロで走っていた。彼はけっしてスピードを出さない。それに、課税されるほど稼ぎもしないし、旅行にも行かないし、パーティーへ参加することや誰かと深くつき合うこともない。ディナーパーティーがあれば黙って座っているだけだ。

「おまわりさんだ！」後部座席にいるトッドが無邪気に笑い声をたてた。ジェンは背中に居心地の悪いものを感じていた。まるで背後から敵意に満ちた眼差しを向けられているかのようだった。彼女は後ろを振り返ってトッドを見た。四年半後に殺人を犯して逮捕され、何もかもを諦めた様子だった息子を。手錠を掛けられたときのトッドは疲れ果てて虚ろな目をしていた。ジェンは手のひらにすっぽり収まるくらい小さな彼の膝をぎゅっと摑んだ。

パトカーがライトを点滅させた。ジェンはミラーを見た。運転席にいる黒いベストを着た警官が左に寄るように指示を出している。

「止まれってこと?」と彼女はケリーに言った。パトカーがウィンカーを出した。青色のライトに加え、オレンジ色のライトが光った。

「ああ、そうらしいな」とケリーは言った。だけど、その口調は……ジェンは夫に目をやった。ケリーは歯を食いしばり、ミラーをじっと見つめている。ジェンの膝の上にあった手は引っ込められていた。スピード違反の切符のことで怒っているのではない。彼の口調、それは激しい怒りに満ちていた。何かべつのこと、もっと重大なことに怒っているのは明らかだった。一度目のときは、ジェンはそのことに気づかなかった。ただおろおろしていただけだった。しかし、今の彼女は落ち着いていた。だからこそ、夫の辛辣なウィットの裏でときどき煮えたぎる、あの怒りに気づくことができたのだ。

ケリーはスリップロードの先をサービスエリアのほうに左折すると、路肩に車を停めた。後輪は路肩の外にはみだしていたが、それは非協力的な若者にありがちな、どこか敵意を感じさせる停め方だった。

男性警官が運転席のそばにやって来た。丸い禿げ頭がガソリンスタンドの明かりに照らされて光っていた。そのバランスのとれた頭には、どこかサッカーボールのような安定感がある。首には闘犬がつけるような太いチェーンがぶら下がっていた。「こんばんは」窓を下げたケリーに警官が声をかけてきた。車中に春の空気が流れ込んだ。

「祝日なので無作為にアルコールチェックを行っています。ご協力いただけますか?」警官はそう言って期待するような笑みを浮かべたが、それは質問ではなかった。

ケリーの視線がダッシュボードからフロントガラスに、そして警官へと移動した。ジェンは彼の一挙手一投足を観察した。「もちろん」夫はそう言って車から降りようとしたが、そのとき、ジーンズの尻ポケットから財布を引き抜いてさりげなく下に落とした。流れるような動作だった。財布はシートの上にすばしこいカブトムシのように着地したが、闇に紛れて誰にも気づかれることはなかった。ジェンを除いては。

「じゃあ、息を吹きかければいいんだな？」

警官がアルコール検知器を差し出すと、彼は車の行き交う道路脇に立って両手を腰に当て、それに息を吹きかけた。ケリーは運転するときは一滴も酒を飲まない。ジェンは前回まったく心配していなかったからこそ、このときのことをすっかり忘れていた。にもかかわらず、ふたたびここに舞い戻って来たということは、必ずなんらかの理由があるはずだ。すべてのことが夫に繋がっているのだから。

「なんで無作為にアルコールチェックするの？」とトッドが訊いた。

「ああ、それはね、祝日にお酒を飲んで車を運転するお馬鹿さんがいるからよ」

ケリーは車に戻って来ると、運転席に乗り込んで窓を閉めた。あの財布が尻に当たっているはずだが、顔色ひとつ変えないで平然としている。

彼はジェンをちらりと見た。「まったく、こんな場所でロサンゼルス市警察（LAPD）の真似事か？」

「パトカーに止められるのってちょっと怖くない?」と彼女は言った。「わたしだったら自分が悪いことでもしたんじゃないかって不安になるけど」

「べつに平気さ」ケリーは平然としてそう言った。

ジェンは助手席で唇を噛み、ふたりの結婚生活を傍観していた。ケリーが最後に悩みを打ち明けてくれたのはいつだったろう? 今までに一度でも弱みを見せてくれたことがあっただろうか? 彼女は突然、体が熱くなるのを感じた。この男が夜眠れなくなるのはどんなときなのだろうか? 何に怒りを掻き立てられるのだろうか? 死の床についたときいったい何を後悔するのだろうか? ジェンは永遠の愛を誓った男の隣にいて、はたと気づいた。こうした質問に、自分が何ひとつ答えられないことに。

家に帰ってきたジェンは、パジャマ姿でビロードのソファに足を組んで座っていた。傍らには数年後に処分するランプの明かりが灯っていた。今夜のジェンは、慣れ親しんだ古い家具に囲まれてほっとしていた。自分がそれらのものを懐かしく思っていたことにさえ気づいていなかった。

彼女の手にはケリーの財布があった。茶色の革製のもので、縁が読み古した小説本のように擦り切れている。中にはジェンとの共同名義口座のカードが入っていたが、カード類はそれだけで、自分名義のクレジットカードも、デビットカードもなかった。あとは一ポンド硬貨が三枚と、ジムのロッカー用のコインと運転免許証だけだった。

ジェンは膝の上にそれらのものを広げてじっと見つめた。まったく変わったところはない。いったい何を期待していたのだろう？　そもそも財布の中に違法な物など入れるだろうか？

ジェンは運転免許証に目を凝らした。ホログラムは……よくわからなかった。ソファから立ち上がり、自分の運転免許証を取ってきて、ケリーのと並べてみた。ホログラムは同じだろうか？　彼女は二枚の免許証を光にかざした。ちがう。ふたつはまったく同じではない。彼のほうが……立体感に乏しい。

ジェンは携帯電話で偽造運転免許証を検索した。ある記事によると、〝本物かどうかをたしかめるには、ホログラムを見るのが手っ取り早い。ホログラムを完璧に複製することはできない〟とあり、二枚の写真が載っていた。ひとつは本物の運転免許証で、もうひとつは偽物の運転免許証だ。

偽物のほうのホログラムはまさにケリーの運転免許証と同じだった。

どうすればいいのだろう。知りたくもないことが次々と暴かれていく。ジェンはランプの明かりを消すと、暗いリビングルームの古い快適なソファにただ身をゆだねた。偽の運転免許証を手にしたまま。

マイナス5426日　7時

いつもとはちがうベッドに寝ている。ジェンはすぐにそのことを感じ取った。それは、今が朝の七時くらいだということがなんとなくわかるのと同じ感覚だった。あるいは、部屋に入る直前に誰かが自分の噂話をしていたことや、目の前の車が発車しようとしていることを感じ取ったときのようだった。感情の機微とでもいうのだろうか？　ちょっとした変化を見抜く人間の能力。説明はできないが、それとわかるもの。トッドなら後知恵のパラドックスと呼ぶところだろう。

部屋の光がいつもとちがっている。それが最初に感じた違和感だった。出窓にブラインドはなく、カーテンから柔らかいグレーの光が射し込んでいた。

冬なのだろう。そばにあるラジエーターが作動していた。熱い金属の匂いがして、ベッドの上の冷たい空気と人工的な熱とが混じり合っていた。

マットレスの感触もちがっていた。古くでこぼこしたそのマットレスはお金がなかったころに買ったものにちがいない。妙なもので、金銭的な余裕ができると、人はそれに慣れてしまうものだ。ゆとりのある生活があたりまえになり、質の悪いマットレスで眠ったり、テイクアウトの食事のために節約したりといった貧しい生活がどんなものだったかをすぐに忘れてしまう。

ジェンはひとりだった。グレーの光に包まれてベッドに横たわっている彼女は、瞬きをして長い息を吐いた。たしかめるのが怖かった。

彼女は体の脇から布団の下に手を潜り込ませた。やっぱりそうだ。高く突き出た腰骨。かなり若返っている。

ジェンは覚悟を決めてベッドから出た。絨毯を見て、すぐにそれとわかった。この絨毯があるということは、あのお気に入りの家にいるということだ。谷間にぽつんと佇む小さな家に。彼女は寒気を覚えた。正体を偽っている誰かもわからない人間とこの家に取り残されているなんて。

ジェンは手を伸ばして携帯電話を探した。ほっとしたことに電話はちゃんとそこにあった。呼吸を整えて日付を確認する。二〇〇七年、十二月二十一日。十五年まえだった。彼女は吐きそうになった。こんなのめちゃくちゃだ。どうかしているとしか思えない。トッドは三歳で、ジェンは二十八歳。息子が十三歳から三歳になるまで一気に時を遡ったことになる。

突然、自分の身に起きていることに激しい怒りを覚え、つかつかと窓に近づいた。ジェンは窓を開けて、田舎の空気に向かって大声で叫びたかった。何かすることでこの怒りを発散させたかった。だけど——ああ、窓の外には大好きなあの景色がある。トッドがまだ学校に上がるまえの、ケリーと一緒にあちこち放浪してオフグリッド生活をしていたあのころの景色が。モノポリーのホテルのような、この谷間の小さな家では、家族以外の誰にも会うことがなかった。

それが原因なのだろうか？　ひょっとすると、ここでの生活が、孤立しすぎていたことが、息子に悪影響を与えたのだろうか？　叫ぶかわりに窓ガラスに額をつけた。そんなのわかりっこない。手がかりなど何ひとつないのだから。怒りにまかせて吐く息がガラスを白く曇らせた。どうか教えて。ジェンは結露を見つめながらそう思った。曇りが取れると、窓の外に目をやった。そこにはセピア色の荒涼とした美しい冬の大自然が広がっていた。荒れ果てた小高い丘。手つかずの自然が残る大地。背の高い金色の草。彼女はこの地を愛してやまなかったが、今こうして戻って来たのだ。

ジェンはタータンチェックのパジャマの上からガウンを羽織った。そんなパジャマをもっていたことさえ覚えていなかった。リビングルームのほうからトッドとケリーの声が聞こえていた。ふたりは大きな声でしゃべっていたが、彼女にはまだ心の準備ができていなかった。ジェンの頭にはこの家の間取図がしっかりと刻まれていたようだ。ふたりに会うより先に、彼女の足はバスルームへと向かっていた。まずは自分を見る必要がある。どんな姿なのかを知らなければならない。

ジェンは鏡の上の小さな蛍光灯に目をやると、咄嗟に手を伸ばし、紐を強く引っ張った。それが老朽化によりかなり力を込めて引っ張らないと動かないことも、いずれ完全に壊れてしまうことも知っていた。甲高い金属音がして、蛍光灯の光が彼女を照らし出した。

そこにいたのは結婚当初の写真の中のジェンだった。彼女はこのジェンを見るたびに、自分が若く美しかったにもかかわらず、そのことに気づいていなかったことを切なく思ったものだ。写真の中のジェンは鼻筋が通り豊かな髪をしていたが、鏡の中の自分はそれだけではなかった。透き通った肌、高い頬骨、圧倒的な若さ。それはごまかしようのないものだった。指を伸ばし、皺ひとつない自分の顔に触れてみる。肌はパン生地のように弾力がありコラーゲンたっぷりで、クレープ紙のような四十代の肌とは大ちがいだ。

ジェンはドアのほうを向いた。ケリーとトッドの声がまだ聞こえていた。ふたりが十二月の薄暗いリビングルームにいることはわかっていた。

「ジェン？」とケリーの呼ぶ声がした。

「なあに」と彼女は言った。その声は二〇二二年よりも高く、軽やかだった。

「トッドがお待ちかねだよ！」疲れが滲み出たその声を、ジェンははっきり覚えていた。このころのふたりは小さな子供を育てることに無我夢中だった。今のジェンは、なぜ子育てがそれほどまでにも過酷だったのか、その細かい内容までを思い出すことはできなかった。ただ、過酷だったとしか覚えていなかった。夜ベッドに横になるとふくらはぎが痛んだり、トースターの中に手つかずのパンが残されたままになっていたり、洗濯機に入れっぱなしにして黴（かび）臭くなった洗濯物を真夜中に干したりしていた記憶でしか育児のたいへんさを思い出せなかった。あのころは毎日の生活を少しでも楽にしようと妙な作戦を立てたものだ。テレビをすぐに消そうとするトッドに手を焼いて、テレビ台のまわりをベビーサークルで囲ったり……馬鹿げているとは知りつつも、とりあえずやれることはなんでもやっていた。その場をやり過ごすために。

「ここにいるわ」ジェンはバスルームの電気を消して、廊下に出た。

そこにはふたりがいた。ジェンの視線はトッドに注がれた。記憶の中にあるあのトッドだった。ジェンの顔立ちとケリーの目を受けついだ三歳の息子。トッドはむっちりした小さな手をジェンのほうに伸ばしてきた。「よちよち歩きのトッドちゃん（トッド・ザ・トッドラー）」彼女は息子のニックネームを流れるように口にしていた。「起きていたのね！」

「五時からずっと起きているよ」ケリーは眉を吊り上げ、髪をかき上げた。それを見て、十五年後の髪の生え際がかなり後退していることを知ったジェンはショックを受けた。しかし、ショックを受けたのはそれだけではなかった。夫の顔にはまだ少年らしさが残っていた。ジェンは、二十代よりも四十代の彼のほうが魅力的だと思っている自分に驚いた。それにこのころのケリーは太っていた。ふたりはファストフードばかり食べて、運動をしていなかった。自分のために使える時間が極端に少なかった当時は、少しでも自由な時間ができるとただ無言で座って幸福感に浸っていたものだ。

「眠かったらベッドに行ってもいいのよ」とジェンは夫に言った。彼女は廊下の先のドアのほうへと歩き始めた。その先にある景色を見てみたかった。ドアの下からは冷たい空気が流れ込んできていた。彼女の手――若く、皺ひとつない――はエール錠の開け方のコツを覚えていて、解錠すると同時にハンドルを下げて引っ張ると――ああ！　あの谷間の景色だ。

「今日はきみが朝寝坊する番だ」後ろからケリーが言った。そうだった。このころのふたりは交代で朝寝坊する日を決めていた。

「大丈夫よ」ジェンは手を振った。今日の彼女は気が楽だった。あとで赤ん坊を親に引き渡すことのできるベビーシッターや乳母のような立場にいるのだから。

外は凍てつくような寒さだった。彼女はドアに掛けられたリースをぼんやりと指でいじった。石のポーチに長靴、牛乳瓶――昔ながらの牛乳配達人が届けてくれるのだ――そしてこの谷。ふたつの小高い丘がX状に交差し、粉砂糖をまぶしたようにうっすら雪化粧をしている。外の空気は心地よい香りに包まれていた。煙と松と霜とメントールの香り。まるで空気そのものに自浄作用があるかのようだ。

ジェンは満足してドアを閉めると、トッドのほうを見た。息子は母親のほうへとことこ歩いてくる。彼女は身をかがめて、肩に顔を押しつけてくる我が子を受けとめた。昔懐かしいダンスのように淀みない動きだった。彼女の体はいつの時代の息子もちゃんと覚えていた。

三歳の息子も、十五歳の息子も、十七歳の息子も、犯罪者になった息子も。そしていつの時代の息子も愛していた。「ベッドに行っていいわよ」と彼女はケリーに言った。

夫は穏やかな笑みを浮かべた。「ただ目が覚めるんじゃなくて、すさまじい衝撃で起こされるんだ。人間大砲にでもなった気分だよ」そう言うと、あくびをして体を伸ばした。

ケリーは寝室に行こうとしなかった。子育て中は誰しもそうだが、ジェンとバトンタッチすることよりも、彼にはおたがいをサポートしたり共感し合ったりする相手が必要なのだろう。夫はソファに身を沈めた。

ジェンは息子に向き直った。一年でいちばん昼の時間が短い二〇〇七年の今日、彼女はこの小さな息子になんらかの変化をもたらすためにここにいる。二〇二二年に時が戻ったときに、この子が人を殺めたりしないために。

部屋には忘れ去られた玩具が散乱していた。黄色の小さなアイスクリーム・トラック。ジェンの両親から譲り受けた〈フィッシャープライス〉のガレージ。部屋の隅には光り輝くクリスマスツリーがあった。それは古い人工樹のツリーで、おそらく今でもクロスビーの家の屋根裏に眠っているだろう。リビングルームは薄暗く、クリスマス用の豆電球だけが光っていた。

「さてと」ジェンはトッドから体を引くと、小さなオーバーオールを着た息子を見た。息子は何も言わず、あの魂のこもった目で母親を見つめ返していた。インクのような目。小さな団子鼻。ピンク色の頬。探究心旺盛な表情。彼女は木のブロックをひとつ手にした。息子はそれを真剣な表情で受け取ると、床に落とした。「ブロックを積んでみる？」ジェンがそう言うと、トッドはおずおずと手を伸ばしてきた。

「人質解放の交渉なみに緊張感たっぷりだな」とケリーが言った。

「なんて言ったっけ――幼児は遊んでいるのではない、仕事をしているのだ、だったかしら？」

「ほう、たしかに」

「わたしは子供のころ、ブロックが大好きだったの」

「へえ」ケリーはソファの肘掛けに脚をのせて横になり、目を閉じた。「意外だな。きみはフラッシュカードを使った遊びでもしていたのかと思っていたよ。ほら、いつも勉強しているイメージがあるだろ」

「ぜんぜん」とジェンは言った。「文字が読めるようになったのもかなり遅かったのよ」

「信じられないね。きみたち弁護士ってのは、口ばかり達者でまわりくどくて……みんな同じようなものだろ」彼は嫌みったらしくゆっくりとしゃべった。ジェンは驚いて微笑んだ。夫はこんなにも辛辣だったのだ。二〇二二年の彼も皮肉屋ではあるが、今のケリーは挑戦的ですらあった。彼女は忘れていた。かつての彼はよく仕事上の不満を漏らしていた。様々なビジネスアイデアを思いついては断念してきたが、当時は仕事で成功したいという野心があったのだろう。結局は尻込みして諦めてしまったが。

「フラッシュカードには何が書いてあるの？」と彼女は言った。

「法律学の定義とかかな。初心者向けの……遅くとも二歳までに知っておくべきことさ」

「ふうん。で、その定義っていうのはなんなの？　二十……八歳のケリーの考えでは」とジェンはためらいがちに言った。

「国語力はあっても算数は苦手みたいだな」と彼は早口で言った。「二十九だよ。もうおれの年齢を忘れたのか？」

「わたしらしいでしょ」

トッドが突然、笑い声をあげ、ケリーに向かって手を叩いた。「はいはい」とケリーは息子に言った。

「あなたのはなんだったの？」ジェンはそう言ってから、パトカーに車を止められたときのことを考えた。おそらく一度も触れたことのない夫の核心部分に触れようとしていたときのことを。

「おれのなんだって？」

「お気に入りの玩具」

「覚えてないな」ケリーは目を閉じたまま、ソファの上で身じろいだ。

「じゃあ、子供のころの将来の夢は？」

ケリーは肘を立てて上体を起こすと、皮肉っぽい目でジェンを見た。彼は心を閉ざしている。彼女は夫の表情を見てそう思った。どうして今まで気づかなかったのだろう？「なんでだ？」

「ただなんとなく。一度も訊いたことがなかったから。それにここはあなたの故郷から遠く離れているでしょ……だから昔のあなたを知っている人に会ったことがないなと思って」

「みんなとは疎遠になっちまったからな。お袋はいつもおれを支配人にさせたがっていたよ」彼は話題を変えた。「変だろ？」

「なんの支配人？」ジェンはトッドの前にブロックを積んだ。息子は期待するように両手を握りしめていたが、彼女の注意はケリーに向けられていた。夫が話をはぐらかしたことについて考えていた。

「文字どおり支配人ならなんでもいい、それがお袋の望みだった。おれたちの親父が逃げて——いなくなってからは」彼はトッドをちらりと見て言い直した。「とにかく安定を求めた。お袋にとって、それは退屈な事務仕事だったわけさ。年に一度の休暇がもらえて、小さな家のローンを払えればそれでよかったんだ」

「だけどあなたは逆のことをしたわけね」ジェンはそう言ったが、心の中ではべつのことを考えていた。〝おれたちの親父〟ケリーの目にそっくりな写真の中のあの男。やはり気のせいではなかったのだ。彼女はショックに目を瞬かせた。

ケリーはジェンから視線を逸らせた。「ああ」

「今、〝おれたちの親父〟って言わなかった？」

「いいや――〝おれの親父〟って言ったろ？」

「〝おれたち〟って言ったわ」

「言ってないさ」

ジェンは溜息をついた。これ以上追及しても無駄だろう。べつの方法を取るしかない。

「トッドをお義母さまに会わせてあげたかった」と彼女は静かに言った。「それとわたしの母にも」

「ああ、そうだな」

「お義母さまが亡くなったのはあなたがいくつのときだったっけ？」目の前にいるのは自分の夫だというのに、その質問は何かしら危険なものを孕んでいるようだった。

「二十歳のときだ」

「最後にお義父さまを見たのは……」

「さあな。三歳だったか、五歳だったか」

「さぞかしさみしかったでしょうね……ひとりっ子で両親がいないなんて」

「まあな」

「お義母さまはわたしのこと、気に入ってくれたかしら？　それとトッドのことも」

「もちろん気に入ったさ。さてと、せっかくだからきみの言葉に甘えさせてもらうよ」とケリーは言った。「ひと眠りしてくる」夫は身をかがめて、ジェンの唇にキスをした。そのキスは二〇〇七年から二〇二二年まで唯一変わらないものだった。それからジェンとトッドを部屋に残して寝室へ行った。

ジェンは何かに駆り立てられるように、ブロックで遊ぶトッドを置いて、ケリーのあとを追った。

くすんだ茶色の絨毯が敷かれた廊下に出て、トッドの声に片方の耳をそばだてながら寝室のドアの前で立ち止まった。

ケリーは部屋にいないようだ。彼女はドアをそっと開けて、薄暗い室内に忍び込んだ。やはり誰もいない。

どこへ行ったのだろう？

部屋を横切ると、バスルームの蛍光灯の明かりが見えた。さっき使ったときに消し忘れたのだろうか？ 彼女はどうすべきか迷った。と、バスルームのほうから音がした。まるで誰かが感情を押し殺しているような、苦渋に満ちた静かな音だった。

バスルームに近づき、ドアから中を覗いた。そこには二十年間人生を共にしてきた夫がいた。彼はトイレの蓋の上に座り込み、両手に顔を埋めてすすり泣いていた。彼が泣いているのを見たのははじめてだった。

「ケリー？」

ケリーは慌てて目元を拭った。手の甲が涙で濡れている。彼は泣いたときのトッドと同じように下唇を震わせていた。取り繕おうとするその姿を見たとたん、悲しみのあまりジェンの体がずしりと重くなった。

「この寒さで涙が出てきたんだ」とケリーは言った。馬鹿げた嘘だ。今までに何度こんな嘘をついてきたのだろう？　なぜ嘘をつかなければならなかったのだろう？

だけど、今の彼ときたら、とジェンは力なく思った。あのときの表情と同じだ。十五年後に息子が人を殺したときに見せたあの表情とまったく同じだ。それは心を打ち砕かれた人間の表情だった。

「どうかしたの？」

「なんでもない。本当に寒かっただけだ。クリスマスにはこの寒さも和らぐといいんだが」

「お義母さまのこと？」ジェンは低い声でそう訊いた。

「トッドは大丈夫かな……」

「リビングルームにいるから大丈夫よ」ジェンは狭いバスルームを横切ってケリーのそばまで行くと、彼の背中に手をやり、自分のほうへ引き寄せた。驚いたことに、ケリーはされるがままになっていた。そしてジェンに腕を回し、彼女の胸に頭を預けた。

「いいのよ」ジェンはトッドに語りかけるようにやさしく言った。「動揺してもいいのよ」

「おれはただ――」

「寒かっただけよね。わかってるわ」ジェンは彼の偽りの人生を受けとめてそう言った。それがどんな人生であれ、夫の嘘につき合うことにした。彼女は、離婚する夫婦のことでケリーが言っていたことを思い出した。〝苦痛を避けることに価値を見いだす人もいる〟

数分後、ケリーはジェンから体を離し、トッドの様子を見に行こうとする彼女にたったひと言こう言った。「お袋に会いたくなったんだ」彼はその言葉を発するだけでひどく辛そうに体を震わせた。

ジェンは素速くうなずいた。ケリーには――なんらかの理由で――けっして妻に見せることのできない何かがあるのだ。

「わかってる」と彼女は言った。母を早くに亡くしたジェンにはケリーの気持ちが痛いほどわかった。「話してくれてありがとう」

ケリーは微笑んだ。黒髪が乱れ、目には涙が滲んでいた。その目はことさら青々しかった。そしてこの瞬間、ふたりの間で何かが交わされた。それはより本質的で、言葉にできないものだったが、ジェンの中に希望の灯をともしてくれた。ケリーは悪い人間ではないのかもしれない。そうであればいいのだけれど。

ジェンはリビングルームにいるトッドのところへ戻った。部屋には古めかしい趣があった。素朴な擦り切れた緑色の絨毯。ダークウッドの家具。そこには独特の匂いが染みついていた。素朴でほっとするもの、シナモンシュガーやクッキーや火を吹き消したあとのキャンドルの匂いだった。たぶん、どこかべつの場所にいるべつのジェンは、昨夜クッキーを焼いたのだろう。今から考えるとおかしなことだが、そのころはクリスマスのイルミネーションを見に行ったり、ジンジャーブレッドを焼いたり、お菓子の家を組み立てたりすることが大事なのだと思っていた。だけど――それらはストレスを誘発しただけで跡形もなく歴史の中へと消えてしまった。あっという間に波にさらわれてしまう砂の上の足跡のように。彼女が今までの人生でこだわり続けたのは、物事はこうあるべきだという型にはまったものだった。表面的なことばかり気にかけて生きてきた。ハロウィーンのためにカボチャをくり抜いて窓台に飾り、自分たち家族は完璧なのだとアピールしていた。だけど、そんなものになんの意味がある？

トッドは玩具の車で遊んでいたが、しばらくすると部屋の反対側へとことこと歩き始めた。「だめよ、トッド。それはだめなの」突然、ゴミ箱に身を乗り出した息子に、ジェンが声をあげた。息子は母親を無視して、ゴミ箱からキットカットのアルミホイルが丸まったものをふたつ取り出した。ジェンはたった一日幼い息子といるだけで苛立ちを覚えている自分に失望した。

「ぼくの」とトッドは言った。息子は傷ついた目でジェンを見た。「もっとほしいの」トッドはそう言ってまたゴミ箱へと向かった。

息子はゴミ箱に頭を突っ込み、ほとんど逆さまの状態で床から足を浮かせた。

「ごめんね、トッド。こっちへいらっしゃい」と彼女は言った。「ママのところへおいで」

ジェンの唇からこぼれ落ちた最初の言葉を聞いたとたん、まるで花が太陽の光を求めるように、トッドは母親のほうを向いた。そしてこのとき、ぱっと電球が灯るように、ジェンは突然理解した。心の底から理解した。

冬の早朝の青い光を捉えた息子の目が教えてくれたのだ。

ジェンのせいではない。

トッドのせいではない。

彼女は母親として我が子の面倒をしっかり見てきた。息子の目がそう物語っていた。その目は愛に光り輝いている。母親への愛情に満ち溢れている。ソファに座った彼女の体から一気に力が抜けた。

ジェンは最善を尽くした。そうでないときも、あの罪悪感に苛まれてきたことが、息子のために最善を尽くしたいと願っていたことの何よりの証拠ではないか。ここにいるトッドが十年以上経ってから教えてくれる後知恵のパラドックス。ジェンは息子が事件を起こしたことで勝手に思い込んでいたのだ。やはり育児の失敗がこんな結果を生んでしまったのだと。親子の絆を築けなかったせいなのだと。でも、そうではなかった。そんなのは錯覚にすぎなかった。ジェンは今この瞬間、確信していた。トッドの子供時代に問題があったわけではないのだと。

「こっちにいらっしゃい、トッド」ジェンがそう言うと、トッドはアルミホイルのボールを手から落とし、ジェンのところへやって来た。母親のもとへと。

ライアン

ライアンはついに犯罪組織のトップにいる大物と会えることになった。彼は何百人という手下や仲間を配下に置き、多岐にわたるシノギを取り仕切っていた。車の窃盗、ドラッグ、行方不明の赤ん坊——これらはそのほんの一部にすぎなかった。

ライアンは窃盗のターゲットとなる家がなぜ常に留守なのかがわからなかったし、赤ん坊のイヴがどこにいるのかもまだ突き止めていなかった。が、すべて解決するつもりでいた。そしてとうとうこの日、彼は組織の上層部に潜り込むために、寒空の下をバーケンヘッドにある倉庫へと歩いていた。

アンジェラとライアンは今夜八時にここでボスに会うようにとエズラから指示されていた。ボスに会ったあとは、より実入りのいい重要な仕事に就かせてくれるという。つまりさらに有益な情報が得られるということだ。ライアンはこの日、はじめて体に盗聴器を仕掛けた。

ボスがボディチェックをしないかどうかは神頼みだったが、リオによるとその心配はないらしい。そもそもボスは信用できない人間とは会わないからだ。「もしやつが少しでも疑うような素振りを見せたら」リオは昨夜、電話口で言った。「相手をビビらせるくらいキレるんだ」

「当然よ」とライアンは言ったが、それはふだんの彼の言葉遣いではなかった。彼は自分が演じている役柄から抜け出せなくなり、危険な悪党に成り下がったように感じることがあった。

ライアンとアンジェラはさらに数分間無言で歩き続けた。港では労働者たちがせわしなく行き交い、貨物船に車を積み込んだり降ろしたりしていた。倉庫に近づくにつれ、ふたりのボディランゲージは別人のものになっていった。アンジェラはニコラになり、歩き方や癖が変わった。

ライアンのボディランゲージも変わったのだろうが、どこがどう変わったのか自分ではよくわからなかった。

倉庫は閉鎖されていてなんの表示もなかった。この手の取引にはもってこいの場所だ。よく音が響く環境だといいのだが、とライアンは思った。盗聴器の向こうでは、チームの仲間たちが聞き耳を立てている。犯罪者を起訴するための証拠集めに躍起になっているはずだ。

ライアンは指示どおり深緑色のシャッターを二度ノックした。アンジェラは震えていた。

彼女も最初の印象ほど沈着冷静な人間ではないようだ。きっとライアン同様に怯(おび)えているのだろう。当然、彼にもこれが罠かもしれないという疑念はあった。もうとっくに正体がバレているのかもしれない。最悪の結末になることも考えられる。だがどういうわけか、ライアンはそんなことはどうでもいいと思っていた。そして少しでも不安になるとイヴのことを考えた。海の上ではないにしろ、どこかに取り残されてひとりぼっちでいる赤ん坊のことを。

「入れ」横から声がした。ライアンとアンジェラは倉庫の脇に出入り口を見つけると、ドアを開けた。外の防犯ライトが倉庫の中を照らし出した。

倉庫には床から天井まで空っぽの棚が幾列にも並んでいた。その巨大な空間に、黒髪で顎(あご)鬚(ひげ)を生やした背の高い男がひとり立っていた。ライアンが予想していたよりも若い男だった。全身黒ずくめの彼はぴくりともせずに、ただ腕を組んで突っ立っている。

「二銃士の登場だな」男はそう言うと、タバコの吸い殻をはじき飛ばした。それは彼の足元で数秒間ほど赤く燃えてから消えた。「おまえたちにやってもらいたい仕事がある――留守宅のリストを受け取ってきてくれ。今、アドレスを送る」

男がそう言うやいなや、ライアンのプリペイド式携帯電話が鳴り――よし！　番号が表示されている――一行だけのテキストメッセージが送られてきた。リヴァプールの大通り沿いの住所だった。

うまくいった。組織のトップにいる男はふたりを信用して、留守宅の情報を漏らしている人物に接触するよう指示を与えたのだ。

「細かい内容はあとで伝える」と彼はふたりに言った。

「わかった。助かるよ」ライアンはイントネーションを変えてそう言った。

男は頭を後ろに反らせた。「どこの出身だ？」

「マンチェスターだ」

男はじれったそうにした。「そのまえは？」

「ずっとマンチェスターだ。だが、親父がウェールズ出身でね」それは事実だった。べつのアクセントを習得するよりもこのほうが手っ取り早いだろうと事前に決めてあった。

「で、そっちは？」と男はアンジェラに訊いた。

「ああ、わたしは地元の人間よ」彼女は完璧なリヴァプール訛りでしゃべったが、実際にはリー出身だった。潜入捜査官に地元の人間が抜擢されることはほとんどない。誰かに顔を知られていれば、そこから身元が割れてしまう危険性があるからだ。

男は倉庫を横切りふたりに近づいた。黒いブーツが床を踏むたびに音をたてた。「ジョゼフだ」彼はそう言うと、ライアンとアンジェラに手を差し出した。

「ニコラよ」とアンジェラが言った。

ジョゼフは両手を上げた。「基本的な警告をしておく。もしおまえたちがおれを裏切ったり、密告したり、麻薬捜査班だったり、へまをしたりした場合、おれはムショにぶち込まれることになる。だが、覚えておけ。おれは必ずおまえらを殺しに行く。わかったか？」

「こっちも同じ条件だ」とライアンは言った。

「じゃあ、それで手を打とう」

「ケリーだ」ライアンはジョゼフの手を握って言った。「会えてうれしいよ」

ケリー。それはライアンが選んだ偽名だった。「すぐに反応できる名前がいい」とリオは言った。「馴染みのある名前がね。やつらはおまわりでないことをたしかめるために、真っ先にテストするんだ。バーで名前を呼ばれたときに、すぐに反応するかどうかをね」

「おれは兄貴の名前を呼ばれたらすぐに答えられる」とライアンは低い声で言った。彼はあの夜のことを考えていた。闇の世界に深入りしすぎた兄が、多額の借金と過度な要求とを抱え込み、追い詰められたあの夜のことを。兄がロープを結んだあの夜のことを。発見されたときにはもう手遅れだった。死後約三十分。あとで検視官からそう聞かされた。遺体は屋根裏部屋で見つかった。兄は誰にも知られたくなかったのだ。

マイナス6998日　8時

ジェンは一階と二階に部屋がふたつずつあるテラスハウスにいた。彼女とケリーは一年間この家を借りていたことがあった。ふたりはここになんの思い入れもなかった。だからジェンはほとんど覚えていなかったが、今こうして染みのできた天井を見上げていると、この家に住んでいたときの記憶が蘇ってきた。

ジェンはまだ妊娠していなかった。だから当然トッドは生まれていないのだが、それはつまり、ひとりの人間についての謎だけが残されているということだ。

「ロペス？」階段のほうからケリーの声がした。ジェンははっとした。夫が彼女のことをそう呼んでいた時期があったことをすっかり忘れていた。ジェンがジェニーになり、ジェニーが〈ジェニー・フロム・ザ・ブロック（米国の歌手、ジェニファー・ロペスの楽曲）〉になり、その歌のあとロペスになったのだ。

「ケリー？」と彼女は言った。

「起きてたんだね！」

言った。

「今日はちょっと用事があるから出かけてくる」彼はあの有無を言わせぬ、用心深い口調で言った。

「何の用事？」

「丸一日会議なんだ」

ジェンはどこか釈然としないものを感じていた。急な会議に出席しなければならない内装業者などいるのだろうか？

ここにいる。彼女が信頼している夫がそうだ。

「わかった」と彼女は言った。ベッドから立ち上がると、足元の床がまるで流砂でできているかのように覚束(おぼつか)なく感じられた。

「一日出かけているのね？」

「ああ」ケリーは気もそぞろに答えた。

「オーケー」

「幽霊でも見たかのような顔をしているぞ」ケリーは目元こそ同じだったが、ほかはすっかり若返っていた。痩せていて、エレガントと言ってもいいくらいだ。

「大丈夫よ」ジェンは彼を見上げ、弱々しい声で言った。「心配しないで。もう行ってちょうだい」

「本当に?」

「本当に本当よ」

ケリーを尾行することになんのためらいもなかった。何かが白日の下に晒されようとしている。その瞬間に向かっているのだとジェンは確信していた。

彼女はタクシーの後部座席にいた。この時代にタクシーを呼ぶのはたやすいことではなかった。携帯電話はあるにはあったが、まるで古いレンガだった。ダイヤルボタンがネオングリーンに光り、触ると音がするそれは、玩具の電話にしか見えなかった。

「ここで止まってくれる?」とジェンは運転手に言った。

ケリーはリヴァプールの中心街まで来ると、黄色の二重線が引かれた道路脇に違法駐車した。ナンバープレートには二〇〇一年式のYレジとあった。車も時代と共にかなり変化していることにジェンははじめて気づいた。ケリーの箱型の車はどう見ても大きすぎる。彼女は車や夫から目を離すことができなかった。エイリアンにでもなった気分だった。

ケリーは運転席から長い脚を外に出すと、左右をチェックした。そうするのが習慣になっている人の仕草だった。彼の青い目が道の両側を見渡した。

ジェンは黒いタクシーの中で待機していた。向こうからは後部座席の汚れた窓の奥にいる妻の姿は見えないだろう。

「長くは停められませんよ」と運転手が言った。

「五分だけ——五分だけ待っててちょうだい。ここでたしかめなくちゃならないことがあるの」

運転手は返事をしなかったが、わざとらしく本を取り出した。ジョン・グリシャムの小説。ページの角が折られている。彼はエンジンをアイドリングしたまま読書を始めた。ああ、人が暇つぶしに小説本を読んでいた時代なのだ。

「ごめんなさい。すぐだから」彼女はそう言いながら、この男に教えてあげられる未来の出来事について考えた。ブレグジット。パンデミック。これから先二十年間の情報がこのタクシーの中にぎゅっと詰まっているが、誰も彼女を信じないだろう。衝撃的すぎる。

ケリーは車の後ろに回ると、顔を上げて遠くを見た。二十年後の世界でもときどきその仕草をするが、こうやって夫をじっくり観察するようになるまでジェンは気にも留めていなかった。彼はジェルで前髪を上げていた。

通りすがりの車の運転手がジェンのタクシーに向かってクラクションを鳴らし、窓を降ろして叫んだ。「とっとと行け！」

タクシーの運転手がギアを入れた。「お願い、あとちょっとだけ待って」と彼女は言った。今、車から降りたらケリーに見られてしまい、すべてが水の泡になってしまう。

ケリーは片手でトランクを開けると、荷物を取り出した。大きな赤紫色のそれは何かを包んでいるようだった——カーテンだろうか？　ジェンは薄汚れた窓に額を押しつけて目を凝らした。あれはスーツを入れるガーメントバッグだ。ジェンは何年かまえにそれを見たことがあった。彼は滅多にスーツを着ない。着るのは冠婚葬祭のときだけだ。だからタンスの奥に眠ったままになっていた。

「いつでも降りられますよ」運転手にそう急かされたが、ジェンはただうなずいただけだった。

ケリーは路地に入った。ぶらぶらしているだけのようだが、それは見せかけでしかない。このままでは見失ってしまう。「行かなきゃ」と彼女は言った。

ジェンは彼を見失うまいと、バッグと財布に手を伸ばしタクシーから降りようとした。キッチンの引き出しにあった紙幣——前回タクシーに乗ったときとはべつのキッチンのべつの引き出しにあったべつの紙幣——を取り出していると、またクラクションが鳴った。

「ちょっと待ってくれ」と運転手が言った。

「行かなくちゃいけないの」ジェンはほとんど叫び声になっていた。

「バスのルートを塞いじまっているんだ」

「今、行かないとだめなのよ！」クラクションが鳴り続ける中、ジェンはドアハンドルに手をかけた。このまま運賃を踏み倒して逃げたらどうなるだろうか？　たかがタクシーだ。たいした罪には問われないだろう。

彼女は多すぎる紙幣を銀の灰皿に置き――ああ、このころはみなどこでもタバコを吸っていたのだ！――車を飛び出した。

ジェンは路地へと走った。ケリーは道の突き当たりにいた。彼女はたとえ人混みにいてもすぐに夫を見つけられる。トッドをすぐに見つけられるように、リストに載った自分の名前をすぐに見つけられるように、彼の姿を即座に捉えた。

ケリーは突然左へ曲がると、ガーメントバッグを持ったまま〈ザ・サンダンス〉というパブに入った。ジェンは見失わないように店の隣の歩道で待つことにした。

彼女は〈ウールワース〉の前にいた。それは赤と白の看板が昔懐かしいスーパーマーケットで、五年後には経営破綻することになっていた。店が閉店してからそれほど時間は経っていなかったが、ジェンには大昔のことのように思えた。店の中を覗くと、つやつやしたプラスチックっぽい床の文房具売り場が見えた。彼女はいつまでもここにいられる気がした。クリスマスにゲームや量り売りの駄菓子を買っていたことを思い出しながら、この二十年間の世界の変化――失ったものと新たに得たもの――をただただ眺めていたかった。彼女はあの最初の夜にそうしていたように、ガラスに手のひらをあてて待っていた。

窓ガラスにパブから出てくるケリーが映った。スーツ姿の彼は、髪をジェルで整え直し、黒光りする靴を履き、ガーメントバッグを肩から背中に掛けるようにして持っている。するとそこに、おそらくべつのパブにいたのだろう。女性がひとり現れ、ケリーに近づいた。ジェンは目を凝らした。ニコラだ。

「どうだった？」とケリーがニコラに訊いた。

「ええ。大丈夫よ。説得するのに時間はかかったけど――どういう手段をとったのかぜんぶ教えろって」

ケリーは大笑いした。「それは言えないな」

「わたしもそう言ったわ。判事は気に入らないみたいだったけど。ねえ――うまくいくといいわね。いつでも連絡して。もし……いつか戻って来たくなったら」

ニコラはそれだけ言うとその場を立ち去った。

ジェンは人混みに紛れてケリーをじっと見つめた。二十年後に夫がニコラに助けを求めるメッセージを送ったこと、ニコラがその見返りに何かを求めたことについて考えた。

彼女は少し距離をあけてケリーのあとを尾けた。ここがクロスビーではなく、リヴァプールであることがありがたかった。道行く人のファッション――裾の広がったジーンズや残暑の陽ざしに肌を晒したボヘミアン風のトップス――や、古い車や店など、フィルターを通したひと昔まえの世界に目を見張った。ケリーは決意を胸に歩いているようだが、同時に不安そうでもあった。真っ直ぐ前を見据えるその姿は、捕食者に追われるシカのようであり、獲物を追うライオンのようでもある。が、彼がどちらなのかはわからなかった。

この二十年間で生き残った店、消えていった店――百貨店の〈デベナムズ〉やレンタルビデオショップの〈ブロックバスターズ〉——の前を通って石畳の道を進んだ。宝石店の並んだ明るいショッピングモールの中に入り、反対側のドアから出た。左に曲がり、右に曲がり、業務用のゴミ箱が並んだ路地を進んだ。夫に近づきすぎないように距離をとって歩いた。周囲には灰色の敷石が並べられた広い歩行者用通路まで来ると、ケリーは歩みを緩めた。周囲には背の高いビルが立ち並んでいる。彼はとある建物へ真っ直ぐ進み、ドアを引いて中に消えた。地図を見るまでもなかった。表示を確認する必要もなかった。弁護士である彼女はその建物をよく知っていた。当然だろう。そこはリヴァプール刑事法院だったのだ。

裁判所の外には、真珠のような白い電球のついた古めかしい街灯が立っていた。建物自体は二〇〇三年に遡った今もなんら変わっていなかった。一九七〇年代に流行した、巨大な直方体を積み重ねたような外観。焦げ茶色の外壁。着色ガラスのはめ込まれた窓。正面の壁に掲げられたイギリス紋章の浮き彫り。今日ばかりはけっして変わることのないこの古くさい司法制度にジェンは安堵を覚えていた。

太陽の下で数分間待ってから、ガラスの二重扉を開けて裁判所の中に入った。

幸いにして法律の知識があるジェンは、すぐに開廷表を確認しに行った。ロビーのコルクボードに紙が四枚ほど画鋲(がびょう)でまとめて留められていたが、その画鋲はおそらく二十年後の世界でもまだ使われているだろう。

自分が何を探しているのかも、何を見つけることになるのかもわかっていた。

日付を見て彼女ははっとした。時を遡っている間にすっかり忘れていた。あの過去のニュース記事。列記された罪名。そこにあった日付と同じだ。

やはりそうだ。目を凝らして見るまでもなかった。

〈ジョゼフ・ジョーンズ　法廷1〉

これこそが逆戻りの人生だった。車が通過するかのごとく、当時のジェンには考えも及ばなかったことがあたりまえに起きていたのだ。

彼女は法廷1に入ると、傍聴席に座った。黴臭いティーポットと古めかしい書物、それに埃とワックスの匂いが入り混じっていた。傍聴席は混雑していた。世間の耳目を集めた裁判だったが、当時の彼女は知るよしもなかった。

ケリーはどこにもいなかった。彼がこの裁判でどんな役割を果たすのかはまったくわからなかったが、おそらく、ジョゼフ・ジョーンズの友人として、つまり共犯者として来ているのだろう。彼女はそう思って顔をしかめた。

傍聴席のベンチは教会の会衆席のように整然としていた。「起立」と書記官が言った。彼は老眼鏡を鼻の上にのせ、安っぽい絨毯の床に引きずりそうなほど裾の長い法服を纏っていた。ジェンは自分が人生を捧げてきた司法制度の虚飾と物々しさに気恥ずかしさを覚えた。

判事がやってくると、彼女は立ち上がり、反射的に頭を垂れた。手錠をかけられた被告人が、片耳に細いフープピアスをした警備員に連れられて被告席に着いた。ジョゼフ・ジョーンズ。まだ若い三十歳のジョゼフ。妙な気分だ。ここにいる彼がいつ死ぬかを知っているなんて。ジェンはあの特徴的な尖った耳と顎鬚とよりすぼんだ肩の、少年のようなジョゼフを見ながらそう思った。彼は誰かの息子だとしてもおかしくないし、トッドだとしてもおかしくなかった。

判事が法廷内にいる人たちに向かって口を開いた。「我々は検察側の二人目の証人Aを召喚し、すでに証人尋問を行いました。次は三人目の証人を呼ぶ予定です」

裁判はすでに開始されている。つまりケリーの急な〝会議〟とは証人喚問だったにちがいない。裁判では前の証人の尋問が終わるまでは、いつ次の証人が呼び出されるかわからないのだ。

「ありがとうございます、裁判長」と法廷弁護士(バリスター)の女性が言った。彼女はレトロな厚底眼鏡を掛けていて、淡い色のテンプルがウィッグに覆われていた。ジェンはかつて国民保険サーヴィスが無償で提供していたその眼鏡を見るまでは自分が過去にいることを忘れていた。流行とはおかしなもので、二十年後に子供たちが掛けている眼鏡とほとんどデザインが変わらない。「我々は昨日、香港上海銀行(HSBC)の従業員のグレイス・エリンコート氏から、被告人ジョゼフ・ジョーンズの銀行口座に定期的に大金が振り込まれたり引き出されたりしているという事実を確認しました」彼女は陪審員に向かって言った。「また証人Aは、被告人が定期的に車の盗難を手下に指示していたことを証言しました。これを裏づけるため、次の証人を証言台に呼びたいと思いますが、これに先立ち、陪審員及び傍聴席のみなさんに一時退出を願います」

ジェンの頭の中はフル回転していた。傍聴者と陪審員を退席させる理由はいくつか考えられる。証拠に問題がある場合、法的手続きに問題がある場合、証拠能力の有無について議論が必要な場合。

あるいは、匿名の証人を召喚している場合だ。

法律家以外の全員が法廷から退出した。ジェンは当てもなくぶらつきながら、おそらく自分と同じくらいこの裁判に関心を抱いている人たちを見た。彼らは自動販売機のコーヒーを飲んだり、おしゃべりをしたりして時間を潰していた。裁判を傍聴しに来る人たちはいつの時代も似たり寄ったりだが、唯一のちがいは携帯電話を手にしている人が少ないことだった。

彼女は二〇〇三年のレンズを通して外の世界を見てみようと裁判所を出て階段の上から景色を眺めた。新車にもかかわらず古くさく見えてしまう一九九五年式のNレジや一九九六年式のPレジのナンバープレートの車。近くには弁護士らしき人物がひとりいて、タバコを吸いながら考えごとをしている。同じ建物。同じ空。同じ太陽。ジェンがケリーと出会ったのはこの年の三月で、ふたりがつき合うようになってからまだ六ヶ月も経っていなかった。

彼女はその場でゆっくりと回転した。どれだけ世界が変わっていくかなど、誰にも想像できないだろう。

「陪審員が席に戻りました」ロビーから廷吏の声がした。ジェンはほんの一瞬だけ街に視線を注いでから中に戻った。何かが明らかになろうとしている。彼女のけっして知り得なかったことが露呈しようとしている。

九月の日光を浴びていたジェンは、法廷内に入るとしばし目を慣らさなければならなかった。しかし次の瞬間、予想していたものがそこにあった。証人席が黒いカーテンの引かれたものに替わっていたのだ。

「証人Bは」女性の法廷弁護士（バリスター）が、湧き水のようにきりりと澄んだ口調で言った。「潜入捜査官として活動していました。彼の匿名性は本人及び警察の捜査手法、勤務体系、そして安全を守るためのものです。では、証人B、あなたは本名を名乗る必要はありません。宣誓をしますか？」

カーテンの後ろにいる人物は黙ったままだった。法廷弁護士（バリスター）はしばらく待っていたが、長すぎる沈黙に耐えられなくなりカーテンの奥に近づいた。ジェンは息を詰めた。もちろん、あれは夫ではないはずだ。

法廷弁護士（バリスター）はすぐに証人席から現れると裁判官席に向かった。ジェンはひそひそ声に耳を澄ました。「彼は声を変えたいそうです。訛（なま）りがあるようなので。こちらから正式に申請したはずですが」

ぜんぶを聞いたわけではない。ところどころ言葉を拾っただけだ。それでも弁護士であるジェンには理解することができた。

「しかし、裁判長、開かれた正義のためには……」とべつの法廷弁護士（バリスター）が言った。ぼそぼそと交わされる議論にジェンは耳をそばだてた。

「公開法廷においてはそのままの声で証言してもらうことが重要です」しばらくのち、判事が言った。

「証人B、宣誓をしますか？」と法廷弁護士（バリスター）が促した。待って……とジェンは思った。あそこにいるのは被告側ではなく検察側の証人だ。ということは……

そのとき、ジェンは溜息を聞いた。あの独特な、苛立（いらだ）ったような溜息。それから彼はこう言った。「わかりました」

たったひと言だけだったがまちがいなかった。ジェンはすでにわかっていた。証人Bはケリーなのだと。

彼女はまちがっていた。ケリーは犯罪に関わっていたのではない。犯罪を止めようとしていたのだ。

マイナス6998日　11時

「私は被告人のもとで働いていました。昨年数ヶ月ほど」とケリーが言った。ウェールズ訛りを隠したその声は、木材にかんなをかけるように滑らかだった。あそこにいるのが彼だとわかるのは自分くらいのものだろう、とジェンは思った。そこには二十年間の結婚生活を経た者にしか感知できない言葉の手がかりがあった。

「それであなたの役割はなんでしたか?」証人尋問は続いていたが、ジェンの頭は状況を処理するのに追いついていなかった。ある事実が地震後の衝撃波のように繰り返し押し寄せていた。夫は警官なのだ。いや警官だった、だった?

彼女の目が法廷の上の小窓に向けられた。

夫はその事実を隠していた。一度も話してくれようとはしなかった。彼女の人生は嘘で成り立っていたのだ。

質問を投げかけるリポーターの群れのように、様々な疑念がジェンを取り巻いていた。どうして秘密にしていたの?　あの楽観的なケリーが?　信頼できる夫、ケリーが?　まるで意味がわからない。なぜ二十年後になって、この嘘がもたらす影響を受けなければならないの？ なぜトッドが巻き込まれることになったの？

ケリーは話してくれなかった。一度も話してくれなかった。

ジェンは両手で頭を抱えた。

だが、夫が警官だという真実は、ほかの真実よりも許容できるものなのでは？ おそらくそうなのだろう。しかし、真実を打ち明けようと打ち明けまいと最悪な事態であることに変わりはない。

「私の任務は被告人の率いる犯罪組織に極秘で潜入することでした」とケリーは淡々と言った。ああ、まさかそんな、とジェンは思った。

「いつその任務につくように命じられましたか？」

ケリーは咳払いした。「赤ん坊が連れ去られたときです」

「異議あり、裁判長」被告側の年配の法廷弁護士(バリスター)が即座に立ち上がった。「それは本件とは関係ありません」

「被告人が指示した仕事の過程で、ふたりの手下が赤ん坊を連れ去ったときです」ケリーは棘(とげ)のある口調で言い放った。

「裁判長――」法廷弁護士(バリスター)がふたたび異議を唱えようとした。

「証人B、本件に関わることのみに答えるように。これは誘拐についての裁判ではありません」

「そのふたりの手下は見つかっていませんが、被告人が知っているはずです」

「裁判長――」

「証人B」判事は苛立ちを露わにして言った。

「わかりました」ケリーはそこで言葉を切った。歯を食いしばり、頬の下を窪(くぼ)ませた彼の顔が目に浮かぶようだった。きっと今頃、手で髪を梳(す)いていることだろう。彼女は夫のことを知り尽くしている。たとえ二十年まえのケリーであっても、この時点で六ヶ月しか愛していないケリーであっても、事件のあったあの夜から嘘つきだったケリーであっても。彼は十六歳から内装業の仕事をしていると言っていた。両親とも他界していて、義務教育を終えたあと大学へは進学しなかったという。だがそれのどこまでが本当のことなのだろうか？ 彼が警官だなんてことがあるのだろうか？ なぜ、真実を告げてくれなかったのだろうか？

潜入捜査官としての活動は犯罪ではない。打ち明けてくれればちゃんと理解したはずだ。

ジェンは傍聴席で身じろぎした。自分も法廷弁護士(バリスター)たちに交じって彼を追及したかった。

「私は被告人の素性を明らかにするように指示されました」とケリーは言った。「それで、組織の底辺に潜り込むことから始めました。私の匿名性に関わる理由により、私の組織での役割については説明できません」

「被告人のためにどのような仕事を引き受けましたか？」

「私の匿名性に関わる理由により、私の組織での役割については説明できません」

「あなたは被告人が何をするところをその目で見ましたか？」

「私の匿名性に――」

法廷弁護士（バリスター）は苛ついた溜息をついた。彼女は眼鏡を外すと、わざとらしくそれを法服で拭ってからもとに戻したが、いったい誰のためにそんな行動をとったのかジェンにはよくわからなかった。

「私がやっていないことなら話せます」とケリーは言った。しかしその口調からは、それが有益な証言とはなり得ないことがジェンにはわかった。

「それはなんです？」と法廷弁護士（バリスター）は言った。

「ジョゼフに指示され、結果的に赤ん坊のイヴを誘拐することになった連中を見つけることができなかったということです」

「異議あり」被告側の法廷弁護士（バリスター）が勢いよく立ち上がった。しかし、判事は手を振ってそれを制止すると、黒いカーテンの向こうにいる聞き分けのない証人に目をやった。「陪審員ならびに傍聴者はいったん退出してください」と彼は言った。

十分後、ふたたびロビーに出た彼らに、廷吏より本裁判を一時中断し、明日再開する旨が告げられた。ジェンはその場に突っ立ったまま、口をぽかんと開けた。「どういうこと？」

「裁判は明日にもち越されます」廷吏はジェンに素っ気なくそう言った。ロビーに佇む彼女のまわりには魚の群れのように人が集まっていた。明日という日はないのに。ジェンは途方に暮れていた。彼女に未来がやって来ることはないのだ。

車の横に立っているジェンを見て、ケリーは青ざめた。頬が落ちくぼみ、唇からは血の気が失せている。彼は素速く左右を見てから、なんとか平静を保とうとジェンに微笑んだ。腕に掛けたスーツの上着はすでにしわくちゃだった。彼女は自分に嘘をついていた未来の夫であるこの男をじっと見つめた。具合が悪そうな青白い顔。しかしまだ若く、トッドとあまり年齢の変わらない子供のようだ。

「あなたの証言を聞いたわ。わたし、傍聴席にいたの」とジェンは言った。今すぐにでも号泣して、人生の半分以上をかけて愛してきたこの男に慰めてもらいたかった。彼女はどんなときもこの男を頼りにしてきた。

「おれは……」ケリーは太陽の照り返す大通りのほうを見てから、ジェンに身振りで車に乗るように伝えた。

「本当なの？」と彼女は言った。ケリーはどこまで話すべきか思案しているようだった。彼女はこれまでの出来事を時系列に並べて整理しようとした。しかし、頭の中はまとまりのない事実で溢れかえっていて何も考えられなかった。もしかしたら、ここで終わりを迎えるのかもしれない。ケリーと別れるのかも。だけど、答えの出ていない疑問があまりにも多く残されている。それにアンディのおかげだろうか、彼女には不思議とわかっていた。今はまだそのときではないのだと。

ふたりは車に乗り込んだ。外の空気は湿っていて、太腿(ふともも)に当たったシートは温かかった。彼はエンジンを吹かし、車を飛ばしてリヴァプールを出た。その間、ひと言もしゃべらなかった。

「ケリー？」と彼女は言った。こんなふうにせっつきたくはなかった。「あのね……」ジェンはふたりの関係がまだ六ヶ月だということを思い出そうとした。彼はこれから築きあげるふたりの未来のことを何も知らないのだ。この先の二十年間で、幸せな結婚生活を送ることを知らないのだ。自分のやっていることの重要性や危険性を知らないのだ。

ケリーは押し黙ったままバックミラーに目をやり、一方通行の交差点を進んだ。

「潜入捜査官だったのね」

彼は一度だけ小さくうなずいた。「ああ」

「わたしと出会ったときから？」

「そうだ」

「あなたの名前はケリーなの？」

彼はひと呼吸置いてから「いいや」と答えると、喉仏を上下させて息を飲んだ。

「どうして――なぜこんなことを?」彼女の心は千々に乱れていた。言葉をひとつに繋ぎ合わせることができなかった。

「あなたはわたしに嘘をついていた……」ジェンはゆっくりとそう言った。

「極秘任務だったんだ」

ジェンには訊きたいことが山ほどあったが、どこから始めればいいのかわからなかった。ふたつのことを結びつけようとしてもどうしてもうまくいかなかった。

彼は今にも泣き出しそうな顔をして、赤くなった目で遠くを見つめていた。彼女は悲しいときのケリーを知っている。「おれの本当の名前はライアンだ」と彼は静かに言った。「ケリーというのは……おれの知っている人の名前だ」

ライアン。ばらばらだったものがひとつになろうとしていた。「どうして……」ジェンはそう言いかけて言葉を選び直した。「ケリーとしてどうやって生きていくつもりだったの?」

彼は決まり悪そうに身じろぎした。「わからない」

「ライアンを完全に殺して? 死んだと見せかけて?」

ケリーは驚いてジェンを見た。「ちがう。どうしてそんなことを? わからないんだ……どうすればいいのかわからないんだよ」

ジェンは彼から顔を背け、窓の外を見た。いかにもケリーらしい。彼は常に逃げることで問題を回避しようとする。そして不都合が生じると……被害を最小限に食い止めるために奔走する。あの打ち捨てられた家〈サンダルウッド〉がなんなのかようやくわかった。ジーナはあの家が王室公領になっていることからライアン・ハイルズは死亡していると判断した。ラケシュも同じ結論に辿り着いた。しかし、ライアン・ハイルズの死亡はどこにも記録されていない。つまり、あの土地を彼が相続することで身元が追跡されてしまうのを防ぐために、土地登記所に提出する死亡診断書だけを偽造したのだろう。だが、彼はほかに何もしなかった。自らの死が調査の対象となることを避けて死亡届を出さなかった。詳細を記す必要のある書類を提出することもなければ、彼には不可能な遺体の確認の手続きを踏むこともなかった。彼のやったことは大きな傷口に絆創膏を貼ったようなものだったのだ。〈サンダルウッド〉の家は空き家になったばかりのようだった。おそらくケリーの母親はあの少しまえに亡くなったのだろう。トッドが三歳のとき、彼はバスルームで泣いていたが、その時点では母親はまだ生きていて、会いたくなったのかもしれない。

彼はジェンを見た。「おれは去年、警察を辞めた。ケリーのままでいたのは……」

「なに？」

「きみに出会ったからだ」

「だけど、どうして話してくれなかったの？　どうして嘘の名前のままでいることを選んだの？」

「ジョゼフ・ジョーンズはおれがケリーという名の犯罪者だと思っている」と彼は言った。

その声は彼女が耳をそばだてないと聞こえないくらい小さかった。「もしおれが何か少しでも変えたり、誰かに打ち明けたりしたら――おれがケリーでないことがやつの耳に入る。潜入捜査官だったことがばれてしまうんだ。だから――このままでいた」

「犯罪者のままでいたってこと？」

「彼はそう思っているだろうが、実際にはちがう。おれは何もしていない。誰からも見えるところに隠れたほうがいいと思ったんだ。やつが有罪になったときにはそのほうがいいだろうと」彼は悲しそうにそう言ったが、ジェンはそれが少しもよくないことを知っていた。どんな実刑判決にも刑期というものがある。そして、刑期を終えるころにはもう手遅れなのだ。ライアンはケリーに取って代わられる。

「警察がそのことを知ったらあなたはどうなるの？」

「おそらく逮捕される。おれは警察を辞めた人間だからな。ケリーのままでいれば身分詐称の詐欺罪で捕まるだろう。それに、訴えられるかもしれない。公務員が不正行為をしたという理由で」

ジェンの体がパニックで熱くなった。想像をはるかに超えた深刻な問題だ。彼女は目を閉じた。ケリーは詐欺罪に問われるだけではすまない。秘密を守るために、二〇二二年にふたたびジョゼフの指示で車の盗難に関わるようになったことでも逮捕されるだろう。刑事免責の対象にはならず、彼はいち犯罪者として扱われることになる。

「わたしたちがあちこち旅をしていたとき、あなたはこっちに戻りたくないと言ったわね。人里離れたあの小屋にずっといたいって。それはジョゼフのことがあったからなの？」

「ああ。やつは知っていたんだ……男女ふたりがやつを密告したってことを」

ニコラのことだ。

「どうして打ち明けてくれなかったの？」

「極秘任務だったんだ」ケリーは彼女から目を逸らし、低い声でそう言った。

「だけど……それは」ジェンは心にくすぶる思いを口にすることができなかった。秘密というのは恋人同士の間でも守らなければならないの？　なぜこの先もずっと隠し通せると思ったの？　今の彼はまだ人生のほんの一時しかジェンと共に歩んではいないのに。

「わたしに一度でも打ち明けようとした？」と彼女は訊いた。

「そのうち打ち明けるつもりだった」とケリーは答えた。ジェンは自分と彼とがすれちがっていることにショックを受けた。彼女は過去を振り返っているのに、ケリーは未来を見据えている。

しかし、その言葉は嘘になり、彼女は偽りの人生を送ってきたのだ。

パズルの最後のピースがしかるべき場所にようやく収まるのを、ジェンは心の目で見ていた。「訊いてもいい？」彼女はケリーがたった今、ジョゼフについて話していたことを考えた。

「なに?」

「刑務所を出たジョゼフが本当のあなたを知ったら、彼はどうすると思う?」

「その心配はないさ。カーテンがあったし……話し方も変えたから。やつのもとで働いていた連中はごまんといる。その規模は……」

「だけど……もしなんらかの事情で知ってしまったら?」

ケリーは一瞬、間をおいてから答えた。「やつはおれを殺しに来るだろう。必ず」

マイナス6998日 23時

夜も遅い時間だった。ジェンは風呂に入っていた。さっさと眠りについて、明日の朝、どこかで目覚めるのが待ち遠しかった。

ジェンの胃の中では熱く混沌としたものが渦巻いていた。

潜入捜査官。その言葉はあまりにも醜く圧倒的で、まるで鼓動のようにジェンの胸の中でドクドクと音をたてていた。だからだったのだ。自営業にこだわるのも、SNSをやらないのも、パーティーへ行かないのも、それが理由だったのだ。

ケリーは二十年間、別人になりすまして生きてきた。

でも、なぜそれをジェンに打ち明けなかったのだろう？

すべての情報を正しく繋ぎ合わせることができたものの、そこだけが腑に落ちなかった。アンディに訊くことができればいいのだが、彼はまだ大学も卒業していないだろう。ジェンを助けることなどできるわけがない。

彼女は磨りガラスをじっと見つめながら考えた。

ケリーは潜入捜査官として犯罪組織に潜り込み、そこで知り得た情報によってジョゼフを刑務所送りにした。二十年後、刑期を終えたジョゼフは、ケリーを探しに法律事務所を訪れた。彼はかつての仲間たちと組織を復活させようと目論んでいた。もしケリーが拒否すれば、彼はジョゼフに潜入捜査官であることを疑われていたにちがいない。逆に、ジョゼフに協力すれば、ケリーは本物の犯罪者になってしまう。どちらにしてもケリーに勝ち目はなかったということだ。ジョゼフは数多くの手下たちと共謀して罪を犯してきた。つまり手下たちはジョゼフに弱みを握られていることになる。彼らは警察にたれ込まれることを怖れてジョゼフに協力せざるを得ない。そしてケリーには、ジョゼフの考えも及ばない大きな弱みがあった。それは、ジョゼフがケリーの過去の犯罪行為を暴露すれば、彼が法を犯して別人として生きていることを警察に突き止められてしまうということだ。それどころか彼が警察の許可なく今も犯罪に関わっていることまで知られてしまう。

ケリーがジョゼフから盗難車の鍵を受け取っていたことの裏にはそういう事情があったのだ。そしてトッドはジョゼフとケリーが再会した際にクリオと出会い、恋に落ちた。ケリーは息子にジョゼフのことを秘密にしておくように言い含め、その後、クリオと別れさせようとした。あの夜、ケリーは裏庭で、自分の素性を含めたこれまでの経緯を息子に打ち明けたのだろう。〝こんな酷い目にあったのははじめてだよ〟トッドはそう言っていた。ケリーはきっと昔の警察手帳と張り紙を息子に見せたにちがいない。ジェンには、ふたりがトッドの部屋でどんな会話を交わしたかも、トッドが警察手帳や張り紙を隠しているところも想像できる。

ケリーはふたたびジョゼフのもとで働き始めた。が、自分の正体に勘づかれたと思った彼は、藁(わら)にもすがる思いでニコラに助けを求めた。つまりニコラは犯罪者ではなく、かつて潜入捜査官として任務にあたっていた仲間だったということだ。ケリーは八方塞がりになった。常に身の危険を感じて生きてきた彼にとって、ニコラに真実を告げることは唯一希望のもてる選択肢だった。

ケリーの秘密を守る見返りとして、またふたりのことがジョゼフにバレたときの危険性を考慮して、ニコラはケリーにある条件を提示した。それは現在進行中のジョゼフの犯罪について警察に情報を流すことだ。おそらくニコラはケリーを守るために護衛をつけさせたのだろう。パトカーが巡回していたのはそのためだ。それにあの事件の夜、救急車が到着するより早く警官が駆けつけたのもうなずける。何かあればすぐ介入できるように待機していたにちがいない。だが、遅すぎた。そう、遅すぎたのだ。

ニコラはトッドが事件を起こす二日まえにジョゼフに襲われた。セクション十八、傷害罪。ジェンが警察署で耳にした言葉だ。ジョゼフは出所後、裏切り者の存在に目を光らせていた。だから今も警察にいるニコラの素性がバレるまでさほど時間はかからなかった。それに〈ワガママズ〉にいた彼女がまったくの別人に見えたのも、潜入捜査官としての変装をしていなかったからだ。

そしてニコラからケリーの素性も割れてしまった。

十月末の真夜中にケリーのもとへやって来たジョゼフ。彼は武器をもっていただろうか？ ポケットから何か取り出そうとしていただろうか？

事件後、すぐに警察がやって来たが、おそらくなんらかのトラブルが起こりそうなことは事前に予測していたにちがいない。

しかし、ケリーがニコラに助けを求めていたにもかかわらず、警察はトッドを逮捕した。だから夫は警察署であれほど激高したのだ。

では、なぜトッドがあんなことをしたのか？ その答えはわかりきっている。ニコラのことを聞いた息子は、家族を守るためにナイフを買った。そして、家に帰る道すがら武器をもったジョゼフと出くわした。彼はパニックになり、自分にできるたったひとつのことをした。どんな犠牲を払ってでも父親を守ろうとしたのだ。

ライアン

ウェルベック通り七一八。

それはジョゼフがライアンとアンジェラに指定した住所だった。ふたりは準備万端だった。アンジェラが外で見張っている間に、ライアンが中に入ってリストを受け取ることになっていた。この取引が滞りなく終われば、潜入捜査班が面の割れたジョゼフの逮捕に踏み切るのも時間の問題だった。ライアンとアンジェラがジョゼフの信用を得たことで、彼を起訴するに足る証拠を手に入れることができたからだ。ふたりに送られてきたテキストメッセージ……それはジョゼフが犯罪組織を率いていることを立証するのに十分な証拠だった。彼は何十年もの刑務所暮らしを余儀なくされるだろう。

唯一、手がかりが摑めないのは、あの赤ん坊だった。イヴはまだ見つかっていなかった。

ふたりが目的地まで歩いていると、さらにメッセージが送られてきた。

例の場所に着いたら内装業者を装え。オフィスのオーナーに会ったら、おれの遣いで来た

と伝えろ。ＪＪ

ライアンはアンジェラのほうを向いた。「これだよ。このオフィスから留守宅の住所を手に入れていたんだ。おれたちはやったぞ。ようやくやつを逮捕できる」

「そうね」ニコラも興奮していた。「わたしたち、やったのね」

ふたりは雨降りの三月の道を歩いていた。ライアンは兄のことやオールド・サンディのことを考えた。そして自分が世界をどう変えたかについても考えた。ほんの少しだけだが、彼なりのやり方で変えたのだろう。

ライアンはこみ上げてくる言葉にならない感情を飲み込んだ。ふたりは指定された住所に着いた。アンジェラは役になりきって、ライアンから離れて歩いた。彼は建物の中に入った。どうやら法律事務所のようで、一見したところ金回りがよさそうだった。

受付に女性がひとり座っていた。滝のように流れる豊かな黒髪に大きな瞳をした美しい女性だ。

「内装業者ですが、リフォームの必要なところはありませんか？」彼は期待に満ちた笑みを顔に貼りつけてそう言った。

「なあに――いきなりやって来て、その場でリフォームしちゃうってこと？」受付の女性はそう言って苦笑いをした。その笑い方に、彼は衝撃を受けた。予期していないことだった。

彼女も知っているとばかり思っていた。隠されたメッセージを理解するはずだと思い込んでいた。

「まあ、そんなとこかな？」

「じゃあ、今から壁際の家具をぜんぶ動かしましょうか？　あなたが壁を塗っている隣で法律の仕事をしろと？」

「そっちが乗り気ならやってもいいですよ」と彼は軽快な口調で言った。

「悪いけど、必要ないわ。だけど、計画外のリフォームが必要になったときは——あなたに頼むわね」

彼女はそう言うと、パソコンに視線を戻した。

「オーナーに確認してもいいかな？」と彼は言った。

「どうしてわたしがオーナーではないと？」

「じゃあ、きみがオーナーってこと？」

「……いいえ」

ふたりは一瞬目を合わせると、思わず吹き出した。「はじめまして、オーナーではないお嬢さん」と彼は言った。

「はじめまして、無計画な内装業者さん」

彼女は親しげな笑みを浮かべ、肩越しに振り返って叫んだ。「お父さん？　お客さんよ」

そして父親のオフィスに入ろうとするライアンをちらりと見て言った。「ジェンよ」

「ケリーだ」

マイナス7157日　11時

ジェンは目を覚ました。どうか二〇二二年でありますように。しかし、そうでないことはわかっていた。

高く突き出た腰骨。古い携帯電話。古色蒼然(こしょくそうぜん)とした両サイドが木製のあの低いベッド。彼女は肺から息を吐き出した。まだ終わってはいない。

ジェンは上体を起こして目を擦った。そうだ。あのアパートだ。彼女がはじめて住んだアパート。それは働き始めたころに買ったもので、たしか三千ポンドの手付金を払ったはずだ。二〇二二年なら笑ってしまうような金額だが。

ベッドルームはひとつだけだった。彼女は起き上がり、ぼろぼろの茶色い絨毯が敷かれた床を踏んで廊下に出ると、リビングルームに入った。そこは布製の装飾品でまとめられたボヘミアン風の部屋だった。リビングルームとキッチンとを隔てる安っぽいカーテン。湿気をごまかすために広い窓台に並べられた紫色のクッション。ジェンは驚いた目で室内を見渡した。すべてが忘れ去られていた過去の光景だった。

朝の光が汚れた窓から射し込んでいた。

携帯電話を確認したが、画面に日付は表示されていない。テレビをつけて、ニュースから文字放送のシーファックスに切り替えた。かつてはこうやって日付を確認していたのだろうか？　二〇〇三年三月二十六日、午前十一時。

まえの日から六ヶ月ほど過去に遡っている。はじめてケリーに出会った日の翌日で、今日今日は正式なデートをする約束をしていた。

ジェンは携帯電話を見たものの、使えそうになかった。メッセージを送ることと、電話をかけることと、古いゲームの〈スネーク〉ができるだけだった。

ショートメッセージを開くと、ケリーから送られてきた最後のメッセージが残っていた。電話帳には〝セクシーな内装業者？〟と登録されている。このころの彼女は彼が未来の夫になるとは夢にも思っていなかった。〝〈カフェ　タコ〉に午後五時三十分でいいかな？　仕事帰りに来る？　xx〟テキストの文字は古めかしいブロック体で、画面は昔の電卓みたいにネオングリーンに光っていた。

ジェンの返信はべつのボックスにあるのだろう。スレッド表示にならない大昔のメッセージだ。

彼女は送信済みアイテムを開いた。〝もちろん〟とできるだけさりげない返事をしていた。言葉を厳選して返信したのかどうかは覚えていないが、きっとそうしたはずだ。

朝も遅い時間だった。若いころの彼女はよく飲みすぎては朝寝坊をしていて、この日も二日酔いらしかった。はじめてケリーと出会った日の夜に自分が何をしたかは覚えていないが、たぶん酒を飲んだのだろう。彼女は人工大理石のキッチンカウンターに指を滑らせ、部屋の中にあるものを確認した。法律書もあったが、表紙にハイヒールを履いた女性の描かれたペーパーバックがずらりと並んでいた。ガラス瓶に入ったキャンドルや、空のワインボトルの口に差し込まれたキャンドルがそこかしこに飾られ、床には丸まったスーツパンツが二着と、一緒に脱いで放置されたままの下着と靴下が散乱していた。

たっぷりとシャワーを浴びた。タイルの隙間がひどく汚れていることに目を丸くしたが、おかしなもので人間というのは慣れてしまう生き物らしい。ここに住んでいたころはそんなことに気づきもしなかった。節約を心がけていた彼女は、窓台の黴（かび）にも、外から絶えず聞こえてくる騒音にもただ耐えていた。

シャワーから出てタオルを体に巻きつけると、デスクトップパソコンの前に座った。熱い蒸気に当たっている間にふと思いついたことを調べてみるつもりだった。

機械の前面にある柔らかいボタンを押して、パソコンが立ち上がるのを待った。座っている間に鼻の頭からシャワーの水が垂れて絨毯に落ちた。

急に明るくなった画面を見つめながら、ジェンは研修生時代の親友アリソンのことを考えた。警察署を訪ねたときにその偽名を思いついたのは彼女の存在があったからなのかもしれない。アリソンは近くの企業法務の事務所で働いていた。ふたりはいつも昼休みに待ち合わせして〈プレタ・マンジェ〉でランチを買った。アリソンは法曹界をこきおろしてばかりいた。そして、のちにべつの資格を取得して企業の秘書職に就いた。ジェンはそれまでどおり離婚専門の弁護士として働いていたが、同じ興味関心をもつ者同士の間でしか友情が続かないことがあるように、徐々に彼女とは疎遠になっていった。

妙なものでジェンはふたたびここにいる。アリソンに電話をかけて近況報告をすることもできる。人生というのは断片的なもので、友情も、住む場所も、人生の様々な局面も、簡単に区切りをつけることができる。人生のある段階――スーツを着て仕事に打ち込んだり、マザーズバッグを抱えて子育てに奔走したり、恋に落ちたり――は終わりがないようでいてけっして永続的なものではない。

ジェンは瞬きをして目の前でウィンドウズXPが起動されるのを待った。まるで大昔のハッカー映画に出てきそうな代物だ。〈エクスプローラ〉を見つけるのに四苦八苦し、インターネットを使うのにダイアルアップ接続をしなければならなかった。そしてようやく〈アスクジーブス〉に辿り着くと、〝行方不明の赤ん坊　リヴァプール〟と入力した。

結果はすぐに出た。イヴ・グリーン。二ヶ月ほどまえに盗難車の後部座席に置き去りにされたまま行方不明になっていた。二十年も昔の事件なのだから、探偵が見つけられなかったのも無理はない。ケリーはイヴを連れ去った犯罪組織を検挙するのに協力したが、結局、赤ん坊は見つからなかった。彼はそのときの張り紙を保管していてトッドに見せた。だからプリペイド式携帯電話と張り紙と警察手帳がトッドの部屋にあったのだ。それにケリーがニコラに送ったメールの中で赤ん坊のことに触れていたのも、この事件のことを指していたのだろう。

ジェンは胸のしめつけられる思いをしていた。二十年間行方不明の、失われた赤ん坊。

彼女は冬の低い太陽に照らされた霞(かす)んだリヴァプールの街を眺めながら、自分の置かれている状況を理解しようとした。ここには生きている父親がいて、親友のアリソンがいる。将来結婚するケリーとは今夜はじめてデートをする予定で、いずれトッドという名の子供をもうけることになっている。

ジェンは行方不明の赤ん坊のこと、トッドのこと、ケリーのことを考えた。悪人と、ときに悪人になりきる潜入捜査官とで構成された犯罪組織のことも考えた。そして何より、どうすれば問題を解決できるかについて考えた。

パズルはまだ完成していない。明らかに、まだ終わってはいない。彼女が未だ遠い過去にいることがその証拠だ。やるべきこと、解決すべきこと、理解すべきことがまだ残されているということだ。

少しだけ安らぎがほしくなり、鏡の前でタオルを落とした。二十四歳の自分の体を見たいという気持ちにあらがえなかった。ああ、二十年経ってから気づくなんて遅すぎる。この裸体は十点満点なのに！　誰もがそうであるように、そのことに気づくのはずっとあとになってからなんて。

五時四十分、ケリーは少し遅れてカフェに姿を現した。二十年間夫と連れ添ったジェンには、彼が緊張しているのがわかった。薄い色と濃い色のデニムを上下に着込み、前髪を上げた彼は、いつものようにさりげなくクールにきめている。だが、その目はシカのように落ち着きがない。彼はジーンズで手を拭ってからジェンのいるテーブルまで来た。

ジェンは立ち上がって挨拶をした。彼女の体は細く、軽く、まるで水中からあがったばかりのようだった。周囲の物にぶつからないのは……単に痩せているということだ。その体はしなやかで、エネルギーに満ち溢れ、二日酔いなどコーヒーと日光とで吹き飛ばしてしまうほどだった。

ケリーはかがんでジェンの頬にキスをした。彼は樹液のような匂いがした。この匂い、そうこの匂いだ。彼女はすっかり忘れていた。シェービングクリームだか、制汗剤だか、洗濯用洗剤だかわからないが、この匂いだった。彼の匂いを嗅いだとたん、ジェンは突然、過去のこの瞬間に舞い戻っていた。恋に落ちた男と、二〇〇三年のカフェにいた。

ジェンはケリーを見た。若いふたりの目と目が合った。彼女は溢れ出そうになる涙をこらえた。わたしたち、うまくいったのよ。彼女は一度でいいからそう教えてあげたかった。どこかの宇宙で、わたしたちは二〇二二年までずっと夫婦として暮らしている。まだセックスもデートもしているし、トッドという名の愉快でオタクっぽい、素晴らしい子供もいるのよ。でもそのまえに、あなたはわたしに嘘をついていた。

ケリーは挨拶のキスをする間、何も言わなかった。いかにも彼らしいが、今ならわかる。嘘をついていることで用心深くなっていたのだ。だがそれでも、ジェンの体に視線を這わせる彼を見て、気の毒に思わざるを得なかった。

「コーヒーにする？」

「ええ」

彼女はテーブルにあった砂糖の袋を手で弄んだ。ピンク色の〈スイートンロー〉。メニューにはコーヒー、紅茶、ペパーミントティー、オレンジスカッシュはあったが、二〇二二年とちがってコーヒーの種類は豊富ではない。三月下旬というのに、正面の窓は季節はずれの豆電球で飾られていた。ただそれを除けばごくありふれた店だった。フォーマイカのテーブルにリノリウムの床。揚げ物とタバコの匂い。レジの鳴る音。カード払いでサインをする客たち。二〇〇三年には二〇二二年の風情が欠けていた。電飾以外にはなんの装飾品もなく、壁に絵が掛かっているわけでも、観葉植物が吊り下げられているわけでもなかった。ただテーブルと何もない壁と彼とが存在するだけだった。

ケリーは片足に重心をのせて列に並んでいた。スリムな体に、捉えどころのない表情。「遅くなってすまない」彼は古めかしいカップとソーサーをふたつ運んでくると、ジェンの真向かいに座った。そして大胆にも、未来の夫は彼女の膝に自分の膝をぶつけた。たまたまぶつかっただけを装っていたが、膝は密着したままだった。これが二度目であるにもかかわらず、一度目のときと同じようにジェンの体に電流が走った。彼とキスをすることも、彼を愛することも、彼とセックスすることも、彼との間に子供をつくることもどんな感じなのかを隅から隅まで知り尽くしているというのに。ケリーは一度としてジェンを欲情させなかったことはない。

「それで」と彼は言った。言葉は弾丸を込めた銃のようだった。「ジェンは誰なんだ？」ジェンの膝にケリーの温もりが伝わっていた。彼の手が彼女のいじっていた砂糖の袋を滑らかな動きで摑み取った。彼はいつもこうした予想外の言動で、ジェンをのぼせあがらせる。

彼女はテーブルを見下ろした。彼は潜入捜査官で、名前はケリーではない。なぜ二十年間、そのことを一度も打ち明けようとしなかったか。それが唯一、彼女には理解できないことだった。その答えはあの豆電球の向こうのどこかにあるはずだが、まだ見つけることができないでいた。その答えを見つけたとき、タイムループは終わるのだろうか？　もし見つからなかったら、いったい何をどうすればいいのだろうか？

「あまり話すことはないの」彼女は二〇〇三年の目抜き通りを見ながらそう言った。目を背けることのできない事実について考えていた。それはジェンとケリーが恋に落ちなければ、トッドは存在しなかったという事実だ。

「ケリーとは誰なの？」ジェンは同じ質問をしてからふと考えた。ケリーが彼女のほしがっていたカボチャや〈ベルファスト〉のシンクを買ってきてくれたときのことを。未来の彼が世間の目をまったく気にしないで生きていることを。ケリーはジェンの感情を揺さぶると同時に、ほんの少しだけ危険を匂わせて彼女を刺激する。ふたりはお似合いのカップルだった。いや、今でもお似合いのカップルだ。それなのに、その根底にあるものが嘘だったなんて。崩れそうな崖っぷちの上に成り立っていた関係だったなんて。

ケリーは彼女を見ると、下唇を嚙んで満面の笑みを浮かべた。「ケリーはセクシーな女性とデートしていても退屈極まりない男だよ」

「ただのセクシー？　超セクシーじゃなくて？」

「これでも冷静を保とうとしているんだ」

「その努力は無駄みたいよ」

ケリーは両手を上げると、笑い声をたてた。「たしかに、冷静さは法律事務所のドアのところに置いてきてしまったよ」

「じゃあ、リフォームっていうのは――策略だったのね」

彼の表情に暗いものがよぎった。「いいや……だが、もうきみのお父さんに事務所のリフォームを勧めたりはしないよ」

「どういった伝手でうちの事務所に来たの？」

「おれは既成の枠組みの中で仕事をするのが好きじゃないんだ」と彼は言った。ジェンはそのセリフを覚えていた。それが既成の枠組みの中で仕事をしている彼女にインパクトを与えたからだった。当時の彼女は胸を躍らせていたが、今は困惑していた。どこまでがライアンでどこからがケリーなのかも、彼女の愛した彼が本物の彼なのかもわからなかった。

「専門分野は？」

「まだ研修生だから、なんでもやらないといけなくて。雑用係よ」

ケリーは一度だけうなずいた。「コピー取りとか？」

「コピー取りに、お茶くみに、事務作業」

彼はジェンの目を見つめたままコーヒーを啜った。「仕事は好き？」

「人と関わることが好きなの。困ってる人を助けられたらいいなって」

その言葉にケリーは目を輝かせ、「おれもだ」と静かに言った。ふたりの間で何かが変わったようだった。「その答え、気に入ったよ。かなり責任のある立場にいるとか？　それとも……」

「ぜんぜん」ジェンはこうした質問を投げかけられるのがうれしかった。若い男性にはめずらしく、じっと自分の話に耳を傾けてくれる。そのことに満ち足りた気分になっていた。だが、今日の彼女はべつの感情を抱いていた。

ケリーは膝を離し、足を交差させた。彼女の肌から温もりが消えると、身も心も寒々しく感じられた。「それならよかった」と彼は静かに言った。

ジェンはケリーを見た。そのとたん、ふたりの間に火花が飛び散った。それは彼らにしか見えない火の粉だった。

「おれはでかい仕事をしたいとか、豪邸を手に入れたいとか思わない」と彼は言った。

ジェンは笑みを浮かべてテーブルを見下ろした。彼女はすっかり彼に恋をしていた。いかにもケリーらしい言い方だ。自信たっぷりで、尖っている。彼女はすっかり彼に恋をしていた。そしてふたりの結婚生活の大半が実際に貧しくも幸せな日々の積み重ねだったことを思い出した。

「今まででいちばん興味を掻き立てられた案件は？」彼はそう訊いてきたが、ジェンはそのセリフも覚えていた。彼女が離婚案件か何かについて話すと、ケリーは興味深そうにじっと耳を傾けてくれた。少なくともジェンはそう思っていた。

「そんな話、退屈なだけよ」

「じゃあ――十年後にはどうしていたい？」

ジェンはケリーを見つめた。彼に魅了されていた。あなたと一緒にいたい。彼女はただそう思った。昔のあなたと一緒にいたいと。

だが、彼はいつだって——ああ、何を考えているのだろう?——良き夫ではなかっただろうか? 誠実で、正直で、セクシーで、愉快で、気が利く、まさに理想の夫だった。

ケリーはふたたび膝を密着させてくると、足を上げて自分の膝でジェンの膝をなぞった。その瞬間、マッチを擦ったときのように、ジェンの中に火がついた。

外の空気がさらに暗くなり、雨がさらに激しくなり、カフェの中がさらに蒸していく中、ふたりはありとあらゆることを語り合った。テレビや新聞で報道されていることや、少しだけだがケリーの生い立ち——〝ひとりっ子で、両親とも他界していて、自分とペイントブラシだけしか残されていない〟——のことや、ジェンの住んでいる場所のことを話した。ふたりが好きな動物——彼のお気に入りはカワウソだという——のことや、結婚を信じるか否かについても語り合った。

政治のことや、宗教のことや、猫派か犬派かということも、ケリーが朝型で、ジェンが夜型だということも話した。

「最高の瞬間っていうのは夜にやって来るものよ」と彼女は言った。

「最高の瞬間ってのは、朝の六時に一杯のコーヒーを飲むときのことさ。これだけは譲れないよ」

「朝の六時はまだ真夜中よ」

「じゃあ、起きていてくれ。おれと一緒に」

ふたりの距離が徐々に縮まっていき、テーブルが邪魔をしてこれ以上は近づけないところまで密着した。ジェンがヘンリー八世という名前の太った猫を飼いたいと言うと、いずれ現実になることを知らないケリーは大笑いしてテーブルを揺らした。「それじゃあ、そいつの跡継ぎのことはなんて呼ぶ？　ヘンリー九世とか？」

ふたりは休日にどこへ旅をしたいかについても話した。彼はコーンウォールが好きだが、飛行機を何より嫌っていると言った。人生最後の食事に食べたいものは、ふたりとも中華料理のテイクアウトだった。

「まあ、つまり」夜の十時ごろになると彼は言った。「おれの場合、辛い子供時代だったんだろうな。自分の子供たちにはもっとましな人生を送ってほしいと思ってる」

「自分の子供たち、ですって？」ああ、これはケリーという人間の真実の一面だ。

「おれが言いたいのは——なんていうか、次の世代を育てるために何かしてやりたいってことかな。おれたちの親が教えてくれなかったことを彼らには教えたい……」

「世間話をすっ飛ばすことができてよかったわ」

「おれは大言壮語が好きなんだ」

「昨日はたまたまうちの事務所に来たの？　仕事で？」とジェンは訊いた。ふたりの出会いの物語をきちんと理解しておきたかった。ケリーは父親のオフィスへ確認しに行ったが、五分もすると部屋から出てきた。

「いや、知っているかもしれないが」彼はジェンに何かを求めるような表情で言った。「きみのお父さんとおれには共通の知人がいてね。ジョゼフ・ジョーンズって男だが、きみも会ったことがあるかもしれない」

どこかで爆弾が爆発した。少なくともジェンにはそう感じられた。父がジョゼフ・ジョーンズを知っている？　彼女のまわりの世界が、一瞬静止した。

「いいえ、会ったことない」ほとんどささやき声になっていた。「父はいろんな人とのつき合いがあるから」

まるで風船が破裂したかのようだった。ケリーは安堵したように肩を落とした。彼は手を伸ばしてジェンの手を掴んだ。彼女はされるがままになっていたが、心の中では激しく動揺していた。父親がジョゼフ・ジョーンズを知っている？　つまり――父は……いったい、なんだというの？　もしこれがマンガなら、ジェンの頭の上はクエスチョンマークだらけになっていただろう。

ケリーの指が彼女の手首でピアノを奏で始めた。「そろそろここを出ようか？」

カフェを出たふたりは三月の雨の中にいた。道はすべて雨水に洗われ、目抜き通りの明かりを反射した歩道は濡れた金色に染まっていた。ケリーはカフェの外でジェンの腰に手を添えて彼女を引き寄せた。唇と唇が触れそうなくらいふたりの顔が近づいた。

しかし、二度目の今夜、彼女はケリーとキスをしなかった。自分のアパートに誘って、夜通しベッドで語り合うこともなかった。

そのかわりに、嘘の口実をつくってケリーに別れを告げた。彼は失望に肩を落とすと、背を向けて道を歩き始めた。ジェンは頭の上で手を振る彼の後ろ姿をじっと見つめていた。

タイムトラベルが始まってから何度目になるだろう。彼女はまたひとり道端に佇み、腕を体に巻きつけて考えていた。トッドをどうやって救えばいいのだろうかと。自分を救ってくれる人がひとりもいないことを。父親でさえ彼女を救うことはできないのだ。ましてや夫にジェンを救うことなどできるはずがない。

ライアン

彼は深入りしすぎた。

ライアンはジェンの寝室に立っていた。まだ朝もかなり早い時間だった。彼女は眠っていたが、枕に髪の毛が広がるその姿はまるで人魚のようだった。彼女とは二晩続けて一緒にいた。一昨日カフェで会ってから、一度も自分のアパートに帰っていなかった。

彼女のもとを去りたくない。

それが問題だった。

今日はジョゼフから様子を窺うメッセージが送られてきた。ジェンのアパートに行ったことはいずれ彼の耳にも入るだろう。この状況をなんとかしなければ。ライアンの頭の中はフル回転していた。被害を最小限に抑えること。それこそが重要だった。

「朝型っていうのは嘘じゃなかったのね」ジェンはそうつぶやいて横向きになると、露わになった胸を布団で覆った。彼女は裸だった。

「起こしてすまない」彼はしわがれた声で言った。おれはジェンの父親の罪を暴こうとしている。彼女はおれをケリーだと思っている。こんなのうまくいきっこない。ライアンはそう思った。

ジェンは目をぱちりと開いて彼を見ると、上半身を起こして微笑んだ。あたかも彼がそこにいることが信じられないとでもいうような、ゆったりとした幸せそうな笑みだった。「行かないで」彼女は大胆にもはっきりとそう言った。彼女は裸で、彼は服を着ていた。

「おれは……」

こんなのうまくいきっこない。

「そばにいて」彼女はそう言うと、布団を広げて彼を誘った。

なんとかしなければ。

「もう行かないと……」

「ケリー」とジェンは言った。その名前の響きは耳に心地よかった。そこには古いものと新しいものが同時に存在していた。

「仕事だけするには人生は長すぎるわ」

人生は長すぎる。賢い考え方だ。彼は自分を完全に見失った人のように頭を抱えた。ジェンを愛している。どうしようもないくらい愛している。

仕事だけするには人生は長すぎる。

そうだ。

ジェンの言うとおりだ。ライアンは一分後には服を脱ぎ捨て、彼女のいるベッドに入っていた。「朝は好きになった？」彼がそう尋ねると彼女は言った。

「あなたのいる朝は好きよ」

ライアンは三日目の夜を一睡もしないで過ごした。真夜中近くになると、疲れたことを言い訳にして、ジェンの体から自分の体を引き剥がすようにしてようやく自分のアパートに戻った。ひと晩中、キッチンの安っぽいテーブルの前に座って、コーヒーばかり飲んでいた。もうジェンのことしか考えられなかった。彼女とのことをどうしたらいい？　〝危険な相手との情事を愉しんだってことか？〟ジョゼフはそうメッセージを寄越した。まるでセックスだけの関係であるかのような、肝心な部分をないがしろにした下品で短絡的な言葉だった。

ライアンは返信するまえに、そのメッセージをじっと見てどうすべきか考えた。午前零時五十九分に、彼は決心した。この日、時計の針を一時間先に進めなければならないことをすっかり忘れていた。午前一時が午前二時になったとき、彼は決断した。

警察を去るか、彼女を失うか。

このみすぼらしい小さなアパートのテーブルには偽の身分証明書が置かれていた。彼はようやくこう思った。これは決断でもなんでもないと。

クロス通りの角にいるライアンは街灯の下で足踏みしながら、こうするしかないのだと自分に言い聞かせていた。凍えるほど寒い日だった。過剰なアドレナリンのせいで手が震えていた。

ライアンは恋をしていた。

ライアンはもはや世界を変えたいとは思っていなかった。ジェンと一緒にいられればそれでよかった。父親が彼の捜査している犯罪組織の世話人をしているジェン。

ライアンのことを、両親とも亡くして十六歳から働き出したケリーだと思っているジェン。

泣き笑いしているかのように目を輝かせるジェン。

はじめてのデートで、カワウソなんて馬鹿な生き物だと、自分も子供がほしいのだと、困っている人をただ助けたいのだと言ったジェン。まるでライアンの一部であるかのように彼の体にぴったりとフィットしたジェン。自分は食いしん坊だと言ったジェン。彼にキスするためだけに生まれてきたかのようなジェン。

それなのにあの父親ときたら。ジョゼフ・ジョーンズに留守宅のリストを渡していたのはジェンの父親だった。ジョゼフはそれを使って手下に車の窃盗を指示していた。父親はタイムシェア別荘の権利書を手に入れて、誰がいつ別荘を借りることになっているかを記録していた。だから別荘で過ごす住民が家を空ける日を知ることができたのだ。弁護士なら簡単に手に入れられる情報を悪用した至って単純な犯罪だ。

ライアンは空を見上げ、両手で髪をかき上げた。叫びたかったが叫べなかった。

そのとき、ひとりの男が現れた。仲間の知り合いの知り合い。ジョゼフとは無関係の人間であればいいのだが、そんなことはわかりっこなかった。

その見知らぬ男はずんぐりした体型で背が低く、頭は禿げかかっていた。「かばんをこっちに」と男は言った。クロス通りには何度も来ていたが、ライアンは今日、特別な理由があってここにいた。彼は男に現金の入ったかばんを渡した。

男は金を数え終えると、貪欲な笑みを浮かべ、ジーンズの尻ポケットからしわくちゃになった小さな封筒を取り出した。ライアンはパニックになりながらそれを受け取り、その場を立ち去った。一度も後ろを振り返ることなく。

ライアンはジェンの留守を狙って法律事務所を訪ねた。ケネスは驚いた顔で彼を迎えた。

「あんたに話したいことがあって来た。聞いてくれ」

ケネスは一度だけ息を飲んだ。彼はジェンに似た整った顔立ちをしていた。

「この部屋から漏れることのない話だ」とライアンは言った。

「わかった」ケネスの手は震えていた。彼は目を通していた契約書を脇に置くとライアンを真っ直ぐ見据えた。ライアンはデスクに身を乗り出し、乾いた手でケネスの手をぎゅっと握った。

「おれは警察官だ。もうすぐジョゼフが逮捕される。やつは大規模な犯罪組織に属しているがそれだけじゃない。そのトップにいる人物だ。もちろん、あんたも知っているだろうが」

「いいや──私は……」

「やつにこのことをバラしたらあんたを刑務所送りにする」脅迫めいた言い方はしたくなかったが、しかたなかった。自分の身を守るためにはどんなことでもする必要があった。

ケネスは彼を見た。「私にどうしてほしいと?」

「なぜこんなことに巻き込まれたのかを教えてくれ」

「ケリー、私は……はじまりはいとも簡単だった」

「簡単とは?」ライアンは腕を組んだ。

「家賃の支払いができなかったんだ」とケネスは静かに言った。「文字どおり金が払えなかった。事務所の経営が立ち行かなくなってしまってね。ジョゼフのことは何年かまえに民事の詐欺事件で弁護したことがあった。弁護料の支払いの件で事務所にやって来た彼は、未払いの請求書を見ると助けてやると言った。それでふたりで策を練ることにした。私はタイムシェアの権利書を売買する仕事を始めて、誰がどの週に別荘を使うかをリストにし、権利書の持ち主がいつ家を空けるかをカレンダーに書き込んで管理した。いつもうまくいったよ。彼らはたいてい車を二台所有しているが、ほとんどが実用性のない高級なスポーツカーのほうを置いて休暇に出かけるからね。ごく稀に、住民が予定を変更したり、べつの人に権利を譲ったりすることもあったが、そんなときはすぐに計画を取りやめにした。私は売りさばいた車の値段の十パーセントを受け取った」

「そのせいで赤ん坊が連れ去られることになったんだ」

「そんなつもりでは――まさか隣の家までターゲットにするとは思わなかったんだ」彼は言葉に詰まりながらそう言った。

「あんたは犯罪で得た利益をよろこんで受け取っていたってわけか」

「事務所を維持するためだったんだ」

「ジェンは知っているのか？」

「まさか」とケネスは言った。その言葉に嘘はないとライアンは思った。

「娘には知られないようにしろ」とライアンは言った。「ジェンにはあんたの秘密を守りとおすんだ」

「ああ、もちろんだとも」と彼はきっぱり言った。

「それにおれのこともだ。おれは——おれは彼女と一緒になりたい」

ケネスは驚きに目を瞬かせた。ライアンは何も言わずに待った。彼にはいざというときの切り札があった。「そっちが応じてくれるなら、あんたのことには目をつぶってやる」

「わかった」とケネスはささやいた。「わかったよ。私はどうすれば……」

「銀行口座の書類をすべて処分しろ。燃やすなりなんなりしてひとつ残らず捨てるんだ」

「……わかった」

「今後ひと言でもその話を漏らしたら——おまえは終わったも同然だ」

「わかった」

「それでいい」

「きみが私の娘と一緒になるまえに」ケネスは彼自身の持つ切り札を掲げてきっぱり言った。「きみ自身のことを教えてくれ。本当のきみを。なぜ私の娘と一緒になりたいのかを。もし教えられないというなら、私はよろこんで自白もするし罰も受けよう。娘のために」

「ただ自分には合わなかっただけです」ライアンはリオのオフィスでそう言った。物置部屋に籠もりきりだった彼は、上司のオフィスには数えるほどしか入ったことがなかった。リオのオフィスは不愉快なほど広く、ふたりいても有り余る大きさだった。

「つまり」と彼は続けた。「人を欺いたり騙したり、そういった警察の仕事全般が性に合わなかったってことです。飽き飽きしてるんです。緊急通報の仕事にも、この仕事にも」彼の声は最後の言葉のところでかすれたようになった。それはジェンについた嘘をべつにすれば、人生における最大級の嘘だった。彼の名前と仕事はすっかり馴染んでいて、もはや切り離せなくなっている。それでもライアンは今、本当の自分に別れを告げなければならなかった。リオに真実を話したら、彼はなんと言うだろうか？　ライアンはふとそう思ったが、リスクを負うわけにはいかなかった。ライアンがケリーとして生きていく。そんなことがどうして認められよう。ケリーというのはライアンを犯罪組織に送り込むために警察によって創り上げられた人物だ。こうした架空の人物は目的が達成されると同時に消去される運命にある。そのルールを守らなければ、警察は訴えられたり、刑事責任を問われたり、犯罪者たちから報復にあったりするリスクに晒されるだろう。

警察はライアンに真実を吐かせるにちがいない。彼自身やジェンへのリスクなどどうでもいいのだ。

ライアンに選択肢はなかった。ジェンに気づかれるまえに、警察を辞めなければならない。彼女の存在は自分よりも大切なものになっていた。それを愛というのだろう。いつか誰かと恋に落ちることはわかっていた――ライアンはそういう人間だ。だが、まさかこんなことになるとは……。彼はケリーでいなければならなかった。

ライアンは良き先導者(メンター)であり友人でもあるリオを見て、自分のついている嘘に顔をしかめた。

「残念だとしか言いようがないよ」リオは神妙な面持ちでそう言った。

「ええ。ありがとうございます」とライアンは言った。彼はほんの一瞬だけためらった。これで本当によかったのだろうか？　警察を取るか、それとも彼女を取るか。しかし、彼の決意は熱を加えて硬くなった粘土のように揺るぎないものだった。一片の迷いもなかった。

「そうか。それで……」リオはそこで言葉を切った。ライアンは彼がさらに何か述べるのを待った。が、どうやら気が変わったようだ。ライアンを見てただこう言った。「わかったよ。すぐに潜入捜査の仕事を打ち切ろう」

「そうですね」

「こんな結果になってしまって残念だよ、ライアン」

「おれもです」

「これからどうするつもりだ？」

ライアンはリオの塵(ちり)ひとつない机を見つめ、その質問に皮肉な笑みを浮かべた。嘘をつきとおすには内装業者になるしかないだろう。

「おいおい決めるつもりです」

「証言はしてくれるか？　おまえの仕事は――極めて重要だった」

ライアンはリオをちらりと見て、彼の冷たい視線を受けとめた。「わかってる」とリオは言った。「おれたちはイヴを見つけられなかった」

「ええ」とライアンは言った。胸が張り裂けそうだった。もしジェンに出会わなかったら、おそらくこうはなっていなかっただろう。もっと長く警察にいることができたかもしれない。しかし、彼女と出会ってしまった今となっては、ほかに選択肢はなかった。彼は二度と警察には戻らない。よろこんでそうするつもりだった。

「法律事務所の娘ですが」と彼は早口で言った。「彼女は何も知りません。それと父親は……正直なところ、ただの無能な田舎者です」

「そうなのか？」

「ジョゼフに的を絞ったほうがいいかと。父親は自分が何をやっているのかさえよくわかっていませんから」とライアンは嘘をついた。

「おまえの証言には価値がある……」

「証言はするつもりです――父親を見逃してくれるなら。逮捕するのはジョゼフと手下だけにすると約束してください」

「上に伝えておくよ」リオはゆっくりとそう言った。理由は不明にしろ、ライアンが交渉していることを理解したようだ。

問題がひとつ解決した。これで逃げ切れるかもしれない。今のライアンに必要なこと、それは別人になることだけだ。

「だがまあ——トップの人間はパクれるってことだろう？　二十年は塀の中さ」

「ええ、まあ」とライアンは悲しそうに言うと、リオの机の前で立ち上がった。「その価値があったかどうかは疑問ですがね。赤ん坊が見つかっていませんから」

「わかってるさ」とリオは同情するように言った。潜入捜査の仕事ではよくあることなのだろう。リオが手を差し出したので、ライアンはその手に彼がレジェンドだった証を渡した。警察が発行したケリー名義のパスポートと運転免許証。すべては消えてしまうのだ。

「なあ、ライアン。おれは次にチャンスがあったとしてもこの仕事をやりたいとは思わないよ」リオはそのふたつのものを受け取りながら言った。

ライアンは虚を突かれた。「そうなんですか？」

「ああ。なぜなら——まっとうな生き方ではないだろ。犯罪者のふりをすることと、犯罪者になることの間にどんなちがいがある？」

ライアンはその反語に答えることなく、リオを見つめた。リオは数秒後、ドアのほうを示した。

「じゃあな（アデュー）」彼は穏やかな声でそう言った。

ライアンは常に世界を変えたいと思っていたが、それはもはやどうでもよかった。たぶん彼は憤慨していたのだろう。突然、自分がなんのためらいもなく飛び込んだ組織にこき使われてぼろぼろになったように感じていた。だからこれからは誰にどう思われようと——それが社会であれ雇い主であれ——気にするものかと心に誓った。誰にも自分のことを知られずに生きていくのだ。ジェンがいればそれでいい。

彼は別れを告げに物置部屋に立ち寄った。荷物はほとんど置いていくつもりだったが、どうしても手放せないものがあった。警察手帳と行方不明の赤ん坊の張り紙。それはライアンにとって大切な、お守りがわりのようなものだった。

自分が誰であろうと、一生そのふたつのものは持っていよう。

去り際、ライアンは車の助手席の下に置いてきた封筒のことを考えた。そこには昨夜、犯罪者から買った新しい偽の身分証明書が入っていた。もうケリーになるよりほか選択肢はなかった。余計なことをすれば疑われるだけだ。ジョゼフは彼とジェンとの関係を知っている。彼女と一緒にいるためにはケリーになるしかない。ケチな犯罪者ケリーとしての人生に足を踏み入れたからには、その人生をまっとうしなければならない。もう後戻りはできないのだ。

ケリー・ブラザーフッド。それは犯罪者ケリーとして組織犯罪（OCG）グループに潜入する際に決めた苗字だった。

ブラザーフッド。本物のケリーに敬意を表して選んだ名前だ。

リオは以前、組織のトップがどうやって人目を引かずに暮らしていたかについて話してくれた。旅行もしないし、課税されるほど稼ぎもしない。そう言っていた。だったら自分も空港で検査されたり、警察に車を止められたりすることがないようにしなければ、とライアンは思った。しかし、それでも生きていくことはできる。愛することはできる。結婚することはできる。

彼は涙ながらに母親に別れを告げた。ジョゼフの仲間の何人かには、復帰するときには連絡をするが、ほとぼりが冷めるまではおとなしくしていることを伝えた。そしてすべて終わったとき、彼は手首にタトゥーを入れた。針が一生消えない傷跡をつけていくと、肌に焼けつくような熱を感じた。彼の決断は刻印された。それは時計の針を一時間進めたあの真夜中に下した急な決断だったが、けっして後悔しないとわかっていた。そこに刻まれているのは、彼がジェンに恋をした時、彼が彼になった時の印だった。

マイナス7158日　12時

この日はジェンがケリーと出会った日だった。見ず知らずのハンサムな男性が法律事務所にやって来た日のことを、彼女は一度として忘れたことはなかった。そして今日の彼女は、二〇〇三年の巨大なデスクトップパソコンの前に座って、はじめて彼に会う瞬間が来るのを待っていた。

ジェンにはあの三月の感覚があった。太陽の下で彼と笑い合った愉しいひととき。彼女はいつもそんなふうに感じていた——何があろうと。ケリーが誰であろうと。彼の裏切りや秘密や嘘にどんな理由があろうと。

ジェンは父親の法律事務所での受付の仕事が好きではなかった——いつも秘書とまちがわれていた——が、今日は視界の開けたこの場所が気に入っていた。厚板ガラスの窓からは三月の殺風景な目抜き通りが見渡せた。古めかしい受付の包み込むような静寂は彼女のものだった。

「ジェン」父親がロビーにやって来てジェンを呼んだ。彼女は彼をじっと見つめた。四十五歳の父は、恰幅がよく、快活で、健康そのものだった。彼女は耐えられなかった。父の若さと裏切りが。彼とジョゼフの関係が。二〇二一年に父のもとを訪れ、一緒にガーリックトーストを食べようとしていたとき、彼はケリーが何をしてきたかを知っていたにちがいない。

「四時までにパート八を提出してくれ」と彼は言った。

「了解」彼女はそう答えたものの、なんのことを言われているのかさっぱりわからなかった。

ジェンが巨大な時代遅れのパソコンに向かってキーボードを打つふりをしていると、外に人影が見えた。

ほら、ケリーが来た。彼は目立たないようにしているが、ジェンはすぐに彼とわかった。ケリーは見ていないふりをして、その実、彼女のことを観察していた。フードのついたセーターに、明日のデートにも着てくるデニムのジャケット。あの髪型……

「ジェン？」と父親が言った。「パート八はどうなっている？」

しかしそのとき、ケリーが半開きのドアから顔を覗かせた。三月の突風が音をたててドアから吹き込んできた。ドアは顧客が入りやすいようにいつも開け放していた。

「こんにちは」と未来の夫が言った。ケリーはまだジェンの名前さえ知らないし、ジェンはまだケリーがここに来た理由さえ知らない。「内装業者ですがリフォームの必要なところはありませんか？」

ふたりはパブでランチを共にしたのち、一本の傘を分け合って事務所まで歩いた。ケリーの肩がジェンの肩を何度かかすめた。

「遅くなっちゃったわね」と彼女は笑い声をたてて言った。

「悪い影響を与えちまったみたいだな」

受付は静かで、パソコンの稼働音だけが響いていた。事務所の奥では父親が電話をしていた。「お茶でもどう？」と彼女はケリーに言った。

彼は予想外の申し出に目を瞬かせてからうなずいた。「ああ、もちろん」

ジェンは受付を離れて狭い給湯室に入ったが、今回はそこから密かにケリーを観察するつもりだった。彼はさっそく動き出した。そうすることはわかっていたものの、ジェンの胸は痛んだ。彼はおもむろに受付の机のまわりを探り始めた。手慣れた動作だった。頭を下げて、ほとんど手を動かすことなく指先だけでそっと探りを入れている。手元を見ない限りは、何をしているかまったくわからないだろう。

ジェンはゆっくりお茶の準備をしながら観察を続けた。彼は引き出しを少しだけ開けた――ああ、何年も昔にケリーはこんなことをやっていたのだ。彼女の胸の鼓動が速くなった。

彼は引き出しから紙を一枚引き抜くと、それにざっと目を通してからもとに戻した。

そろそろお茶を出さなければ。彼女がそう思ったとき、父親がオフィスから出てきてケリーにうなずいた。ジェンは動きを止めてふたりの声に耳を澄ました。

「さっきはどうも」とケリーが低い声で言った。「このタイムシェアのリストについてだが――ここにある数字は8？　それとも6？」

「ああ」父親は眉ひとつ動かさず、礼儀正しい態度だった。スーツを叩いて眼鏡を探したが見つからなかったようだ。「6だ」

「わかった――ありがとう」ケリーはそう言って、リストに目を落とした。

ジェンは息を飲んだ。父親が覚えていないふりをしていたあのタイムシェアのリストだ。

やはり父は犯罪組織の世話人をしていた。

彼女のまわりの世界が急に傾いて回転し始めたようだった。父が悪徳弁護士だったなんて。

その父親を調べていたのがケリーだった。最初のデートでの数々の質問。ふたりの出会いの物語を彩る彼の情熱。ふたりが恋に落ちるまでの道のり。

それはジェンの信じていたものとはちがっていたのだ。

「あれはいったいなんだったの？」ジェンはべつの法律事務所に書類を届けて、自分を落ち着かせてからそう訊いた。

「なんでもないさ」と父親は言った。

「嘘よ——あの書類には何が書いてあったの？　住所？」

父親はジェンと目を合わそうとしなかった。彼女はさらにまくし立てた。「留守宅の住所なんでしょ？」

「取るに足らない仕事だよ」彼はそう言って視線を横に逸らした。だが、父は馬鹿ではない。次にどういう展開になるかわかっているのだろう。彼は窓のブラインドを閉めてから、彼女の脇を通ってオフィスのドアも閉めた。

「なんの仕事？　個人情報を売ってるの？　犯罪者に？　嘘をつかないで」と彼女は言った。

「本当のことを教えてくれないなら、ケリーに訊いてみるから」

父親はキャビネットの書類を調べるふりをしていたが、振り返ってジェンを見た。「私は……ケリーが話すとは思えないがね」彼はようやくそう言った。

ジェンは部屋の隅にある椅子に腰を下ろした。

「家賃が払えなかったんだ」彼は口ごもりながら言った。「ただの情報だと思った。顧客に鞭打ちの損害賠償請求をさせて稼ぐのと同じようなものだと」

「だけど、これは鞭打ちとはちがうのよ」

「ああ」

「曲がったことが嫌いな人間だと思っていたのに」

「かつてはそうだった」

「だけど――いつから……」

「金が必要だったんだ、ジェン」父親が力んでそう言うと、彼の座っている椅子が少しだけ回転した。「まちがった選択だったよ。だが、そんなふうにして誰かと金を稼ぐようになると……やめられなくなるものでね。後悔しない日は一日たりともなかったよ」

「後悔して当然よ」

父親はジェンにちらりと視線をやった。彼にとってこの会話はひどく辛いものにちがいない。タイムトラベルをしている者の目にもっとも奇妙に映るのは、おそらく人間の変化だろう。二〇二二年に闇を抱えていたケリーは、二〇〇三年には明るく純粋な人間へと変わっていたし、寛容だった父は気むずかしい人間へと変わっていた。

「おまえがここで働くまえに家賃を払えなくなったときがあったのを覚えているかい？我々は支払いを先延ばしにしてもらおうと画策した。それで学校に通っていたおまえがそのための書類を作った」

彼女がはじめて作成した契約書のことだ。もちろん覚えている。

「そんなことがあったわね」

「あのあと昔の依頼人がやって来てね。それで……ジェン、彼の申し出を断ることができなかったんだ。名前と住所の書かれたリストを渡すだけで、何年かは事務所を維持することができた。おまえの法科大学院の授業料も、研修費用も捻出できた」

「盗みを働いていたのよ」

「どうしてわかった？」

「それはどうでもいいことよ」と彼女は言った。

父親の悪事など知らないほうがよかったのかもしれない。ジェンは父親を見ながらそう思った。だが、知らないわけにはいかなかった。そして、ケリーがジェンの家族の隠された秘密を知っていたにもかかわらず、それを彼女に伝えなかったのは……やさしさからなのだろう。ケリーは自分の正体を、べつの人物になったことを秘密にしようと決めた。

それはジェンを愛しているからだった。二〇〇三年に法律事務所にやって来たケリーは、本気で彼女に恋をした。そして後ろを振り返ることをやめたのだ。

マイナス7230日　8時

目を覚ますと、例のアパートにいた。ジェンは瞬きをして出窓とその下の紫色のクッションを見た。それから片方の腕で目を覆った。

まだここにいる。

ジェンはシングルベッドの上で寝返りを打った。彼女はまだ過去にいる。

ケリーはわたしを愛するが故に嘘をついた。

彼は二十年間ずっと嘘をつきとおした。

だけど、ほかにどうすればよかったというの？

彼はジェンの知っている彼ではなかった。

夫はすべてを手放したのよ。わたしのために。

父が不正を働いていることをわたしにはぜったいに言わなかった。

自分はなぜここにいるのだろうか？　彼女はベッドから出て、簡易キッチンに入った。そこは一月の早朝の光で満ちていた。彼女はまだケリーと出会っていない。だから携帯電話に彼の番号は登録されていなかった。

ケリーは潜入捜査官で、ジェンの父親のことを調べていた。だから真実を打ち明けられなかった。

だから未来の彼女にこの件にはけっして関わるなと忠告した。

だからジョゼフが法律事務所にやって来た。ケリーとビジネスを再開するために。仲間の誰が裏切り者なのかを見極めるために。ケリーが二〇二二年に、この件に深入りすれば危険だと忠告したのもうなずける。刑務所で面会したときにほのめかしていたように、ジョゼフはジェンが父親のやっていることを知っていると思っていたのだ。

彼女は窓辺に立った。外の通りはすでに通行人で賑わっていた。未来の夫はこの世界のどこかで警官として働いているが、まだ彼女と出会っていない。

ジェンは太陽の光から顔を背けた。一月十二日。

それはシャワーを浴びたあとにニュース記事で目にした日付だった。

イヴが行方不明になった日。

今夜、赤ん坊が連れ去られるのだ。

ジェンはバスでバーケンヘッドにあるマージーサイド警察署へ向かった。

クロスビー警察署とよく似た外観の建物は、一九六〇年代に建てられたものだった。彼女は回転ドアを通って明るいロビーに入った。ジェンはクロスビー警察署よりも広いがやはりうらぶれていて、同じような椅子が並んでいた。ジェンは最初の夜にケリーと一緒に椅子に座っていたときのことを思い出した。彼女にとっては何週間かまえのことだが、実際には何十年も先の未来のことだ。そのときのケリーは怒りに震えていた。

行方をくらますのは簡単だったろう。警察を辞めて、愛する女性とキャンピングカーで旅をする。それからリヴァプールから離れた場所に腰を落ち着け、誰もチェックしない偽の身分証明書を使って結婚する。旅行はしない。何千人という人が、ケリーと似たり寄ったりの理由で同じことをしているにちがいない。世界はとてつもなく広い。ジェンはクロスビーで幼なじみとばったり出会ったことなど一度もなかったが、ケリーにそんなニアミスはなかったのだろうか？

受付の女性は箱型のパソコンの前でキーボードを打っていた。二〇〇三年当時は、誰しもが彼女のように眉を細く描き、下瞼にアイラインを引いていた。

「話をしたい人がいるのですが」とジェンは言った。「ライアン、またはケリーという名前の警官です」

「どういったご用件で？」

「ある内部情報を耳にしたんです。その警官が潜入捜査をしている犯罪組織についての情報です」ジェンが話していると、ひとりの男がドアを押し開けて彼女のところへやって来た。おそらく五十歳くらいだろう。こめかみに白いものが交じっている。

「ケリーだって？」男は驚いた顔で言った。

「ケリーに話があります。彼が潜入捜査官だということは知っています」

「中に入ってもらったほうがよさそうだな」男はそう言うと、手を伸ばしてジェンと握手をした。「リオだ」


ケリーは面会室でジェンの真向かいに座っていたが、彼女が誰なのかを知らなかった。妙なことだが事実だった。彼はまだジェンに出会っていないのだ。

「あのね」ジェンは辛抱強く説明した。「どうやって情報を得たかは言えないの。だけど、今夜盗みに入る予定のあの家で……彼らは車を二台盗むつもりよ」彼女はニュース記事で知ったイヴ・グリーンの家の住所を伝えた。リオとケリーはそれを紙に書き留めた。

その住所は父親のリストにあった〝グリーンウッド通り　一二五〟と数字がひとつだけちがっていた。

「どうもありがとう」ケリーはきちんと礼を言うと、青い目でじっと彼女を見つめた。「情報源はぜったいに明かせないと？」

ジェンは彼を見た。「ええ、ごめんなさい」

「べつにかまわないが」彼はジェンが見ず知らずの人であるかのような素っ気ない言い方をした。そして注意深く作り笑いを浮かべた。「こちらで確認してみることにしよう」

ここにいるライアンと自分の知っているケリーの繋ぎ目はどこにあるのだろう、とジェンは思った。彼はケリーになったのだろうか、それとも心の奥底ではいつもケリーだったのだろうか。二十年間愛してきたこの男を見ているうちに、突然、彼女の中で疑問が湧き上がった。そんなことが果たして問題だろうか？　わたしたちがなぜ、どうやってわたしたちになったのか、そんなことを気にする人などいるだろうか？　闇を抱えた人間だろうが、用心深い人間だろうが、愉快な人間だろうが、彼は彼だ。わたしたちがわたしたちであることだけが問題なのでは？

「調べてくれるの？」

「もちろん」と彼はあっさり言った。「手がかりを追わないでいるには人生はあまりに長すぎるからね」

ジェンはその夜、すべてが始まったこの道で待っていた。彼女はおんぼろの車を停めて、父親のことを考えた。どうしてあんなことができたのだろう。犯罪組織に情報を売り、そのことを娘に隠したまま、潜入捜査官と結婚させるなんて……

雨が降り始めていた。春の雨のような雨粒が車の屋根を不規則に打ちつけている。彼女は父親が亡くなった夜のことを考えた。〝ケリーは真っ直ぐな人間だ〟彼を善人だと信じていなければ、父があんなことを言うわけがない。だから、たぶん知っていたのだろう。ケリーが本当のことを話したにちがいない。

ふとジェンの脳裏にあるものが浮かんだ。それはNECで見かけたブースの表示だったが、今までその重要性に気づいていなかった。〝腹部大動脈瘤のX線検査〟父親の死の原因である病気を調べることができるということだ。もうその技術は開発されているだろうか？　もしそうなら、今すぐ父に電話をして検査を勧めることができる。今夜、もうひとりの人間を救うことができる。

ジェンは窓に頬杖をついた。心のどこかでそれが正しいことではないのだとわかっていた。

彼女は父親にガーリックトーストを作ってくれと頼まれたときのことを考えた。彼は満足そうな顔をしていた。そして、父よりずっとまえに死んだ母のことも考えた。たぶん、あのときが父の寿命だったのだろう。すべての人間を救うことなどできない。そういうことだ。

父が死んだあの日に遡ったのは、ジェンが彼に会いに行ってタイムシェアのことを知るためだった。それはたしかだ。けれども、ジェンはそれだけではないような気がしていた。

警察はグリーンウッド通り一二三のまわりに覆面パトカーを待機させていた。

午後十一時三十分ごろになると車が一台やって来て、ふたりの少年が中から降りてきた。彼らはトッドと同年代の十代の子供たちで、蜘蛛のように全身黒ずくめだった。ジェンは家の敷地に入っていく少年たちをじっと見つめた。

何が起きるのかわかっていたが、それでも畏怖の念を抱かざるを得なかった。四十三歳の彼女は何十年も若返ってまだ過去にいる。そして自分にはとうてい無理だと思っていたことを解き明かし、その結果予想されることが今まさに起きるのを待っているのだ。

少年たちが郵便受けから鍵の束を取り出した。終わりが近づいてきている。彼女はそう感じていた。たとえ、どんな結末になろうと、これが最後の日になるだろう。

予想どおり、疲れ切った顔の女性が赤ん坊を抱えて隣の家の玄関から姿を現した。母親は泣いている赤ん坊をベビーシートに乗せると、ふと動きを止め、ポケットを叩いた。彼女は静かな通りを見て躊躇(ちゅうちょ)していたが、乱暴な停め方をされた車にも、隣家の郵便受けから黒ずくめの少年たちが闇に紛れて鍵を盗んでいることにも気づいていない。

と、そのときだった。青い光が照射され、まるでカメラの彩度を一気に上げたかのようにあたりを明るく照らした。

車や茂みや建物の陰に隠れていた警官たちが一斉に飛び出して少年たちを捕まえた。

警官のひとりが権利告知をする声が聞こえた。ジェンは、面が割れるのを避けてここには来ていないケリーのことを考えた。彼は裁判で証言を求められるようなことは何もしていない。証言者Bにもなっていないし、自分以外の誰かにもなっていない。そして彼が知っているジェンともまだ出会っていない。

私道にいる隣家の女性は、からくも逃れた災難のことなど何ひとつ知らず、赤ん坊のイヴを抱えたまま事の一部始終を見ていた。まったく運が良かった……人は自分の身に降りかかった災難のことばかり考えるが、幸運にも逃れることのできたほかの災難には目が向かないものだ。

ジェンは目を閉じてハンドルに頭を預け、眠りたいと思った。準備はほぼできていた。アンディの言っていたように、意識の底では深く理解していたのだろう。一度目の人生ではすべてを見逃していたが、彼女の賢明さが、潜在意識が、ちゃんとわかっていたのだ。準備はほぼできている。彼女はそう感じていた。

午前一時近くになると、警察車両がジェンの待つマージーサイド警察署に戻って来た。彼女の期待どおり、そこにはケリーがいた。

高く澄んだ空には月が出ていた。自分はもうすぐここからいなくなる。ジェンにはそのことがわかっていた。

ケリーとリオが覆面パトカーから降りてきた。リオはすぐに自分の車に向かったが、ケリーはその場に残り、白い息を吐きながら警察署のほうへぶらぶらと歩いていった。タクシーを呼ぶつもりなのだろう。彼は携帯電話を取り出した。

ジェンは彼が電話をかけるまえに車から降りた。ふたりは今日出会ったばかりだった。彼はジェンを認めると驚きと戸惑いの混じった表情をした。その顔はトッドにそっくりだ。

「ハイ。さっきはどうも」ジェンは結婚二十年目の夫のところへ急いだ。

「ああ、きみか」ケリーは顔をしかめた。「大丈夫か？」

「ええ」彼女は息を切らせながら言った。遠い過去にいるジェンは、矢となって未来に放たれようとしている。その矢はほんの少しだけ的を外れるだろう。「ただ知りたかっただけなの――わたしの伝えた情報で窃盗犯を捕まえられた？」

「捕まえたよ」彼は注意深くそう言うと、携帯電話をポケットに戻して、痩せた体を彼女から逸らした。

外は十月の霧とほとんど変わらない一月の小糠雨（こぬかあめ）が降っていた。ジェンは彼のよそよそしい態度にはっとして動きを止めた。ケリーは何も知らないのだ。ふたりが愛し合ったことも、笑い合ったことも、子供を授かったことも、結婚の誓いを交わしたことも、ベッドを共にしてきたことも、この男は何ひとつ知らないのだ。彼女のまえにいるのは、見ず知らずの人と言葉を交わすときの用心深いケリーだった。今の彼に用心することなど何もないのに、それでも彼は用心している。思ったとおりだ。彼は今でも彼だ。ジェンの愛した彼なのだ。

「捕まってよかった」

ケリーは好奇心が抑えられなかったようだ。「どうやって知った？」

「秘密の情報源なの」と彼女は言った。まさにケリーが好む気さくな会話だった。

彼の顔にゆっくりと笑みが広がった。「きみはおれを指名しただろ。ライアンかケリーに話がしたいって」

「ええ、そうよ」

「そのふたつの名前の関係については誰も知らないはずなんだ。つまり――おれでさえよく……」

ジェンは両手を広げて肩をすくめた。「さっきも言ったけど、教えられないの」彼女の体は冷たい霧雨に濡れていた。

「ふん、そうか。ところで、今回の警察の介入は時期尚早だったんだ。だから大物には逃げられたと思う。手下が捕まったことはボスの耳にも届いているだろうからね」

ジョゼフ。ジョゼフは捕まらないということだ。ジェンは寒さ以外の何かに身震いした。意図せぬ結果がもたらされることに、もっと慎重になるべきだったのだろうか？　だけど、いつだって自分は正しいことをしてきたはずでは？　宝くじを買ったわけではない。今日は父親を救うチャンスさえも手放した。ほかのことはすべて諦めたではないか。彼女はコートの襟をぎゅっと合わせ、そうしても構わないだろうかと思いながらケリーに近づいた。

「あなたは正しいことをしたの」ジェンはやさしく、悲しそうに言った。赤ん坊のイヴのことや、ジェンとケリーがけっして気づくことのなかった、ふたりのそばをかすめて通り過ぎていっただけのニアミスのことを考えた。

ケリーはまだタクシーを呼んでいなかった。彼の視線がジェンに注がれたとたん、彼女は思った。知っている。この視線を自分はたしかに知っているのだと。

ケリーは片方の眉を吊り上げた。それから、すべてを変えてしまう言葉を口にした。「月並みなセリフかもしれないけど、どこかで会わなかったかな？　以前に」

ジェンは思わず吹き出した。「まだ会ってないわ」夫との軽口はこれまでどおり快調だ。

ジェンは駐車場でケリーの目を見つめた。彼はジェンを深く愛するがゆえに人生を諦めた。名前も、母親も、自分自身も捨て去った。結婚生活のすべてが嘘だったわけではない。きっとそうならないように彼は努力してきたはずだ。

「それはともかく、おれはライアンだ。きみの名前は？」

「ジェンよ」

まさにこの瞬間だった。ジェンは準備ができていた。あたかも眠りに落ちるかのように目をつむると、彼女は行ってしまった。と同時に、すべてが跡形もなく消えてしまった。予想していたとおりに。

マイナス0日

午前一時五十九分が一時になった。ジェン・ハイルズはピクチャーウィンドウの前にいた。窓台にはカボチャがあり、すべてが元通りになっている。幻となった一月の夜雨と夫の視線がまだ肌に残っていた。

寝室から夫が姿を現した。「大丈夫か？」と彼は言った。

「わたしたちが出会った日のことを教えてちょうだい」ジェンはそう訊くと、夫の温かい腕の中に身を委ねた。

「ええ？」と彼は眠そうに言った。

「教えて」彼女の声はすべてを賭けた人のように切羽詰まっていた。

「えーと……きみが署にやって来て……」ジェンは呆気にとられた。彼女はやり遂げたのだ。この二十年間を生きてきたのだ。彼と、ライアンと共に。

「わたしは弁護士？」

「えーと――そうだろ？　おれはもう寝ないと。明日は当直なんだ」

彼は警官になっている。ジェンは目を閉じてよろこびに浸った。夫はまえよりも幸せだろう。今はもう何かが欠落した、満たされないままのかつての彼ではない。

「もう夜更けだぞ」と彼はぶつぶつ言った。

それでも彼であることにちがいはない。

「わたしの父は生きてる？」

「いったいどうしたんだ？」

「いいから——教えて」

「……いいや」彼がそう言ったとき、ジェンは理解した。ナイフで指を切ったこと、父親を救ったこと、それはどちらも未来に影響しなかった。つまりアンディは正しかったということだ。約二十年まえのあの雨降りの一月から未来は進み始めたのだろう。それまでの過程でジェンがもたらした変化をすべて消し去りながら。あの数々の変化は、ジェンを正しい時と場所へ導き、彼女に問題を解決するための情報を与えてくれたのだ。

「ただいま」トッドの声がした。

ジェンは気分が高揚していくのを感じた。それはまるで日の出のようで、彼らの命を夜明けの光が照らしていった。トッドがいる。息子は家に帰ってきて、階下から声をあげている。ナイフを手に家の前の道を歩いてはいない。

「まだ起きてるの？」とトッドは言った。「窓に映ってるママの姿、いかがわしい写真みたいだったよ」

夫が笑い声をあげた。

「ねえ――ライアン」とジェンは言った。

「ええ？」彼はあたりまえのように返事をしたが、彼女にとってはその名前がすべてを物語っていた。ジェンは夫をじっと見つめた。同じ濃紺の目。同じスリムな体型。手首のタトゥーにはただ〝ジェン〟とだけ刻まれている。

結局、ジョゼフは捕まらなかったが、赤ん坊が連れ去られることもなかった。一瞬だけ、ジェンはそのことを考えた。うまくいくこともあれば、いかないこともある。ドラッグや武器や情報の取引をしたり、人の物を盗んだり嘘をついたりする犯罪者はごまんといる。そんな連中をひとり残らず捕まえることはできないが、罪のない者を救うことはできる。そもそも二十年間も刑務所にいたにもかかわらず、ジョゼフは何ひとつ学んでいなかったではないか。

ジェンは一段飛ばしで階段を駆け上がって来る息子と、夫のふたりを見た。家族を救うことに比べたら、ジョゼフのことなど取るに足らないことだ。

彼女は心の奥でどこか判然としないものを感じていた。人生を二度体験するというこの奇妙な出来事をどう解釈すればいいのか……

「大丈夫？」トッドの声で、ジェンは我に返った。

「どこに行っていたの？　クリオと一緒だったの？」

「クリオって誰？」トッドは携帯電話を見ながらそう言った。

そうだった。ジョゼフはケリーに会いにこの家には来ていないのだから、トッドがクリオに出会うこともなかったのだ。ジェンは息子をじっと見つめた。この子の初恋を奪ってしまったが、それだけの価値はあったのだろうか？

「あなたがクリオって子とデートしてる夢を見たの」彼女は確認するようにそう言った。

「そんなことしたらイヴが怒っちゃうよ」とトッドは言った。

「イヴ？」ジェンは鋭い口調で聞き返した。「誰なの？」

「ぼくの……」トッドが父親に目をやると、彼は肩をすくめた。「カノジョだろ？」

「苗字は？」

「グリーンだけど？」

あの赤ん坊だ。連れ去られることのなかったあの行方不明の赤ん坊だ。ジェンはハリケーンのすぐ外側にいて、そよ風に髪がたなびき始めたように感じていた。

「写真を見せてくれる？」

トッドはジェンを呆れた顔で見てから、携帯電話の写真をスクロールした。そこには彼女が、クリオがいた。クリオが行方不明の赤ん坊だったのだ。どうりで張り紙を見たときに見覚えがある気がしたわけだ。ジェンは呆気にとられてトッドの携帯を握っていたが、息子は平然としていた。親子の間にもう秘密はない。「ワオ」ジェンはそう言って、クリオの顔を拡大した。

「女の人を見たことないとか？」トッドは冗談めかしてそう言った。

「よく見せて」

イヴが連れ去られなかったのは、ジェンがそれを阻止したからだ。彼女は今でも母親と一緒にいる。イヴ・グリーンとして。ジェンはトッドと彼女との出会いを阻んだが、ふたりはべつの形で出会っていた。誘拐されてジョゼフの身内と暮らしていたクリオと同じように、イヴは二〇二二年に息子と恋に落ちた。これは運命だ。

ジェンは顔を上げて、夫を、そして息子を見た。クリオ。ライアン。イヴ。ケリー。名前は変わっても、愛は試練に耐えたのだ。

ジェンは腕を広げ、夫と息子を抱きしめた。家族三人の姿がピクチャーウィンドウに映っていた。彼女はゆっくり深呼吸した。

数分後、ジェンは一階に下りた。ただたしかめてみたかった。そっと手を伸ばし、玄関のドアノブに触れる。

そのとたん、ジェンは細かい霧に包まれるような奇妙な感覚を覚えた。デジャヴ。今のはなんだったの？ 彼女は頭を振った。連れ去られた赤ん坊に……ギャング？ だけど、瞬きをしたとたん、それらはどこかへ消えてしまった。なんて不思議な感覚だろう。デジャヴなど感じたことはないのに。
そう、こんなありふれた夜に。

プラス1日

ジェンは目を覚ました。十月三十日。なぜかはわからないが、彼女は自分の人生がこれから始まるような気がしていた。

「どうしたの?」階段の前でガウンを羽織っているジェンにトッドが言った。「大丈夫?」

「たぶん」頭痛はするが、それだけだ。階下からはいい匂いがしている。ライアンが朝食を作っているのだろう。

「昨日の夜、へんなこと言ってたね。ぼくにクリオっていうカノジョがいるって」

息子の言葉にジェンが言った。

「クリオって誰?」

エピローグ

マイナス1日 予期せぬ因果関係

目覚めたあとの数分間、ポーリーンは忘れていた。

それから思い出すと同時に怖くなり、花火のように素速くベッドから飛び起きた。コナー。

こうなることは何ヶ月もまえからわかっていた。息子は隠しごとをしているようだったし、いらいらして不機嫌だった。彼女はコナーが帰ってくるのを何時間も寝ずに待っていた。彼の素行の悪さはエスカレートしていたが、とうとうこんなことになってしまった。

それは昨夜、デジャヴから始まった。その直後にコナーは逮捕された。警察によると彼はありとあらゆる犯罪に関与しているらしい。ドラッグや窃盗など多岐にわたる犯罪に。息子はここ最近、ジョゼフと呼ばれる男とつき合うようになっていた。そのせいで彼の前途ある未来はめちゃくちゃになってしまった。

事務弁護士（ソリシター）に連絡しなければ。なんとか軌道修正しなければ。彼女にはやるべきことが山のようにあった。息子がなぜそんなことをしたのか突き止めなければならない。

彼女は廊下に出た。パソコンを立ち上げて事務弁護士(ソリシター)を探すつもりだった。ところが、そこに息子がいた。「え？　釈放してくれたの？」と彼女は言った。

「誰が？」

「警察でしょ？」

「警察って？」彼は笑い声をたてた。と、そのとき、ポーリーンは見た。息子の部屋で流れているBBCニュースのテレビ画面に日付が表示されているのを。十月三十日。昨日が三十日では？　それはけっして彼女の記憶ちがいなどではなかった。

ヒステリック・ストレングス（「火事場の馬鹿力」のこと）

ヒステリック・ストレングスとは、人間が通常では考えられない限界を超えた力を発揮することを指す言葉である。たいていは生死に関わる状況にあり、特に母親が関係することが多いとされている。たとえば、生まれたばかりの赤ん坊を救うために、母親が車を持ち上げるなど莫大なエネルギーを生み出した事例が報告されている。さらにタイムループなどの超常現象に関する報告もあるが、科学的に立証されたものはない。経験者によると、ヒステリック・ストレングスにはしばしばデジャヴを伴うという。

謝辞

わたしはこの小説のアイデアを思いついたときのことを覚えている。作家仲間のホリーと交わしたメッセージの履歴を見ると、それは二〇一九年十一月二十七日のことだった。

自分　18:32　『ロシアン・ドール』みたいな本を書きたいの。ナイフの犯罪を主軸に。

ホリー・セダン　18:37　OMG（オー・マイ・ゴッド）。夢のようね。

ホリー・セダン　18:38　どんな話なの？　誰かがナイフで刺され続けるってこと？

自分　18:38　そうだと思う。で、その男は時間をどんどん遡っていくの。たぶんギャングに入るところまで。まだ何も始まっていない時点まで。OMG。現在から過去へと物語が展開していくってこと？

ホリー　18：38　ＯＭＧ。

自分　18：38　わたし、今、何か思いついちゃった？

こんな感じで始まった。

その少し前のことだが、『ロシアン・ドール』を観た後に、ニュースで流れていたナイフの事件に目が留まった。作家とはこうやってアイデアを得るのだろう。机に向かっているときや、狙ったタイミングではなく、いつだって必然的にアイデアが降りてくるのだ。これはわたしにとって最高のアイデアだった。この作品の執筆に取り組めたこと、ジェンとトッドと共に一年を過ごせたことを光栄に思う。そして読者の皆さんもわたしと同じように彼らを心から愛してくれることを願っている。

当然、計画段階で、また執筆途中で内容に変更はあったが、核の部分は変わっていない。つまり、過去に遡って物語が展開し、最終的に事件を食い止めなければならない犯罪小説であるということだ。わたしにとってはごく単純な筋書きである――どんな犯罪にも、歴史に深く埋もれたその発端となるべきことがあるのではないだろうか？

わたしは本書を二〇二〇年の七月から二〇二一年の五月にかけて完成させた。その間に、二度のロックダウンがあり、そのうちの一回は五ヶ月にも及んだ。パンデミックの間にわたしがやったこと、それはこの作品を書くことだけだった。もし本書が素晴らしい作品になったのだとしたら、それはきっと悲観的な出来事がプラスに繋がったということだと思う。(ボーイフレンドが一月のロックダウン中にわたしにプロポーズしてくれたが、その日もわたしはまだ一日の執筆ノルマを達成しようと奮闘していた)

この本をエージェントのフェリシティ・ブラントとルーシー・モリスへ捧げる。ふたりの偉大なエージェントが作家のキャリアに与えるプラスの影響はいくら強調しても足りない。ふたりはわたしに助言を与えてくれ、本を編集してくれ、常に寄り添ってくれ、出来上がった本を売ってくれるが、何よりわたしをより優れた作家へと導いてくれた。この作品のアイデアを不安視することもなければ、壮大な夢だと一蹴することもなかった。だからこそ、わたしはふたりにいつまでも感謝し続けることだろう。

また、ペンギン・マイケル・ジョゼフの編集者マックス・ヒッチコックとレベッカ・ヒルズドンがわたしの人生を大きく変えてくれたといっても過言ではない。毎回、謝辞の中で同じことを述べているが、それは事実だからだ。わたしは六冊のベストセラーを出しているが、それはペンギン・マイケル・ジョゼフのドリーム・チーム――マックスとレベッカ、エリー・ヒューズ、スリヤ・バラダラジャン、ジェン・ブレスリン(天才だ)、そして販売部のみなさん、および優れたコピー・エディターのサラ・デイ――のおかげである。サンデー・

タイムズでベストセラーになった六作品、リチャード＆ジュディに選定された作品、電子書籍でナンバーワン・ベストセラーになった作品（これは五十万部近く売れた）——彼らがわたしの作品で成し遂げることのリストはこれからも増えていくだろう。

またアメリカの新しい編集者リサ・クッシュとハーパーコリンズ、ウィリアム・モローのチームにも感謝の意を表したい。アメリカでの出版が待ち遠しい！

本書を執筆中に専門家にも助言をいただいた。物理学と時間的閉曲線についてはリチャード・プライスに（まさにJ・D・サリンジャーのTシャツの持ち主である）、現行の警察制度についてはネイル・グリーノにお世話になった。制度について教えてくれる人の存在は貴重であり、ネイルはわたしの奇妙な質問の数々に常に時間を割いてくれた。（内容に誤りがあったとしてもそれはわたし個人によるものであり、故意である——当然、潜入捜査チームが警察署を拠点にすることはない）

多元的宇宙について語ってくれたポール・ウェイド。トッドのように最高に素晴らしいタイラー・トーマス。そして、わたしのリヴァプールの教祖、ジョン・ギボンズとネイル・アトキンソンにもありがとうを伝えたい。

そして、もちろん父にも感謝している。たくさんのおしゃべりをとおして貴重なアドバイスをくれ、いつもわたしの最初の読者になってくれてありがとう。

名前を提供してくれたジョー・ザモ、家族の歴史をお借りしたケネス・イーグルスとケイシーにもこの場を借りて謝意を表する。

三十歳を過ぎると、年を経るにつれ、数多の友情あってこその自分であることを実感する。リア・ルイス、ホリー・セダン、ベス・オウリアリー、ルーシー・ブラックバーン、フィル・ロールズ、そしてウェイズ。あなたたちはセラピストであり、コメディアンであり、わたしのもっとも大事な秘密の保持者だ。

そして最後にデイヴィッドへ。彼は、わたしが今この謝辞を書いている時点から二十時間後にはわたしの夫になろうとしている。（ああ、明日に結婚を控えた日曜の午後に謝辞を書いている作家などほかにいるだろうか？）どんな宇宙にいても、どのタイムラインにいても、どんな名前であっても、わたしはあなたを愛するでしょう。五千三百七十二日まえからずっと。

訳者あとがき

巷には面白いエンタメ本が溢れているのだろうが、いざ自分にぴったりのものを探そうとするとなかなか見つからないもので、さらに洋書となるとそのハードルはぐっと上がる気がする。ネット上であれこれ検索する中で、本書を見つけて「読んでみたい！」と思ったのは、ひとえに今回、解説を書いてくださった渡辺由佳里さんのおかげであり、そのレヴューを目にして、これはぜったいに面白いだろうと確信したからだ。

ハロウィーンを目前にしたある夜、主人公ジェンは十八歳の息子が殺人を犯すシーンを目撃してしまう。その日から目覚めるたびに過去に舞い戻っていく彼女は、息子の事件を食い止めるために奔走し、家族の隠された秘密を解き明かすことに……詳しいあらすじは解説をお読みいただければと思うが、本書はただのスリラー／ミステリではない。プロットにSFの要素も入っていて、最近のトレンドを反映している。

謝辞によると、著者のジリアン・マカリスターはNetflixのドラマ *Russian Doll*（邦題『ロシアン・ドール：謎のタイムループ』）から本書のアイデアを得たようだ。このドラマは、誕生日に交通事故で死亡した主人公が、同じ日を何度も繰り返すタイムループものである。また日本でも昨年から、タイムループやタイムリープで過去に舞い戻り、人生をやり直すという筋書きのテレビドラマが立て続けに放送されている。わたしもそんなドラマにどハマりしたひとりなのだが、なぜこのような作品がヒットしているのか。

実を言うと、わたしはあまりSFものが得意ではない。けっしてきらいというわけではないが、架空の設定に気を取られて、ときに登場人物に感情移入しづらくなることがあるのだ。ところが本書はちがった。気づけば最初から最後まで、まるで自分が主人公ジェンになったかのように、彼女と共に時間を逆行しながら過去を見つめ、その日その瞬間を生き直していた。それはわたし自身がジェンと似た環境にあるからという理由だけでなく、本作品がひとりの女性の視点から描かれた家族ドラマであり、彼女の苦悩や喜びに深く共感できるからだ。ジェンの過去を辿りながら、同時に自らの過去も内省しているような気になってしまう。タイムループもののドラマがヒットしているのも、そんな振り返りとやり直しの人生を疑似体験できるからなのかもしれない。

もちろん本書は「犯罪小説である」と著者がはっきり定義しているように、スリラー／ミステリとしてすぐれた作品であることもまちがいない。過去に遡るたびに新たな事実が明らかになり、パズルのピースが加速度的に埋まっていく痛快さといったら！　クライマックスも見事で、最後の最後まで読者を飽きさせない。だから性別や年齢を問わず、誰でも愉しめる極上のエンタメ小説だと断言できる。犯罪小説にあまり馴染(なじ)みのない方もぜひ気軽に手に取っていただけたらと思う。

著者ジリアン・マカリスターは一九八五年生まれの英国の作家で、二〇二三年までに八冊の小説を刊行している。〝サンデー・タイムズ〟や〝ニューヨーク・タイムズ〟でベストセラーになった人気作家だが、法律に関わる仕事をしていた時期もあったようだ。きっとそのころの経験が弁護士であるジェンに反映されているのだろう。

ところで、著者は結婚式の前日に謝辞を書いたというが、最後に記された〝五千三百七十二日〟とはいったいなんの数字なのか。気になったのでエージェントを通して本人にお訊(き)きしてみた。すると「彼とずっと一緒にいる日数」とのこと。結婚相手とは十数年来の長いつき合いだったようだ。どうか末永くお幸せに。これからも素晴らしい作品が発表されるのを待っています！

二〇二四年一月　梅津かおり

解説

渡辺由佳里

私は二〇〇八年末に始めた「洋書ファンクラブ」というブログで、英語で刊行された注目の新刊をご紹介しています。年間三百冊程度の本（ざっと目を通すだけの本や二章ほどで読むのをやめる本も含む）を読むためか、読んだ本をすぐに忘れてしまうのが困ったところです。既に読んだ本をまた購入する失敗を防ぐためにも二〇〇九年から備忘録として読書ソーシャルメディアの「Goodreads」を使っているのですが、これによると、私が一番よく読むジャンルはミステリ／スリラーで、毎年百冊から百五十冊ほど読んでいるようです。

このジャンルでの話題作はたいてい読んでいるので、既存のプロットと似ていることに気づいたり先が読めたりしてしまい、「どんでん返し」のはずのプロットでも驚きがなくてがっかりすることがあります。大好きなジャンルなのに途中で飽きてしまったり、読了したとたんに内容を忘れてしまったりすることも多いのですが、二〇二二年に読んだ『Wrong Place Wrong Time』のことは一年以上経った後でも他人に内容を説明できるほどしっかりと覚えていました。その理由は、最初から最後までまったく飽きることがなく、多様な意味で読みごたえがあるユニークな作品だったからだと思います。

この本の原書を手に取ったきっかけは、女優のリース・ウィザースプーンが数年前に始めたブッククラブ（読書会）でした。最近では監督としても活躍しているウィザースプーンは、毎月女性に焦点をあてた本を選んで発表しています。日本でもベストセラーになった『ザリガニの鳴くところ』（ディーリア・オーエンズ著、友廣純訳、早川書房）もウィザースプーンのブッククラブの選書のひとつであり、他にも数多くの素晴らしい本が選ばれてきました。

ウィザースプーンが選ぶ本は「女性の生き様」がテーマになっています。ですから主要なターゲットは女性読者なのですが、それを超えて幅広い読者層にアピールするのもこのブッククラブ選書の特徴です。アメリカ人の私の夫に（そうとは知らせずに）ウィザースプーンの選書の中から私が読んで気に入った本を薦めると、必ずといっていいほど「面白かった」と感謝されます。かつては選んだ本が爆発的に売れる「ベストセラー作りの女王」はオプラ・ウィンフリーでしたが、現在はウィザースプーンの選書のほうがよく売れるようになっているという話も聞きます。そういうこともあり、私は彼女の選書には必ず目を通すようにしています。

原書のタイトル「Wrong Place Wrong Time」は、たまたま間が悪い時に、間が悪い場所にいたために不運（犯罪）に巻き込まれることを意味する英語の言い回しです。作者のジリアン・マカリスターはイギリス人で舞台もイギリスですが、私が住んでいるアメリカではミステリ／スリラーのカテゴリでベストセラーになっています。ですから私も最初は犯罪小説か心理スリラーだと思っていました。まだこの本を読んでいない方は、ここでストップして私のように先入観なしに読むことを強くおすすめします。というのは、そのほうが作者が意図した驚きを体験でき、ストーリーを新鮮に楽しむことができるからです。

さて、ここからは少々ネタバレがあります。

冒頭の部分はまさに犯罪小説そのものです。ハロウィーンの前夜、四十代前半の母親がランタン用のカボチャをくり抜きながら外出している十八歳の息子の帰宅を待っています。母であり妻でもあるジェンは離婚弁護士という専門職ですが、夫のケリーのほうは高卒でペンキを塗ったり、床のタイルを張ったりする個人の内装業をしています。私たちは夫が稼ぎ頭で妻がサポート役という典型的な夫婦像を想像しがちなので、それが逆になっているようなジェンとケリーの取り合わせにはやや驚きがあるかもしれません。でも、結婚して二十年近い彼らは今でも互いへの恋愛感情を維持しているようで、これは多くのカップルにとって羨ましい関係です。一人息子のトッドはシャイですが頭脳明晰で、最近少々感情の起伏があるものの両親とは仲が良いようです。つまり、ごく普通に幸福な家族であり、主人公のジェンはその普通の幸せに満足していることが感じられます。

けれども、深夜を過ぎて間もなくジェンの幸福は一瞬にして崩壊してしまいます。眼の前で息子のトッドが見知らぬ男を刺殺し、警察に逮捕されてしまったのです。これまで何の問題もない良い子だと思っていた息子が残酷な罪を犯したことのショックに続き、ジェンは息子が悪い集団に入ってしまったのではないか、そういう殺人犯に育ててしまった自分に非があるのではないかと苦悶(くもん)します。

ここまでは普通の犯罪小説なのですが、次の章でそうではなさそうなことがわかってきます。朝になってジェンが目覚めると、なんと前日に戻っていたのです。ジェンには事件の日の記憶があるのですが、ケリーやトッドにとってはまだ起こっていない未来です。わけのわからないことを言うジェンのことを、夫も息子も頭の調子が悪くなったのではないかと訝(いぶか)り、相手にしません。元に戻ることを期待して眠りについたジェンですが、マイナス二日の朝に目覚めて自分でも正気を疑います。

ひとりだけ過去に戻っていく最大の困難は「孤独」です。問題を共有して助けてくれそうな人物がいてもジェンが次に会う時には打ち明けたことさえ覚えていません。その人にとってはまだ起こっていないことなのですから。読者はジェンの孤独につきあいながら一緒に問題を突き止めたいという心境になっていきます。

ジェンが過去に戻っていくところで、この小説がタイムトラベルというSFの要素もある「genre-bending（二つ以上のジャンルがある、ジャンルを超えた）」だとわかってきます。そうなると、タイトルの「Wrong Place Wrong Time」のニュアンスも変わってきます。「運が悪かったために犯罪に巻き込まれた」という意味に加え、タイムトラベルでの「時空」の意味が加わります。そこで、登場人物が「wrong time（間違った時空）」にいたというなら、パラレルワールドでの「right time（正しい時空）」もあるのではないかと私は想像しました。こうやって仮説を立てながら読むのもミステリやスリラー、サスペンスならではの楽しみです。

ミステリに慣れすぎている私のような読者は、謎が増えるたびに胸が躍ります。謎が複雑であればあるほど、最後まで驚きを味わえるからです。この本では、次にいつの時間に遡るかわからないので、どの時間に飛ぶのかも楽しみですし、その日に新たになる事実を知るのも待ち遠しく感じます。そんなふうにページをめくっているうちに、気がついたら夜更けになり、ほぼ読み終えていたという感じでした。

主人公のジェンもなかなか良いキャラクターです。中年にさしかかったどこにでもいそうな女性ですが、弁護士なので理論的に考える習慣があります。

最初のうちジェンは自分が時間を遡る理由は息子が殺人を犯すのを止めることだと考えます。たぶん多くの読者が同じことを想像したことでしょう。トッドが使った武器のナイフさえ奪えば殺人は止められる、そして殺人を止めることができたらジェンが遡るのをやめて元の時間に戻れるという推察です。でもそうは簡単にいきません。ジェンが殺人をストップするための行動を取っても時間の逆行は止まらないのです。しかも逆行するのは一日ごとではなく、何ヶ月、何年かをスキップしたりします。ジェンはそれには理由があると思い、最初に起こった時には気づかなかった部分に注意を払い、謎を突き止めるために最初の時とは異なる行動を取るようになります。そこで彼女が知ったのは、自分が最も愛し、信頼してきた人々の嘘と秘密です。

この本の魅力は、謎を追う楽しさだけでなく、過去の秘密をめぐる登場人物たちの心理的なドラマにあると思います。

たとえば、父親の弁護士事務所を引き継いで離婚専門の弁護士をしているジェンは、一般的には成功者です。けれども、「仕事も子育ても何ひとつまともにやり遂げることができず、ただひたすらこなしていくだけの日々。それが十年続いた」と思い、「どこかで取り返しのつかない失敗をしていたのかもしれない」と母親として失格だと自責します。これは、仕事をする母親が必ずといっていいほど抱く感情であり、共感を覚える人は多いでしょう。

また、ジェンはケリーが単純作業の仕事に満足していて、それでも男としての自信は揺るぎなく何事も気にしないタイプだと思ってきましたが、実際にはそうではないことがわかってきます。

過去の時間のどこかで誰かが間違った選択をし、そのチェーンリアクションがトッドによる刺殺事件につながっていることが読者には見えてくるのですが、だからといってそれが何なのかは最後のほうまでわからないように工夫されています。

それらのヒントになるのが、人を救い、世界を変えるという将来への希望に満ちて警察官になった青年ライアンの物語です。これがどう繋(つな)がっていくのかも複雑に入り組んだ謎のひとつです。

過去に戻ることで、ジェンは愛する者たちの裏切りや秘密を知ることになり、時には心臓をえぐられるような思いをします。けれども同時に、若い頃の夫や幼い息子に再会して当時に抱いた強い愛情も思い出します。私の目頭が熱くなったのはこの部分です。私もつい「あの頃」の夫や娘にちょっとだけ会いに行きたくなってしまいました。

タイムトラベルの要素があるこの心理サスペンスは、「どこかで間違ってしまった過去を修正したい」という多くの人の願いを叶(かな)えるファンタジー小説であり、夫婦のラブストーリーでもあり、家族再生の物語でもあります。駆け足で読みたくなる気持ちはあると思いますが、ゆっくりとお楽しみください。

（わたなべ・ゆかり／エッセイスト、洋書レビュアー、翻訳家、マーケティング・戦略会社共同経営者）

―――本書のプロフィール―――

本書は、二〇二二年にイギリスで刊行された『WRONG PLACE WRONG TIME』を本邦初訳したものです。

小学館文庫

ロング・プレイス、ロング・タイム

著者　ジリアン・マカリスター
訳者　梅津(うめづ)かおり

二〇二四年三月十一日　初版第一刷発行

発行人　庄野　樹
発行所　株式会社　小学館
〒一〇一-八〇〇一
東京都千代田区一ツ橋二-三-一
電話　編集〇三-三二三〇-五七二〇
　　　販売〇三-五二八一-三五五五
印刷所　——大日本印刷株式会社

ISBN978-4-09-407267-9

小学館文庫

ロング・プレイス、ロング・タイム

ジリアン・マカリスター
梅津かおり 訳

小学館